WINTERS SCHMERZ

WINTER BLACK SERIE: BAND 1

MARY STONE

Übersetzt von

BARBARA OSTROP

Erstellt mit Vellum

Meinem Mann.

Danke für deine Bereitschaft, dich um unser Zuhause und seine vielen Bewohner zu kümmern, während ich meinem Traum folge.

DESCRIPTION

Die Gräber sind klein, verbergen aber ein großes Geheimnis.

Als der Preacher zum Abschluss seiner Mordserie eine ganze Familie aufs Korn nimmt, überlebt einzig die dreizehnjährige Winter Black diese Bluttat. Sie erholt sich von der Hirnverletzung, die sie bei dem brutalen nächtlichen Überfall erlitt, und verfolgt später entschlossen eine Karriere als FBI-Agentin. Doch nicht einmal die ungewöhnlichen Gaben, die sie nach ihrem Erwachen aus dem Koma entwickelt hat, können sie auf ihren ersten Fall vorbereiten.

Als im Wald menschliche Skelette entdeckt werden, geht jemand bis zum Äußersten und ermordet einen Zeugen, damit alte Geheimnisse begraben bleiben. Special Agent Black wird in Ermittlungen verwickelt, die ihre eigene Geschichte zurückbringen. In der Stadt, in der ihre Eltern ermordet wurden, muss Winter den einen Mörder finden … während sie vom Phantom eines anderen verfolgt wird.

Mit diesem Debüt der amerikanischen Thrillerautorin Mary Stone halten Sie den ersten Band einer Winter Black gewidmeten Serie in Händen. Wenn Sie packende Thriller mit rätselhaften Verbrechen, hinterhältigen Tätern und atemberaubender Spannung lieben, wird *Winters Schmerz* Sie bis zur letzten Seite fesseln.

1

Vorher

Als eine weitere Wehe das Mädchen erfasste, war der Schmerz wie etwas Lebendiges, das sie ganz ausfüllte.

„Helfen Sie mir."

Es war ein Flüstern. Es war ein Gebet.

Der Beobachter, der außerhalb des Käfigs stand, beachtete es nicht.

Beim Pressen – ihr junger Körper schien zu wissen, was er tun musste – wurde das Brennen zwischen ihren Schenkeln noch heftiger. Der Schmerz ließ nach, aber er würde wiederkommen, das wusste sie. Und er kam wieder.

Wie war sie hier gelandet?

Ein dummer Streit mit ihren Eltern. Sie war so auftrumpfend gewesen, so überzeugt, dass sie sich in allem, worauf es im Leben ankam, auskannte. Sie war erwachsen. Zum Teufel, sie hatte sogar mit Scotty Jernigan geschlafen, dem Captain des Football-Teams.

Mit sechzehn hatte sie geglaubt zu wissen, wo es langging.

„Ich hasse euch!“

Das waren die letzten Worte gewesen, die sie dem Mann und der Frau entgegengeschleudert hatte, denen sie ihre Existenz verdankte. Dann war sie aus dem Haus gestürmt, fest entschlossen, von nun an alles nach ihrem eigenen Kopf zu machen.

„Es tut mir so leid“, flüsterte sie den Gesichtern zu, die ihr vor dem inneren Auge standen. Und das stimmte. Es tat ihr ganz entsetzlich leid.

Sie wollte noch mehr sagen, als könnten die beiden ihr Flehen dort, wo sie in weiter Ferne waren, auffangen und vielleicht wie durch ein Wunder den Weg zu ihr finden. Denn sie brauchte sie. Nicht nur körperlich, sondern in jeder nur denkbaren Hinsicht. Doch bevor sie sie um Vergebung bitten konnte, hatte der Schmerz sie erneut im Griff.

Sie presste, kämpfte mit zusammengebissenen Zähnen.

In den Filmen gab es immer eine Hebamme, die bis zehn zählte. Einen Ehemann, der liebevoll das Bein seiner Frau stützte. Und einen Arzt, der sich bereithielt, um das Baby anzunehmen und einzugreifen, falls etwas schieflief.

Und hier lief etwas schief, furchtbar schief.

„Helfen Sie mir“, sagte sie, als die Wehe nachließ.

Der Beobachter reagierte nicht. Sagte kein Wort. Rührte sich nicht.

Das Brennen nahm an Heftigkeit noch zu, und sie blickte an sich hinunter, überzeugt, dass ihre Scheide in Flammen aufgegangen war. Doch statt roter Glut … erblickte sie den Ansatz eines Köpfchens, auf dessen Kuppe sich dunkles, nasses Haar kringelte.

Sie brach in Tränen aus und berührte das Kind zum ersten Mal.

Ein Baby.

Selbst als ihr Bauch im Laufe der Monate immer dicker geworden war, hatte es sich nicht real angefühlt. Die Übelkeit. Die Erschöpfung. Die Gelüste. Die Kindsbewegungen unter der Bauchdecke.

Jetzt war es anders. Echt und wirklich.

Erneut legte sich der Schraubstock um ihren Bauch und lenkte ihre Aufmerksamkeit vom Wunder des Kindes zurück zum Schmerz. Zu dieser furchtbaren, grauenhaften, ihren Körper zerreißenden Pein.

Sie presste wieder und wieder und schrie während der Wehe. Der Druck wurde größer. Schwoll an. Erblühte.

Dann war es vorbei.

Zwischen ihren Beinen lag das blutige, zappelnde Kind.

Ein Mädchen.

Mit zitternden Händen griff sie danach, versetzte ihm einen Klaps auf den Po und säuberte seinen Mund mit den Fingern. Ihr Fimmel für Krankenhaus-Dokus zahlte sich aus.

Ein Weinen war zu hören. Zunächst leise. Dann wurde es lauter, da Verwirrung und Zorn der Kleinen angesichts der neuen Welt, in der sie sich wiederfand, größer wurden.

„Schsch …“, beruhigte das Mädchen den Säugling und schob ihm einen Finger in den Mund. Sie lächelte, als die Kleine daran saugte. „So ist es recht, meine Süße. Ich passe auf dich auf … ohhh …“

Diesmal überfiel der Schmerz sie unerwartet. Sollte das nicht vorbei sein? Mühsam hinderte sie sich daran, den Säugling zu fest an sich zu pressen, während sie mit zusammengebissenen Zähnen aufschrie.

Das Baby weinte wieder, und sie legte es neben sich ab.

War noch ein zweites Kind unterwegs? Bekam sie Zwillinge? War das denkbar?

Doch als sie zwischen ihre Beine schaute, sah sie, dass nur eines aus ihr herauskam, nämlich Blut. Ein Strom von Blut.

Erneut von Panik erfasst, sah sie den Beobachter an.

„Bitte helfen Sie mir!“, schrie sie ganz im Griff von Schmerz und Angst.

Von Hoffnung erfüllt, beobachtete sie, wie der Schlüssel ins Käfigschloss geschoben wurde, und hörte das metallische Klicken des Mechanismus. Nun kam also doch noch Hilfe.

„Perfekt“, flüsterte der Beobachter ehrfürchtig. Mit Händen, die in Handschuhen steckten, hob er die Neugeborene auf und musterte sie von Kopf bis Fuß. „Einfach vollkommen.“

Das Mädchen war inzwischen sehr geschwächt, reckte sich aber dennoch verzweifelt nach ihrem Kind. „Gib sie mir.“

Mit einem kalten Ausdruck, der sie erschauern ließ, wanden sich die Augen ihr zu.

Als hätte das einmalige Erschauern eine ganze Lawine des Schreckens ausgelöst, begann sie heftig zu zittern.

So viel Blut. So viel Schmerz.

Würde es jemals aufhören?

Sie blickte erneut auf den Beobachter und umklammerte seinen langen schwarzen Mantel, dessen Saum nur Zentimeter von ihrem Lager entfernt war. „Helfen. Sie. Mir.“ Sie schluckte die Tränen herunter. „Bitte.“

Der Beobachter legte das Kind weg. Eine Schere tauchte auf, ebenso zwei Kunststoffklammern, und das Mädchen verfolgte gebannt, wie er mit seinen behandschuhten Händen die Nabelschnur durchschnitt und das Baby endgültig von ihr abtrennte. Beinahe hätte sie geweint, als dieses Band zu ihrem Kind Vergangenheit war.

Mit ähnlich raschen Bewegungen hüllte der Beobachter den winzigen Säugling in eine Decke und schob ihm einen Schnuller in den Mund. Die ganze Zeit flüsterte er dabei: „Vollkommen“ und „Ich habe es geschafft“. Er brabbelte noch mehr, doch das konnte sie nicht verstehen.

Als sie wieder aufschrie, weil der Schmerz sie erneut wie mit Messern stach, wandte der Beobachter sich ihr zu.

„Ich lasse dich nicht leiden." Er zog etwas aus der Tasche seines langen Mantels, und sie erkannte sofort, was da metallisch blitzte.

Nein.

Noch während ihr das Wort durch den Kopf hallte, warf sie einen letzten Blick auf ihr Kind. Sie spürte den Druck des kalten Stahls am Hinterkopf und schloss die Augen.

Ein Klicken. Dann nichts mehr.

Der Beobachter hatte Wort gehalten.

2

Winters Hand zitterte heftig, dann verloren ihre Finger alle Kraft und ließen das Beweisstück, das sie gerade eben noch umklammert hatten, unvermittelt fallen. Das Foto landete mit dem Bild nach oben auf dem Boden. Vom schmuddeligen, dunkelgrünen Teppich des billigen Motels schaute das Gesicht eines kleinen Jungen zu ihr auf. Das Foto war entstanden, nachdem die Eltern des kleinen Jungen ermordet worden waren und der Mörder ihn entführt hatte, und in seinen weit aufgerissenen Augen vereinten sich Unschuld und Angst.

Winter bekam kaum Luft.

Justin. Ihr kleiner Bruder.

Winter ließ sich aufs Bett sinken, dessen durchgelegene Matratze unter ihrem Gewicht nachgab, und versuchte, ihr heftiges Keuchen zu beherrschen. Sie beugte sich vor und legte die Stirn auf die Knie.

Ein und aus, sagte sie sich. *Langsam. Ruhig. Einatmen. Ausatmen.*

Sie musste einen klaren Kopf bekommen. Sich konzentrieren.

Doch in diesem Moment war die Trauer überwältigend.

Sie wartete ab, bis das schwarze Flimmern am Rande ihres Gesichtsfelds sich gelegt hatte und sie nicht länger japste. Sie war doch nicht mehr das dreizehnjährige Kind von einst, sondern eine FBI-Agentin. Sie riss sich zusammen, beugte sich vor und hob das Foto wieder auf.

Das Foto selbst schien alt zu sein. Es war ein Polaroidfoto. Polaroid stellte zwar noch immer Kameras und Filme her, doch die Farben auf dem Foto wirkten verblasst. Vergilbt. Der weiße Streifen am unteren Rand war nicht beschriftet, aber oben gab es ein winziges Loch. War das Bild irgendwo festgepinnt worden?

Bei diesem Gedanken durchfuhr sie erneuter Schrecken. Schoss der Preacher von allen seinen Opfern Fotos? Hängte er sie an einer Pinnwand auf, einer richtiggehenden Ruhmeswand, um immer wieder die Erinnerungen an die brutalen Morde zu genießen, die er in den letzten zwanzig oder dreißig Jahren begangen hatte?

Das Gesicht ihres sechsjährigen Bruders war bleich, und er hatte einen Schmutzfleck auf der Wange. Justins blaue Augen waren geweitet und blickten verwirrt. Er trug denselben Schlafanzug mit SpongeBob-Aufdruck, den ihre Mutter ihm nach dem abendlichen Bad angezogen hatte. Gleich darauf hatte Winter damals das Haus verlassen, weil sie bei einer Freundin übernachten wollte.

„Gute Nacht, Winter." Sie meinte geradezu, seine Stimme zu hören. „Schlaf gut und lasss dich nicht von den Schlafläusssen beisssen." Damals waren ihm gerade zwei Schneidezähne ausgefallen, und als freche ältere Schwester hatte sie ihn wegen seines Lispelns gnadenlos gehänselt.

Wieder traf die Trauer sie mit der Wucht einer Kugel, die jede Schutzweste durchschlägt, mitten in die Brust. Winter begegnete dem Schmerz mit fest zusammengepressten Lidern. Es half nichts. Er war unerträglich.

Sie erinnerte sich an den Geruch von Johnson's Baby Shampoo. Justin hatte ihr die Arme um die Taille geschlungen und sie fest an sich gedrückt. Weil Winter unbedingt zu ihrer besten Freundin Sam wollte, war sie ungeduldig gewesen. Sie hatten vorgehabt, die halbe Nacht auf dem Sender Syfy einen blutrünstigen Halloween-Film nach dem anderen zu schauen, sich mit von Butter triefendem Mikrowellenpopcorn vollzustopfen und über Jungs zu reden.

Und so hatte sie Justin keineswegs besonders fest an sich gedrückt, sondern sich einfach seinen molligen Ärmchen entwunden, ihm einen schnellen Kuss auf das vom Bad noch feuchte Haar gedrückt und auf dem Weg zur Tür „Nacht, Zwerg" gerufen.

Wieder der quälende Schmerz. Es war die letzte Umarmung ihres einzigen Geschwisters gewesen, und heute bereute sie, als Teenager so kühl gewesen zu sein.

So oft schon hatte sie sich gewünscht, sie wäre damals zu Hause geblieben. Dann wäre sie jetzt allerdings tot. Sie wäre wie ihre Eltern im Bett abgeschlachtet worden. Oder wie ihr Bruder entführt.

Therapeuten hatten ihr später mit ihren beruhigenden, gelassenen Stimmen ständig gut zugeredet: Es hätte nichts geändert, wenn sie in jener Nacht zu Hause gewesen wäre. Ein Fremder, ein Psychopath, ein Serienmörder habe ihre Familie aus unbekanntem Grund aufs Korn genommen, und Winters Anwesenheit hätte das Ergebnis nicht abwenden können.

Wieder und wieder sagte man ihr, sie habe Glück, noch am Leben zu sein. Sie nickte dann und tat so, als hätte sie sich überzeugen lassen. Sie wusste, dass sie unter einem klassischen Fall von Überlebensschuld-Syndrom litt, aber sie würde sich niemals verzeihen, dass sie das Haus verlassen hatte.

Obwohl sie noch in derselben Nacht zurückgekehrt war, war sie doch zu spät gekommen.

Samantha und sie hatten sich über einen dämlichen Jungen gestritten, dessen Name ihr erst vor Kurzem wieder eingefallen war. Erbost hatte sie um zwei Uhr morgens Sams Haus verlassen und war über den windigen, laubbedeckten Bürgersteig davongegangen. Daheim herrschte zur dunkelsten Stunde der Nacht eine unheimliche Stille. Die Tür zum Zimmer ihrer Eltern war nur angelehnt, und ein schwacher Lichtstreifen fiel in den Flur. Ein einziger, entsetzter Blick offenbarte ihr das Schlachthaus, in das das Schlafzimmer sich verwandelt hatte. An der Wand sah sie rote Kreuze. *Judas 14-15* stand dort mit Blut geschrieben. Dann erhielt sie von hinten einen so kräftigen Schlag auf den Kopf, dass sie eine Weile ins Koma fiel und ein Schädel-Hirn-Trauma erlitt.

Jahre später machte Winter es sich noch immer zum Vorwurf, ihre Familie nicht gerettet zu haben.

Als würde die Erinnerung an ihre Kopfverletzung ihr helfen, ihren lähmenden Kummer zu überwinden, verloren die Einzelheiten des schäbigen Motelzimmers, in dem sie sich befand, ihren grauen Schleier und nahmen eine leuchtend bunte Klarheit an. Sie war nach dieser Nacht nicht hilflos zurückgeblieben. Als sie aus dem Koma erwachte, besaß sie einige neue Fähigkeiten und ein Ziel: den Mörder zu fassen, der ihre Familie zerstört hatte.

Jetzt war sie ganz kalt und klar im Kopf und musterte Justins Polaroid mit bewusster Distanz. Aufs Äußerste konzentriert, prägte sie sich die Bäume im Hintergrund des Bildes ein – Baumart und Wuchs - und überlegte, wie sie ein Jahrzehnt später wohl aussehen mochten. Sie legte sich den Blickwinkel der Kamera zurecht, schätzte nach der Länge der Baumschatten die ungefähre Tageszeit und speicherte jedes noch so winzige Detail des Fotos in ihrem Gedächtnis, bis es sich ihr unauslöschlich eingeprägt hatte.

Sollte sie jemals auf diesen Ort stoßen, würde sie sich daran erinnern.

War ihr eigentlich gar nicht bewusst, dass sie den Vorhang offen gelassen hatte?

Heutzutage kannten die Frauen keine Scham mehr.

Ich brauchte nicht einmal die Minikamera, die ich zuvor hinter dem absolut scheußlichen Gemälde über dem Fernseher platziert hatte. Selbst von hier draußen auf dem Parkplatz konnte ich sehen, welche Stimmungen über ihr Gesicht zogen. Angst. Zorn.

Und durch das Fernglas, das ich mitgebracht hatte, erkannte ich auch das: Trauer.

Ach, diese Tränen. Sie ließen mein Herz so schön klopfen und pochen wie schon seit langer, langer Zeit nicht mehr. Ich hätte sie am liebsten abgeleckt. Hätte ihr am liebsten das salzige Nass von den glatten, bleichen Wangen gelutscht. Die Unschuld gekostet, die in diesen Tränen lag. Wahrscheinlich fing die Kamera die silbrigen Tränenspuren in HD ein. Ich würde mir das Video für später aufheben. Später, wenn ich es richtig genießen könnte.

Das magere kleine schwarzhaarige Mädchen mit den unheimlichen blauen Augen war zu einer Schönheit herangewachsen. So schön wie ein gemaltes Bild, genau wie ihre Momma. Und inzwischen war sie beim FBI. Das erschien mir passend.

Kichernd schabte ich geistesabwesend mit dem Fingernagel über einen Schneidezahn, während ich verfolgte, wie sie das Geschenk betrachtete, das ich extra für sie zurückgelassen hatte.

Inzwischen war ich offiziell im Ruhestand. Und zwar

schon seit Jahren. Aber als ich jetzt die junge Frau in dem einsamen Motelzimmer beobachtete, reizte es mich, ihr einen Besuch abzustatten. Den Kreis zu schließen.

Nein …

Noch nicht.

Als sich die Tür eines anderen Motelzimmers öffnete, ließ ich das Fernglas auf den Schoß sinken. Ein hochgewachsener, breitschultriger Mann mit kurz geschnittenem dunklem Haar trat heraus und ließ den Blick über den nahezu leeren Parkplatz schweifen. Der Partner der FBI-Schönen. Nein, jetzt war wirklich nicht der richtige Zeitpunkt.

Ich beobachtete, wie der FBI-Mann zu Winters Tür ging und wie sein Klopfen sie aufschreckte. Mit geweiteten Augen bückte sie sich dann rasch, als versteckte sie etwas. Wahrscheinlich schob sie das Foto unter die Matratze. Wieder entschlüpfte mir ein erfreutes Kichern, und mein Pick-up sprang mit dem üblichen Rumpeln und einer Abgaswolke an, als ich den Zündschlüssel im Schloss drehte.

Recht so, Mädel. Behalt es für dich. Ein Geheimnis nur zwischen uns. Es bleibt sozusagen in der Familie.

Ich hatte sie während all der Jahre so genau beobachtet, dass sie mir wirklich wie ein Familienmitglied vorkam. Der FBI-Mann schaute kurz aus dem Fenster auf den Parkplatz und zog dann den Vorhang zu.

Ich machte mir keine Sorgen. Dafür gab es keinen Grund. Sie waren nicht meinetwegen in Harrisonburg.

Wahrscheinlich würden sie bumsen, die Sünder. Das würde mich zornig machen. Sehr zornig.

Nein, Zorn konnte ich mir nicht erlauben. Noch nicht.

Ich blickte auf die Szene hinunter, die sich auf meinem Handy abspielte, beobachtete den FBI-Mann kurz dabei, wie er mit der blauäugigen Frau redete, und wünschte, ich hätte mir die Zeit genommen, zusätzlich eine Wanze im Motelzimmer anzubringen. Vielleicht ein andermal.

Ich legte den Rückwärtsgang ein, und das Getriebe knirschte, als ich langsam zurücksetzte.

Heute Abend war es noch nicht so weit. Ich musste erst eine Menge erledigen, bevor ich mich erneut mit meinem blauäugigen Mädel treffen konnte.

Eine ganze Menge.

NOAH SPÜRTE ein Kribbeln im Nacken, das trotz der inzwischen geschlossenen Vorhänge nicht nachließ. Er hatte sich im Laufe der Jahre mit vielen Soldaten, Militärpolizisten und altgedienten Cops unterhalten, und alle teilten seine Meinung: Dieses Kribbeln wies auf etwas Reales hin und sollte nicht ignoriert werden. Es hatte etwas zu bedeuten.

Nur wusste er nicht recht, was.

Von seinem Platz am kleinen Tisch in der Ecke des Zimmers musterte er Winter. Sie kam ihm blasser vor als sonst, und unter den Augen – ein großartiger Blauton, tief und dunkel – hatte sie so dunkle Ringe, dass sie fast wie Prellungen aussahen. Sie wirkte *gestresst.*

Und das war ja auch nicht verwunderlich. Ihr erster Mordfall als FBI-Agentin hatte sich ausgerechnet in Harrisonburg ereignet, der kleinen Stadt in Virginia, in der ihre Familie vor Jahren ermordet worden war. Sie ermittelten wegen im Wald gefundener alter Gebeine, die durchaus die ihres vermissten Bruders sein mochten.

„Es gibt wirklich kein Problem, abgesehen vom Offensichtlichen?“

Winter nickte, und eine Strähne ihres langen schwarzen Haars löste sich aus dem straffen Knoten an ihrem Hinterkopf. Sie schob sie hinters Ohr, verschränkte die Arme vor der Brust und sah ihn auffordernd an. Eindeutig wollte sie ihn nicht in ihrem Zimmer haben, aber das war ihm egal. Er würde nicht gehen.

„Weißt du, ich würde uns gern als Freunde betrachten."

Sie verdrehte die Augen, und er bemerkte, dass ein Schatten über ihr Gesicht huschte. Hatte sie ein schlechtes Gewissen?

„Das sind wir, Dalton. Wir sind Freunde, seit ich dich vor den Augen des Leiters des FBI-Ausbildungszentrums fertiggemacht habe."

Er schnaubte gutmütig. „Das hast du völlig falsch in Erinnerung, Darling. Ich hab *dich* fertiggemacht."

„Als ich dir meinen Ellbogen gegen's Brustbein gerammt habe, kam es mir anders vor."

„Na schön, ich will ein Gentleman sein und dich glauben lassen, dass du damals gewonnen hast." Er musste ihr Gespräch wieder in die richtige Richtung lenken. „So oder so, Freunde reden miteinander."

Noah holte ein abgenutztes Kartenspiel aus seiner Hosentasche und löste das darum geschlungene Gummiband. Mit geübter Hand teilte er den Kartenstapel in zwei Hälften und mischte sie so schnell ineinander, dass man nur ein verschwommenes Schwirren sah. Er hatte festgestellt, dass Leute eher bereit waren, mit einem zu reden, wenn sie glaubten, man sei abgelenkt. Doch ein Kartenspiel zu mischen, lenkte ihn nicht ab.

„Wir können morgen früh miteinander reden, Dalton", sagte Winter aufgebracht. „In weniger als sieben Stunden sind wir zum Joggen verabredet, schon vergessen?"

„Was hältst du von Officer Benton?" Noah teilte das Kartenspiel erneut, ohne ihre rhetorische Frage zu beachten.

„Ich halte ihn für einen Idioten. Bist du in mein Zimmer gekommen, um mich das zu fragen?"

„Poker?", fragte er, mischte die Karten auffordernd und verzog dabei keine Miene. „Es muss kein Strip-Poker sein, es sei denn, du bestehst darauf."

Sie schüttelte einfach nur den Kopf, rutschte aufs Bett

und schob sich ein paar Kissen in den Rücken. Mit der Fernbedienung, die sie sich vom Nachttisch angelte, schaltete sie den briefmarkengroßen Fernseher auf der anderen Seite des kleinen Zimmers ein. Mit beruhigender Stimme verkündete ein Wettermoderator der Abendnachrichten leise die Voraussage für den nächsten Tag. Die Warmwetterperiode würde in diesen letzten Septembertagen weiter anhalten. Sonne und Wolken gemischt, um die vierundzwanzig Grad. Ein guter Tag, um einen alten Tatort zu besichtigen.

„Ich kenne Benton aus unserer Zeit in der Middle School", sagte sie schließlich.

„So ist es in der Kleinstadt. Ich hatte mir schon gedacht, dass du einige Leute kennen würdest. War er damals auch schon ein Idiot?"

Sie stieß ein Lachen aus. „Waren das nicht alle Jungs?"

„Ich nicht. Hat mir meine Mama gesagt."

Winter legte die Hände vors Gesicht und ließ sich in die Kissen zurücksinken. „Warum hat man mir diesen Fall zugeteilt? Hast du Max dazu überredet, mich mit dir zusammen darauf anzusetzen?"

Er reagierte mit keinem Wimperzucken auf den Themenwechsel. Noah wusste, dass die Frage ihr zu schaffen machte. Es war ungewöhnlich, dass ein Special Agent in Charge – ein Amtsleiter des FBI - einem Neuling und einem relativen Neuling gemeinsam so eine Sache gab, und sie müsste schon blöd sein, um das nicht zu bemerken. Und Winter war nicht blöd.

„Miguel Vasquez sollte den Fall übernehmen, aber er hatte einen Blinddarmdurchbruch und wird ein paar Wochen das Bett hüten. Ich bin sein Ersatzmann. Alle anderen sind mit dieser glaubwürdigen Anschlagsdrohung beschäftigt, die wir letzte Woche erhalten haben."

Winter rang die Hände im Schoß, eine für sie seltene Geste der Nervosität. Dann löste sie sie wieder. „Warum hat

Max den Fall dann nicht an dich übertragen? Du bist von uns beiden derjenige, der vier Jahre richtige Polizeierfahrung besitzt. Ich kann nur meinen Abschluss vorweisen. Warum ich?"

„Weil ich ihn darum gebeten habe." Er hob die Hände, kam ihren Einwänden zuvor. Ihre Augen blitzten warnend. „Neulich bei diesem Vergewaltiger, der Joggerinnen überfiel, hast du deine Sache sehr gut gemacht. Ich bin immer noch sauer, dass du damals vom Drehbuch abgewichen bist, aber du hast ihn erwischt. Du brauchst noch so einen Erfolg, um deinen Platz in der Abteilung für Gewaltverbrechen zu zementieren."

„Herrgott, Dalton, du bist beim FBI genauso ein Frischling wie ich. Und du nimmst dir heraus, dem Amtsleiter einen Rat zu erteilen?" Sie schaltete den Fernseher aus, sprang auf und marschierte in dem engen Zimmer auf und ab. Es sah so aus, als würden gleich Dampfwolken aus ihren Ohren quellen, aber wenigstens hatte sie wieder etwas Farbe bekommen. Sie wirkte nicht mehr ganz so gequält.

Achselzuckend schenkte Noah ihr sein unwiderstehlichstes Lächeln. Er kippelte mit dem Stuhl nach hinten, wohl wissend, dass diese herausfordernde Haltung sie noch mehr in Rage bringen würde. „Ich bin sympathisch. Alle mögen mich. Sogar du, und du magst sonst niemanden."

„*Dich* mag ich im Moment auch nicht besonders." Im Vorbeigehen trat sie mit dem Fuß gegen eines der beiden in der Luft schwebenden Beine seines Stuhls, und Noah schwankte kurz und musste sich schnell mit der Hand an der Wand abstützen. „Hatte deine Einmischung vielleicht irgendetwas damit zu tun, dass diese Gebeine von Justin stammen könnten? Im Erstbericht steht, dass es die Knochen eines Jungen sind. Wahrscheinlich zwischen sechs und zehn Jahre alt. Und sie liegen schon lange in der Erde. Jahre."

Jetzt war es heraus. Die Wunde war aufgestochen, und Winters Schmerz lag frei zutage.

„Ja", sagte Noah leise in die absolute Stille, die ihren Worten folgte. „Ich dachte mir, wenn es die Möglichkeit gibt, dass es dein kleiner Bruder ist, möchtest du mit dabei sein."

„Da hattest du recht. Aber ich brauche deinen Texas-Charme nicht, um mir den Weg zu ebnen." Sie winkte mit einer Hand ab.

„Ich hatte nicht erwartet, dass du dich bei mir bedanken würdest", sagte er so nüchtern wie ein Richter. „Aber ich könnte mir durchaus ein paar Möglichkeiten für eine Revanche vorstellen." Er warf ihr einen anzüglichen Blick zu und zog die Augenbrauen hoch.

„Hier wird nicht fraternisiert, Dalton." Ein Lächeln zuckte um ihre Mundwinkel und machte ihre finstere Miene unglaubwürdig, genau wie er es sich erhofft hatte.

„Aber was ist mit der Nacht, in der du dich hast volllaufen lassen und ich dich heimgefahren habe …"

„Raus. Sofort." Um ihrer Aufforderung Nachdruck zu verleihen, riss sie die Tür auf und knallte sie dabei gegen seinen ausgestreckten Fuß.

Belustigt von ihrem offensichtlichen Unbehagen bei der Erwähnung ihres einzigen und nicht sehr denkwürdigen Kusses stand er auf und wickelte das Gummiband wieder um das Kartenspiel. „Dann also bis morgen früh. Solltest du deine Meinung ändern, bin ich direkt nebenan."

Sie schnaubte und verriegelte mit einem energischen Klacken die Tür hinter ihm.

Kaum war das Geräusch verklungen, wich das Lächeln von Noahs Gesicht, und er blickte auf den dunklen Parkplatz hinaus. Das Kribbeln im Nacken war fast verschwunden. Und verschwunden war auch der rostige blaue Chevrolet Pick-up, der zuvor dort drüben gestanden hatte. Neugierig lief er die Treppe hinunter, die zu den ebenerdigen Zimmern führte, trat vom Gehsteig und begab sich zur hinteren Reihe der Stellplätze, wo vorhin der Chevy geparkt hatte, vermutlich mit dem Fahrer darin. Auf dem Asphalt zeichnete sich ein Ölfleck ab.

Er blickte auf und erkannte durch den allzu dünnen beigefarbenen Vorhang Winters Silhouette. Er hatte sie nicht genug geneckt, um sie dauerhaft aufzumuntern, sie marschierte schon wieder auf und ab.

Wenn der Mann im Pick-up noch da wäre, böte sich ihm der perfekte Blick in Winters Motelzimmer, und er könnte zusehen, wie sie an der Lösung des Problems arbeitete, das ihr zu schaffen machte.

3

In dieser Nacht schlief Winter nicht.

Das Foto unter ihrer Matratze ließ ihr keine Ruhe. Der Mann, der ihre Eltern ermordet und ihren Bruder entführt hatte, war in ihrem Motelzimmer gewesen. Der Preacher. Der *Prediger.* Was für ein abscheulicher, widerwärtiger Name. Ein Sakrileg.

Wie hatte der Drecksack wissen können, dass sie da sein würde und wo sie untergebracht war? Das war ihr schleierhaft. Hatte jemand anderes das Polaroid in seinem Auftrag ins Zimmer gelegt? War er ein Bewohner von Harrisonburg? Vielleicht ein Erwachsener, den sie als Kind gekannt hatte? Er hatte seine Taten im ganzen Land verübt, wahrscheinlich war das also nicht. Aber sie glaubte, dass er selbst oder zumindest jemand, den er geschickt hatte, das Foto hier platziert hatte.

Hätte sie Noah davon erzählen sollen? Hätte sie das Foto als Beweisstück abgeben sollen? Instinktiv wusste sie, dass man keine Fingerabdrücke darauf finden würde. Über Jahrzehnte hinweg war es nicht gelungen, den Preacher zu fassen, und sie konnte sich nicht vorstellen, dass er nach all diesen Jahren wieder auftauchen würde, nur um sich durch eine Achtlosigkeit zu verraten.

Dass er ihr das Polaroid unter der Tür hindurchgeschoben hatte, kam ihr wie eine persönliche Botschaft vor. Nun, ihr war das recht.

Den Preacher zu finden und unschädlich zu machen, war für sie ein sehr persönlicher Rachefeldzug. Auge um Auge. Und sie hatte nicht vor, ihre Rache mit irgendjemandem zu teilen.

Verwickelt in Laken und Bettdecke wälzte sie sich auf die andere Seite und klopfte ihr Kopfkissen zurecht, um es sich bequemer zu machen. Die rot schimmernde Anzeige des Weckers teilte ihr mit, dass es nach drei war. Sie versuchte, alle Gedanken aus dem Kopf zu verbannen, und schloss die Augen, doch es half nichts.

Als das erste Dämmerlicht des Morgens langsam ins Zimmer sickerte, gab Winter den Versuch zu schlafen auf. Sie stieg aus dem Bett, zog eine Yoga-Leggings an und streifte ein Top über einen Sport-BH. Als Noah an die Tür klopfte, hatte sie sich schon die Zähne geputzt und schnürte gerade ihre Laufschuhe. Sie trat hinaus, schloss die Tür ab und steckte den Schlüssel in die winzige Innentasche unter ihrem Hosenbund.

Noah war groß, attraktiv und für die Tageszeit - noch vor sechs Uhr morgens - irritierend gut gelaunt. Sein kurzer, militärischer Haarschnitt war ein wenig herausgewachsen, und das dunkle Haar hatte sich auf der einen Seite, auf der er im Schlaf gelegen hatte, leicht aufgestellt. Er trug eine schwarze Basketball-Shorts und ein zerknittertes rotes T-Shirt mit einem Aufdruck der Texas Longhorns. Wären der scharfsinnige Blick seiner grünen Augen und sein spitzbübisches Lächeln nicht gewesen, hätte er wie ein Zwölfjähriger ausgesehen.

Winter empfand eine unwillkommene Anwandlung von

Zuneigung. Er war wirklich ein netter Kerl. Es war nahezu unmöglich, ihn nicht zu mögen.

„Lassen wir's rocken." Er sprach leichthin, beobachtete dabei aber ihr Gesicht, als suchte er darin nach etwas. Sie streckte ihm die Zunge raus und ging die Treppe hinunter, um mit dem Stretching zu beginnen.

„Wir joggen zum Park am Stadtrand. Ein einfaches Aufwärmtraining, nur ein paar Meilen. Wenn wir dort sind, drehen wir eine Runde, und wer zuerst zurückkommt, besorgt das Frühstück. So kannst du mir nicht vorwerfen, dass ich vom Heimvorteil profitiere."

Sie joggten in gemütlichem Tempo los. Ein leichter kühler Wind zerriss ein paar Spinnennetze der vergangenen Nacht, und abgesehen von ihren rhythmischen Atemzügen stammten die einzigen Geräusche von ein paar vorbeifahrenden Autos und den Vögeln, die ihren Morgengruß trällerten.

„Gut geschlafen?", fragte Noah, als sie gerade die zweite Meile in Angriff nahmen.

„Wie ein Baby", log Winter. „Und du?"

„Bestens."

Winter, die sich noch an das Déjà-vu-Gefühl gewöhnen musste, wieder in ihrer Heimatstadt zu sein, gefiel das einträchtige Schweigen. Sie liefen am Haus der Frau vorbei, die in der vierten Klasse ihre Lehrerin gewesen war: ein kleiner Backstein-Bungalow an der Hauptstraße mit Rosen, die am Rand der breiten Vorderveranda ein Rankgerüst emporkletterten. Ob Mrs. Jensen wohl noch unterrichtete? Damals war die Lehrerin Winter uralt vorgekommen, aber wahrscheinlich war sie erst Ende vierzig gewesen.

Sie kamen am einzigen Supermarkt der Kleinstadt vorbei, dem Shop N' Stop. Seit Winter das Gebäude zum letzten Mal gesehen hatte, war es renoviert worden. Sie erinnerte sich daran, wie sie sich zu Beginn jenes letzten

Herbstes hier um einen Job beworben hatte. Sie hatte an der Kasse die Waren für die Kunden in Tüten packen wollen, um ein zusätzliches Taschengeld zu verdienen.

Ihr Dad, ein ruhiger Bartträger mit freundlichem Gesicht, war an der James Madison University Englischdozent gewesen. Ihre Mom, eine liebe, lebhafte Frau mit genauso langem schwarzem Haar wie Winter, hatte sich um den Haushalt gekümmert. Die Schülerin Winter hatte den Nebenjob ergattern wollen, weil ihr bisschen Taschengeld kaum reichte, um ihr Lipgloss von Bonne Bell zu finanzieren, aber sie hatte nie herausgefunden, ob der Supermarkt sie nun eingestellt hätte oder nicht.

Die Sonne ging gerade auf, als sie beim Park eintrafen, dessen Spielplatz verlassen dalag.

Das Karussell war immer noch dasselbe: verbogener Stahl, aus dem die Nieten herausstanden, mit halb abgeblättertem grünem Lack gestrichen. Oft und oft hatte sie mit Sam auf dem Gestänge gesessen, während ihre Kinderfahrräder einsam nebenan im Gras lagen. Sie hatten sich mit den Füßen abgestoßen, um im Sonnenschein gemächliche Kreise zu drehen, und sich dabei ein Tütchen M&Ms von der Tankstelle geteilt.

Hinter dem Karussell standen ein paar Schaukeln mit verwitterten Sitzen aus alten Autoreifen, die an dicken Ketten herabbaumelten. Die Stahlglieder klirrten und quietschten leise im Wind. Wenn man mit den Beinen Schwung holte, musste man gut aufpassen, wie man sich an diesen Ketten festhielt. Manchmal kniffen einen die Glieder innen in die Hand und hinterließen eine kleine Blutblase. Ein in bunten Grundfarben gestrichenes Klettergerüst war neu hinzugekommen. Aber das alte braune Metallpferd auf seiner riesigen rostigen Stahlfeder war noch immer da. Im dämmrigen Morgenlicht meinte Winter fast, Justin vor sich zu sehen, wie er unter lauten „Jippie"-Rufen wild schwankte und dabei an den äußersten Punkten fast den Kies berührte.

Winter joggte schneller und ließ die Erinnerungen hinter sich zurück.

Die Vergangenheit wandelte sich niemals. Aber jetzt musste sie sich auf das konzentrieren, was der heutige Tag bringen würde.

NOAH HATTE Officer Thomas Benton am Vortag auf Anhieb unsympathisch gefunden, und die vierundzwanzig Stunden Abstand hatten seine Einschätzung nicht verändert. Der Kerl war mürrisch, schlampig, körperlich schlaff und ein übler Stänkerer. Kurz gesagt, er war ein Arsch.

Und Officer Benton plusterte sich gerade auf wie ein zum Angriff gereizter Zwerghahn, so erregt, dass sein Bierbauch ein oder zwei Uniformknöpfe zu sprengen drohte.

„Ich weiß immer noch nicht, warum das FBI hinzugerufen werden musste", meckerte er. „Wir hatten die Sache auf Ebene der Ortspolizei bestens im Griff. Bisher haben wir ja noch nicht einmal eine Rückmeldung der Gerichtsmedizin."

Mit einem funkelnden Blick ihrer blauen Augen klatschte Winter die jämmerlich dünne Aktenmappe, die man ihnen zur Durchsicht überlassen hatte, auf die Tischplatte. „Was genau haben Sie denn unternommen? Machen Sie Dienst nach Vorschrift, bis sie das hier im Archiv für unerledigte Fälle entsorgen können? Haben Sie auch nur angefangen, die Vermisstenfälle durchzugehen?"

Gary Miller, der Polizeichef von Harrisonburg, räusperte sich energisch. Der Mann sah wie Ende sechzig aus, hatte schütteres graues Haar, das den Blick auf seine glänzende Kopfhaut freigab, und das Gesicht eines Menschen, der längst reif für die Rente ist.

„Tom, darüber haben wir doch schon gesprochen. Wir

empfangen unsere Freunde vom FBI mit offenen Armen." Chief Miller lächelte gequält. „Wir spielen hier im selben Team und vertragen uns." Mit einem strengen Blick bezog er Winter in den Tadel mit ein.

Sie nickte ihm zurückhaltend zu, ließ aber von Benton ab.

Es wurde Zeit, dass alle sich beruhigten.

„Wir sind Ihnen dankbar, dass Sie Ihre Informationen mit uns teilen", sagte Noah mit seinem extra dick aufgetragenen, entspannten texanischen Akzent und schenkte beiden Männern ein herzliches Lächeln. „Sollen wir jetzt zu der Stelle fahren, an der die Gebeine gefunden wurden? Ist doch ein schöner Tag für einen Spaziergang im Wald."

Winter und er nahmen ihren eigenen Wagen und folgten dem Chief und Officer Benton, die ihnen im Streifenwagen voranfuhren. „Komm schon, Winter", sagte Noah, als sie losfuhren. „Idiot oder nicht, du hast ja gehört, was Miller gesagt hat. Er sorgt dafür, dass Officer Benton sich manierlich benimmt, und im Gegenzug beherrscht du dich und nennst ihn nicht unfähig."

„Das ist er." Winters Stimme war ausdruckslos. Sie schaute aus dem Fenster auf die vorbeistreichenden Felder und Farmen und auf die Gebirgskette in der Ferne. „Du hast die Akte doch gesehen. Er hat dem Mann, der die Gebeine gefunden hat, kaum Fragen gestellt. In den zwei Wochen, seit die Gebeine zur Untersuchung eingeschickt wurden, hat er buchstäblich überhaupt nichts getan."

„Jetzt sind wir aber hier", erklärte Noah geduldig. „Wir lösen den Fall. Und bis dahin müssen wir einfach nur dafür sorgen, dass alles wie geschmiert läuft."

Zwanzig Minuten hinter Harrisonburg und etwa zehn Minuten nordwestlich von Linville hielt der Streifenwagen vor ihnen am Straßenrand. Die Gegend war dicht bewaldet und bergig, der Straßenrand von Bäumen gesäumt. Vor

Kurzem war ein Pfad ins Unterholz gehauen und mit einer kleinen Spurensicherungs-Markierungsfahne gekennzeichnet worden, die von der Straße aus nicht unmittelbar zu bemerken war.

Sie hielten hinter dem Streifenwagen und stiegen aus.

„Hoffentlich haben Sie robuste Schuhe an", bemerkte Chief Miller mit einem Blick auf den steilen Pfad. Offensichtlich war er ihn mehr als einmal hinaufgestiegen und von der Kraxelei nicht gerade begeistert.

Sie waren auf so etwas vorbereitet. Noah trug ein Paar abgenutzte Wanderschuhe, Winter bestens geeignete Trailrunning-Schuhe. Sie nahmen den Aufstieg in Angriff.

„Ziemlich eigenartig, dass jemand so weit hier draußen ganz zufällig auf eine vergrabene Leiche stößt, oder?", fragte Noah.

Der hochrot angelaufene Benton schüttelte keuchend den Kopf. „'N Jäger und sein Sohn. Haben außerhalb der Jagdzeit 'n Hirsch gejagt, fanden aber, dass es wichtiger war, uns über die Knochen Bescheid zu geben."

Noah warf einen Blick auf Winter. Er wusste, dass sie sich in diesem Moment miserabel fühlen musste, doch mit einem Gesicht wie eine kühle, ausdruckslose Maske schaute sie sich in dem dichten Unterholz um. Ihr Blick schien alles auf einmal wahrzunehmen.

Die Frau hatte Schneid. Das war einer der Gründe, aus denen er sie so gern mochte.

„Haben Sie den Jäger belangt?", fragte Noah neugierig.

„Nein", antwortete Chief Miller, der gerade einen dicken, am Boden liegenden Ast umging. „Ich kenne ihn. Er ist arbeitslos. Wahrscheinlich hat er den Hirsch zu Hause auf den Tisch gebracht. Ein etwas eigentümlicher Mensch." Letzteres klang wie eine Warnung. „So eine Art Verschwörungstheoretiker. Gegen die Regierung und all das. Er hat uns nur deshalb angerufen, weil ich ihn aus seiner Schulzeit kenne."

Der Pfad verlief endlich flacher, und sie drangen tiefer in den Wald ein. Es war hier schattig und ruhig, die Bäume ragten hoch auf und hielten den größten Teil des Sonnenlichts ab. Es waren überwiegend Eichen mit ein paar Kiefern dazwischen. Wahrscheinlich ein alter Bestand, nach der Dicke einiger der Eichenstämme zu schätzen.

Einige Minuten später gelangten sie auf eine kleine natürliche Lichtung, und es kam Noah so vor, als bebte Winter wie ein Jagdhund, der Wild anzeigt. Der Boden war hier stärker zertreten, und er brauchte weder das klaffende Loch in der Erde zu sehen, das noch immer mit einer Plane überdacht war, noch die wenigen verstreuten Markierungsfahnen, um zu begreifen, dass sie den richtigen Ort erreicht hatten.

„Also, gehen Sie es bitte mit mir durch", bat Noah den Chief. „Wie haben die beiden die Gebeine gefunden?"

Winter stand schweigend neben ihm und musterte die Bäume, das Unterholz und die Flecken von blauem Himmel, die durchs Blätterdach hindurchschimmerten. Sie schaute überall hin, nur nicht auf die Stelle, wo sich neben einem frisch aufgeworfenen Erdhügel tief und dunkel ein Loch auftat.

War das der Ort, an dem die Leiche ihres Bruders all die Jahre gelegen hatte?

Chief Miller zog seine Hose mit einem Ruck zur Taille hoch und näherte sich einer der Markierungsfahnen. Noah warf erneut einen Blick auf Winter. Sie starrte auf den Boden – bedeckt mit einer Mischung aus totem Laub und Brocken frischer Erde –, als könnte sie direkt hindurchschauen. Als könnte sie Dinge sehen, die ihm verborgen blieben.

Auch Benton beobachtete Winter, der Officer schnaufte noch immer von der Anstrengung des Aufstiegs. Noah warf ihm einen langen Blick zu, bis der Officer es bemerkte, sich abwandte und seinem Chef folgte.

Noah schloss sich ihnen an.

„Der Name des Jägers ist Brian Snyder", berichtete Chief Miller. „Er und sein ältester Sohn Liam waren mit zwei von ihren Hunden im Wald unterwegs. Sie hatten eine Hirschkuh angeschossen und spürten ihr nach, als Corker, der jüngere Hund, etwas witterte und davonraste. Duke, der ältere Hund, folgte der Hirschkuh dort hinüber." Er deutete in eine andere Richtung.

„Brian folgte Duke, während Liam hinter Corker herrannte, um zu sehen, was der Hund erschnüffelt hatte. Liam kam mit einem Oberschenkelknochen zu seinem Dad zurück. Brian untersuchte die Stelle, wo der Junge den Knochen gefunden hatte, und entdeckte einen menschlichen Schädel mit einem Loch im Hinterkopf. Er schaffte seinen Sohn und die Hunde vom Fundort weg, damit sie nicht noch mehr Spuren vernichteten, und kam direkt zu uns."

„Ist er erst zu Hause vorbeigefahren, um die Hirschkuh aufzuhängen?"

„Natürlich." Chief Miller lachte glucksend, da er in Noah einen Jägerkollegen erkannte. „Gutes Fleisch darf man nicht verderben lassen. Die Gebeine hatten ja schon lange dort gelegen. Sie konnten ein bisschen warten."

„Wir brauchen hier einen Leichenspürhund."

„Was?" Der Chief fuhr herum, während Tom Benton Winter mit offenem Mund anstarrte. Es waren die ersten Worte, die sie sagte, seit sie vorhin aus dem Wagen gestiegen waren, und ihre Stimme klang laut, klar und entschlossen.

Benton verzog die Lippen. „Wozu? Wir wissen nicht einmal wirklich, wie alt diese Knochen sind. Sie könnten noch von den Indianern stammen. Die Forensiker haben nur geschätzt. Wollen Sie vielleicht einen ganzen indianischen Friedhof aufgraben?"

Da war er wieder, dachte Noah, der Winter nachdenklich betrachtete. Dieser eigenartige und beinahe unheimliche

Gesichtsausdruck, den sie manchmal bekam und bei dem ihre Augen eindeutig auf etwas blickten, aber doch in weite Ferne gerichtet waren. Das hatte er schon einmal gesehen, und zwar damals, als sie bei ihrem ersten gemeinsamen Fall ein „Bauchgefühl" dafür gehabt hatte, wo der Serienvergewaltiger anschließend zuschlagen würde. Die anderen im Team hatten ihre Vorahnung abgetan. Da war sie auf eigene Faust losgezogen, war in die Rolle eines Lockvogels geschlüpft und hatte den Kerl geschnappt.

„Darf ich fragen, warum?" Auch der Chief wirkte skeptisch. „Mir scheint es sinnvoller, erst mal den Bericht aus der Forensik abzuwarten."

Shit. Noah hatte keinen Zweifel, dass Winter etwas Reales erspürte, aber die beiden Männer würden keinen Grund haben, ihr zu glauben.

Sie hätte sich am liebsten auf die Zunge gebissen. Die beiden Harrisonburger sahen sie an, als wäre sie verrückt geworden. Auch Noah musterte sie, und sein sonst so entspannter Gesichtsausdruck war konzentriert und aufmerksam.

Sie hätte vom letzten Mal lernen sollen, aber nein. Statt sich rechtzeitig rationale Gründe und Rechtfertigungen zurechtzulegen, platzte sie mit diesen Dingen heraus und stand dann da wie ein Idiot.

Doch selbst wenn sie nicht direkt hinschaute, sah sie überall Stellen, an denen der Waldboden rot glühte. Kleine, verstreute Bereiche. Sie konnte es nicht erklären. Es war jedoch bisher schon einige Male geschehen, und sie vertraute diesem … was auch immer es war.

Der Jogger in Richmond. Sie hatte ihn gefasst, weil sie eine bestimmte Stelle auf einem Stadtplan rot hatte glühen sehen, als hätte jemand mit einem Laserpointer darauf gezeigt. Und sie hatte instinktiv gewusst, wann sie dort sein musste, um den Täter zu schnappen.

Jahre zuvor hatte es auf dem Campus der State University of New York, wo sie studierte, eine Serie von Einbrüchen gegeben. Sie hatte den Kerl identifiziert, als sie sah, dass seine Armbanduhr rot glühte. Da hatte sie gewusst, dass sie gestohlen war, und sich zurechtgelegt, der Träger müsse der Dieb sein. Doch sie hatte ihrem Instinkt nicht vertraut, und das hatte dazu geführt, dass eine Freundin von ihr verletzt worden war.

Inzwischen hatte sie gelernt, an ihr Bauchgefühl zu glauben. Hier lagen noch weitere Leichen vergraben. Weitere Opfer.

Und es *waren* Opfer. Dies war keine Bestattungstätte der Ureinwohner.

Sondern der Ablageort eines Mörders.

4

Winter machte schon den Mund auf, um ihre Erklärung zu verteidigen, da kam Noah ihr zuvor.

„Das könnte nicht schaden. Wir sind ohnehin hier. Da können wir auch ebenso gut ein paar Dinge ausschließen, während wir auf den Bericht des Gerichtsmediziners warten. Keine Sorge“, beruhigte er Chief Miller lächelnd. „Wir kümmern uns um das Klein-Klein, und falls wir etwas finden, bekommen Sie die Anerkennung.“

„Bullshit.“ Benton spie dem Chief das Wort entgegen. Er war wieder rot angelaufen, und die dunklen Augen waren in das feiste Gesicht eingesunken wie Rosinen in Teig. „Diese Schweine vom FBI sind alle gleich. Lassen Sie sich doch von denen nicht herumkommandieren. Ehe wir uns versehen, informieren diese Arschlöcher die Medien, und die Pressefritzen kriechen hier überall rum und behaupten, die einheimische Polizei würde ihre Arbeit nicht tun. Und das nur, weil Sie nicht den Schneid haben …“

„Benton“, unterbrach der Chief ihn leise. Drohend. Gary Miller hatte anscheinend einen langen Geduldsfaden, aber nun war er gerissen. „Halten Sie die Klappe. Ich muss mit

Ihnen reden. Unter vier Augen.“ Er sah Winter und Noah noch einmal kurz an. „Agents, nehmen Sie sich so viel Zeit, wie Sie brauchen. Und teilen Sie mir dann mit, was Sie beschlossen haben.“

Er machte sich auf den Weg zum Wagen und marschierte in Richtung Pfad davon. Benton warf ihnen einen letzten giftigen Blick zu und stampfte hinter seinem Chef her.

„Na, das lief ja großartig“, sagte Noah ironisch. Er trat zur Grube, und Winter folgte ihm. Sie scherte sich nicht um Tommy Bentons Groll oder darum, dass sein Chef ihm wahrscheinlich gerade die Hammelbeine langzog.

Sie interessierte sich nur für eines, nämlich die anderen Leichen ans Licht zu holen.

„Und?“ Noah warf ihr einen Blick zu. „Möchtest du mir etwas erzählen?“

Winter zog abwehrend die Schultern hoch. „Eigentlich nicht.“

Noah ließ es auf sich beruhen.

„Du wirst dich bei Max melden müssen, falls du es nicht schon getan hast. Bring ihn auf den neuesten Stand. Da wir beide Grünschnäbel sind, braucht er eine zusätzliche Bestätigung, dass alles gut läuft.“

Winter nickte und rieb sich die Arme gegen die Kälte. Aus dem Loch im Boden vor ihnen stieg es eisig auf. Ihr kleiner Bruder hatte nicht darin gelegen, das wusste sie inzwischen, aber der Bruder oder das Kind von jemand anderem. Es war eine kalte Ruhestätte für ein Leben, das ausgelöscht worden war, bevor es hatte erblühen können. Unbemerkt. Und vielleicht unbeweint.

Sie würde für das Kind wehklagen.

„Es ist nicht Justin.“

„Bist du dir sicher?“

Ein kurzes Nicken. „Ja.“

Er stellte ihr keine Fragen und bat sie nicht um Erlaubnis,

sondern wandte sich ihr einfach zu und zog sie in seine Umarmung. Winter verkrampfte sich bei der Berührung, doch unwillkürlich entspannte sie sich dann, als seine Wärme und sein Trost sie umfingen. Er rieb ihr die Hand in einem energischen, beruhigenden Rhythmus über den Rücken, und durch ihr Shirt hindurch spürte sie deren Wärme. Etwas, das sich in ihr zusammengeballt hatte, löste sich, und sie blinzelte Tränen zurück, die ihr anscheinend in letzter Zeit öfter das Leben schwer machten. Sie war sich zwar sicher, dass die Gebeine nicht die von Justin waren, doch sie empfand keine Erleichterung. Nur eine überwältigende Trauer um den unbekannten Jungen.

Die Stirn gegen Noahs Schulter gepresst, sagte sie leise: „Hier sind noch mehr. Wir müssen sie finden."

Er stellte weder Fragen, noch zögerte er. „Dann lass uns zum gerichtsmedizinischen Institut in Roanoke fahren. Mal schauen, ob wir dort nicht eine Begründung für den Leichenspürhund finden, die allen einleuchtet."

Florence Wade sah nicht aus wie eine Gerichtsmedizinerin. Sie sah aus wie jemandes liebe Oma. Unter ihrem weißen Laborkittel schienen die weichen Rundungen ihres Körpers durch, und ihre grau melierten, wilden Locken waren kurz geschnitten. Als sie sich vorstellten, begrüßte sie sie mit einem sonnigen, fröhlichen Lächeln, und ihr Händedruck war fest. Hinter dem Horngestell ihrer Gleitsichtbrille leuchtete die scharfsinnige Intelligenz ihrer braunen Augen hervor.

„Danke, dass Sie gekommen sind, Agents."

Sie führte sie in einen kleinen Konferenzraum und legte eine Aktenmappe vor sie auf den Tisch. Sie öffnete sie, zog einen Stapel Fotos heraus und breitete sie auf dem Tisch aus.

„Für meinen abschließenden Bericht brauche ich noch

etwa eine Woche, aber hier ist schon einmal das, was ich bisher habe." Mit dem Zeigefinger, dessen Nagel kurz geschnitten und nicht lackiert war, deutete sie auf das erste Foto und dann auf das nächste. Bilder des Fundorts vor der Ausgrabung. Ein überwiegend freigelegter kleiner Schädel war deutlich zu erkennen. Auf einer Seite sah man einen zusammengescharrten Haufen Blattlaub, wahrscheinlich stammte er von dem Hund, der am Fundort herumgewühlt hatte.

„Die Knochen sind älteren Datums. Wir haben Proben der substantia corticalis und des Zahnschmelzes genommen, und mittels der Radiokarbonmethode konnten wir als Zeitpunkt des Todes den Dezember 1987 bestimmen, mit einer möglichen Abweichung von plusminus einem Jahr. Sie stammen von einem 1981 geborenen, sechsjährigen Jungen."

Sie zeigte auf ein weiteres Foto, das diesmal im Labor aufgenommen worden war. Die Knochen hatte man gereinigt und anatomisch korrekt ausgelegt. Winter umklammerte die Tischkante so fest, dass ihre Fingerknöchel weiß wurden. Die Knochen waren so zierlich.

„Das Skelett war vollständig, es fehlten keine Knochen, und es gab auch keinen Hinweis, dass an derselben Stelle noch eine zweite Leiche verscharrt worden sein könnte." Florence deutete auf das Loch im Schädel. „Die Todesursache scheint ein eingedrungenes Projektil zu sein. Weitere Verletzungen waren nicht festzustellen, weder zum Todeszeitpunkt noch davor."

„Es war also kein Unfall?", fragte Noah, den Blick auf die Fotos gerichtet.

„Ich glaube, dass sie einen mutmaßlichen Mordfall vor sich haben", stimmte Florence ihm mit düster gewordener Miene zu. „Verursacht durch die aus kurzer Distanz abgefeuerte Kugel einer Kleinkaliberwaffe."

Nun schaute auch Noah finster.

Für Winter war es beruhigend, bei beiden die Masken der Professionalität verrutschen zu sehen. Seit ihrer Ankunft in Harrisonburg hatte sie sich gefragt, wie neutral sie war. Aber nur wenige Menschen ließ der gewaltsame Tod eines wehrlosen Kindes kalt. Nicht nur in ihr brodelte Zorn.

„Wir beschäftigen uns noch mit einigen Anomalien des Skeletts", fuhr Florence fort. „Seine Größe und sein Entwicklungsstadium passen nicht ganz zu dem vom Odontologen angegebenen Zahnalter. Der Tote hat anscheinend an einer genetischen Anomalie gelitten, die den Knochenwuchs verlangsamt und beeinträchtigt. Um welche Erkrankung es sich genau handelt, können wir allerdings nicht ohne Weiteres sagen."

Winter war aufgefallen, dass die Beinknochen des Skeletts auf dem Foto sichelförmig wirkten und das Rückgrat verkrümmt. Sie deutete auf das Bild. „Das ist nicht normal, oder?"

„Richtig. Und das hier auch nicht." Florence strich über die ausgelegten Armknochen. „Die Arme sind kürzer, als sie es in diesem Entwicklungsstadium sein sollten. Außerdem ist der Kieferknochen leicht missgebildet, und einige der Knochenplatten des Schädels sind nicht so zusammengewachsen, wie sie es bei einem sechsjährigen Kind sein sollten. Wir haben einige genetische Tests durchgeführt, können aber noch nicht den Finger auf die Erbkrankheit legen. Der Untersuchte hatte die Größe eines ein oder zwei Jahre jüngeren Kindes. Ich schätze ihn auf gut einen Meter, mit einem Gewicht zwischen sechzehn und achtzehn Kilo. Ich glaube außerdem, dass er im Stehen einen Buckel hatte, was ihn wegen des vorgeschobenen Kopfs sogar noch kleiner wirken ließ."

„Wie steht es mit der Identifizierung?", fragte Noah. „Haben Sie eine Ahnung, wer dieses Kind sein könnte?"

„Noch nicht. Kein Treffer beim DNA-Abgleich, kein

Treffer beim Zahnstatus. Keine chirurgischen Implantate, die zu einer Patientenakte führen könnten. Wir wissen, dass der Junge europäischer Abstammung war, aber viel mehr haben wir bisher nicht."

Sie verabschiedeten sich und nahmen die Kopien mit, die Florence für sie ausgedruckt hatte. Florence versprach, sie auf dem Laufenden zu halten, sobald sich etwas Neues ergeben würde.

„Finden Sie heraus, was diesem armen Jungen zugestoßen ist", forderte sie sie beim Gehen auf. „Mein Enkel ist im gleichen Alter und hat das Down-Syndrom. Danny ist das tollste Kind, das man sich denken kann. Nach fünfunddreißig Jahren in diesem Job bin ich ziemlich unparteiisch, aber bei Fällen wie diesen, wo es um die Jüngsten und Verletzlichsten von uns geht? Die erfüllen mich immer noch mit Abscheu."

Auf der zweistündigen Rückfahrt von Roanoke nach Harrisonburg redeten Noah und Winter nicht viel, während der ersten Stunde war jeder mit seinen eigenen Gedanken beschäftigt. Winter überlegte, Max anzurufen, drückte sich aber davor. Stattdessen fasste sie die bisherige Arbeit in einer ausführlichen E-Mail zusammen, in die sie eine lange Liste einschloss.

„Du weißt, dass er E-Mails hasst", warnte Noah sie.

Winter zuckte zusammen. „Ja. Diesmal möchte ich es doch riskieren."

Max rief innerhalb weniger Minuten zurück und machte ihr klar, dass er am nächsten Tag einen Anruf erwartete. Anschließend nannte er ihr Namen und Telefonnummer eines ihm in der Gegend bekannten Suchhundeführers, der einen ausgebildeten Leichenspürhund besaß.

„Wollen wir einen Happen essen?", fragte Noah, als sie an der Ausfahrt nach Pleasant Valley vorbeifuhren.

Winter hatte keinen Hunger, aber seit den Pfannkuchen am frühen Morgen waren viele Stunden vergangen. Noah war, wie sie wusste, *immer* hungrig. „Gern. Es gibt da ein Lokal nicht weit von unserem Motel. Reggianos. Die haben früher eine tolle Pizza gemacht."

Für einen Donnerstagabend war das Lokal voll, und es herrschte ein ziemlicher Lärmpegel. Die Einrichtung hatte sich kaum verändert, seit Winter zum letzten Mal hier gewesen war. Rot-weiß karierte Vorhänge an den Fenstern. Tische, an denen eine Familie Platz fand. Die Bänke hatten ein Polster aus quietschendem rotem Kunstleder. Hinten im Lokal, neben der Jukebox, fanden sie einen freien Tisch.

Eine gehetzte Kellnerin hastete heran und nahm ihre Bestellung auf. Ein Meatball-Sandwich für Winter und eine extragroße Pizza für Noah, belegt mit jeder Fleischsorte der Welt. Die Kellnerin brachte ihnen das Bier sofort, warnte sie aber, wegen der unerwarteten Siegesfeier einer Fußballmannschaft im Nebenzimmer komme man in der Küche nur mit Mühe nach. Jeder, der bereit sei, auf das Hauptgericht zu warten, erhalte zum Ausgleich kostenlose Breadsticks.

Winter trank einen Schluck von ihrem Bier – Rolling Rock – und versuchte, ihre niedergeschlagene Stimmung abzuschütteln. Sie würde im FBI nicht lange durchhalten, wenn sie es nicht schaffte, einen Fall nach Feierabend beiseitezuschieben.

„Wir kennen uns jetzt schon eine ganze Weile, Dalton, und es gibt etwas, was ich dich schon immer fragen wollte."

Er blickte von der Dessertkarte auf. „Was denn, Darling?"

„Wie zum Teufel schaffst du es, so viel zu essen, ohne einen Herzanfall zu kriegen und tot umzufallen?"

Er lachte, ein tiefes, warmes Glucksen, das die Frau am Nachbartisch dazu brachte, nach ihm zu schauen und gleich noch einmal hinzusehen, um sich an seinem Anblick zu weiden. „Das sind die Gene", erklärte er, ohne die Bewunderung der Frau nebenan zu bemerken. „Mein Grandpa hatte eine Rinderfarm und hat manchmal vier Mal am Tag Steak gegessen."

„Hat? Was ist mit ihm passiert?" Noah hatte kaum je von seiner Familie erzählt.

„Grandpa? Oh, der lebt noch." Grinsend strich Noah sich mit beiden Händen über den flachen Bauch. „Nur verträgt er inzwischen noch mehr. Jetzt isst er sechs Steaks am Tag."

Winter verdrehte die Augen. „Du bist so ein Idiot."

Ihre von heißer Knoblauchbutter triefenden Breadsticks kamen. Winters Magen knurrte. Wie sich herausstellte, war sie nun doch hungrig.

„Was machen deine Großeltern?", fragte Noah, nachdem er einen Breadstick mit zwei Bissen vertilgt hatte. Er hatte die beiden vor einigen Monaten kennengelernt, als er Winter nach ihrer beider Abschluss an der FBI-Academy und vor dem Dienstbeginn in Raleigh für eine Woche im großelterlichen Haus besucht hatte.

„Es geht ihnen gut." Winter lächelte. „Derzeit bin ich ja nicht weit von zu Hause weg. Gramma versucht immer noch, Grampa das Skypen beizubringen, damit wir in Kontakt bleiben können, wenn sie nach den Feiertagen nach Florida fliegen. Er gibt sich Mühe, grinst aber und tut so, als posierte er für ein Foto."

„Wenn deine Grandma allein wäre, würde ich sie wahrscheinlich bitten, mich zu heiraten. Ihr Hackbraten ist ein Knüller." Beim Gedanken daran lächelte er selig.

„Warst du schon mal verheiratet?"

Er nickte und griff nach dem letzten Breadstick. Sie fuhr rasch die Hand aus und kam ihm zuvor. Er warf ihr einen so unglücklichen Blick zu, dass sie die Knabberstange in zwei Teile brach. „Mit Mary Sue Lichtenberg", antwortete Noah und steckte die Hälfte seiner Hälfte in seinen grinsenden Mund. „Gleich nach der Schule."

„Lass mich raten. Sie war die führende Cheerleaderin,

und du warst der Footballstar, Quarterback. Ihr wart so ein Highschool-Pärchen."

„Nein. Sie war die Leiterin des Debattierclubs und ich ein Runningback." Beim Lächeln gruben sich Lachfältchen in seine Augenwinkel, und er trank einen Schluck Bier. „Nach dem Schulabschluss dachte sie, wir sollten Familie spielen, und sagte mir, sie sei schwanger. Aber zwei Wochen, nachdem der Friedensrichter uns getraut hatte, machte ich mich zur Grundausbildung davon. In der kleinen Wohnung, die ich für uns gemietet hatte, wurde ihr bald langweilig, und sie zog wieder zu ihren Eltern und reichte die Scheidung ein."

„Kein Baby?"

„Nein. Und keiner nimmt dem anderen etwas übel. Wir waren sowieso zu jung für die Ehe. Keiner von uns beiden wusste schon, was er vom Leben wollte."

„Redet ihr noch miteinander?"

Noah leckte sich lächelnd Knoblauchbutter vom Daumen. „Ja, klar. Bei Mary Sues zweiter Hochzeit vor zwei Jahren war ich ihr Trauzeuge. Und jedes Jahr schickt sie mir eine Weihnachtskarte. Mary Sue und ihre Ehefrau Jacinda haben letzten Sommer zwei Babys aus Nigeria adoptiert, zwei Jungen. Mich haben sie zum Patenonkel gemacht."

Erst nachdem Winter und Noah eine zweite Runde Bier getrunken und einen weiteren Korb Breadsticks verputzt hatten, kam endlich das Essen. Während Noah Winter mit seinen Geschichten ablenkte und zum Lachen brachte, lichtete sich die Kundschaft ein wenig, und zum ersten Mal seit gefühlten Wochen entspannte Winter sich etwas.

„Also das, was du da machst: Ist das wie eine Vision? Oder eher wie ein Bauchgefühl?"

Sie erstarrte, sofort herrschte Alarmstufe rot. „Wovon redest du?"

So beiläufig, als hätten sie gerade übers Wetter gesprochen, biss Noah von seiner Pizza ab und kaute nachdenklich. „Ich stelle mir vor, dass es wie das Bauchgefühl eines Polizisten ist“, sagte er endlich. „Vielleicht stärker? Bei mir kribbelt es manchmal, ich kann mich da also hineinversetzen. Plötzlich hat man so ein Gefühl, dass man zum Beispiel aufpassen muss oder dass man sich etwas ganz genau anschauen sollte, das auf den ersten Blick unauffällig wirkt. Und ehe man sich's versieht, greift ein Kerl nach seiner Waffe, oder aber man erkennt, wie sich in scheinbar zufälligen Daten ein Muster abzeichnet. Ist das, was du machst, damit vergleichbar?“

Ihr verging der Appetit, und sie schob ihren Teller mit dem halb gegessenen Baguette-Sandwich von sich. „Warum habe ich plötzlich das Gefühl, dass du es seit einer Stunde darauf anlegst, mich in Sicherheit zu wiegen?“

Noah warf ihr einen nicht zu deutenden Blick zu. „Wir spielen im selben Team. Im Moment sind wir sogar Partner. Partner passen aufeinander auf. Und sie teilen Informationen.“

„Ich weiß nicht, was ich deiner Meinung nach sagen soll.“ Voll Unbehagen blickte sie sich im Restaurant um. Alles war besser, als in den Sog dieses durchdringenden Blicks zu geraten, der unter dem dünnen Firnis von Leutseligkeit lag. Noah gab sich als ein entspannter, bodenständiger, braver Kerl, doch auf seine freundliche Weise war er unerbittlich.

„Die Wahrheit?“

„Na schön.“ Etwas konnte sie ihm immerhin verraten. Nicht die ganze Geschichte, aber einen Teil davon. So viel hatte er verdient. Sie begegnete dem Blick seiner ruhigen grünen Augen, die nichts als freundliche Besorgtheit und Neugier ausstrahlten.

„In der Umgebung des Leichenfundorts hat es überall rot geleuchtet. So etwas passiert mir manchmal, Dinge glühen rot, wenn sie mit einem Gewaltverbrechen verbunden sind oder mit der Person, die es begangen hat." Sie musterte sein Gesicht, um herauszubekommen, ob er entweder gleich loslachen oder aber die Leute von der Irrenanstalt rufen würde. Als er sie einfach nur mit einem Nicken zum Weiterreden aufforderte, fuhr sie widerstrebend fort. „Im Wald hab ich das rote Glühen an den Rändern des Lochs gesehen. Dann habe ich mich umgeschaut und festgestellt, dass noch andere Stellen glühten. Wir könnten jetzt dorthin zurückfahren und graben. Ich würde mein Leben darauf verwetten, dass wir an diesen Stellen weitere Leichen finden."

Mit angehaltenem Atem wartete sie auf den unvermeidlichen Blick, der nun folgen musste. Was genau darin stehen würde, spielte keine Rolle: Angst, Sorge, Unglauben, Mitleid oder Verachtung. All diese Blicke waren vernichtend.

Stattdessen lehnte er sich auf seinem Stuhl zurück, verschränkte die Arme vor der Brust und pfiff leise durch die Zähne. In seinem Blick lagen Bewunderung und vielleicht sogar Neid. Das brachte sie ein wenig aus der Fassung.

„Zum Teufel, in unserem Beruf ist das ein wirklich praktisches Talent." Sein schleppender, texanischer Akzent war noch stärker geworden. „Kannst du mir verklickern, wie man das macht?"

5

Am nächsten Morgen dämmerte der Tag wieder warm und sonnig herauf. Der Wetterbericht sagte zwar Regen und eine eintreffende Kaltfront voraus, aber dem herrlichen Blau des Himmels war das nicht anzusehen.

Winter und Noah trafen sich früh am Morgen erneut zum Joggen. Diesmal fiel es ihr leichter, an den vertrauten Orten ihrer Kindheit vorbeizulaufen. Wahrscheinlich half ihr das neue Einvernehmen, das sie mit Noah gefunden hatte. Nach ihrem Geständnis gestern Abend hatte er sie nicht wie eine Spinnerin behandelt. Vielmehr schien er ihr vorbehaltlos zu glauben. Sie konnte von Glück sagen, ihn als Freund zu haben.

Als sie an der Hemlock Street vorbeikamen, zog sich ihr Magen auch diesmal von einem unbestimmten Angstgefühl zusammen. Ihr ehemaliges Elternhaus stand am Ende einer Sackgasse, und sie weigerte sich, auch nur in diese Richtung zu schauen. Sie wollte die alte viktorianische Villa nie wiedersehen.

Sie frühstückten im selben Imbiss wie am Vortag – ein riesiger Stapel Pfannkuchen und ein Stück Schweinebauch für Noah, während Winter in einer kleinen Portion Eiweißrührei herumstocherte. Während sie ihren Kaffee austranken, wählte sie die Nummer des Suchhundeführers Jeff Dean, die Max ihr gegeben hatte.

Er lebte etwa eine Stunde entfernt auf der anderen Seite des Shenandoah National Park in Ruckersville. Im eigentlichen Beruf war er Bauunternehmer, und bis zum Spätnachmittag würde er auf einer Baustelle sein. Als Suchhundeführer arbeitete er nur im Nebenjob. Er versprach, am nächsten Morgen mit seinem Leichenspürhund Caesar zu kommen.

„Hoffentlich hält das Wetter noch so lange“, sagte Noah und bat die Kellnerin mit einem Wink um die Rechnung.

„Daran habe ich auch schon gedacht.“ Winter kramte in ihrer Handtasche nach der Spesenkarte, die sie bekommen hatte. „Ich finde, wir sollten heute mit dem Jäger reden, der die Gebeine gefunden hat.“

Noah nickte. „Klingt vernünftig. Ich habe seine Nummer und ruf ihn an.“ Noah grinste. „Der Chief sagt, der Jäger ist ein bisschen ein Verschwörungstheoretiker - dein FBI-Tonfall könnte ihn verschrecken.“

„Meinetwegen kann er buchstäblich einen Aluhut tragen, solange er nur bereit ist, mit uns zu reden.“ Während Noah telefonierte, ging sie zur Theke, um zu bezahlen.

Als sie sich beim Hinausgehen trafen, blitzte schon wieder sein Megawatt-Lächeln auf. „Alles klar“, sagte er augenzwinkernd. „Er war nicht scharf darauf, uns bei sich zu Hause zu empfangen, aber ich habe ihn überredet.“

Winter stieß die Tür auf. „Dann mal los.“

Eine halbe Stunde später war Winter so weit, dass sie ihre Aluhut-Bemerkung am liebsten zurückgenommen hätte. Auf der Fahrt zu Brians Haus, das hinter Linville lag, hatte sich der Himmel plötzlich zugezogen. Der Wind frischte auf, und als sie die durch keine Hausnummer gekennzeichnete

Zufahrt erreichten, die man Noah beschrieben hatte, fuhr der Sturm in die Baumkronen und ließ die Zweige peitschen.

Noah, der diesmal am Steuer der FBI-Limousine saß, bremste ab, um beim Einbiegen von der zweispurigen Straße ein Schlagloch zu umfahren. Winter blickte zu den Bäumen auf, die den Weg säumten. Mindestens zehn *Kein Zutritt*-Schilder waren an die Stämme genagelt. Eine zerfetzte gelbe Fahne mit der Aufschrift *Betreten verboten* flatterte im Wind. Sie war unmittelbar unter dem Sternenbanner an einem verrosteten Fahnenmast befestigt und wand sich zischelnd wie eine Schlange. Über ihnen war eine kompakte schwarze Überwachungskamera an einem vorstehenden Ast befestigt und auf die Einfahrt gerichtet. Unter der Linse glühte ein kleines rotes Auge. Man verfolgte ihr Kommen.

Die Zufahrt war lang und holprig, gewiss eine Viertelmeile durch einen Tunnel von Bäumen. Unvermittelt öffnete sie sich auf eine kleine Lichtung.

„Ein hübsches Stück Land hat er hier." Noah fuhr langsamer, damit sie sich umschauen konnten. „In Texas habe ich öfter solche Gelände gesehen. Meistens wenn wir Meth-Labore auffliegen ließen, aber oft gehörten sie auch einfach nur Leuten, die ihre Ruhe haben wollten."

Neben einem müden braunen Jagdhund, der auf einem der wenigen Grasflecken lag und döste, pickten ein paar zerrupfte Hühner im Dreck. Mit geöffneter Motorhaube stand ein verblasster roter Ford Pick-up, dreckig und ohne Nummernschild, vor einer kleinen schiefen Garage und neben einem geringfügig neueren blauen Chevrolet. Zwei Trailer, die vom Anfang der Sechzigerjahre stammen mochten, standen nebeneinander mit dem Heck zum Wald. Sie waren in einem hässlichen Olivgrün gestrichen, doch die Zierleisten glänzten sauber und weiß, und unter den Fenstern waren Blumenkästen angebracht, aus denen rote Gerbera fröhlich die Köpfe reckten. Die Blumen waren noch immer hübsch und würden es bis zum ersten Frost bleiben.

Die Fliegengittertür eines der beiden Trailer ging auf, und eine Schar von Kindern quoll heraus.

„Dad! Das FIB ist da!“ Ein süßes rothaariges Mädchen, etwa sieben, dessen Zahnlücken beim Lächeln aufblitzten, kam schlitternd vor Noah zum Stehen und wirbelte dabei eine kleine Staubwolke auf. „Darf ich deine Pistole sehen?“

Hinter ihr stürmten weitere drei Kinder heran, wohl im Alter zwischen vier und neun. Alle hatten mehr oder weniger rötliches Haar, aber einer der Jungs sah dem Mädchen mit den Zahnlücken so ähnlich, dass er ihr Zwillingsbruder sein mochte. Während Noah die Kinder lachend abwehrte, fiel Winter auf, dass alle barfuß waren und dreckige Füße hatten. Aber die Kleider waren sauber, das Haar gebürstet, und sie wirkten glücklich und gut genährt.

Die Tür quietschte erneut, und ein hochgewachsener Mann mit kastanienbraunem Haar und scharfblickenden blauen Augen, etwa Mitte vierzig, trat auf die Vortreppe. Er wirkte attraktiv und gesund. Sein grünes T-Shirt war ordentlich unter den Bund der verwaschenen Bluejeans gesteckt. Hinter ihm stand ein fünftes Kind, vielleicht elf Jahre alt. Brian Snyder und sein Sohn Liam. Winter fragte sich, wo Mrs. Snyder sein mochte.

„Morgen“, sagte Brian. Nicht misstrauisch, aber auch nicht übermäßig freundlich. „Geht spielen, Kinder.“ Als er die Treppe herunterstieg, rannten die Kinder zu einem alten Autoreifen, der ein Stück entfernt von einer großen Eiche herabhing.

„Morgen“, sagte Noah in seiner lässigen Sprechweise. „Danke, dass Sie bereit waren, uns zu treffen.“

Sie schüttelten Brian die Hand und stellten sich vor, worauf Liam Winter schüchtern anlächelte. Brian bat sie, sich an einen Picknicktisch zu setzen, der in der Nähe stand.

In der Ferne unterstrich ein leises Donnergrollen die Schreie und das Gelächter der spielenden Kinder. Winter und Noah ließen sich auf der einen Seite des Tischs nieder und Brian auf der anderen, Liam dicht neben sich.

„Ich denke, wir machen es besser kurz." Brians Tonfall war nachdrücklich. „Sie wollen etwas über den Tag erfahren, an dem wir die Knochen gefunden haben." Er legte seinem Sohn schützend den Arm um die Schultern.

„Der Polizeichef von Harrisonburg hat uns bereits von ihrer Aussage berichtet", begann Winter, „aber wir würden die Geschichte gern noch einmal von Ihnen selbst hören."

Brian wirkte am ganzen Körper angespannt. „Ich möchte erst einmal eines klären. Ich habe außerhalb der Jagdzeit einen Hirsch gejagt. Mit dem Chief habe ich darüber geredet. Jetzt brauche ich Ihre Zusicherung, dass Sie mir nicht den Jagdaufseher auf den Hals hetzen, sobald Sie hier weg sind. Die verdammten Blutsauger würden mir eine Geldstrafe aufbrummen, nur weil ich meiner Familie etwas zu beißen besorge, und damit kann ich mich jetzt nicht auch noch herumschlagen."

„Nein, das machen wir nicht. Wir sehen, dass Sie einige Mäuler zu stopfen haben." Noah sprach mit freundlicher Stimme. „Viel Arbeit gibt es hier in der Gegend ja nicht. Die Kinder freuen sich wahrscheinlich über das Fleisch."

Winter nickte. „Wir interessieren uns nicht für Ihre Jagdgewohnheiten. Wir wollen einfach herausfinden, was dem kleinen Jungen zugestoßen ist, den Sie gefunden haben."

Brian entspannte sich ein wenig, und Liam, der sich an seinem Vater orientierte, genauso.

„Danke." Er schenkte ihnen ein gequältes Lächeln. „Ich bin schon seit Monaten arbeitslos. Meine Frau … sie ist vor einem Jahr gestorben. Ich kämpfe immer noch damit, die Arztrechnungen zu bezahlen. Früher war ich Fernfahrer, aber jetzt kann ich die Kinder nicht allein lassen."

„Das ist eine schwierige Situation", stimmte Winter mit echtem Mitgefühl zu. „Ihre Kinder sehen gesund und glücklich aus. Soweit ich es beurteilen kann, machen Sie Ihre Sache großartig."

„Freut mich, dass Sie das sagen." Verlegen wandte er sich seinem ältesten Sohn zu. „Schieß los, Liam. Erzähl den Agents, was du gefunden hast."

Mit rotem Kopf, weil er im Mittelpunkt der Aufmerksamkeit stand, wiederholte der Junge das, was sie bereits wussten. Sie waren jagen gewesen. Hatten eine Hirschkuh angeschossen. Das Tier rannte in die eine Richtung davon, während einer der Hunde in die entgegengesetzte Richtung flitzte, und so lief Liam dem Hund nach, während sein Vater die Beute verfolgte.

Liams Stimme klang zunehmend erregt, und er zappelte ein wenig auf seinem Platz herum. Offensichtlich kam er nun zum für ihn interessantesten Teil der Geschichte.

„Corker grub nach etwas, als ich ihn gefunden habe. Ich dachte, es wäre einfach nur ein alter Hirschkadaver oder so, und ich wollte nicht, dass er sich darin wälzt und fürchterlich stinkt. Das tut er nämlich manchmal. Also hab ich ihn weggezogen. Er hatte einen Knochen im Maul und ist weitergelaufen. Da hab ich den Schädel gesehen, immer noch halb vergraben. Er sah aus, als stammte er von einem Menschen, nicht von einem Tier. Also bin ich Corker nachgejagt, hab mir den Knochen aus seinem Maul geschnappt und ihn meinem Dad gebracht."

Er blickte zu seinem Vater auf, der ihm liebevoll das Haar zerzauste.

„Gut gemacht, Junge. Du kannst jetzt spielen gehen."

Liam glitt von der Bank herunter und rannte davon, wahrscheinlich um vor seinen Geschwistern damit anzugeben, wie er den Leuten vom FIB seine Geschichte erzählt hatte.

„Sie haben einen tollen Jungen." Noah deutete mit dem Kopf in die Richtung, in die Liam gelaufen war. „War er auch nur ein bisschen ängstlich, als Sie die Polizei gerufen haben?"

„Nein. Er ist ein Junge. Er fand das Ganze einfach cool. Da hatte er etwas, was er in der Schule erzählen und womit er seine Freunde beeindrucken konnte." Sein Gesicht wurde härter. „Ich denke immer wieder darüber nach. Natürlich habe ich meinem Sohn nichts davon erzählt, aber das vergrabene Kind hatte einen Kopfschuss erhalten. Irgendein Schwein hat das kleine Kind ermordet und dort im Wald verscharrt."

„Wie lange leben Sie schon in der Gegend?", fragte Winter.

„Ich bin hier geboren."

„Sie erinnern sich nicht an Gerüchte in Ihrer Jugend? Über einen verschwundenen Jungen?"

Wieder hörte man Donnergrollen, diesmal näher.

Brian zögerte kurz und blickte sich nach seinen Kindern um. „Ich konnte sehen, dass die Knochen alt waren, und ich habe versucht, mich an irgendwas zu erinnern. Es gab tatsächlich Gerüchte, aber nicht über ein verschwundenes Kind. Es gab damals eine Sekte, die sich hier in der Nähe niedergelassen hatte. Die Mond-Leute oder irgend so ein Scheiß."

Noah beugte sich vor. „Eine Sekte? Was denn für eine?"

„Das wusste keiner so recht. Und meistens haben Schulkinder darüber geredet", dämpfte Brian die Erwartungen. „Es hatte etwas von einem Ammenmärchen."

„Erzählen Sie uns das, woran Sie sich erinnern." Winter hatte in ihrer Kindheit ihres Wissens nie etwas über eine Sekte gehört, aber sie war jünger als Brian, und Linville lag eine Stadt weiter.

Er zuckte mit den Schultern. Vor ihnen fielen ein paar dicke Tropfen auf die Tischplatte. Keiner von ihnen beachtete den Regen. „Das waren einfach nur ein paar komische Hippie-Typen, die sich an einen Ort hier im Wald zurückgezogen hatten. Manchmal sah man ein oder zwei von ihnen in der Stadt. Sie trugen Kleider aus handgesponnener Wolle und so. Die Frauen hatten langes Haar und die Männer Bärte. Nicht wie die Amish, sondern eher so, als wären die Sechzigerjahre zurückgekehrt."

Der Regen fiel nun heftiger herab, und ein Blitz zuckte über den Himmel. Der Donner rumpelte, und die Kinder liefen unter schrillem Geschrei im Rudel zum Haus. Aus einem der Trailer ertönte wildes Gebell. Wahrscheinlich der andere Hund der Snyders. Der Hund, den sie eben dösen gesehen hatten, sprang auf und trabte zum Haus.

Auch Brian erhob sich. „Wahrscheinlich waren sie vollkommen harmlos", fügte er hinzu, „aber das hat die Leute nicht daran gehindert, Geschichten über sie zu erfinden."

Noah stand nun ebenfalls auf. „Haben Sie eine Ahnung, wo sie sich angesiedelt hatten?"

„Auf einer Farm, ein Stück nördlicher von der Stelle, an der wir die Knochen gefunden haben. Das Farmhaus und die Wirtschaftsgebäude sind immer noch da. Anscheinend hat jemand sie vor ein paar Jahren gekauft und züchtet dort Rinder."

Jetzt öffnete der Himmel seine Schleusen, es goss wie aus Eimern. Winters Haar klebte beinahe sofort am Kopf. „Wir lassen Sie jetzt reingehen", schrie sie über den peitschenden Regen hinweg und schüttelte Brian die Hand.

„Danke, dass Sie mit uns geredet haben", rief Noah und verabschiedete sich auf dieselbe Weise.

Die Augen gegen den Regen zusammengekniffen, nickte Brian ihnen zu. „Finden Sie das Schwein. Auch wenn es Jahre zurückliegt. Der Kerl hat ein Kind ermordet, und das sollte nicht unbestraft bleiben." Obwohl er bereits klatschnass war, eilte er im Laufschritt zum Haus.

Wieder im Wagen schaltete Winter das Gebläse auf Hochtouren, um die beschlagenen Scheiben freizubekommen. Sie standen auf der Zufahrt, die sich aus einem staubigen Weg in eine rutschige Matschstrecke verwandelt hatte.

„Was denkst du über Snyder?“ Noah hatte ein paar Papierhandtücher aus dem Handschuhfach genommen und wischte sich das Gesicht trocken. Er reichte Winter zwei trockene Tücher, damit sie dasselbe tun konnte.

„Wenn du mich bei unserer Ankunft gefragt hättest, hätte ich bezweifelt, dass wir irgendetwas Nützliches aus ihm herausbekommen würden. Aber er wirkt glaubwürdig. Und die Sache mit der Sekte ist interessant.“

Noah legte den Gang ein und wendete, wobei er sich duckte, um durch die freie Stelle zu spähen, die ganz unten in der beschlagenen Windschutzscheibe entstanden war. „Mir scheint, Snyder hat einen Groll gegen die Leute von der Jagd- und Fischereibehörde und wahrscheinlich auch gegen die Regierung insgesamt, wegen unseres beschissenen Gesundheitssystems. In seiner Lage kann ich ihm das nicht verübeln. Aber er kam mir nicht wie der Typ Aluhut vor. Er ist einfach einer, der gern für sich bleibt und der sein Bestes gibt, um mit einer Hand voller schlechter Karten klarzukommen.“

„Pass auf die Furche da auf.“ Winter griff Noah ins Lenkrad und riss es ein Stück nach rechts. Es fehlte gerade noch, dass sie sich im Schlamm festfuhren. „Warum gehen Männer immer davon aus, dass sie selbst hinter dem Steuer sitzen sollten? Das ist Macho-Gehabe.“

Noah lachte. „Wahrscheinlich steckt unser Testosteron dahinter, aber ich betrachte es eher als Ritterlichkeit, Darling.“ Der Wagen rumpelte über eine Serie waschbrettartiger Schlaglöcher und setzte beinahe auf. „Nächstes Mal kannst du das Steuer übernehmen“, fügte er hinzu.

Als sie es zur Straße zurückgeschafft hatten, stieß Noah einen Seufzer der Erleichterung aus.

„Jedenfalls kommt mir die Sektentheorie ein bisschen weit hergeholt vor. Eine Gruppe Hippies, die in der Gegend herumlaufen und Menschen ermorden? Kinder? Und keinem ist jemals irgendwas aufgefallen? Wie ging es weiter mit dieser Sekte? Wer war der Sektenführer? Außerdem sollen Hippies doch angeblich friedensliebend sein."

„Bisher haben wir keine Spuren, die wir sonst noch verfolgen könnten", bemerkte Winter. „Ich finde, wir sollten der Sache nachgehen."

„Sicher." Noah klopfte mit den Daumen auf dem Lenkrad herum. „Jeden Stein umdrehen und so. Aber erst brauche ich etwas zwischen die Zähne. Wo essen wir diesmal?"

Winter stöhnte. „Wir werden uns angewöhnen müssen, eine Kühlbox mitzunehmen. Ich weiß nicht, ob das Spesenlimit des FBI für deinen Appetit reicht."

6

Noah biss von seinem Burger ab und beobachtete Winter. Sie war erbleicht, als hätte sie ein Gespenst gesehen, und starrte zur anderen Seite des Restaurants.

Er blickte sich um. An den Nachbartischen saßen ein paar Familien, deren Kinder meist mit ihren Fritten herummatschten oder um Vierteldollarmünzen bettelten, um den praktisch antiken Pacman-Spielautomaten im hinteren Bereich des Gastraums zu füttern. Er bemerkte nichts Ungewöhnliches.

„Was ist los?"

Beim Klang seiner Stimme fuhr sie zusammen. Mit leicht errötetem Gesicht tunkte sie eine Fritte in Ketchup. „Ich dachte einfach nur, ich hätte jemanden gesehen, den ich kenne."

„Und dann wirkst du so verstört?"

„Ich bin nicht verstört." Zum Beweis biss sie ein großes Stück von ihrem Cheeseburger ab. Er lachte, als ihr Käse übers Kinn troff, und reichte ihr eine Papierserviette.

„Harrisonburg ist kein Dorf, aber eine Metropole ist es auch nicht gerade. Es kann durchaus sein, dass dir zufällig jemand über den Weg läuft, den du kennst. Gibt es bestimmte Leute, denen du nicht so gern begegnen würdest?“

Sie schüttelte den Kopf und schob sich eine weitere Fritte in den Mund, damit sie nicht zu antworten brauchte. Zumindest nahm er das an. Er blickte sich erneut um. Es stand jetzt eine andere Frau hinter der Theke als vorhin, als sie hereingekommen waren. Vielleicht hatte die Schicht gewechselt. Wenn er sich nicht irrte, starrte die neue Bedienung Winter an.

Sie war hochgewachsen und schlank, hatte aschblondes Haar und wirkte etwa gleichaltrig mit Winter. Außerdem sah sie wütend aus.

„Wer ist das an der Kasse?“

Winter zuckte die Achseln, ganz auf ihr Essen konzentriert. „Wir waren früher Schulkameradinnen.“

„Und warum sieht sie so aus, als wollte sie herkommen und dir eins auf die Nase geben? Als du von hier weggezogen bist, warst du in der Middle School, oder?“

„Ja. Und ich weiß es genauso wenig wie du.“

Noah ließ es auf sich beruhen, und sie aßen auf. Winter nahm ihre Brieftasche heraus, doch Noah hob die Hand. „Diesmal übernehme ich das.“ Er zwinkerte ihr zu. „Ich habe ebenfalls eine Spesenkarte bekommen.“

Er ging mit der Rechnung zur Theke. „’N Abend.“

Die Frau an der Kasse sah hochmütig über ihn hinweg. Mit schnellen, hackenden Bewegungen tippte sie auf die Tasten ein und tat so, als bemerke sie ihn gar nicht. Wellen heißer Abneigung strahlten von ihr aus.

„Die Burger hier sind gut“, versuchte er es erneut. „Ich wünschte, wir hätten daheim auch so ein Restaurant.“

Sie schnappte sich die Karte aus seiner Hand und zog sie durchs Lesegerät. Ohne ihn eines Blickes zu würdigen, knallte sie die Karte und den Kassenzettel zusammen mit einem Stift auf die Theke.

„Danke", sagte er trocken, fügte ein ordentliches Trinkgeld hinzu und unterschrieb. Dann kehrte er zu Winters und seinem Tisch zurück. Winter hatte den abgeblockten Gesprächsversuch beobachtet, und ihre Wangen waren rot angelaufen.

„Sie brauchte nicht unhöflich zu dir zu sein."

„Ich hab schon Schlimmeres erlebt. Bist du fertig?"

Sie waren geradc auf den Bürgersteig getreten, da hörten sie die Türglocke hinter sich. Noah schaute sich um und stöhnte. Die Blonde hatte sich aufgeblasen und stolzierte auf sie zu, als wäre sie für einen Kampf bereit. Beiläufig schob er sich zwischen die beiden Frauen.

„Hast du damals ihr Lunchgeld geklaut oder was?" Er redete mit leiser Stimme, nur zu Winter gewandt.

„Nein", antwortete Winter ebenso leise. „Wir waren beste Freundinnen."

Frauen, dachte er und empfing die Blonde mit einem entwaffnenden Lächeln. „Haben wir etwas vergessen?"

Sie beachtete ihn nicht. „Ich wusste, dass du es bist", fuhr sie Winter an.

„Ich freu mich ebenfalls, dich zu sehen, Sam." Winters Stimme klang gleichmütig, doch sie hatte die Fäuste geballt, und ihre Augen funkelten.

„Tu nicht so, als wärst du die Unschuld in Person, *Agent* Black." Die Frau versuchte, Noah zu umgehen, aber er stellte sich ihr energisch in den Weg.

„*Special* Agent, genau genommen. Tut mir leid, Ma'am, Sie fahren Ihre Krallen gerade gegen eine Bundespolizistin aus. Kann ich Ihnen helfen?"

Leute begannen, sich nach ihnen umzudrehen. Ihm war das ziemlich gleichgültig, aber Sam würde es vielleicht etwas ausmachen, sobald ihr klar wurde, wie sie sich in aller

Öffentlichkeit vor dem Lokal, in dem sie arbeitete, gegenüber zwei Kunden aufführte.

„Ja, das können Sie." Mit lodernden Augen starrte sie ihn wütend an. „Ihr beide könnt aufhören, mit euren riesigen FBI-Agents-Stiefeln auf meinem Mann herumzutrampeln!"

„Und wer mag das sein?"

Sie zuckte schnaubend zurück, als hätte sie eine Ohrfeige erhalten. „Das wissen Sie ganz genau!"

Winter schob Noah zur Seite. „Du hast Tommy Benton geheiratet?" Die Überraschung in ihrem Gesicht war beinahe komisch.

„Tu nicht so, als ob du es nicht gewusst hättest. Zum Teufel, wahrscheinlich hast du deine esoterischen Superkräfte benutzt, um dahinterzukommen." In einer höhnischen Geste hob sie beide Hände zappelnd zu den Ohren und sah Winter hämisch an. Winter verkrampfte sich, und ihre fast unmerkliche Belustigung über die Entdeckung, dass Sam Bentons Frau war, legte sich.

„Schau dich doch an. Da stehst du wieder auf der Matte, im Anzug und mit einer Knarre und benimmst dich wie Graf Koks persönlich, aber ich muss dich nur anschauen, um zu sehen, dass du immer noch eine totale Spinnerin bist."

„Hören Sie", versuchte Noah es erneut. „Wir haben einen Job zu erledigen. Niemand will auf Ihrem Mann oder sonst jemandem herumtrampeln. Behalten Sie Ihre Beleidigungen für sich. Sobald wir hier fertig sind, verschwinden wir wieder."

„Tun Sie nicht so von oben herab. Sie hasst mich noch aus der Kindheit, und ich wette eine Million Dollar darauf, dass sie zurückgekommen ist, um sich zu rächen." Sam zeigte mit dem Finger auf Winter. „Sollte mein Mann deinetwegen seinen Job verlieren, werde ich dir bei Gott ..."

„Sie halten jetzt besser den Mund." Noahs Stimme wurde hart. Genug war genug. „Sie stehen kurz davor, eine FBI-

Agentin zu bedrohen, und das ist etwas, was Sie ganz entschieden nicht tun sollten. Gehen Sie wieder an Ihre Arbeit. Ist das dort Ihre Chefin?“

Sam fuhr herum. Tatsächlich, eine ältere Frau mit mehlbestäubter Schürze stand in der Tür, die Hände in die Hüften gestemmt. Nach ihrem Gesichtsausdruck zu schließen, konnte Sam sich auf etwas gefasst machen. „Ich bin nicht mit dir fertig“, zischte Sam. Sie warf Winter noch einen gemeinen Blick zu und trat den Rückzug an.

„Wir sind schon lange miteinander fertig.“ Winters Stimme war leise. Beinahe traurig.

Sie kehrten schweigend zum Wagen zurück. Die erwachsene Sam zu sehen, hatte Winter verwirrt. Sam war immer ein Wildfang gewesen, die beste Werferin im Baseballteam der Kinder, die Knie aufgeschürft und zerkratzt und das Haar in einem schief geflochtenen Französischen Zopf. Sie hatte sich zu einer schönen, hochgewachsenen Frau entwickelt, doch ihre Augen waren von Unzufriedenheit verschattet.

Und von Zorn.

„Esoterische Superkräfte?“ Noah durchbrach das Schweigen mit einem Schnauben.

Winter schluckte den Köder nicht. Stattdessen streckte sie die Hand nach dem Autoschlüssel aus.

Noah reichte ihn ihr, und sie schwang sich hinters Steuer und rückte den Sitz vor, damit er für ihre kürzeren Beine passte. Noah setzte sich neben sie, und der Wagen neigte sich ein wenig, weil er so viel schwerer war. Er schnallte sich an und lehnte sich bequem zurück.

„Du hast also nicht ihr Lunchgeld gestohlen? Oder sie nach der Schule neben dem Fahnenmast vertrimmt?“

„Nein.“

Winter fädelte sich in den Verkehr ein und schlug den Weg zum Motel ein.

„Oder versucht, ihr ihren Freund auszuspannen?"

Er würde nicht lockerlassen, das wusste sie.

„Wir waren schon seit der Vorschule befreundet. Ich habe damals bei ihr übernachtet, in der Nacht, als meine …" Sie räusperte sich. „In *jener* Nacht. Verrückterweise haben wir uns wegen Tommy Benton gestritten. Ich sagte, Tommy stünde auf mich, aber offensichtlich war sie heimlich in ihn verknallt. Ein dummer Streit unter Kindern. Unsere Freundschaft hätte das überlebt. Nachdem ich aus dem Krankenhaus entlassen wurde und mit meinen Großeltern in ein gemietetes Haus zog, bin ich wieder zur Schule gegangen. Anfangs gab sie sich mitfühlend und schien mich zu unterstützen, doch ich habe den Fehler begangen, mich ihr anzuvertrauen."

„Was hast du ihr anvertraut?"

Ihre Fingerknöchel färbten sich weiß. „Das verrückte Zeug, das mit meinem Gehirn passierte."

Sie spürte seine Überraschung, schaute aber nicht zu ihm.

„Damals gab es auch schon bestimmte Dinge, die für dich rot glühten?"

„Nein." Winter seufzte niedergeschlagen und scherte sich diesmal nicht darum, dass sie weitere Geheimnisse preisgab. Es spielte ohnehin keine Rolle. „Als ich aus dem Koma erwachte, waren meine Sinne extrem geschärft. Alles schien auf mich einzuprasseln. Wenn ich in ein Zimmer ging, nahm ich wirklich *alles* wahr. Gerüche, Geräusche oder Einzelheiten. Und später konnte ich mich daran erinnern. Nach Schulschluss hätte ich dir erzählen können, welche Klamotten jeder Schüler der Klasse getragen hatte, wer unter seinem Pult einen Snack versteckte, dass Cindy Slusher neue Kontaktlinsen trug, wie viele Pickel auf dem Nacken von Mark Wiessburg sprossen, den Namen des Songs, dessen

Rhythmus Becky Smith mit dem Stift klopfte, wer im Mathe-Test abschaute und dass der Naturwissenschaftslehrer Mr. Williams wieder mit Rauchen angefangen hatte. Er hatte eine Packung Camel im Pult liegen, und ich konnte sie riechen."

„Ich erinnere mich nicht einmal mehr an meine Lehrer im College, geschweige denn an die in der Middle School. Du aber hast diese ganzen Einzelheiten bis heute im Gedächtnis", sagte er mit einer Stimme, die äußerstes Erstaunen erkennen ließ.

„Ja, das stimmt."

„Diese besondere Wahrnehmung: Hast du diese Fähigkeit immer noch?"

„Inzwischen kann ich Überflüssiges besser ausfiltern, aber damals … es war wie unter einem Sperrfeuer. Es fühlte sich ständig so an, als würde mir gleich der Kopf platzen, und ich musste es jemandem erzählen. Meine Großeltern hatten ihre Sachen gepackt und waren nach Harrisonburg gezogen, damit ich in derselben Schule und in meiner vertrauten Umgebung bleiben konnte. Alles, was geschehen war, setzte ihnen so sehr zu, dass ich sie nicht weiter belasten wollte. Ich hatte einen Psychoklempner, aber der schaute mich immer an wie eine Art wissenschaftliches Experiment. Dasselbe galt für die Ärzte, ich traute ihnen nicht. Aiden …" Sie riskierte einen kurzen Blick auf Noah, doch der schaute angelegentlich zur Windschutzscheibe hinaus. „Dem hätte ich es vielleicht erzählt, aber ich kannte ihn noch nicht gut genug."

„Aiden? Meinst du Aiden Parrish? Den Supervisory Special Agent der Abteilung für Verhaltensanalyse in Richmond?"

„Damals war er einfach nur Special Agent Parrish." Sie warf Noah einen Seitenblick zu. Er schaute mit ausdrucksloser Miene zurück. Sie konnte es ihm nicht verübeln. Sie hatte ihm gerade jede Menge Neues erzählt. „Parrish hatte damals den Preacher-Fall übernommen. Auch nachdem die Ermittlungen im Sande verlaufen waren, blieb er in Kontakt."

„Das erklärt einiges."

Winter ließ die rätselhafte Bemerkung auf sich beruhen. „Ich habe es Sam erzählt. Als Jugendliche glaubt man, seiner besten Freundin alles anvertrauen zu können. Unglückseligerweise hat sie es Tommy Benton weitergesagt, da sie zu Recht vermutete, dass seine Verliebtheit in mich sich legen würde, wenn er herausfinden würde, dass ich übergeschnappt war. Dagegen hätte ich nichts einzuwenden gehabt, aber von dort verbreitete sich die Nachricht rasch in der ganzen Schule."

„Also haben deine Großeltern dich aus dieser Schule genommen und sind mit dir nach Raleigh gezogen", beendete er die Geschichte für sie.

„So ungefähr."

Es war mehr geschehen. Kinder liefen ihr hinterher und hänselten sie. Es kam vor, dass man ihr in der Schulkantine das Tablett mit Essen aus der Hand schlug. Und einmal schubsten zwei Mädchen sie in der Toilette herum. Sie verlor das Gleichgewicht und stürzte gegen die Wand aus gestrichenen Hohlbetonsteinen. Zurück blieb eine Prellung am Wangenknochen, und nun musste sie Gramma und Grampa endlich erzählen, was los war.

Noah hakte zum Glück nicht nach.

„Möchtest du zum Fernsehen mit zu mir kommen?", fragte er, als sie auf den Motelparkplatz einbogen. „Ich würde sagen, wir haben uns den Feierabend verdient. Gestern Abend war ich noch drüben im Mini-Markt und habe mir ein paar Dosen Rolling Rock in den Kühlschrank gepackt."

Ganz ehrlich, sie wollte einfach nur unter ihre Decke kriechen und so lange schlafen, bis sie den Streit mit Sam vor dem Restaurant vergessen hatte. Aber ihr Motelzimmer war derzeit kein sicherer Hafen. Denn zwischen ihrer Matratze und der Federung steckte immer noch das Foto von Justin.

„Ja. Fernsehen ist eine gute Idee. Aber keine Folge *Real Housewives.*"

Belustigt stellte sie fest, dass seine Wangen sich röteten. Noah war normalerweise umgänglich und gelassen. Nichts brachte ihn aus der Fassung. Doch jetzt sah er richtig bestürzt aus. „Wovon redest du?"

„Ach, Dalton." Seufzend schüttelte sie den Kopf. „Dünne Wände, und ich habe einen leichten Schlaf. Weiß der Rest des Teams über deine schändliche Neigung Bescheid?"

„Nein. Und sollten sie es herausfinden, werde ich schwören, dass ich Pornos geschaut habe." Mit einem gefährlichen Blick zog er seine grünen Augen zusammen. „Ich werde nicht nur bis zum letzten Atemzug leugnen, *Real Housewives* auch nur zu kennen ... ich werde außerdem wissen, wer mich verpfiffen hat."

„Du hast mir Geheimnisse entlockt", erklärte sie, als sie die Metalltreppe hinaufstiegen. „Da ist es nur gerecht, wenn ich auch etwas über dich in der Hand habe."

Grummelnd schloss er die Tür auf. Winter warf einen Blick zu ihrem Zimmer. Die Vorhänge waren aufgezogen und der Raum dunkel. Wahrscheinlich war das Zimmermädchen drinnen gewesen. Ob hinter der Tür wohl weitere weiße Umschläge auf sie warteten?

„Ich bin gleich wieder da", entschuldigte sie sich bei Noah. „Ich zieh nur eben etwas Frisches an. Eine *Jogginghose.*" Das letzte Wort betonte sie, damit er nicht anfing zu flirten.

„Gute Idee."

Sie schaltete beim Eintreten die Lampe ein und sah sich mit geschärften Sinnen um. Das Bett war gemacht. Kein Umschlag. Nichts sah ungewöhnlich aus. Sie zog die Vorhänge zu. Dann hob sie die Tagesdecke an und tastete unter der Matratze nach der Stelle, an der sie Justins Foto versteckt hatte. Es war immer noch da. Sie empfand nicht das Bedürfnis, es hervorzuholen und erneut anzuschauen.

Doch als sie aufstand, fiel ihr ein leichtes rötliches Glühen ins Auge. Das Gemälde an der Wand über dem Fernseher, eine ungeschickt gepinselte Herbstszene in den Smoky Mountains, verstrahlte einen schwachen, aber deutlich sichtbaren roten Schimmer. Sie nahm es von der Wand, behutsam, weil sie sich der Hellhörigkeit der dünnen Wände, wie schon zu Noah gesagt, sehr bewusst war.

Da fand sie etwas. Eine kleine Kamera, eingelassen in eine ausgehöhlte Stelle der Gipskartonwand. Sie erschauerte. Die Kamera war genau auf ihr Bett ausgerichtet. Mit voller Absicht zeigte Winter den Stinkefinger, sodass es jemandem, der die Aufzeichnung sah, nicht entgehen konnte, und formte mit den Lippen die Worte: *Fick dich.*

Beim Blick ins schwarze Auge der Kamera musste sie nicht raten, um zu wissen, wer das Zimmer wohl beobachtete. Die Frage lautete: Wie war er hineingelangt? War die Kamera schon gestern hier montiert gewesen? Falls ja, warum hätte Winter dann das rote Glühen nicht gesehen? Oder war hier ein ganz anderer Perverser am Werk?

So viele Fragen und keine Antwort.

Angewidert zog sie die Kamera aus dem Loch, schob hinten die Abdeckung auf und entnahm die Batterie. Nachdem sie Kamera und Batterie unter die Matratze geschoben hatte, ließ sie den Blick noch einmal durch den Raum wandern, doch diesmal wusste sie, dass sie nichts finden würde.

Aus der Fassung gebracht, kramte sie eine locker sitzende Jogginghose und ein schwarzes T-Shirt aus ihrem Rucksack und ging zum Umziehen ins Bad. Im Nachbarzimmer warteten ein kaltes Bier, eine anspruchslose Fernsehsendung und ein guter Freund auf sie.

Leider hatte Winter noch immer nicht das Gefühl, dass sie sich Noah mit ihrer Entdeckung anvertrauen konnte.

Mit einer tiefen, instinktiven Gewissheit war sie seit jeher davon ausgegangen, die Sache mit dem Preacher allein zu Ende bringen zu müssen. Sollte er hinter ihr her sein, nun denn. Es kam ihr unausweichlich vor, dass er kommen würde.

7

Am folgenden Morgen fiel es Winter und Noah leicht, den Eingang des Pfades zu finden. Am Straßenrand standen ein Pick-up, ein SUV der Harrisonburger Polizei und ein paar weitere Fahrzeuge von Bezirk und Bundesstaat. Es regnete noch immer, da die Schönwetterperiode offensichtlich vorbei war, und im matten Morgenlicht sah der Wald neblig aus.

„Das wird spaßig", brummte Noah, als sie aus dem Wagen stiegen.

Winter betrachtete den steilen Pfad, der inzwischen eine Rutschbahn aus Matsch und feuchtem Laub war. „Oh ja."

Beim Aufstieg zog es ihr vor Anspannung den Magen zusammen. Zweimal rutschte sie aus und wäre mit dem Gesicht voran in den Schlamm gefallen, hätte Noah sie nicht beide Male hinten am Regenmantel gepackt und ihr die Demütigung erspart.

„Du kletterst wie eine Ziege."

„Ein geborener Sportler", prahlte er. Sekunden später verlor er den Halt und rutschte einen Meter rückwärts.

„Immerhin stehe ich noch auf den Beinen." Grinsend hielt er sich an einem Schössling fest.

Atemlos kam sie schließlich oben an. Vor ihnen auf der Lichtung wimmelte es von Menschen, darunter ein Mann mit einem Tier an der Leine, das wie ein Bär aussah. Ihre Anspannung steigerte sich noch. Sollte hier nichts zu finden sein, würde sie vor einem beträchtlichen Publikum wie eine Idiotin dastehen. Doch überall auf der Lichtung entdeckte sie auch jetzt wieder rot glühende Stellen. Und zwar so viele, dass Winter sich fragen musste, ob sie mehrere Monate lang Leichenreste ausgraben würden.

„Morgen." Chief Miller hatte den Mantelkragen gegen den Regen hochgeschlagen und seinen Hut mit einer durchsichtigen Regenhülle geschützt. „Ich würde Sie gern dem Team vorstellen."

Er führte sie zunächst zu einer Frau, die den Aufbau eines Regendachs beaufsichtigte, das einen Tisch mit Werkzeug schützte. „Das ist Marilyn Fosner, unsere Forensische Archäologin. Wir haben sie mit einigen ihrer Leute von Roanoke ausgeliehen."

Marilyn nickte ihnen kurz zu. Sie sah aus wie Mitte dreißig, hatte eine dunkle Haut und schöne grüne Augen. Sie war damit beschäftigt, eine wild zusammengewürfelte Schar junger Leute anzuweisen. Sie plapperten laut und reagierten so aufgeregt darauf, während eines Regengusses im Wald nach Leichen zu suchen, dass sie zweifellos Praktikanten sein mussten.

„Robert, Jessica, Louis, Eric und Pete. Studenten im Praktikum. Versuchen Sie gar nicht erst, sich ihre Namen zu merken und sie auseinanderzuhalten." Mit zusammengezogenen Augenbrauen musterte sie den grinsenden Trupp, der anscheinend wusste, dass Marilyn sich strenger gab, als sie in Wirklichkeit war. „Wenn sie sich nicht bald beherrschen, schicke ich sie alle heim zu Mami." Sie deutete auf eine weitere Gruppe. „William Penn, Rebecca Mayfield und Derek White, CSI."

Die Leute von der Spurensicherung nickten und warfen ihnen über die dampfenden Kaffeebecher hinweg neugierige Blicke zu. Winter lächelte zurück, fragte sich aber, ob Chief Gary Miller ihnen vielleicht von der verrückten FBI-Agentin erzählt hatte, die ohne erkennbaren Grund auf einem Leichenspürhund bestand und sich benahm, als würde sie einen Anfall kriegen, wenn sie keinen bekam. Noah und sie hatten entschieden, den zusätzlichen Aufwand Max gegenüber mit dem Einschussloch im Schädel des Opfers zu rechtfertigen: Durch das Hinzuziehen eines Leichenspürhundes könne man ausschließen, dass es noch weitere Opfer gebe.

„Das hier ist Jeff Dean, und bei ihm seht ihr Caesar, den Star dieser Show. Droolius Caesar."

Jeff war ein jungenhaft aussehender Mann Mitte vierzig. Er wirkte eher wie ein Buchhalter als wie ein Suchhundeführer oder ein Bauunternehmer. Er hatte ein eckiges Gesicht, trug eine Brille, die ganz vorn auf seiner langen Nase saß, und schützte sich mit einer Baseballkappe gegen den Regen.

„Ich freue mich, Sie kennenzulernen, Agent Black, Agent Dalton." Sein Händedruck war fest, seine Finger kalt und sein Lächeln freundlich. „Droolius", sagte er zu dem Hund, einem mächtigen Bernhardiner. „Stell dich vor."

Der Hund setzte sich auf sein Hinterteil, hob grinsend eine seiner mächtigen Pfoten und bellte einmal. Getreu seinem Namen *Droolius* hing ihm ein Sabberfaden aus dem Maul.

„Ihr müsst ihm nicht wirklich die Pfote schütteln", warnte Jeff. „Er ist im Moment schon ziemlich dreckig, und es kann nur schlimmer werden."

Noah ging trotzdem vor dem Hund in die Hocke und streckte ihm die Hand hin. „Freut mich, dich kennenzulernen, Droolius“, sagte er und schüttelte dem begeistert wedelnden Hund die Pfote. „Winter? Willst du etwa so unhöflich sein, diesen Burschen nicht zu begrüßen?“ Chief Miller schnaubte, als Winter die Pfote zimperlich zwischen zwei Finger nahm und einmal schüttelte. Der Hund war schmutzig, aber süß.

„Ehrlich gesagt, hatte ich einen Bluthund erwartet und keinen Beethoven.“ Noah kraulte den Bernhardiner hinterm Ohr, was diesen vor Entzücken ganz zappelig machte. Doch der angeleinte Hund war gut erzogen und blieb trotzdem sitzen.

Jeff lachte. „Das kann ich Ihnen nicht verübeln. Überwiegend schule ich Labradore als Such- und Rettungshunde. Droolius hier sollte eigentlich ein Familienhund werden, aber er ist intelligent und hat früh Talent bewiesen. Daher habe ich ihn zusammen mit meinen anderen Suchhunden ausgebildet. Er hat eine unglaubliche Erfolgsrate.“

„Wird der Regen ihm die Arbeit erschweren?“, fragte Winter. „Oder dass die Leichenreste vielleicht schon dreißig Jahre alt sind?“

„Nein. Wir trainieren unter allen Bedingungen. Manchmal bringt ihn ein modernder Baumstamm durcheinander, aber nicht oft. Er hat auch schon ein paar Mal menschliche und tierische Leichenreste miteinander verwechselt. Aber einmal habe ich ihn in einem Keller anzeigen sehen, in dem Jahre zuvor eine Leiche vergraben und dann wieder ausgegraben und weggebracht worden war. Er ist gut.“

„Nun, ich wollte eigentlich noch auf Benton warten, aber er hat Verspätung“, sagte Chief Miller mit einem leichten Stirnrunzeln. „Dann zeigen Sie uns jetzt am besten einfach mal, was Ihr Hund draufhat.“

„Wenn es etwas zu finden gibt, wird Droolius es finden“, antwortete Jeff mit einem stolzen Blick auf das Riesentier.

Er kniete sich vor dem Hund nieder. „Bist du so weit, Junge? Magst du arbeiten?“ Der Hund reagierte begeistert, wedelte und tänzelte herum. Doch sobald Jeff die Hand an den Karabinerhaken seiner Leine legte, verharrte er reglos.

Winter konnte fast hören, wie der Hund auf seine Art sagte: *Lass es losgehen.*

Jeff klinkte die Leine aus und befahl: „Such.“

Der Rest der Gruppe hatte sich um sie versammelt, und alle beobachteten den Hund, der sofort die Nase zum Boden senkte.

Winter verfolgte seine Arbeit mit angehaltenem Atem und fuhr zusammen, als Noah ihr die Hand auf die Schulter legte. Ihre Anspannung ließ nach, aber nur ein wenig. Noah wusste, dass sie nervös war, und seine wortlose Unterstützung half ihr.

Der Hund begann, konzentrische Kreise um die Gruppe zu ziehen. Zuerst waren sie eng, dann wurden sie immer weiter. Es war ein Erlebnis, ein Tier so methodisch arbeiten zu sehen. Er näherte sich dem nächstgelegenen rot glühenden Bereich, und Winter hielt erneut den Atem an. Gleich darauf verharrte der Hund genau in der Mitte der roten Stelle und hob eine Pfote.

„Er hat etwas gefunden“, sagte Jeff, ging zum Hund und lobte ihn. Die weibliche Mitarbeiterin der Spurensicherung stellte ein Markierungsfähnchen auf, während die Praktikanten leise, aber aufgeregt miteinander plapperten.

„Noch ein Versuch, mein Junge? Arbeiten?“ Wie zur Antwort bellte Droolius einmal, und Jeff sagte: „Such.“

Sofort legte der Hund wieder los. Minuten später zeigte er an einer anderen Stelle an. Winters Atem ging nun ein wenig leichter. Der Hund fand alles.

Zwanzig Minuten später hatte er an acht verschiedenen Stellen angezeigt. Acht Fähnchen flatterten in den regenreichen Windstößen.

Den Praktikanten wurde allmählich klar, was das bedeutete, und ihr Geplapper verstummte.

Chief Millers Gesicht verdüsterte sich, und für kurze Zeit war auf der Lichtung kein anderes Geräusch zu hören als das Keuchen des Hundes. Jeff, der selbst ein bisschen geschockt wirkte, obgleich er schon lange als Suchhundeführer arbeitete, machte sich mit einem Napf Wasser und einem Kauknochen für den Hund zu schaffen.

„Jetzt dürften wir an der Reihe sein“, verkündete Marilyn. Ihre durchdringende Stimme klang erschüttert. „Spurensicherung, schießen Sie erst Ihre Fotos, und dann gehen wir an die Arbeit.“ Sie riss sich zusammen und deckte ihre jungen Mitarbeiter erneut mit einem Schwall von Anweisungen ein.

Chief Miller blickte zu Winter hinüber, Bewunderung im Blick. „Woher wussten Sie das?“

„Ein Bauchgefühl“, antwortete sie, die Kehle wie zugeschnürt.

Tom Benton tauchte erst auf, als die Spurensicherung fertig war und die Forensische Archäologin mit dem Ausgraben der ersten Stelle angefangen hatte. Seine Augen waren blutunterlaufen und die Wangen unrasiert. Nach den hellbraunen Schlammflecken auf den Hosenbeinen seiner Uniform zu schließen, war er beim Kommen auf dem steilen Pfad ausgerutscht.

Er wirkte verkatert, doch als er Noah und Winter auf der Lichtung entdeckte, trat lebhafter Hass in seinen Blick. Seine Augen loderten sogar noch wilder, als er den Schauplatz erfasste, der deutlich erkennen ließ, dass weitere Stellen mit vergrabenen Leichen gefunden worden waren.

Er bekam jedoch keine Gelegenheit, sein Gift zu versprühen. Chief Miller schnappte ihn sich und führte ihn von den anderen weg. Benton ließ die Schultern hängen und schien mit jedem Wort, das sein Vorgesetzter zu ihm sagte, zusammenzuschrumpfen.

„In dessen Schuhen möchte ich jetzt nicht gerade stecken", brummte Noah. „Der Kerl befindet sich auf dem direkten Weg zum Rausschmiss."

„Mich überrascht, dass der Chief ihn nicht schon längst gefeuert hat." Winter zuckte zusammen, als der Chief Benton mit ausgestrecktem Zeigefinger drohte. Tom war ein Arschloch, aber es tat trotzdem weh zu beobachten, wie er eine Abreibung kassierte. „Wenn ich mir das so anschaue, macht er es vielleicht gerade jetzt."

Sie wandten sich ab, um erneut Marilyn bei der Arbeit zuzusehen. Sie hatte die erste Stelle in Quadrate unterteilt und war bereits seit zwei Stunden mit der sorgfältigen Ausgrabung beschäftigt. Ihr Team arbeitete inzwischen wie eine gut geölte Maschine. Die Leute wechselten sich auf der Suche nach Beweisstücken beim Sichten der aus dem Grab geschaufelten Erde ab, versahen alles, was sie fanden, mit einem Etikett und sorgten ganz allgemein dafür, dass Marilyn sich auf ihre Arbeit konzentrieren konnte.

„Sie ist gut. Bestimmt hat sie bald etwas für uns." Chief Miller stand hinter ihnen, als er diese Bemerkung machte. Von Benton war weit und breit nichts zu sehen. Noah zog fragend die Augenbrauen hoch. „Er hat Grippe", erklärte Miller mit einer Stimme, die todmüde klang. „Ich habe ihn heimgeschickt."

„Leute", rief Marilyn und wischte sich mit dem Arm über die Stirn.

Sie versammelten sich um sie, wobei sie es sorgfältig vermieden, ihrer Arbeit zu nahe zu kommen, aber sich doch so stellten, dass sie in die Grube schauen konnten. Man sah weiße Knochen, die aus der Erde lugten. Winter erkannte eine Augenhöhle, die noch halb vergraben war. Marilyn legte sorgfältig weitere Teile des Schädels frei und summte dabei nachdenklich vor sich hin.

„Hat der Hundeführer nicht gesagt, dass der Hund manchmal Tierknochen mit menschlichen Gebeinen verwechselt?"

Im Nu wurde Winter wieder von Anspannung erfasst. Die Erde sah immer noch rot aus und schien fast vor Glut zu pulsieren, doch der Schädel, den Marilyn freilegte, war kein menschlicher. Was, wenn die vom Hund angezeigten Knochen nach all dem Aufwand, den sie getrieben hatten, allesamt keine menschlichen Gebeine waren?

Dem Chief kam offensichtlich derselbe Gedanke. Er blickte zu ihr auf, mit Augen, die Mitgefühl zeigten, aber vielleicht auch Beschämung. Er hielt ihrem Blick jedoch nicht stand und schaute sofort wieder zur Grube.

„Sieht aus wie ein Kalb", murmelte Marilyn, die noch immer mit dem Freilegen des Schädels beschäftigt war.

„Moment mal", sagte Noah und beugte sich vor, um das Fundstück genauer zu betrachten. „Ist das ein Loch?"

„Immer mit der Ruhe, Cowboy." Marilyn löste den Schädel sorgfältig aus dem Erdreich und hielt ihn mit ihren Handschuhen hoch. Hinten im Schädel gab es eine zersplittert wirkende Öffnung.

„Ja, das ist wahrscheinlich die Spur eines Schusses. Er dürfte die Todesursache gewesen sein, falls das eine Rolle spielt."

„Graben Sie weiter", sagte Noah energisch. „Die Leiche hatte hinten im Schädel ein Einschussloch ähnlicher Größe." Er sah Chief Miller an. „Der Täter könnte dieselbe Waffe verwendet haben. Vielleicht finden wir eine Patronenhülse. Und wir sollten uns auch die übrigen Stellen vornehmen. Dass hier ein Kalb liegt, bedeutet ja noch nicht, dass wir woanders nicht auf menschliche Gebeine stoßen."

Winter wollte ihm zustimmen. Ihn unterstützten. Er

versuchte offensichtlich, ihr nach diesem ... Fehlgriff neue Glaubwürdigkeit zu verschaffen, und sie war ihm dafür dankbar. Aber sie konnte nichts sagen. Die Worte steckten in ihrer Kehle fest. Sie fühlte sich wie der letzte Trottel.

Ihre großartige, wundervolle Gabe hatte sie zu Tierknochen geführt. Sie wusste, dass die Schüsse, die sowohl das Leben des Kalbs als auch das Leben des wenige Meter weiter vergrabenen sechsjährigen Jungen beendet hatten, vom selben Täter abgegeben worden waren. Aber was würde man an der nächsten Stelle finden? Einen Waschbären? Wie lange würde Noah die Leute dazu bringen können, Winters Wünsche zu erfüllen?

Nach Sekunden, die sich in die Länge zogen, nickte Chief Miller. „Ist es Ihnen recht, damit weiterzumachen?", fragte er Marilyn.

„Kein Problem", antwortete sie achselzuckend, ohne von ihrer Arbeit aufzublicken. „Teufel noch mal, ich werde bezahlt, was auch immer ich aus der Erde hole. Knochen sind Knochen."

Die Spurensicherung packte dagegen bereits ihre Sachen zusammen. Einer der Männer grinste ein wenig boshaft. „Sie brauchen uns hier nicht mehr, Miller, oder? Sie haben bei dieser Mordermittlung alles im Griff?"

„Ja, danke, Robert. Wir kommen zurecht." Der Chief war rot angelaufen und hatte die Mundwinkel finster heruntergezogen.

Winter fühlte sich noch mieser. Sie empfand das Ganze als Scheitern, und es warf nicht nur ein schlechtes Licht auf sie selbst.

„Sie beide können sich ebenfalls auf den Weg machen", sagte Chief Miller mit Nachdruck zu Noah und Winter. „Sollte sich herausstellen, dass Ihr Bauchgefühl doch noch auf etwas anderes verwiesen hat, gebe ich Ihnen zuverlässig Bescheid."

„Okay, wir gehen erst mal“, antwortete Noah gelassen. „Sie haben meine Nummer. Wir müssen noch ein paar anderen Spuren folgen.“

Noah wartete, bis sie außer Hörweite waren, bevor er Winter einen kräftigen Stoß in die Rippen verpasste.

„Jetzt geißel dich nicht selbst.“

Sie erwiderte seinen Stoß mit spitzem Ellbogen, und er ächzte. Noch immer unfähig, das Geschehene zu fassen, schüttelte sie den Kopf. „Es waren gottverdammte Kuhknochen.“

„In dieser Grube lag ein totes Tier. Das heißt nicht, dass es an allen anderen Stellen genauso ist.“

Das Gespräch brach beim Betreten des steilen Pfades ab, der durch das wiederholte Begehen beim Transport der Ausrüstung sogar noch rutschiger geworden war. Jemand, wahrscheinlich einer der Praktikanten, hatte ein Seil gespannt, damit man sich wenigstens irgendwo festhalten konnte.

Zum Auto zurückgekehrt, hielt Noah Winter den Schlüssel hin, doch die schüttelte den Kopf. Sie stieg auf der Beifahrerseite ein und starrte durch die beschlagene Scheibe auf die verschwommene Landschaft draußen, während Noah und sie zum Motel zurückfuhren, um sich dort umzuziehen und neu zu planen.

8

Kurz vor sechzehn Uhr hielten sie auf dem Motelparkplatz. Noah hatte ein paar Mal versucht, Winter aus ihrer gedrückten Stimmung herauszuholen, jedoch vergeblich.

Als sie aus dem Wagen stiegen, probierte er es noch einmal. „Tust du mir einen Gefallen? Geh bitte zur Rezeption und schau mal, ob du dort eine Liste mit Restaurants bekommst, die einen Lieferservice haben. Ich rufe Max an und erstatte ihm für heute Bericht. Komm rüber, wenn du unten fertig bist, und bring deinen Laptop mit. Wir suchen noch ein bisschen nach Vermissten."

„Du und dein Magen", grummelte Winter kopfschüttelnd. Doch sie ging zur Motelrezeption, beschämend dankbar dafür, dass sie den Anruf beim Chef nicht selbst vor der Brust hatte. Sie musste die Sache abschütteln und wieder nach vorn schauen.

Als sie die Tür aufstieß, ertönte über ihr eine Glocke. Mit dem abgenutzten Blumenmusterteppich und den mit rissigem Kunstleder bezogenen Sesseln war die Lobby genauso schmuddelig wie der Rest des Motels. Wenn man sich mit Shorts in einem der Sessel niederließe, würde man es wahrscheinlich bereuen. Sie trat zur verlassen daliegenden Theke und betätigte die altmodische Glocke.

Eine kleine ältere Dame in einer bunten Blumenmusterbluse kam um die Ecke. Als sie Winter vor der Theke stehen sah, trat ein gieriges Leuchten in ihre Augen. Sie drückte sich die grauen, mit Spray in Form gebrachten Locken so energisch zurecht, dass ihre herabbaumelnden Papageienohrringe schlenkerten. „Was kann ich für Sie tun, mein Herz? Oder sollte ich *Agent* sagen“, fügte sie im Bühnenflüsterton hinzu.

Winter lächelte schmallippig. „Ich dachte, Sie hätten vielleicht eine Liste der örtlichen Restaurants mit Lieferservice.“

„Oh, sicher! Ich meine, ich hab sie nicht ausgedruckt hier liegen, aber ich kann Ihnen ein paar Lokale aufschreiben.“ Sie nahm sich einen gelben Notizblock und einen Bleistiftstummel, doch ihre Aufmerksamkeit galt immer noch Winter. „Hoffentlich nehmen Sie mir diese Frage nicht übel: Tragen Sie eine *Pistole?*“

Winters Lächeln war wie ins Gesicht geklebt. Ein dumpfer Kopfschmerz hämmerte hinter ihren Augen. Sie wollte nicht unhöflich sein, aber sie wollte sich auch nicht in ein Gespräch mit der neugierigen alten Dame verwickeln lassen.

„Tut mir leid.“ Die Frau kicherte. „Das dürfen Sie mir wahrscheinlich gar nicht sagen, oder? Streng geheim.“

Hielt sie Winter für eine Beamtin der CIA? Winter nickte einfach nur ernst. „Ich könnte es Ihnen sagen, aber danach müsste ich Sie töten. Was ist mit diesen Restaurants? Gibt es in der Nähe einen guten Italiener?“

Die Lady reagierte nicht auf den Wink. „Bestimmt finden Sie mich furchtbar unhöflich“, stieß sie hervor. „Ich bin Alma.

Alma Krueger. Ich weiß, dass Sie alle wegen dieses Skeletts bei Linville hier sind."

Winter zog die Augenbrauen hoch. Sie war sich nicht bewusst gewesen, dass in Harrisonburg alle über die Ermittlungen Bescheid wussten. „Freut mich, Sie kennenzulernen, Alma."

„Ich bin nur so begeistert, dass bei uns im Haus tatsächlich FBI-Agents abgestiegen sind. Ich schaue ständig *Law and Order* und *Criminal Minds* und *CSI,* und es ist einfach *aufregend.* Meine Schwester Elva ist unglaublich neidisch. Haben Sie den Mörder schon gefasst?"

Winter räusperte sich und senkte den Blick auf den noch immer leeren Notizblock. „Also, wir müssen etwas essen, wissen Sie. Damit wir Kraft für die Ermittlungsarbeit haben."

„Oh, ja, natürlich." Alma begann zu schreiben, hielt dann aber inne. Die wässrigen braunen Augen weit aufgerissen, sah sie Winter an. „Haben Sie schon wegen der Sekte ermittelt?"

Winters Atem stockte. Wusste Alma von Brian Snyders Geschichte? Falls ja, woher hatte sie diese Information?

„Eine Sekte?", hakte sie nach.

„Na, die alte Farm der Mondjünger liegt schließlich genau gegenüber der Stelle, an der das Skelett gefunden wurde. Ich habe gehört, dass die Leute dort im Wald eine Begräbnisstätte hatten. Ehrlich, das macht mir eine Gänsehaut." Sie schauderte genüsslich. „Ich könnte mir gut vorstellen, dass sie Menschen ermordet und die Leichen dann im Wald vergraben haben. Vielleicht sind sie so an ihr Geld gekommen."

Winter fühlte fast körperlich, wie etwas in ihr ansprang. Die alte Dame hatte einen Spleen, aber bei der Erwähnung der Sekte meldete sich Winters Intuition.

„Wissen Sie, Alma", sagte sie mit gesenkter Stimme und trat näher zur Theke. „Wenn Sie sich etwas überlegt haben, würde ich das gern hören. Mir scheint, Sie könnten ein gutes Gespür für ermittlungsrelevantes Denken haben."

Alma legte den Bleistift weg und lehnte sich mit eifriger Miene vor. Sie sprach mit gedämpfter Stimme. „Genau *das* sage ich Elva auch immer."

„Erzählen Sie mir von dieser Sekte."

„Nun …" Almas Gesicht verschattete sich ein wenig. „Mehr habe ich nie gehört, ich weiß also nicht viel. Ich bin Anfang der Neunzigerjahre hier hergezogen, und damals waren sie schon alle weg. Es hieß, sie seien unheimliche Leute gewesen, immer für sich, und hätten in dieser großen alten Farm in Sünde gelebt. Aber", fügte sie hinzu, und ihre Miene hellte sich auf, „ich kann Ihnen jemanden nennen, der *tatsächlich* über die Sekte Bescheid weiß."

Winter sah sie mit einem verschwörerischen Blick an. „Wer denn?"

Alma nahm den Stift erneut zur Hand und notierte krakelig einen Namen. „Rufen Sie ihn an", sagte sie mit Nachdruck. „Er kann Ihnen *alles* erzählen."

„Danke, Alma", sagte Winter, nahm den Zettel und wandte sich zur Tür.

„Moment noch! Fast hätte ich es vergessen! Die beste Lasagne hier in der Gegend macht Antonio. Und wenn Sie ihm fünf Dollar extra geben, schickt er einen seiner Tellerwäscher los, damit er Ihnen das Essen liefert."

„Dann gibt es heute also italienisches Essen. Danke für Ihre Hilfe." Mit einem kurzen Winken zog Winter sich zurück.

„Sag mir, dass du mehr für mich hast als beschissene Kühe und die Sektentheorie eines regierungsfeindlichen Spinners. Soll ich euch noch jemanden schicken? Die Abteilung für

Gewaltverbrechen ist überlastet, aber ich kann jemanden aus einer anderen Abteilung abziehen."

Noah zuckte zusammen, doch er achtete darauf, dass seine Stimme forsch und professionell blieb. „Nein, Sir. Wir gehen einigen Dingen nach und haben morgen mehr für Sie." Er verabschiedete sich rasch und wischte sich die Hände an seiner frisch angezogenen, trockenen Jeans ab. Seine Handflächen waren schweißnass. Sie würden mehr finden müssen, und zwar schnell.

Winter platzte in sein Motelzimmer, noch immer in ihren nassen Klamotten. Sie hatte ihren Laptop unter den Arm geklemmt und wedelte mit einem Zettel herum, den sie in der anderen Hand hielt. „Himmel", scherzte er und bedeckte seine nackte Brust mit übereinandergeschlagenen Armen. „Wie wär's mit Anklopfen? Ich bin nicht besuchsfein."

„Ach, lass den Quatsch. Also erstens, wir bestellen beim Italiener. Antonio's. Und zweitens hab ich vielleicht was."

Er zog sich ein T-Shirt an und ging zum Tisch, wo sie den Laptop aufgeklappt hingestellt hatte. Winter erzählte ihm von Alma Krueger an der Rezeption und deren Erwähnung der Sekte. „Ich wollte es erst abtun, aber dann schien es mir geraten, ihren Hinweis ernst zu nehmen. Auf meinem Zimmer habe ich mir den Namen angeschaut, den sie mir genannt hat. Elbert Wilkins. In den Achtzigerjahren war er Reporter in Harrisonburg. Er war zur richtigen Zeit hier, und ich denke, wir sollten mit ihm reden. Wichtiger noch: Schau dir das einmal an."

Sie drehte den Laptop so, dass er den Bildschirm sehen konnte. Sie hatte eine Google-Karte von Linville aufgerufen. „Hier ist die Farm, auf der die Sekte lebte. Und hier wurde das Skelett gefunden."

Die Farm lag nur einen Katzensprung von dem Pfad entfernt, der durch den Wald zur Stelle mit der vergrabenen

Leiche führte. Noah setzte sich an den Tisch und öffnete einen neuen Tab, um eine Liegenschafts-Website aufzurufen. Dort kopierte er die Adresse der Farm ins Suchfeld. Die Website zeigte auch Immobilien und Grundstücke an, die nicht zum Verkauf standen, und wie erhofft gab es dort eine Satellitenaufnahme, auf der die ungefähren Grundstücksgrenzen der Farm eingetragen waren. Das Grundstück befand sich direkt neben dem Staatswald, in dem Brian und sein Sohn gejagt hatten.

„Für mich sieht es so aus, als läge die Westgrenze der Farm in einer Linie mit der Lichtung. Die Lichtung könnte sogar *auf* dem Grundstück liegen."

„Es fühlt sich richtig an", sagte Winter mit heiserer Stimme.

Er schaute zu ihr hinüber. Sie zitterte ein wenig, wahrscheinlich, weil sie noch immer in den nassen, kalten Klamotten steckte. Er versuchte zu übersehen, dass die weiße Bluse, die sie unter ihrem Blazer trug, vom Regen beinahe durchscheinend geworden war, aber zum Teufel, er war ein Mann. Und seine Partnerin war eine unglaublich attraktive Frau.

Eine Kollegin und gute Freundin, rief er sich in Erinnerung. Entschlossen hob er den Blick zu ihrem Gesicht, wo er hingehörte.

„Ja, es fühlt sich richtig an", stimmte er ihr zu. „Wir werden Elbert anrufen. Und jetzt zieh dir was Trockenes an, bevor du dir den Tod holst, wie meine Momma immer sagt."

Zum Glück kam Winter in einem weiten Sweatshirt über Leggings wieder, die dicken Strümpfe bis zu den Schienbeinen hochgezogen. Sie bestellten Lasagne, Fettuccini, Cannoli und Tiramisu. Antonio versprach, ihnen gleich einen seiner Jungs rüberzuschicken, und sie warteten das Abendessen nicht ab, sondern machten sich an die Arbeit.

Noah ging im amtlichen Landregister die Informationen über die Farm durch, während Winter Elbert Wilkins anrief.

Wie sein Vorname erahnen ließ, klang auch die Stimme des Mannes älter. Außerdem redete er so laut, dass er wohl den Lautsprecher eingeschaltet hatte.

„Mr. Wilkins", schrie Winter fast in ihr Handy, wobei sie das Gerät ein kleines Stück vom Ohr weghielt, „ich habe Ihren Namen von Alma Krueger erhalten."

„Oh, zum Teufel, ich dachte, ich wäre die Frau losgeworden", brüllte Elbert. Noah hörte die Worte so deutlich, als befände er sich im selben Raum wie der Sprecher. „Seit Jahren schmeißt sie sich an mich alten Knochen ran."

Winter hätte beinahe gelacht, bestürzt, bekam sich aber in den Griff. „Also, deswegen rufe ich Sie eigentlich nicht an."

„Unsinn. Sie will mir immer noch an die Wäsche, oder? Reden Sie es nicht schön, junge Frau. Sagen Sie mir die Wahrheit. Seit Jahren liegen Alma und ihre Schwester sich meinetwegen in den Haaren."

„Nein, Ehrenwort. Darum geht es hier nicht." Sie redete schnell weiter, bevor er sie unterbrechen konnte. „Ich bin vom FBI. Mein Partner und ich würden gern mit Ihnen über eine Sekte sprechen, die vor mehreren Jahren ihr Quartier in der Nähe von Linville hatte. Alma sagte, Sie könnten vielleicht einige Informationen über sie besitzen."

Aus dem Handy kam nichts als Schweigen. Winter sah Noah an, und der zuckte mit den Schultern.

„Sir?", rief sie ins Handy.

Schließlich war ein tiefer Seufzer zu hören. „Schreien Sie nicht so, junge Frau, ich höre Sie bestens", dröhnte Elberts Stimme. „Seit Jahren warte ich auf diesen Anruf." Er rasselte eine Adresse herunter, und Noah gab sie in sein Handy ein. „Kommen Sie morgen früh zu mir", wies Elbert sie an. „Und bringen Sie mir einen Kaffee mit, ein großer Mokka von Starbucks wäre genau richtig. Legen Sie noch ein Teilchen dazu, und ich erzähle Ihnen alles, was Sie wissen wollen."

Man hörte ein lautes Krachen, wie wenn ein altmodischer

Telefonhörer auf die Gabel geknallt wird. Elbert Wilkins hatte aufgelegt.

„Das heute", sagte Winter, die ihr Handy verblüfft ansah, „war ein ausgesprochen eigenartiger Tag."

Dem konnte Noah nicht widersprechen.

9

Elbert Wilkins lebte in einem ordentlichen kleinen Bungalow am Rande von Harrisonburg. Die grüne Außenverkleidung war ein wenig verblasst, aber trotzdem wirkte das Haus gepflegt. In der Einfahrt stand kein Wagen, und Winter parkte im getüpfelten Schatten eines riesigen Ahorns, der einen guten Teil des winzigen Vorgartens einnahm. Sie stiegen aus und gingen zur Vortreppe, wo Noah an der Tür läutete.

Beinahe sofort wurde ihnen von einem kleinen Mann in einer Khakihose und einem kurzärmligen Karohemd geöffnet. Sein dünnes weißes Haar war sorgfältig über den nahezu kahlen Schädel gekämmt.

„Elbert Wilkins?", fragte Winter laut.

Er stieß die Fliegengittertür auf und sah mit weit geöffneten blauen Augen an ihnen vorbei. „Kommen Sie rein. Und schreien Sie nicht so. Ich mag alt sein, aber ich bin nicht taub. Ich kriege einfach nur nicht raus, wie ich den Lautsprecher an meinem Telefon lauter stellen kann. Es klingt immer so, als würden die Leute flüstern. Und jetzt geben Sie mir diesen Mokka. Ich kann ihn schon riechen."

Lachend schob Winter den Becher in die ausgestreckte Hand des Mannes.

Als er sie ins Haus führte und dabei mit seiner knotigen Hand über die Wand der Eingangsdiele streifte, begriff Winter, dass er vielleicht nicht taub sein mochte, aber blind war.

Sie folgten ihm in ein Wohnzimmer, in dem zwei alte Sofas und ein Sessel, die Winter an die Möbel bei ihren Großeltern erinnerten, vor einem offenen Kamin standen, in dem kein Feuer brannte. Noah stupste Winter an und deutete auf die Wände. Überall volle Bücherregale. An jeder freien Stelle.

„Machen Sie es sich bequem", forderte Elbert sie auf, ging selbst zum Sessel und setzte sich. Er lächelte und ließ dabei ein strahlend weißes Gebiss blitzen. „Legen Sie das Gebäck einfach dort auf den Couchtisch. Darum kümmere ich mich später. Vielleicht nimmt jeder von Ihnen eine eigene Couch. Ich fürchte, wenn der große stille Kerl sich auf dieselbe setzt wie Sie, kracht die zusammen." Er setzte den Starbucks-Becher an die Lippen und schlürfte den Mokka mit gierigem Entzücken. „Ich komme nicht mehr viel raus. Solche Dinge fehlen mir."

„Ich bin Agent Black, und der große Kerl ist Agent Dalton", sagte Winter, ließ sich auf einem Lederpolster nieder, das seine Elastizität vor langer Zeit verloren hatte, und legte die grün-weiße Starbucks-Papiertüte vor sich auf den Couchtisch. „Danke, dass Sie bereit sind, mit uns zu sprechen."

„Danke, dass Sie Alma nicht mitgebracht haben." Er kicherte heiser. „Nennen Sie mich ruhig Elbert."

„Sie können mich Noah nennen, und das hier ist Winter", sagte Noah. „Ich werde mich bemühen, Ihre Couch nicht zu zerbrechen."

Winter beugte sich vor und beendete den Smalltalk. „Man

hat uns gesagt, dass Sie früher hier für die Lokalzeitung gearbeitet haben."

Das Lächeln wich aus Elberts Gesicht, und er schaute mit einem düsteren Blick seiner blauen Augen ins Leere. „Das stimmt. Bis 2002, als die Redaktion verkleinert wurde. Das verdammte Internet. Aber im Grunde war das damals für mich schon egal. Ich konnte ohnehin nicht mehr besonders gut sehen, und 2004 war ich dann vollkommen blind. Makuladegeneration."

„Stammen Sie aus Harrisonburg?", fragte Winter.

„Bin hier geboren und aufgewachsen. Und das hier ist noch dasselbe Haus, das meine Frau und ich, sie ruhe in Frieden, 1956 gebaut haben. Sie sind wegen der Mondjünger hier."

„So haben die sich selbst genannt?"

Er trank einen weiteren großen Schluck Kaffee, und damit war der Becher bereits leer. „Die Kommune oben in Linville? Ja."

„Sie sagen Kommune." Noah beugte sich vor, die Ellbogen auf die Knie gestützt. „Bisher haben wir immer wieder von einer Sekte gehört. Was können Sie uns über die Jünger erzählen?"

„Ich erzähle es Ihnen, wenn einer von Ihnen mir eine Cola aus dem Kühlschrank holt. Es ist eine lange Geschichte. Die Küche liegt direkt hinten am Flur."

Winter stand auf. „Ich bin gleich wieder da."

Sie ging in den hinteren Bereich des Hauses. Es war ordentlich, genau wie das Äußere, roch aber ein wenig muffig, und sie fragte sich, ob Elbert persönlich für Sauberkeit sorgte oder ob er eine Reinigungskraft hatte. Sie kam an einem Schlafzimmer mit Doppelbett vorbei, das mit einer Tagesdecke aus weißer Chenille bedeckt war. Der nächste Raum ließ sie innehalten. Er war ein Arbeitszimmer und genauso mit Hängeregistraturschränken vollgestellt wie das

Wohnzimmer mit Bücherregalen. An Pinnwänden hingen vergilbte Zeitungsausschnitte, und an der Wand stand ein großer Schreibtisch aus dunklem Holz, dessen glänzende Platte leer war.

Welch ein Gefühl musste es sein, sein Augenlicht zu verlieren und damit die Fähigkeit, zu lesen und zu schreiben? Etwas, was man sein ganzes Leben lang getan hatte, was man zum Beruf gemacht und worüber man sich definiert hatte?

Bei dieser Vorstellung überlief sie ein Schauder.

Sie zwang ihre Gedanken, eine weniger düstere Richtung einzuschlagen, ging zur Küche weiter und holte eine Cola für Elbert. Der Kühlschrank war nur kärglich bestückt, und sie empfand eine plötzliche Wehmut. Ihre Großeltern hatten sie, aber wen hatte Elbert?

„Da kommt sie ja“, hörte sie Elbert sagen, als sie zum vorderen Teil des Hauses zurückkehrte. Mit seinem Gehör war eindeutig alles in Ordnung.

Elbert dankte ihr, öffnete den Dosenverschluss und trank durstig.

„Hätten Sie etwas dagegen, wenn ich unser Interview aufnehme, Sir?“, fragte Noah und holte sein Handy hervor.

„Kein Problem. Meine eigenen habe ich früher auch immer aufgenommen“, antwortete der alte Mann. „Geben Sie mir Bescheid, wenn Sie so weit sind.“

Noah rief die Rekorder-App auf und schaltete sie ein. „Ich bin fertig. Wollen Sie loslegen?“

„Es fängt während des Vietnamkriegs an“, begann Elbert, stellte die Dose auf ein niedriges Beistelltischchen, lehnte sich im Sessel zurück und legte die Füße auf einen Polsterhocker. „Ein junger Mann namens Wesley Archer ging in diesen verfluchten Krieg und glaubte, ein Held zu sein. Sie waren beim Militär, oder, Texaner?“, fragte er. „Ihre Stimme klingt so.“

„Bei den Marines." Noah lachte. „Sie haben ein gutes Ohr."

„Nun, während Wesley da drüben war, sah er das Schrecklichste, wozu der Mensch fähig ist. Ich brauche Ihnen nicht zu erzählen, wie schlimm der Krieg war. Damals war ich Korrespondent, bevor ich mich niederließ und Lokalreporter wurde. Ich bin nach Übersee gereist und habe einiges davon mit eigenen Augen gesehen. Sie haben wahrscheinlich beide in Geschichtsbüchern darüber gelesen oder vielleicht die alte Fernsehserie *M*A*S*H* geschaut. Das vermittelt ihnen eine Vorstellung, ist aber nicht die ganze Geschichte."

Noah beugte sich vor, eindeutig von der Erzählung gefesselt. Winter lehnte sich zurück und genoss den Rhythmus in den Sätzen des alten Mannes.

Er schauderte, doch das hinderte ihn nicht daran weiterzuerzählen. „Zwei Wochen war ich dort. Ich kann mir nicht vorstellen, wie es gewesen wäre, diese Hölle monatelang Tag für Tag durchzumachen. Als Wesley drüben war und ihm das alles immer mehr zusetzte, hat er von seiner Rückkehr in die Staaten geträumt. Davon, seine Familie wiederzusehen. Den Krieg hinter sich zu lassen und mit seinem richtigen Leben zu beginnen, in dem die Menschen keine Wilden waren wie die Kämpfenden, ob nun seine Kameraden oder die Gegner."

„Aber so kam es nicht", murmelte Winter, der es nicht gelang, die Worte rechtzeitig herunterzuschlucken.

Elbert schüttelte betrübt den Kopf. „Nein. Es passierte überhaupt nicht das, was er sich vorgestellt hatte. Stattdessen wurden die Proteste gegen den Krieg immer heftiger. Wesley kam nicht zu Menschen nach Hause, die ihn als Helden verehrten. Dank Reportern wie mir hatten die Leute gesehen und gehört, welche Grausamkeiten von beiden Seiten begangen worden waren. Statt dass man ihn mit einer Konfettiparade ehrte, nannten Protestierende ihn einen

Kindermörder. Die Leute spuckten ihn an und warfen Eier auf sein Auto und sein Haus. Schließlich kaufte er sich eine Perücke, um seinen militärischen Haarschnitt darunter zu verbergen, bis er herausgewachsen war."

Elberts Stimme klang bewegt, und in seinen Augen standen Tränen. Winter verstand, dass er sich wahrscheinlich für das Geschehen mitverantwortlich fühlte und dass diese Geschichte ihm wehtat.

„In dieser Zeit litt Wesley unter einer schweren Depression und wahrscheinlich einer PTBS, auch wenn man so etwas damals noch nicht wirklich erkannte. Schließlich zog er von der Ostküste weg, nahm Geld aus einem Erbe und kaufte sich eine Farm in Linville. Er war überzeugt, dass unsere Generation zum Untergang verurteilt war. Wir waren herzlos und böse, und es würde nur immer schlimmer werden. Daher beschloss er, eine Art Kommune aufzubauen. Einen Ort zu schaffen, an dem er und einige Gleichgesinnte friedlich leben konnten. Sie sollten Familien gründen und ihre Kinder dazu erziehen, nur Liebe und Güte im Herzen zu haben. Respekt für ihre Mitmenschen."

Seine Stimme verlor sich. Winter und Noah schwiegen, doch Elbert sagte nichts mehr.

Winter sprach als Erste in der Hoffnung, ihn wieder zum Reden zu bringen. „Was ist danach geschehen?"

Elbert schien sich mit der Frage herumzuquälen und zögerte, als kämpfte er mit dem nächsten Satz. „Wesley nannte sich Bischof, und wer sich der Gruppe anschloss, bezeichnete sich selbst als Mondjünger. Anfangs eher im Scherz. Sie bildeten keine religiöse Sekte. Es war vielmehr die Anstrengung einer Gruppe mit gemeinsamen Idealen, dem Land ihren Lebensunterhalt abzuringen. Eine utopische Gemeinschaft. Aber Außenstehenden müssen die Leute wohl unheimlich vorgekommen sein."

„Wo fand er seine Gefolgsleute?", fragte Noah.

„Viele kamen von hier. Oder aus Linville. Einige waren vielleicht Armeekameraden. Wer weiß. Die Gruppe war ziemlich verschwiegen." Elbert verflocht die Finger im Schoß, und Winter bemerkte, dass seine Knöchel weiß waren. Warum auch immer, er hielt mit irgendetwas hinter dem Berg.

„Waren Sie einer seiner Gefolgsleute?", fragte Winter freundlich.

Elberts Augen weiteten sich überrascht, und er lachte glucksend. „Oh nein. Für die Kommune war ich zu bürgerlich. Ich mochte meine Arbeit als Reporter. Und meine Frau wäre nie bereit gewesen, ihre Kleider selber aus Sackleinen zu nähen, oder was für Stoffe sie auch immer da draußen auf der Farm webten."

„Welches Interesse hatten Sie?", fragte Winter genauso freundlich wie eben. „Wie kommt es, dass Sie so viel wissen?"

Das Schweigen dehnte sich in die Länge, und dann holte Elbert tief Atem und schien zu einem Entschluss zu gelangen. Vor ihren Augen machte er innerlich dicht. Winter konnte praktisch sehen, wie es geschah. Sein Tonfall verlor seinen Ernst und wurde lässiger. Seine Finger entspannten sich. Was auch immer er ihnen hatte erzählen wollen, als er sie zu kommen bat … sie würden nicht alles hören.

„Reporter, besonders altmodische Zeitungsleute, leiden unter unersättlicher Neugierde. Unsereins will sehen, wie die Leute ticken. Was sie motiviert. Was dort auf der Farm vor sich ging, hat mich einfach immer interessiert. Ich habe alle Informationen gesammelt, die ich über die Jünger bekommen konnte. Bestimmt waren sie keine schlechten Menschen, davon bin ich überzeugt. Ich bin mir sicher, dass Wesley Archer nach allem, was er in Vietnam durchgemacht hatte, von dem Willen durchdrungen war, seinen kleinen Beitrag dazu zu leisten, die Welt zu verbessern."

Noah warf Winter einen Blick zu und schüttelte den

Kopf. Auch er glaubte nicht, dass sie noch etwas aus dem alten Mann herausbekommen würden. „Haben Sie Aufzeichnungen von damals?", fragte Noah. „Alte Kassetten, auf denen Sie Interviews mit Wesley Archer gespeichert haben? Das würde uns wirklich helfen."

„Sie glauben, Brian Snyder hat im Wald Knochen von einer Leiche gefunden, die die Jünger dort vergraben haben." Es war keine Frage. Er winkte ab, bevor Winter etwas sagen konnte. „Alma Krueger weiß über alles Bescheid, was hier passiert. Sie hat mich gestern angerufen und mir erzählt, sie habe es von ihrer Cousine Bonnie gehört, die einen direkten Draht zur Polizei hat, weil ihr Neffe stellvertretener Sheriff ist."

„Wir haben noch keine fertige Meinung, Sir. Es ist zu früh, um sagen zu können, was dem Jungen zugestoßen ist. Wir ermitteln in alle Richtungen. Als Reporter haben Sie dafür bestimmt Verständnis."

Noahs Tonfall war respektvoll und auch beschwichtigend, aber Winter war sich sicher, dass Elbert begriff, worum es ihm ging.

„Ich gebe Ihnen einen Ordner mit Notizen", sagte dieser nach kurzem Schweigen. „Aber ich glaube einfach nicht, dass Wesley hinter einem Mord stecken könnte. Als er aus dem Krieg zurückkehrte, wollte er nur Frieden. Ob das Land ihn nun als Held behandelt hat oder nicht, die Tatsache bleibt bestehen, dass er für sein Land gekämpft und dabei gesundheitliche Beeinträchtigungen erlitten hat. Nach so langer Zeit ergibt es einfach keinen Sinn, sein Andenken zu beschmutzen. Die Kommune hat sich Mitte der Achtzigerjahre aufgelöst. Am besten lässt man die Dinge ruhen."

Elbert stemmte sich aus dem Sessel hoch und wandte sich zum Flur. Das Gespräch war offensichtlich beendet. Winter und Noah folgten ihm in der Erwartung, zur Haustür geführt zu werden, doch er ging ihnen in sein Arbeitszimmer voran. Ohne zu zaudern, wandte er sich zu einem bestimmten Hängeregistraturschrank, tastete sich zur dritten Schublade hinunter und öffnete sie. Beim Zählen der Dokumente bewegte er lautlos die Lippen und zog dann eines heraus.

Er streckte ihnen die Mappe hin, und Winter, die ihm am nächsten stand, nahm sie entgegen.

MJ, Wesley Archer, 1976 – 1980 stand darauf.

„Wenn das dann alles wäre …“, sagte Elbert und bannte sie beide mit seinem leeren blauen Blick.

Winter schluckte den Stich der Enttäuschung und das quälende Bedürfnis herunter, diesen armen alten Mann weiter zu befragen. „Das ist alles. Vielen Dank für Ihre Hilfe. Dürfen wir Sie anrufen, falls wir noch Fragen haben?“

Elbert lächelte Winter ein wenig traurig an. „Ich denke nicht, junge Frau. Mir scheint, Sie haben alles gehört, was Sie von mir hören werden. Danke für den Mokka.“

ELBERT SCHLOSS die Tür hinter den beiden FBI-Agents und lauschte ihren Schritten nach, die sich über den Bürgersteig entfernten. Ob er die richtige Entscheidung getroffen hatte? Mit den Fingern am vertrauten Gipsverputz der Dielenwand entlangstreichend, kehrte er in sein Arbeitszimmer zurück.

Als er dort stand und den Geruch von Papier und Tinte einatmete, beklagte er wieder den Verlust seines Augenlichts. Sein Beruf und sein Leben hatten daraus bestanden, nach der Wahrheit zu suchen, wie sie auch aussehen und wo es auch um sie gehen mochte, sei sie groß oder klein.

Er war von Wesley Archer fasziniert gewesen und hatte den zurückgezogen lebenden Mann mehr als einmal interviewt. Außerdem hegte er einen gewissen Verdacht bezüglich einiger Vorfälle, die sich auf der Farm zugetragen hatten. Doch er hatte Achtung vor Wesley und seinem moralischen

Dilemma, und so hatte er seine Meinung geändert und sich entschieden, dem FBI seinen Verdacht nicht mitzuteilen.

Elbert strich mit den Fingern über die Hängemappen in der dritten Schublade und zählte. Ja, da war sie. Er konnte sie nicht sehen, doch er erkannte sie durch sein Tastgefühl. *MJ, Wesley Archer, 1980 – 1987.* Die in dieser Mappe befindlichen Informationen schienen Wesley zu verurteilen, doch falls Elbert sich irrte, würde er das Andenken eines Mannes besudeln, der große Opfer für sein Land gebracht und dafür nichts als Verachtung geerntet hatte.

Schwere Schritte näherten sich von hinten, und im ersten Augenblick glaubte er, der große FBI-Agent sei zurückgekehrt, weil er etwas vergessen hatte. Oder weil er weitere Fragen stellen wollte. Doch als er Kölnisch Wasser roch, wusste er, dass hier nicht Agent Dalton kam.

„Wer ist da?", fragte er und drückte die Mappe an die Brust.

Er trat zurück und stieß sich dabei die Oberschenkel schmerzhaft am Schreibtisch hinter ihm. Der Kölnischwasserduft wurde stärker. Elberts Herz hämmerte schmerzhaft gegen die Rippen.

„Am besten lässt man die Dinge ruhen", sagte eine leise Stimme. „Sie hätten sich lieber an Ihren eigenen Rat halten sollen."

Das Dokument wurde seinen Händen entrissen, und unmittelbar über Elberts linkem Ohr explodierte ein heftiger Schmerz, der in alle Richtungen ausstrahlte. Es tat nur einen einzigen flammenden Moment lang weh, und dann fühlte er sich fallen. Gleich darauf waren der Schmerz und alles andere einfach verschwunden.

10

„Womit hat er deiner Meinung nach hinter dem Berg gehalten?“ Noah wünschte, Winter säße am Steuer, denn dann könnte er selbst das Dokument als Erster sichten. Doch sie hatte sich bereits bis über beide Ohren hinein vertieft.

„Ich weiß es nicht. Er hat uns eindeutig nicht alles erzählt, was er uns ursprünglich hatte berichten wollen. Elbert Wilkins hat Wesley Archer als missverstandenen Mann und um seinen Ruhm betrogenen Helden dargestellt, aber er hat definitiv etwas verschwiegen.“ Winter schaute durch die Windschutzscheibe. Sie verließen gerade Harrisonburg in Richtung Linville. „Wohin fahren wir? Schauen wir bei den Ausgrabungen vorbei?“

„Na ja“, sagte Noah süffisant. „Wärst du nicht so damit beschäftigt gewesen, dieses Zeug zu lesen und dir alle Informationen ganz allein unter den Nagel zu reißen, hätte ich dir gesagt, dass wir uns auf den Weg zur Farm machen.“

Sie sah ihn mit zusammengezogenen Augenbrauen an. „Die steht aber nicht mehr leer wie bis vor zwei Jahren, schon vergessen? Glaubst du, so ohne Durchsuchungsbeschluss könnten wir einfach zur Haustür reinmarschieren und darum bitten, uns umschauen zu dürfen? Meinst du etwa, wir entdecken Hinweise auf eine Sekte oder Kommune oder was auch immer, die dort vor über dreißig Jahren gelebt hat?"

„Nö." Noah grinste. „Aber ich bin mir ziemlich sicher, dass wir herausfinden werden, ob die Frau des Bischofs zu Hause ist. Oder vielleicht seine Tochter. Das werden wir sehen, wenn wir dort sind."

„Weißt du, wenn wir hier Partner sein wollen, solltest du ein bisschen freizügiger mit Einzelheiten umgehen, kapiert?", gab Winter zurück und pikte ihn mit dem Zeigefinger in den Arm.

Er zog seinen Arm weg, bevor sie ihm ein Loch in die Haut bohren konnte. „Schon gut. Gestern Abend bei der Online-Recherche hat mir ein Blick ins Landregister gezeigt, dass die Farm inzwischen auf eine Rebekah Archer eingetragen ist. Dieser Nachname hat mir nichts gesagt, bis wir mit Elbert geredet haben. Ein Zufall ist eigentlich ausgeschlossen, oder?"

„Absolut", gab Winter ihm recht. Ihre Augen glommen vor Erregung. „Vielleicht verzeihe ich dir sogar, weil du diese erstaunliche logische Verknüpfung ganz allein hergestellt hast. Endlich kommen wir weiter."

Sie fuhren an dem Pfad vorbei, der zum Leichenfundort führte, und sahen einen Praktikanten, der vorsichtig den Hang hinunterstieg, in den Händen eine Kiste, in der wahrscheinlich Beweisstücke lagen. Etwa drei Minuten später endete der Wald, und zu ihrer Linken führte eine gekieste Zufahrt zu einem hübschen Farmhaus, das sich an den Fuß des Hügels schmiegte.

Gepflegte weiße Zäune fassten kurz gemähte Wiesen und Weiden ein, auf denen Kühe friedlich in der Sonne grasten. „Sehen hübsch aus, die Herefords", brummte Noah.

„Bei ihrem Anblick läuft dir das Wasser im Mund zusammen, stimmt's?"

Er betrachtete sie stirnrunzelnd. „Still. Sonst hören sie dich noch."

Sie hielten auf einem großen kreisförmigen Wendeplatz vor dem Haus und stellten ihren Wagen hinter einem roten Pick-up neueren Baujahrs ab. Eine breite Vorderveranda säumte die ganze Front des Hauses, und darauf standen bequem aussehende Korbmöbel in einladenden Gruppen zusammen.

Die Haustür ging auf, bevor sie dort angelangt waren, und hinter der altmodischen Fliegengittertür erschien eine Frau. Bei ihrem Lächeln durchlief es Noah heiß und kalt. Sie sah hinreißend aus.

Warmbraunes Haar fiel ihr in weichen Wellen auf die Schultern herab. Ihre Augen waren haselnussbraun, und ihre kleine Nase zeigte ein winziges bisschen nach oben. Er schätzte sie auf Mitte bis Ende zwanzig, auch wenn sie ohne Weiteres als Jugendliche hätte durchgehen können. Sie war sehr zierlich, keine eins sechzig groß, aber sie hatte überall die richtigen Kurven. Er fühlte sich, als hätte er einen Schlag in die Magengrube erhalten.

„Tut mir leid", sagte die Frau noch immer lächelnd. „Aber falls Sie etwas verkaufen wollen, habe ich kein Bargeld da. Und falls Sie für etwas werben wollen: Ich habe meine Religion bereits."

Winter räusperte sich. Nachdrücklich.

Richtig. Diesmal war Noah dran.

„Tut mir leid, Ma'am", brachte er schließlich heraus. „Wir hatten uns gefragt, ob wir kurz mit Ihnen sprechen könnten."

Der eine Mundwinkel verzog sich zur attraktivsten Andeutung eines Lächelns, die er je gesehen hatte. „Nun, wenn Sie weder Zeitschriften noch ewiges Heil verkaufen, müssen sie wohl Polizeibeamte sein. Treten Sie ein."

Sie hielt ihnen die Tür auf, und Noah schob sich an ihr vorbei und kam sich dabei riesig und tollpatschig vor. Winter schlüpfte hinter ihm herein, und mit ihren laserblauen Augen musterte sie die Frau kühl, den Mund zu einem leisen Lächeln verzogen. „Danke. Wir bemühen uns, es kurz zu machen."

„Kommen Sie von dem Gewusel hinten an der Straße? Seit zwei Wochen sehe ich dort immer wieder Polizeiwagen und andere Fahrzeuge parken. Hoffentlich gibt es kein Problem."

„Ich bin Agent Dalton, und das ist meine Partnerin, Agent Black."

„Entschuldigung." Ihre porzellanglatten Wangen liefen rosig an. „Ich heiße Rebekah. Rebekah Archer. Sind Sie vom FBI?"

„Richtig." Zum Glück übernahm jetzt Winter. „Wir möchten Ihnen ein paar Fragen zu Ihrem Vater stellen."

Ein Schatten der Trauer zog über Rebekahs Gesicht. „Mein Vater ist vor zehn Jahren gestorben."

„Das tut mir leid."

„Herzliches Beileid", fügte Noah hinzu.

„Danke. Geht es hier um die Kommune, deren Leiter er einmal war?"

„Ja, genau. Dürfen wir uns vielleicht setzen, während wir uns ein paar Minuten unterhalten? Wir könnten draußen auf der Vorderveranda Platz nehmen, falls Ihnen das lieber ist."

„Nein, schon gut."

Das Haus war hübsch eingerichtet, fand Noah. Hier und da standen Antiquitäten wie etwa neben der Tür eine alte Kirchenbank aus Holz mit Schuhen darunter. Oder der große Farmtisch in der Küche. Rebekah bedeutete ihnen mit einer Handbewegung, sich dort zu setzen.

Nachdem sie der Aufforderung gefolgt waren, sah Rebekah sie erwartungsvoll an. „Lassen Sie mich raten. Leute in der Stadt haben Ihnen erzählt, dass mein Dad ein Sektenführer war und wahrscheinlich Menschen ermordet hat, wer auch immer dort hinten im Wald gerade ausgegraben wird. Geht es darum?"

„Würden Sie die Gruppe Ihres Vaters als Sekte bezeichnen?"

Rebekah lachte über Winters Frage. Es klang reizend, ein perlendes Gelächter. „Absolut nicht. Mein Dad war kein Spinner, der komische Gewänder trug und mit Weihrauchstäbchen in der Nase heilige Gesänge anstimmte. Er war ein großartiger Mensch, ein Kriegsveteran. Als er vom Krieg zurückkehrte, wollte er nur noch Frieden. Er öffnete seine Farm für jeden, der der Hässlichkeit des Lebens entkommen wollte."

„Wie war es, hier aufzuwachsen?", fragte Noah.

Rebekah seufzte. „Ich kann es nicht ansatzweise beschreiben. Idyllisch? Friedlich? Schauen Sie sich um." Sie deutete auf die Aussicht, die das Fenster hinter ihnen bot. „Die Farm ist ein kleines Paradies. Nahezu vierzig Hektar Land, die direkt an den George Washington National Forest grenzen. Mein Spielplatz war die Natur. Ich hatte eine herrliche Kindheit."

„Was ist mit Ihrer Mutter?", fragte Winter. „Hat sie ebenfalls hier gelebt?"

„Natürlich. Auch sie ist vor einigen Jahren verstorben, aber ich hatte das Glück, mit beiden Eltern aufzuwachsen. Sie waren wundervolle Menschen."

„Gab es Kinder zum Spielen?"

„Oh, einige. Die Leute kamen und gingen." Bei der Erinnerung wurde Rebekahs Blick verträumt. „Ich erinnere mich an ein kleines Mädchen namens Dierdre. Sie war meine beste Freundin, aber als ich sieben oder so war, sind sie weggezogen. Davor gab es andere Kinder und danach ebenfalls. Das Leben in einer Kommune ist in ständiger Bewegung. Dad brachte Leute her, sie blieben eine Weile und verabschiedeten sich wieder, wenn sie so weit waren."

„Und das fanden Sie nicht eigenartig? Alle möglichen Fremden, die kommen und gehen?"

Rebekah schüttelte den Kopf, verwundert über Winters leicht sarkastischen Tonfall. Auch Noah warf seiner Partnerin einen scharfen Blick zu. Sie brauchte nicht unhöflich zu sein. Rebekah war keine Verdächtige.

„Nein. Ich war daran gewöhnt. Ich mochte die viele Gesellschaft. Die Aufregung, immer wieder neue Leute kennenzulernen."

Noah beschloss, das Gespräch zu übernehmen. Winter wirkte plötzlich reizbar. „Leben Sie jetzt allein hier?"

Von der Frage überrumpelt, weiteten sich Rebekahs Augen einen Moment. „Oh, ja. Es gab mal den Plan, ein paar Zimmer über Airbnb zu vermieten, aber ich habe noch nichts unternommen. Ich habe ein paar Mitarbeiter, die nicht auf der Farm leben. Sie kommen einfach nur vorbei und helfen mir mit den Tieren, wenn ich sie brauche."

Noah hätte am liebsten den Kopf geschüttelt. Es war eine Schande. So eine hübsche Frau, und sie musste alles mit Lügen verderben.

„Ich habe Ihre Rinder auf der Weide gesehen. Ich komme aus Texas, und ohne allzu klischeehaft zu werden, kann ich sagen, dass ich mich mit Rindern auskenne." Diesmal lächelte er sie an. Ein flirtendes Lächeln, das darauf abzielte, sie zu entwaffnen.

Sie entspannte sich und erwiderte sein Lächeln mit perfekt geraden, hübschen weißen Zähnen. „Ich habe das studiert. Viehzucht ist irgendwie mein Ding. Seit zwei Jahren züchte ich Hereford-Rinder und außerdem ein paar Vollblutpferde."

„Wie schön", warf Winter mit gespielter Munterkeit ein.

„Nun, wir machen uns jetzt besser auf den Weg. Noah?" Sie warf ihm einen auffordernden Blick zu.

„Wir haben noch zu tun. Danke für das Gespräch, Mrs. Archer."

„Oh, einfach Ms." Ihr Blick wanderte zu seinen Lippen. „Oder gleich Rebekah."

Lächelnd nahm er eine Visitenkarte aus seiner Brieftasche. „Behalten Sie die. Nur für den Fall, dass Ihnen noch etwas über Ihren Dad einfällt, was sie uns gern mitteilen würden. Oder wenn Sie einfach mal mit einem FBI-Agent sprechen wollen." Er zwinkerte ihr zu.

„ALSO EHRLICH, Dalton."

Winter wartete nicht einmal ab, bis sie im Auto saßen, bevor sie über ihn herfiel.

„Was denn?" Mit weit geöffneten Augen machte er ein Gesicht wie ein Unschuldslamm.

„Wo bleibt deine Professionalität?", sagte sie vorwurfsvoll. „Wir sind nicht hier, um dir eine Freundin zu suchen. Wir leiten eine verdammte Mordermittlung." Sie zog die Wagentür auf und ließ sich auf den Fahrersitz gleiten. „Du hast keine Zeit zum Flirten. Und schon gar nicht mit einer potenziellen Zeugin."

Genervt kramte sie in ihrer Handtasche nach den Autoschlüsseln. Als es rechts von ihrem Ohr metallisch klingelte, knirschte sie mit den Zähnen.

„Vielleicht brauchst du diese hier, falls wir irgendwo hinfahren sollen, Boss."

Stimmt. Auf dem Herweg hatte er den Wagen gelenkt.

Sie riss ihm den Schlüssel aus der Hand und rammte ihn in die Zündung.

„Wüsste ich es nicht besser, würde ich sagen, dass du eifersüchtig bist, Darling."

Winter schoss ihm einen lodernden Blick zu, von dem ihm das Lächeln verging. „Eifersüchtig? Wohl kaum."

Noah nahm achselzuckend die von Elbert erhaltene Mappe zur Hand und blätterte den Inhalt durch. „Wenn du es sagst. Übrigens, sie mag eine schöne Frau sein, aber sie lügt wie gedruckt."

„Ich weiß." Winter legte den Gang ein und versuchte, beim Losfahren auf dem Kies mit den Hinterrädern keine Steinchen in die Luft zu schleudern. Sie wusste selbst nicht, weshalb sie so sauer auf Noah war. Rebekah Archer war attraktiv und freundlich, und wenn Noah bei ihr mit den Wimpern klimpern wollte, ging sie das nichts an. Aber er hatte recht, Rebekah war eine Lügnerin.

Winter bekam ihre schlechte Stimmung in den Griff, holte tief Luft und bog aus der Zufahrt in Richtung Linville ab. „Warum hat sie gesagt, dass sie allein lebt?", fragte sie. Mit den Fingern klopfte sie auf dem Lenkrad herum.

Noah zuckte mit den Schultern. „Vielleicht dachte sie, dass wir uns nach weiteren Erwachsenen im Haus erkundigt haben? Die kleinen rosa Schuhe waren ja nicht gerade versteckt, wie sie da unter der Bank standen."

Sie warf ihm einen kurzen Blick zu, weil sie sich fragte, ob er Rebekahs Lüge verteidigte, doch mit einer angestrengten Falte zwischen den Augenbrauen studierte er gerade eine handschriftliche Seite.

„Ist dir sonst irgendetwas Eigenartiges aufgefallen?", fragte sie. Aus Frust fuhr sie zu schnell.

Er blickte noch immer nicht auf. „Nein."

Wenn sie ehrlich mit sich war, hatte Winter sich während des Gesprächs nicht so gut konzentriert, wie sie es hätte tun sollen, und das machte ihr zu schaffen. Normalerweise nahm sie das kleinste Detail wahr, aber ihre Eindrücke von Rebekah und der Farm waren ein wenig verschwommen, und daran musste wohl die Tatsache schuld sein, dass sie sich zu viel mit Noah beschäftigte.

So ging das nicht.

„Sollen wir beim Leichenfundort vorbeischauen? Vielleicht gibt es irgendwelche Fortschritte."

Froh, sich ablenken zu können, nickte Winter. „Gute Idee. Wir sind ja ganz in der Nähe."

Ein Stück weiter vorn sahen sie den Hang, aber der Zugang zum Pfad war mit Fahrzeugen vollgestellt.

„Da scheint einiges los zu sein", bemerkte Winter, die hinter dem Kleintransporter eines Bezirksgerichtsmediziners hielt. Vor diesem stand der SUV des Chiefs. „Ich kann mir nicht vorstellen, dass Benton uns freiwillig auf dem Laufenden halten würde, aber wenigstens Gary Miller hätte uns anrufen sollen."

Sie stiegen aus und machten sich auf den Weg zum inzwischen gründlich ausgetretenen Pfad, dessen orangerotes Markierungsfähnchen nun überflüssig wirkte. Das Gras war niedergetreten, und jemand war mit einer Machete durchgegangen, hatte Zweige abgehauen und das Unterholz zurückgedrängt, um den Zugang zu verbreitern.

Sie hatten erst zwei Drittel des Aufstiegs geschafft, da kam ihnen eine der allgegenwärtigen Praktikantinnen der Forensischen Archäologin entgegen. Raschen Schrittes marschierte sie den Hang hinunter. „Sie haben gerade den richtigen Zeitpunkt erwischt." Sie kam schlitternd zum Stehen, und Winter packte sie am Arm, damit sie nicht auf den Hintern fiel und den Rest des Wegs hinabkullerte.

„Was ist los?", fragte Winter. Ihr Magen zog sich zusammen. *Bitte nicht wieder ein Tierskelett.*

„Zwei weitere Leichen." Die blassgrauen Augen des Mädchens steckten hinter dicken Brillengläsern. „Sie hatten recht. Das hier ist der Ablageort eines Mörders."

11

Oben summte es von Aktivität.

Sobald Winter und Noah die Lichtung betraten, eilte der Chief mit verblüffter Miene herbei. „Gerade wollte ich Sie anrufen", sagte er ohne jede Einleitung. „Zwei weitere. Kommen Sie und schauen Sie, was die Forensische Archäologin gefunden hat."

Marilyn Fosner wirkte ebenfalls düster. Ihr Haar war mit einem Bandana zurückgebunden, und über die eine Wange zog sich ein Schmutzstreifen. Ohne von ihrer Arbeit aufzublicken, entfernte sie sorgfältig Erde aus einer flachen Grube. Winter blickte über den Rand, der in einem düsteren Rot flackerte, als wären dort glühende Kohlen vergraben. Sie schauderte unwillkürlich zusammen.

Tatsächlich, zwei Leichen. Winzige Skelette.

Fast wie ein elektrischer Stoß schoss ihr lodernder Zorn das Rückgrat hinauf und machte, dass die Haare auf ihren Armen sich sträubten. „Was für ein Unmensch ermordet so kleine Kinder?" Ihr war gar nicht bewusst, dass sie laut gesprochen hatte, bis Marilyn ihre Frage beantwortete.

„Ein sadistisches Arschloch." Mit dem behandschuhten

Finger deutete sie auf einen winzigen Schädel. „Ein Einschussloch. Genau wie bei dem anderen Skelett. Im Hinterkopf." Mit einem dunklen Glitzern ihrer grünen Augen blickte sie auf. „Mir egal, wie lange es her ist. Finden Sie den Täter. Finden Sie ihn und hauen Sie ihn in die Pfanne."

Noah nickte nüchtern, ergriff Winter am Ellbogen und führte sie weg. Marilyn kehrte zu ihrer düsteren Aufgabe zurück. Die Schultern gebeugt und das Gesicht ausdruckslos, setzte sie ihr Ausgrabungswerkzeug mit den präzisen, vorsichtigen Bewegungen einer Chirurgin ein.

„Nimm es mir nicht übel, aber ich wünschte, du hättest dich geirrt", sagte Noah müde. „Was, wenn wir hier einen ganzen Friedhof von winzigen Skeletten vor uns haben?"

„Das könnte sein", erwiderte sie leise. „Und hier liegt noch etwas anderes. Das fühle ich."

„Ich glaube, wir müssen zurückfahren und noch einmal mit Elbert reden."

Ja … Elbert. Seufzend dachte sie an den blinden Greis, der mit den Fingern an den Zimmerwänden entlangstreifte, die er nicht mehr sehen konnte. Die Aktenschränke voller Informationen, die er nicht mehr lesen konnte.

Ein kalter Windstoß wehte eine dunkle Haarsträhne über Winters Gesicht. „Wenn wir ihn ein bisschen bedrängen, erzählt er uns vielleicht den Rest."

„Du hältst dich jetzt bestimmt für oberschlau."

Winter drehte sich um, nicht überrascht, Tom Benton zu sehen. Seine Augen waren blutunterlaufen und sein Gesicht aufgedunsen. Er schien schlecht geschlafen zu haben. Sie fragte sich, warum, ließ den Gedanken aber fallen.

Es ging sie nichts an.

Sie war hier, um einen Mörder zu finden. Wäre der Fall Benton überlassen worden, hätte es höchstens eine oberflächliche Ermittlung gegeben. Dem nicht identifizierten

Kind – den Kindern – wäre niemals Gerechtigkeit widerfahren.

Dieser Gedanke führte dazu, dass ihre Antwort scharf klang.

„Nein, ich halte mich nicht für oberschlau. Tatsächlich bin ich nicht hier, um mich irgendjemandem zu beweisen. Ich mache einfach nur meine Arbeit. Ich benehme mich professionell." Die Worte waren deutlich, und alles, was darin mitschwang, war klar.

Benton lief rot an. „Hör zu, du Schlampe …"

„Genug." Noahs normalerweise so entspannte Art war blitzschnell von ihm abgefallen. Winter sah ihn überrascht an. Sein Gesicht war hart wie Granit. Er trat einen Schritt vor, und Benton duckte sich. „Entschuldigen Sie sich."

Benton öffnete den Mund, um Einwände zu erheben. „Schauen Sie …"

„Entschuldigen Sie sich", wiederholte Noah. Seine Stimme wurde nicht lauter, nahm aber einen tiefen, bedrohlichen Unterton an. „Sie haben sich als Kinder gekannt, mag sein. Heute sind wir alle erwachsen, und Beschimpfungen haben hier nichts zu suchen. Richtig?"

Benton, der jetzt genauer auf Noahs Gesicht schaute, verzog die Lippen. „Entschuldigung." Er spie das Wort heraus, als schmeckte es schlecht, und sah Winter beim Sprechen nicht an.

Noah schenkte ihm ein breites, hartes Lächeln, das nicht in seinen Augen ankam. „Nachdem wir nun diese kleine Hässlichkeit aus dem Weg geräumt haben, können wir uns wieder unserem Fall zuwenden? Sie sind hier aufgewachsen, Benton. Was wissen Sie über die Mondjünger?"

Benton riss einen Moment lang die Augen auf, doch er erholte sich rasch und schnaubte, ein feuchtes, abstoßendes Geräusch. „'N Haufen Hippies damals. Was ham die mit der Sache zu tun?"

Zorn ließ Winters Inneres aufglühen. Bentons Gesichtsausdruck war ihr nicht entgangen, auch wenn dieser seine überrumpelte Miene beinahe sofort unter seiner üblichen Mürrischkeit verbarg. „Ich bin in Harrisonburg aufgewachsen, genau wie du. Aber ich habe nie von ihnen gehört."

Benton zuckte wegwerfend mit den Schultern. „Du bist nicht lange nach ... dieser blöden Sache weggezogen."

Blöde Sache nannte er das. Die Ermordung ihrer Eltern und das Verschwinden ihres kleinen Bruders. Sie unterdrückte eine weitere Welle von Zorn über seinen herablassenden Tonfall. „Also, was weißt du über die Sekte?"

„Nicht mehr, als man als Kind so hört. Gerede. Ammenmärchen."

„Würden Sie das näher erläutern?", fragte Noah.

„Schauen Sie, das waren einfach ein paar Spinner mit Selbstversorger-Allüren. Haben die Farm bewirtschaftet. Sie haben sich abseits gehalten, also haben wir als Kinder Geschichten erfunden. Ihr greift nach einem Strohhalm, wenn ihr die Sache einer alten Kommune in die Schuhe schiebt, die seit Jahrzehnten nicht mehr hier ist. Wie wollt ihr so was beweisen?"

Sie würden nichts aus ihm herauskriegen, erkannte Winter, und Noah kam anscheinend zum selben Schluss.

„Ich glaube, Chief Miller möchte mit Ihnen reden." Noah deutete mit einer Kopfbewegung auf den älteren Mann, der mit finster zusammengezogenen Augenbrauen zu ihnen hinüberschaute.

Benton fluchte lautlos und ging ohne ein weiteres Wort davon.

„Sind wir hier fertig?" Noah, der sich wieder Winter zuwandte, sprach mit seiner üblichen freundlichen Stimme.

Sie warf ihm einen scharfen Blick zu. „Das war nicht nötig. Du braucht dich nicht schützend vor mich zu stellen. Benton bereitet mir keine Angst."

Noah zuckte mit seinen breiten Schultern und machte sich daran, mit seinen weitausgreifenden Schritten die Lichtung zu verlassen, sodass ihr nur übrig blieb, sich seinem Tempo anzupassen oder zurückzubleiben. „Benton ist eine Null."

Sie ging schneller, um ihn einzuholen, zunehmend verärgert. „Du musst diese Texas-Macho-Masche zurückfahren. Ich bin keine Jungfer in Nöten. Ich brauche keinen Retter."

Er schnaubte. „Benton ist die kleinste von deinen Sorgen." Dann warf er ihr mit seinen grünen Augen, deren Ausdruck nicht zu deuten war, einen Seitenblick zu. „Und außerdem, Darling, brauchen wir alle ab und zu mal einen Retter."

JENNIE BETTS HATTE VERSPÄTUNG.

Danny bekam Zähne, und sie konnte ihn nicht in die Kindertagesstätte bringen, weil er Fieber hatte. Außerdem machte ihre Schwiegermutter ihr das Leben schwer, als Jennie sie bat, den Kleinen zu hüten. Dominics Mom versprach immer eine Menge, war aber nicht der Typ, der das dann auch hielt.

Gib mir Bescheid, falls ich irgendwann mal auf ihn aufpassen soll. Natürlich würde Gramma sich über ein bisschen Zeit mit ihrem kleinen Liebling freuen!

Jennie schnaubte angewidert.

Sobald sie ihre Schwiegermutter mit irgendeiner Bitte anrief, purzelten sofort die Entschuldigungen heraus. Sie habe einen Termin beim Friseur. Sei ein wenig erkältet. Heute hatte der jährliche Untersuchungstermin der Katze Missy beim Tierarzt im Weg gestanden.

Jennie hatte ihren quengelnden Sohn erst nach vierzehn Uhr abgeben können, dabei wurde sie eigentlich um neun Uhr bei Mr. Wilkins erwartet. Sie hatte ihn angerufen, um ihn über ihre Verspätung zu informieren, aber er war nicht ans Telefon gegangen.

Als sie mit ihrem zerbeulten Kombi in die Zufahrt von Mr. Wilkins' Haus einbog, zog sich allmählich der Himmel zu. Anscheinend hielt der Herbst jetzt offiziell Einzug. Bibbernd öffnete sie die Heckklappe und holte den Staubsauger heraus. Sie hätte sich die Zeit nehmen sollen, sich einen Kapuzenpulli überzuziehen, bevor sie das Haus verließ. Der Wind blies durch ihr dünnes T-Shirt hindurch.

Vor der Haustür setzte Jennie den Hoover ab und nahm den Korb mit Putzmitteln in die andere Hand, um den Hausschlüssel aus der Handtasche zu kramen.

„Hallo, Mr. Wilkins", rief sie fröhlich, als sie eintrat, und schaltete das Licht an. „Tut mir leid, dass ich zu spät komme!"

Sie wusste, dass er sie wahrscheinlich in die Zufahrt hatte rollen hören – der Mann hatte Ohren wie eine Fledermaus –, aber im Haus war es still. Nicht einmal das Radio lief. Stirnrunzelnd setzte sie ihren Korb mit Putzmitteln ab.

„Mr. Wilkins?"

Wie üblich kitzelte sie der muffige Geruch von altem Papier in der Nase, und sie rieb sich mit dem Handrücken darüber. Halb verdeckte der Papiergeruch etwas anderes. Etwas, was sie die Nase rümpfen ließ, während eine leichte Übelkeit in ihr aufstieg. Hoffentlich hatte der arme alte Kerl keine Grippe. Damit hatte sie bei sich zu Hause schon genug zu tun, und was sie an widerlichem Zeug aufgewischt hatte, reichte ihr für eine Weile.

Im Wohnzimmer befand sich niemand, doch auf einem Seitentisch stand ein grün-weißer Pappbecher. Jemand hatte Mr. Wilkins einen Kaffee gebracht. Vielleicht Alma, dachte Jennie innerlich glucksend. Wie die alten Leute miteinander flirteten, war der Knüller.

Himmel, hoffentlich trieben die beiden es nicht gerade.

Sie lauschte vorsichtig an der Schlafzimmertür, doch als sie dahinter nichts hörte, öffnete sie sie einen Spalt weit. Das Zimmer war ordentlich und das Bett gemacht.

Die Tür zum Arbeitszimmer war nur angelehnt, und sie klopfte zögernd. Manchmal saß er dort drin. Sie wusste nicht, warum. Dachte er über das nach, was in all diesen Büchern und Unterlagen stand, die er nun nicht mehr lesen konnte?

Die Tür schwang langsam auf, und Jennies Augen weiteten sich.

Dann schrie sie los.

Im selben Moment, in dem Noah die Wagentür öffnete, hörte er die durchdringenden Schreie. Doch fast noch bevor der Wagen richtig stand, war Winter draußen und rannte mit gezogener Waffe zu Elberts Haus.

„Warte!", rief er ihr wütend nach, aber sie verschwand bereits im Haus.

Eine Partnerin, mit der die Pferde so leicht durchgingen, das kotzte ihn allmählich an.

Hinter der Haustür stieß er auf eine schluchzende junge Frau, kurvige Figur und dunkelbraunes Haar. Sie hatte sich die Faust in den Mund gestopft, um ihre Schreie zu unterdrücken.

„Bring sie hier raus", sagte er grollend zu Winter. „Ruf Verstärkung, während ich die Lage im Haus kläre."

Er forderte sie praktisch dazu heraus, ihm zu widersprechen, doch mit ihren kühlen blauen Augen warf sie ihm nur einen gleichmütigen Blick zu und führte das Mädchen nach draußen.

Im Haus war niemand, abgesehen von dem alten Mann, den er zwischen verstreuten Unterlagen auf dem Boden seines Arbeitszimmers gefunden hatte. Einige Blätter waren in das Blut getaucht, das aus einer klaffenden Wunde an der Seite von Elbert Wilkins' Kopf quoll. Sein Gesicht war zu einer Maske der Verblüffung erstarrt, der Blick seiner blinden Augen, die nun nie wieder das Geringste sehen würden, auf die Wand gerichtet.

Noah schaute sich um. Die Hängeregistraturschränke waren geleert worden, und überall türmten sich beschriftete Seiten. Von der säuberlichen Ordnung, die hier am Vormittag geherrscht hatte, war nichts mehr übrig. Er ging nach draußen, wo er das schrille Gejammer der jungen Frau hörte, das gelegentlich von Winters leisen, beruhigenden Worten unterbrochen wurde.

Winter hatte ihre Pistole weggesteckt, und das Mädchen klammerte sich an sie wie an einen Rettungsring. Winter schaute Noah über den Kopf der Brünetten hinweg an. Ihr Gesichtsausdruck war köstlich: eine Mischung aus Verlegenheit und flehendem Blick. Offensichtlich wollte sie von ihm, dass er die Rolle als Tröster übernahm.

„Sind Sie eine Verwandte, Ma'am?"

Das Mädchen hob endlich sein tränennasses Gesicht von Winters Schulter und schniefte geräuschvoll. „Nein, ich putze zweimal wöchentlich für Mr. Wilkins. Mache seine Wäsche. Und bereite ihm Mahlzeiten zu. Er hat …", sie schluckte kräftig und verbesserte sich, „… er hatte keine Familie."

Bevor sie erneut in Tränen ausbrechen konnte, ergriff Winter das Wort. „Kommen Sie schon, Jennie, Sie müssen jetzt stark sein. Erzählen Sie uns, was geschehen ist."

Die junge Frau schniefte noch einmal. „Danny hat gezahnt, und ich konnte ihn nicht in die Kindertagesstätte bringen. Deshalb hatte ich Verspätung. O Gott, was, wenn ich den Mörder hätte aufhalten können, wer auch immer es war?" Ihre braunen Augen flossen erneut über.

Winter widersprach ihr energisch. „Das wäre Ihnen nicht

gelungen. Schlimmstenfalls hätten Sie ebenfalls verletzt werden können. Haben Sie versucht, Mr. Wilkins Bescheid zu sagen, dass Sie mit Verspätung kommen?"

„Ja, habe ich. Aber er hat nicht abgenommen. Manchmal verlegt er sein schnurloses Telefon, und ich finde es dann an einem verrückten Ort wieder, zum Beispiel im Kühlschrank oder so. Ich war deswegen noch nicht besorgt."

„Okay, Sie machen Ihre Sache gut, Jennie. Haben Sie bei Ihrer Ankunft jemanden gesehen?", fragte Noah. „Was ist mit der Haustür. Stand sie offen?"

Jennie holte tief Atem und schloss beim Nachdenken die Augen. „Die war zu. Ich hatte die Hände voll, deshalb war das Aufmachen schwierig. Ich habe niemanden gesehen, aber ich war sauer auf meine Schwiegermutter und dachte in dem Moment nur darüber nach. Ich habe nicht wirklich aufgepasst. Tut mir leid."

Ihre Unterlippe zitterte, und Noah klopfte ihr beruhigend auf die Schulter. „Es gibt nichts, wofür Sie sich entschuldigen müssten", sagte er freundlich. „Erzählen Sie weiter."

„Ich bin ins Haus rein und hab meine Sachen abgelegt. Dann hab ich ein paar Mal nach ihm gerufen. Die Tür seines Arbeitszimmers war meistens verschlossen, und als ich klopfte … sah ich …" Sie schniefte laut. „Sah ich …"

In der Ferne heulte die Sirene eines Polizeiwagens, und Noah hob die Hand. „Schon gut. Ich weiß, was Sie gesehen haben. Vielleicht mögen Sie sich ja in Ihr Auto setzen, die Heizung anstellen und sich ein bisschen aufwärmen? Wir brauchen Sie noch ein Weilchen hier."

Jennie nickte kläglich. „Ich muss Dominic anrufen. Meinen Mann."

Winter wartete ab, bis Jennie in ihrem Wagen saß. Die Polizeisirene kam näher. Ein leichter Sprühregen fiel vom bleigrauen Himmel.

„Was ist mit ihm passiert? Sie hat sich schreiend in meine Arme gestürzt, sobald ich das Haus betrat."

„Jemand hat ihn mit einem Hieb auf den Kopf erschlagen. Und sein Arbeitszimmer durchwühlt."

Winter zuckte zusammen, ihr Gesicht war bleich. „Verdammt. Ich mochte ihn."

„Ich auch." Noah sah einen Polizei-SUV in die Straße einbiegen. „Um wie viel wollen wir wetten, dass wir keine wertvollen Unterlagen mehr finden?"

„Wer wusste, dass wir hier waren?"

Noah schüttelte den Kopf. „Unmöglich zu sagen. Wir müssen sein Telefon überprüfen. Hat er nach unserem Weggang jemanden angerufen? Zum Teufel, diese Rezeptionistin im Motel könnte ausgeplaudert haben, dass das FBI in der Stadt ist und sich für die Mondjünger interessiert. Vielleicht hat sie damit geprahlt, dass sie uns zu Elbert geschickt hat."

Winter warf ihm einen zögernden Blick zu, eigenartig verletzlich, während schon der Polizeiwagen am Straßenrand hielt. „Ich muss schnell noch dort rein. Mich umschauen, ob da … irgendetwas ist."

Sie war nicht daran gewöhnt, über ihr Geheimnis zu reden. Noah nickte ihr mit einem angedeuteten Lächeln zu. „Geh, mach dein Ding. Ich kümmere mich um den Rest."

Sie brauchten jeden Vorteil, den Winter ihnen verschaffen konnte, denn jetzt hatten sie es nicht mehr nur mit wer weiß wie vielen alten Morden zu tun, sondern auch noch mit einem frischen.

12

Es roch nach ihr. Ein leichter, mädchenhafter Vanilleduft.

Ich sog ihn tief ein und lächelte.

Dann schaute ich mich ein wenig um. Spähte in ihren Nachttisch. Darin lag einfach nur die übliche Hotelbibel, die all die der Hölle geweihten Sünder natürlich niemals aufschlugen. Den Koffer hatte sie nicht ausgepackt. Wie er auf dem klapprigen Gestell am Fußende ihres Bettes stand, sah er hübsch ordentlich aus und so, als sei sie jederzeit zur Abreise bereit.

Ihre Toilettenartikel bildeten eine gerade Reihe am Waschbeckenrand. Ich widerstand dem Drang, irgendetwas anzufassen. Ich werde doch ihre Privatsphäre nicht anrühren, oh nein. Ich kicherte in mich hinein. In das kleine Schlafzimmer zurückgekehrt, hob ich die Ecke der bunt gemusterten Tagesdecke an. Ich schob die Hand unter die Matratze und holte die deaktivierte Kamera und die Batterie hervor. Dann tastete ich noch ein wenig herum, bis meine Finger glattes Fotopapier berührten.

Ich brachte das Polaroid ihres Bruders zum Vorschein

und betrachtete es kurz. Mit seinen Grübchen war er ein niedlicher kleiner Bursche. Ein Kind, das man nicht vergisst.

Die ganze Familie Black war eine ungewöhnliche Erfahrung gewesen. Und dass jetzt die letzte Überlebende beim FBI arbeitete … Ich war mir sicher, dass sie das Ziel hatte, mich zur Strecke zu bringen.

Nun, sollte sie es doch versuchen. Vielleicht würde ich mich sogar von ihr aufspüren lassen, nur um zu sehen, was geschehen würde.

Kopfschüttelnd dachte ich darüber nach, wie sie der Kamera den Stinkefinger gezeigt hatte. Also mir. So gar nicht damenhaft. Da war sie ganz ihre Momma. Ich würde ihr gern Manieren beibringen, aber unwillkürlich bewunderte ich ihren Mumm.

Nachdem ich Foto und Kamera in die Tasche meines Sweatshirts gesteckt hatte, schlüpfte ich aus dem Zimmer und achtete darauf, gut hinter mir abzuschließen. Dann rückte ich den Werkzeuggürtel zurecht, der mir tief auf den Hüften saß, und kehrte zu meinem Pick-up zurück.

Fast hoffte ich, dass sie mir irgendwann auf die Spur kommen würde.

Es wäre interessant, ihr mädchenhaftes Gesicht zu sehen, wenn sie die Wahrheit erführe. Unmittelbar bevor auch sie selbst für ihre Sünden büßte.

WINTER WURDE von einem Frösteln gepackt, als glitte ihr ein kalter Finger über den Nacken. Sie rieb sich die Arme.

„Alles in Ordnung?"

„Bestens. Nur bin ich zum Umkippen müde. Es war ein mörderischer Tag." Das stimmte. Seit dem Nachmittag regnete es immer stärker, und sie fror und war nass und müde. Mehr als bereit, sich für die nächsten acht Stunden ins Bett fallen zu lassen.

„Wir sind gleich da. Bist du einverstanden, dass wir unser Abendessen in einem Drive Thru holen?“ Ohne ihre Antwort abzuwarten, bog Noah in einen McDrive in der Nähe ihres Motels ein. Überraschend kam das nicht, da Noahs Magen schon seit Stunden hörbar knurrte.

Winter bestellte Fritten und eine Cola. Sie wusste, dass sie etwas essen sollte, war sich aber nicht sicher, ob sie etwas herunterbekommen würde. Es war hart für sie gewesen, ihr erstes Mordopfer seit mehr als zehn Jahren vor sich zu haben. Ein Skelett zu sehen, war etwas ganz anderes als der Geruch und Anblick eines Mordes. Der leere Blick von Elberts Augen würde sie heute Nacht im Traum verfolgen.

Noah schaffte es, sich noch die fünf Minuten zu beherrschen, die sie für die Fahrt zum Motel brauchten, doch sobald sie auf den Parkplatz eingebogen waren, zog er Fritten aus der Tüte und stopfte sie sich in den Mund.

„Wie steckst du das weg?“

Er lenkte den Wagen in eine Parklücke und trank einen Schluck Cola. „Hatten wir das Thema nicht schon? Ein schneller Stoffwechsel.“

„Das meinte ich nicht.“ Winter blickte durch die von Tropfen benetzte Windschutzscheibe auf die Parkplatzlampe, die im Regen einen Strahlenkranz um sich verbreitete. „Ich meinte den Tod.“

„Du hast deine Sache heute gut gemacht. Sehr gut.“ Noahs Stimme klang mitfühlend. „Deine erste frische Leiche?“

„Nein.“ Ein Bild ihrer Eltern schoss ihr durch den Kopf, und sie schloss die Augen, um es abzuwehren. „Aber die erste seit langer Zeit. Es war einfach nur so … unvermittelt. Kurz zuvor hatten wir ihn noch gesehen. Das ist keine sechs Stunden her.“

„Ich weiß. Und er war ein netter Kerl.“

Winter weigerte sich zu weinen, aber das Brennen hinter

ihren Lidern war unverkennbar. Beschämt blinzelte sie die Tränen zurück. Bei der Entscheidung für ihren Beruf hatte sie angenommen, durch die als Kind gemachte Erfahrung werde die Fähigkeit, Blut und Schmerz auszublenden, tief in ihr verwurzelt sein und ihr gestatten, sich einzig auf die Lösung eines Falls zu konzentrieren. Sie hatte erwartet, ungerührt zu bleiben. Eine Arbeit wie jede andere zu machen.

„Du musst diese Gefühle nehmen und bewusst nutzen. Sie sind Brennstoff für das Feuer, das letztlich zur Festnahme des Mörders führen wird. Es ist keine Schande, wenn eine solche Erfahrung dich angreift. Das zeigt einfach nur, dass du ein Mensch bist."

Er legte die Hand auf ihre, die auf ihrem Knie ruhte. Die Wärme seiner Pranke war tröstlich.

„Dort draußen gibt es böse Menschen. Wir haben den Job, sie zu finden. Mitgefühl mit einem Opfer und Trauer über den Verlust eines Menschenlebens beeinträchtigen deine Fähigkeit nicht, deine Arbeit zu tun."

Sie nickte wortlos und gestattete sich, die beruhigende Berührung seiner Hand noch einen Moment länger auf sich wirken zu lassen. Normalerweise mied sie Körperkontakt. Er machte sie schwächer. Aber Noah hatte ein Talent zum Trösten.

„Besser, du bringst den Burger in dein Zimmer, bevor er kalt wird", sagte sie schließlich und zog die Hand unter seiner hervor.

Noah beugte sich jedoch so weit zu ihr hinüber, wie der enge Sitz und seine langen Beine es zuließen. „Ist mit dir auch wirklich alles in Ordnung? Ich wollte dich eigentlich fragen, ob du irgendwas gesehen hast, als du dich vor dem Eintreffen der Polizei noch mal umgeschaut hast. Dann habe ich mir gesagt, dass du es mir sagen wirst, wenn du so weit bist."

Er bemühte sich, sie nicht wegen ihres ‚Talents' zu bedrängen, und sie war ihm dafür dankbar.

„Ich habe etwas gesehen, aber ich glaube nicht, dass es uns helfen wird." Ohne den leichten Kopfschmerz hinter ihren Augen zu beachten, schloss sie erneut die Lider. Sie rief sich das Bild von Elberts Arbeitszimmer vors innere Auge.

Die Hängeregistraturschränke. Verstreute Unterlagen und Hängemappen. Elberts auf dem Boden zusammengekrümmte Leiche ... eine klaffende Kopfwunde, Schädelsplitter und eine dunkle Blutlache. Das rote Glühen um das Brecheisen auf dem Boden hatte sie nicht sehen müssen, um zu wissen, dass es die Mordwaffe war, und so würde es auch der Spurensicherung gehen.

Stattdessen hatte sie sich im restlichen Zimmer umgeschaut.

Überall hatten verstreute Unterlagen gelegen, als wäre ein Wirbelsturm durchs Zimmer gefegt. Offene Schubladen ragten in schiefen Winkeln aus den Schränken, sämtlicher Informationen beraubt, die Wilkins jahrzehntelang sorgfältig darin gesammelt hatte.

Elberts Leben war mit einem einzigen gemeinen Schlag in einen Abfallhaufen verwandelt worden.

„Ich habe Abdrücke gesehen", sagte sie endlich. „Rote Stellen dort, wo der Mörder Gegenstände berührt hat. Falls es sie wirklich gibt, wird die Spurensicherung sie finden. Aber bestimmt hat er Handschuhe getragen."

„Hast du ein Gefühl für die Person des Täters bekommen?"

„Nein. Die Art, wie er die Ordnung im Raum zerstört hat, wirkte beinahe leidenschaftslos."

Noah nahm sich eine Fritte und kaute nachdenklich. „Der Haushälterin zufolge sah es so aus, als wäre nichts Wertvolles entwendet worden."

Winter nickte. „Ich habe das ganze Haus gecheckt. Eingedrungen ist der Täter durch die Hintertür. Dass er in anderen Zimmern tätig gewesen wäre, konnte ich nicht wahrnehmen. Er kam rein, ging durchs Haus, bis er Elbert fand, erschlug ihn, durchwühlte das Arbeitszimmer und verschwand auf demselben Weg."

„Die Nachbarn haben nichts gesehen."

„Nein. Wie sein Haus hinten an den Wald grenzt, ist nicht gerade hilfreich. Es war bestimmt kein Problem, den Garten zu durchqueren, ohne gesehen zu werden."

„Der Mord steht mit den Gebeinen in Zusammenhang. Elbert wusste etwas."

„Ja. Und jetzt nimmt er es mit ins Grab, was auch immer es war." Plötzlich empfand sie den engen Innenraum des Wagens als stickig. Die Fastfood-Tüten rochen ekelerregend. Sie schnappte sich ihre Cola. „Du kannst meine Fritten haben. Ich geh hoch. Wir machen morgen weiter."

Winter öffnete die Wagentür und ließ die kühle, feuchte Nachtluft herein. Die Kopfschmerzen lauerten immer noch, und sie wollte einfach nur schlafen, damit sie verschwanden.

„Morgen früh wieder joggen?", fragte Noah. „Hilft gegen die Anspannung. So bleibt man im Gleichgewicht. Es sei denn, du hättest Lust, etwas anderes gegen die Anspannung zu unternehmen." Er zwinkerte ihr übertrieben zu.

Es war ebenso faszinierend wie ärgerlich, dass der Gedanke Winter immerhin so weit verwirrte, dass sie einen Augenblick lang zögerte. Sie musterte ihn im Licht der Parkplatzlampe. Regentropfen benetzten sein dunkelbraunes Haar, und seine grünen Augen glommen vor Belustigung. Die Lippen waren zu einem Lächeln verzogen. Er brauchte eine Rasur. Seine eckige Kieferpartie war rau von Bartstoppeln.

„Joggen klingt gut. Um sechs?"

Seine Lachfältchen vertieften sich, als wüsste er, was sie gedacht hatte. „Dann also sechs Uhr."

Sie schlüpfte in ihr Motelzimmer, schloss es hinter sich ab und erstarrte. Was sie eben noch Nettes über ihren Partner gedacht hatte, zerstob zu Nichts.

Sie drückte auf den Lichtschalter, und der anämische Schein der Deckenlampe ergoss sich über den Raum. Alles wirkte unverändert und unangetastet. Ihr Koffer lag da, wo sie ihn hingelegt hatte. Die Badezimmertür stand noch immer eine Handbreit offen, und die Tagesdecke war faltenfrei. Aber jemand hatte das Zimmer betreten.

Sic witterte in die Luft. Da war nur der leicht muffige Geruch des Teppichs.

Die Hand unbewusst auf den Griff ihrer Pistole gelegt, ging sie vorwärts und stieß die Badezimmertür behutsam auf. Die Dusche war leer, der durchsichtige, an Ringen befestigte Kunststoffvorhang stand offen. Ihr Toilettenkram reihte sich neben dem Waschbecken. Nichts glühte rot.

Ihr Erschrecken kam ihr plötzlich albern vor, und sie kehrte ins Hauptzimmer zurück. Kniete sich hin und hob die Bettvolants an. Darunter war nichts zu sehen.

Dann führte sie eine Hand zwischen der Matratze und der Boxspring-Federung entlang und stockte.

Das Foto. Und die Kamera.

Sie waren verschwunden.

Sie sagte sich, dass es keine Rolle spielte. Sie konnte das Foto aus dem Gedächtnis abrufen. Und mit der Kamera hatte sie ohnehin nichts vorgehabt. Darauf befanden sich keine Fingerabdrücke. Keiner der beiden Gegenstände konnte mit dem Preacher in Verbindung gebracht werden.

Doch er war hier gewesen.

Die Härchen auf ihren Armen sträubten sich von einer Gänsehaut.

Sie schloss die Augen, aber hinter ihren Lidern erwartete sie Elberts leerer Blick. Er war nicht vom Preacher getötet worden, doch Erinnerungen an die heutige Nacht würden für immer Gedanken an Blut und Tod … gewaltsamen Tod auslösen.

Ihr Atem ging flach und stoßweise. Der Preacher war erneut in ihrem Zimmer gewesen. Dieselben Hände, die ihre Eltern so gekonnt abgeschlachtet hatten, hatten ihren Türgriff berührt. Und vielleicht noch andere Dinge. Glänzende Punkte tanzten am Rand ihres Blickfeldes.

Beobachtete er sie vielleicht gerade jetzt?

Sie fuhr herum, riss das Gemälde von der Wand, verunstaltete dabei den Gipskarton mit einer Furche und knallte mit dem Rahmen von oben gegen den Fernseher.

Das Loch, in dem die Kamera gesteckt hatte, starrte ihr leer entgegen.

Wer war er, dass er so mühelos in ihr Zimmer eindringen konnte? Oder war sie einfach verrückt? Das Polaraoid war verschwunden. Es gab keinen Beweis, dass der Mörder ihrer Familie im Raum gewesen war. Dass er sie mit einer versteckten Kamera beobachtet und ein Foto ihres kleinen Bruders zurückgelassen hatte.

Als es an die Tür klopfte, wirbelte sie herum und zog ihre Waffe.

13

„Winter. Was ist los?“

Noah hämmerte gegen die Tür. Durch die dünnen Wände hatte er das Rumoren in ihrem Zimmer gehört. Es hatte geklungen, als schleuderte sie Möbelstücke durch den Raum. Doch als sie aufmachte, war sie nicht zerzaust. Einfach nur bleich und unglaublich erschöpft.

Noah schob sich an ihr vorbei, die Waffe in der Hand. „Was war das zum Teufel für ein Lärm?“

Das Gemälde, das über dem Fernseher gehangen hatte, eine Kopie der Scheußlichkeit, die in seinem Zimmer an der genau entsprechenden Stelle prangte, lag jetzt auf dem Bett. Der Rahmen war beschädigt, die eine Seite fast zersplittert. Wo das Bild die Wand verdeckt hatte, war eine quadratische Vertiefung grob in den Gipskarton geschnitten worden.

„Was zum Teufel ist das?“

Er marschierte energisch auf sie zu, doch sie hatte sich auf einen der Stühle sinken lassen, die an dem kleinen Tisch standen.

„Da in dem Loch hat eine Kamera gesteckt.“

„Hat? Wo ist sie jetzt?“

Sie zuckte mit den Schultern. „Er war hier und hat sie zurückgeholt."

„*Wer* war hier?"

„Der Preacher, nehme ich an. Es sei denn, Alma, die neugierige Rezeptionistin, wäre eine Spannerin."

In Noahs Schläfen hämmerte es vor Zorn, und er steckte die Waffe ins Halfter. „Verdammt, ich dachte, du hättest mir alles erzählt." Er packte den Stuhl ihr gegenüber am Tisch, riss ihn zurück und setzte sich darauf. „Spuck's aus", fuhr er sie an. „Sofort."

Sie hob den Blick nicht, um dem seinen zu begegnen, sondern rieb sich nur geistesabwesend seitlich am Kopf. „Er hat mir ein Foto meines Bruders dagelassen. Gleich in der ersten Nacht, in der wir hier waren. Es wurde nach Justins Verschwinden aufgenommen."

„Und warum hast du mir nichts davon erzählt? Warum hast du Max nicht Bericht erstattet?"

Jetzt sah sie ihn endlich an. Die Ringe unter ihren Augen waren so dunkel, als wäre sie dort geschlagen worden. „Das ist eine Sache zwischen dem Preacher und mir."

Er dachte an all das zurück, was er über ihre Begegnung mit dem berüchtigtsten Serienmörder seiner Zeit wusste. Sie war als Jugendliche nach Hause gekommen und hatte die Leichen ihrer im Bett ermordeten Eltern vorgefunden. Ihr Bruder war verschwunden. Sie hatte einen heftigen Hieb auf den Schädel erhalten, der zu einer Schädelbasisfraktur geführt hatte, und war als tot liegen gelassen worden.

Er wusste, warum sie FBI-Agentin geworden war. Man musste kein Genie sein, um zu begreifen, dass sie ihren Beruf dafür nutzen wollte, den Mann zu fassen, der ihre Familie zerstört hatte. Das hatte sie ihm auch erzählt. Was sie ihm allerdings verschwiegen hatte, war die Tatsache, dass sie vorhatte, es allein zu tun.

„Du hast ein ernsthaftes Problem damit, Informationen weiterzugeben", blaffte er sie an. „Nimm deine Sachen."

„Das ist nicht …"

„Das *ist* mein Ernst. Nimm. Deine. Sachen."

Ihre Augen blitzten ein wenig, aber sie tat wie geheißen. Sie öffnete den Reißverschluss ihres Koffers. Mit langsamen Bewegungen, als wäre sie eine alte Frau, griff sie nach ihrem Kulturbeutel und ging in Richtung Bad.

Dann blieb sie stehen, und ihre Schultern spannten sich an. Ihre Hände fuhren zum Kopf, sie stöhnte auf und krümmte die Schultern. „Nicht *jetzt*", ächzte sie.

Noah sprang auf, weil Winters Knie unter ihr einzuknicken schienen. Sie sackte zu Boden, und er konnte sie gerade noch rechtzeitig auffangen, bevor sie mit dem Kopf gegen eine vorspringende Wandecke schlug. Als er sie packte, spritzte ihm Blut auf den Arm.

„Winter, was zum Teufel!"

Er hielt sie mit beiden Armen fest. Blut schoss ihr in einem leuchtend roten Strom aus der Nase. Ihre Augen verdrehten sich, bis man das Weiße sah, und er verlagerte sie mühsam auf seinen einen Arm, um die andere Hand fürs Handy frei zu bekommen und den Notruf zu wählen. Ihr Kopf baumelte schlaff nach hinten, und ihr langes Haar, das sich aus dem sonst so strengen Knoten gelöst hatte, streifte über den Teppich. Sein Herz hämmerte. Ein Krampfanfall?

Bevor er sein Handy bedienen konnte, erbebte ihr ganzer Körper unter einem heftigen Schauder, sie presste die Augen zusammen und kam mit einem Keuchlaut zu sich.

„Sie steckt in einem Käfig. Wir müssen ihr helfen."

„Warte." Er legte sie behutsam auf den Teppich und zog sein T-Shirt aus. Mit dem zusammengeknüllten Stoff tupfte er von unten gegen ihre Nasenlöcher. Winter wollte sich aufsetzen, doch er drückte sie energisch in eine liegende Position zurück.

„Du jagst mir nicht einen Todesschreck ein und springst dann gleich wieder auf und rennst rum“, warnte er sie mit gepresster Stimme. „Soll ich dir was zu trinken holen? Ist dir das schon mal passiert? Musst du ein bestimmtes Medikament nehmen?“

Winter schüttelte den Kopf und nahm ihm das T-Shirt aus der Hand. „Ich habe sie gesehen. Ein Mädchen. Eingesperrt in einen Käfig. Wir müssen ihr helfen.“

„Erst einmal müssen wir *dir* helfen.“ Er strich ihr eine schwarze Haarsträhne aus dem Gesicht. Es war schweißnass, und ihre Augen hatten einen wilden Blick und wirkten dadurch tiefer blau.

„Mir geht es gut. Das ist nur noch so eine Gabe von mir. Es ist wie eine … Vision. Ich kann es nicht erklären, und es tut mir leid, dass ich dir nicht davon erzählt habe. Aber ich habe ein Mädchen gesehen. In Rebekahs Farm. Sie war wie ein Tier in einen Käfig eingesperrt.“

Er glaubte ihr. Natürlich glaubte er ihr. Der Teufel mochte wissen, warum, aber Noah war bis ins tiefste Innere überzeugt, dass das, was Winter sagte, stimmte.

„Bist du so weit in Ordnung? Kannst du aufstehen?“

„Ja.“ Sie winkte ab, als er sie stützen wollte, und rappelte sich mühsam auf. Dann wollte sie ihm sein T-Shirt zurückgeben, doch der graue Stoff war voller dunkelroter Flecken. Winter verzog das Gesicht. „Dein Shirt ist hinüber, tut mir leid.“

Er erwiderte nichts, sondern hob einfach nur den kleinen Kulturbeutel auf, den sie hatte fallen lassen, ging ins Bad und packte ihre Sachen hinein. Als er herauskam, saß sie auf der Bettkante und starrte auf den Teppich. Er nahm ihren Koffer. „Los. Du schläfst bei mir.“

Im Nachbarzimmer stellte er ihren Koffer neben seinen. „Ab ins Bett.“

Sie rührte sich nicht. „Wir müssen zur Farm.“

„Das geht nicht. Ich glaube dir das mit dem Mädchen, aber mit Nasenbluten und einem Krampfanfall kann man keinen Durchsuchungsbeschluss begründen." Mit erhobener Hand wehrte er alle weiteren Einwände ab. „Ich sage nicht, dass die Sache damit erledigt ist. Du weißt ja, dass ich dir glaube. Aber andere Leute dazu zu bewegen, uns das abzunehmen, ist zu viel verlangt. Wir müssen dranbleiben im Rahmen unserer Grenzen."

Winter stand mitten im Zimmer und sah so aus, als würde sie jeden Moment umkippen.

Noah schlug einen sanfteren Tonfall an. „Los, komm schon, leg dich jetzt schlafen. Zieh dir deinen Schlafanzug an. Ich lauf schnell rüber in dein Zimmer und hol die Bettdecken von dort. Ich schlafe auf dem Boden."

Er ließ sich Zeit, damit sie ein paar Minuten für sich hatte. Als er zurückkam, war sie seiner Aufforderung gefolgt und lag unter der Bettdecke, den Rücken zur Tür gekehrt. Mit einem Stapel Decken machte er sich ein Lager auf dem Boden und rief sich dabei in Erinnerung, dass er in seiner Militärzeit unter schlimmeren Bedingungen geschlafen hatte.

„Morgen wird ein besserer Tag", versprach er Winter leise.

Sie antwortete nicht.

WINTER DURCHLEBTE die Vision erneut in ihren Träumen.

Ein Mädchen, hochschwanger und voller Angst in einem Käfig. Die Gitterstäbe waren so dick, als sollten sie ein großes Tier festhalten und nicht eine junge Frau. Sie schlug gegen die Stäbe, bis ihre Fäuste blutig waren, und schrie lautlos. Unter ihrem schmutzigen, sackartigen T-Shirt wölbte sich ihr riesiger Bauch.

Winter schlief unruhig und erwachte in den dunkelsten

Stunden der Nacht mit einer neuen Gewissheit, die sie unmittelbar nach ihrer Vision vom Vorabend nicht gehabt hatte. Das Mädchen war tot. Winter konnte sie nicht mehr retten.

Am Morgen fiel es ihr schwer, Noah ins Gesicht zu sehen. Der Wecker seines Handys piepte um fünf, und er war sofort wach und schaltete die Nachttischlampe auf dem Tischchen über sich an. Als er sich aufrichtete, zeichneten sich sein zerzaustes Haar und seine Schultern neben dem Bett als Silhouette vor dem Licht der Lampe ab.

„Alles in Ordnung mit dir?"

Statt einer Antwort nickte sie einfach nur. Seine unbekümmerte Art saß so gut wie eine Maske und ließ seine Gefühle nicht erkennen, doch er betrachtete sie prüfend. Schließlich entschied er wohl, dass sie seine Musterung bestanden hatte, und erhob sich.

„Ich dusche nebenan. Dann sind wir doppelt so schnell fertig."

Er schnappte sich ein paar Kleidungsstücke aus seinem Koffer und ging nach draußen, ohne ihr irgendwelche Fragen zu stellen, wofür sie ihm dankbar war.

Sie duschte rasch und beendete gerade ihr Telefongespräch mit Max, als Noah zurückkam. Sein Haar zeigte noch die Striegelspuren des Kamms, und seine schwarze Hose und sein grauer Pullover waren ein wenig zerknittert, doch er wirkte wach und einsatzbereit.

Jedenfalls wesentlich wacher, als sie sich fühlte.

„Wie ist es mit Max gelaufen?", fragte er besorgt.

„Ich habe ihn auf den neuesten Stand gebracht. Über alles, abgesehen vom Offensichtlichen", fügte sie mit einem Seitenblick hinzu. „Wir müssen Fortschritte machen, sonst schickte er uns jemanden, der die Sache von uns übernimmt."

„Kommt nicht in Frage" erwiderte Noah und klatschte in

die Hände, als wollte er seine Worte unterstreichen. „Trinken wir einen Kaffee, und dann los auf die Straße."

„Wir müssen erst noch wo vorbeischauen."

Es war noch früh, aber im Büro des Motels brannte Licht. Die Türglocke läutete fröhlich, als sie die Lobby betraten, und Alma Krueger streckte den Kopf aus dem Bürozimmer hinter der Rezeption. Heute trug sie keine Bluse mit Blumenmuster, sondern Schwarz. Ihre Augen waren gerötet und verschwollen.

„Herzliches Beileid für den Verlust ihres Freundes", sagte Winter leise.

Die Frau mit den straffen Dauerwellen nickte, aus ihren Augen quollen Tränen. „Ich kann es einfach nicht fassen. Elbert Wilkins." Sie presste ein Papiertaschentuch unter die vom vielen Weinen gerötete Nase und warf Winter einen anklagenden Blick zu. „Ich hätte Sie niemals dorthin geschickt, wenn ich gewusst hätte, dass ich den armen Mann damit in Gefahr bringe."

Winter hatte sich auf Vorwürfe gefasst gemacht, aber es tat trotzdem weh.

„Nun, Ms. Krueger, wir wissen bisher noch nicht, warum Elbert getötet wurde", warf Noah ein und schob sich unauffällig vor Winter. „Können Sie uns etwas mitteilen, was uns helfen würde, den Täter zu finden? Haben Sie vielleicht Hinweise auf jemanden, der wusste, an welchem Fall wir arbeiten? Wie ich hörte, sind Sie über fast alles informiert, was hier in der Gegend geschieht."

Bei Noahs Anblick wurde die Frau sichtbar sanfter. Das war vermutlich seiner Schmeichelei in Verbindung mit seinem guten Aussehen zu verdanken.

„Nun ja, ich lebe noch nicht lange genug hier, um über *alles* Bescheid zu wissen."

Er lächelte sie an, mit tiefen Grübchen in den Wangen, und sie schmolz noch ein bisschen mehr dahin. „Ich wette,

Sie sind einfach nur bescheiden. Wie ich hörte, ist Ihre Schwester fast genauso gut vernetzt wie Sie. Könnte sie vielleicht …"

Alma winkte geringschätzig ab. „Elva weiß nicht halb so viel, wie sie meint." Sie ergriff einen mit rosa Strass besetzten Kugelschreiber und notierte einen Namen. „Suchen Sie am besten Carolyn Walton auf. Sie arbeitet seit Jahrzehnten in der Bibliothek und war nach dem Tod von Elberts Frau mit ihm befreundet. Ich wage zu behaupten, dass sie Ihnen helfen kann."

Sie bedankten sich bei Alma und ließen sie leise weinend zurück.

„Nimm das, was Alma gesagt hat, nicht persönlich", ermahnte Noah Winter auf dem Weg zum Rise N' Dine, wo sie frühstücken und auf das Öffnen der Bibliothek warten wollten. „Elberts Ermordung mag seit dem Moment geplant gewesen sein, in dem das erste Skelett entdeckt wurde. Sein Tod war nicht unsere Schuld."

Möglich, aber es fühlte sich so an, als hätten sie den Mörder auf direktem Wege zu ihm geführt.

Carolyn Walton war eine hochgewachsene schlanke Frau, die wie Mitte siebzig aussah. Im klassischen Sinn war sie nicht schön zu nennen. Doch ihre Züge mit der Adlernase wirkten durch das lange gewellte weiße Haar weicher, und ihre braunen Augen sprühten vor Intelligenz.

Als sie kamen, räumte sie gerade in der Kinderabteilung Bücher in ein Regal. Auf Winters Frage, ob sie sich ein paar Minuten mit ihr unterhalten könnten, wirkte sie kurz erschreckt und bejahte dann.

„Natürlich", antwortete sie lebhaft. „Vermutlich sind Sie wegen der Mondjünger hier. Bitte, folgen Sie mir."

Sie führte Winter und Noah in einen kleinen Konferenzraum und schloss die Tür hinter ihnen. Mit einer Handbewegung forderte sie sie auf, sich an den runden Holztisch zu setzen, und tat es ihnen dann nach.

„Ich habe gehört, was Elbert zugestoßen ist", sagte sie ohne Einleitung und legte die gefalteten Hände vor sich auf den Tisch. „Es könnte mit dem Skelett zusammenhängen, das in der Nähe der Archer-Farm ausgegraben wurde."

Winter beobachtete Carolyns Gesicht aufmerksam. „Alma Krueger hat erwähnt, dass Sie mit Mr. Wilkins befreundet waren. Und dass Sie vielleicht nützliche Informationen über die Sekte haben", begann sie.

Carolyn lächelte gequält. „Alma Krueger erwähnt gern so einiges. In diesem Fall hat sie aber recht. Ich weiß tatsächlich das eine oder andere über die Jünger, weil ich viel Zeit mit Elbert verbracht habe. Vor einigen Jahren hatten wir eine Beziehung. Man könnte sagen, dass Informationen, die diese Gruppe betrafen, ein ziemlicher Fimmel von ihm waren."

„Was könnte ihn in Gefahr gebracht haben?", fragte Noah.

„Da kann ich Ihnen leider nicht weiterhelfen. Die Gruppe hat sich vor vielen Jahren aufgelöst", erwiderte Carolyn mit nachdenklich gerunzelter Stirn. „Ich weiß allerdings, dass Elbert akribische Aufzeichnungen geführt hat. In Linville und Harrisonburg gab es mehrere Leute, die es vielleicht geheim halten wollten, dass sie einmal zu den Jüngern gehört hatten."

Winters Puls schlug schneller. „Sie wissen von früheren Mitgliedern?"

„Ja", bestätigte Carolyn ruhig. „Viele, die dem Bischof Wesley Archer gefolgt waren, haben sich einfach in einen der hiesigen Orte integriert, als die Gruppe der Jünger zerfiel. Sie wurden Ärzte oder Anwälte und ließen ihre schillernde Vergangenheit hinter sich zurück. Möglicherweise gab es ja nach dem Beginn der Ausgrabungen in Linville jemanden, der seine ehemaligen Verbindungen mit der Gruppe vertuschen wollte."

„Warum hatte der Bischof einen solchen Einfluss auf die Leute?", fragte Noah.

„Er versprach ihnen ein besseres Leben und eine Zukunft ohne Gewalt, und das in einer angeblich einfacheren Zeit vor Jahrzehnten. Wesley war vom rechtschaffenen Eifer eines Mannes beseelt, der erlebt hatte, wie Menschen einander schrecklichste Dinge antaten, und wozu auch immer seine Ideale letztlich führten, sie beruhten auf dem ernsthaften Wunsch, die Welt besser zu machen. Anscheinend war er redegewandt, überzeugend und leidenschaftlich. Und heutzutage, in Zeiten von Kriegen, zunehmender politischer Spaltung, Schulmassakern und verbreiteter und manchmal sogar begrüßter Gewalt – könnte er da nicht ähnliche Macht über manche Menschen gewinnen?"

„Wir sind für alle Hinweise dankbar", erwiderte Winter leise und wich damit der Frage aus. Tatsächlich hätte Wesley Archer wohl eine noch größere Gefolgschaft gehabt, hätte es die sozialen Medien in seiner Zeit schon gegeben.

Carolyn löste die Hände, die zusammengepresst vor ihr auf dem Tisch lagen. Sie stieß einen tiefen Atemzug aus und nickte. „Ich habe Namen für Sie. Bitte gehen Sie bei der Befragung dieser Menschen diskret vor. Sie haben inzwischen ein neues Leben und werden sich nicht darüber freuen, dass ihre Vergangenheit nach all diesen Jahren ans Licht gezerrt wird."

Winter notierte die Namen, die Carolyn ihnen nannte, stockte aber beim letzten. „Moment mal … David Benton? Ist er mit Tom Benton verwandt? Der für die Polizei von Harrisonburg arbeitet?"

Carolyn nickte. „Ja. David Benton ist Tom Bentons Vater."

In der Stille, die daraufhin entstand, erklang plötzlich die Melodie von *Sweet Home Alabama*. „Entschuldigung", sagte

Noah und griff in seine Tasche. Er holte das Handy heraus und studierte das Display. „Das muss ich annehmen." Er verließ den Raum, kam aber gleich darauf wieder zurück. „Wir müssen los", forderte er Winter mit nicht zu deutender Miene auf. „Das war Gary Miller."

Sie bedankten sich bei Carolyn für das Gespräch. Die sah ihnen immer noch nach, als sie das Gebäude verließen, die Hände fest vor der Brust verschränkt.

14

Der Leichenfundort war ein Inbild des kontrollierten Chaos.

Dirigiert wurde es von der Forensischen Archäologin Marilyn Foster, die mit laserscharfer Präzision arbeitete. Gleichzeitig schien sie eine Art fortlaufende Vorlesung zu halten, wobei sie gelegentlich mit ihrem Schäufelchen auf eine Gruppe älter aussehender Praktikanten deutete, die jedem ihrer Worte hingebungsvoll lauschten. Auf dem Ausgrabungsgelände waren hier und dort Planen aufgespannt worden, um als Schutzdächer für verschiedene Stationen der Beweisverarbeitung zu dienen. Nach der Anzahl der Menschen zu schließen, die auf dem Gelände herumwimmelten, war es Marilyn gelungen, zusätzliche Mitarbeiter hinzuzuziehen.

„Drei mehr." Der Polizeichef sah so aus, als wäre er in der kurzen Zeit seit ihrer letzten Begegnung um ein Jahrzehnt gealtert. Sein Gesicht wirkte erschöpft, und seine Haut zeigte eine ungesunde Farbe. Selbst sein über den Gürtel hängender Bauch schien geschrumpft zu sein. „Womit zum

Teufel haben wir es zu tun? Das hier oben ist verdammt noch mal der reinste Friedhof."

Aus dem Augenwinkel warf Noah einen Blick auf Winter. Er hätte wetten können, dass sie bereits wusste, womit sie es zu tun hatten, doch sie ließ sich nicht in die Karten schauen. Ihr glattes Gesicht war entspannt und verriet nichts von dem inneren Tumult, den sie vermutlich empfand. „Was sind die neuesten Nachrichten?" Ihre Stimme war so ruhig wie ein See.

Der Chief winkte sie mit einem Seufzer zu einem klappbaren Picknicktisch, der unter einer Schutzplane aufgebaut worden war. Darauf stand ein großer Thermogetränkebehälter mit einem schiefen Stapel Styroporbecher daneben. Er nahm sich einen Becher und füllte ihn.

„Schmeckt beschissen", knurrte er und bedeutete ihnen mit einer Geste, sich zu bedienen. „Nennt sich aber Kaffee."

Noah nahm zwei leere Becher und füllte sie mit einer übererhitzt riechenden schwarzen Flüssigkeit. Er setzte sich dem älteren Mann gegenüber neben Winter und stellte einen Becher vor sie.

„Zwei weitere Kleinkinder", sagte Chief Miller müde und legte die verschränkten Arme auf den Tisch. „Und dazu ein neues Element. Eine wesentlich jüngere Leiche, die noch in Verwesung begriffen ist. Sieht aus wie eine Jugendliche. Nach all diesen Skeletten war es jedenfalls ein verdammter Schock, so etwas zu finden. Nicht dass man sich daran gewöhnen könnte, Babyskelette zu finden, aber Sie wissen schon, was ich meine."

Da, wo Noahs und Winters Arme sich streiften, spürte er, wie sie sich anspannte. „Seit wann liegt die Leiche schon dort? Hat Marilyn eine Schätzung über den Todeszeitpunkt?" In ihrer Stimme schwang Schmerz mit, doch das hörte nur Noah. Anscheinend gelangte er allmählich zu dem

Punkt, an dem er Winters Reaktionen sehr gut wahrnahm und deuten konnte.

Miller zuckte mit den Schultern. „Sie glaubt, dass das Mädchen erst vor wenigen Jahren starb. Sie und ihre Leute werden fürs Bergen dieser Leichenreste mehr Zeit benötigen als bei den Skeletten, da der Ausgrabungsprozess komplizierter ist. Andererseits erhöht das die Chance, dass wir Hinweise finden, mit denen wir weiterkommen: Fetzen von Kleidungsstücken, Haarbüschel, so etwas."

Noah warf einen säuerlichen Blick nach oben, als er das unverkennbare Prasseln dicker Regentropfen auf der Schutzplane über sich hörte. „Es wäre hilfreich, wenn der Regen mal ein Ende hätte."

Miller warf einen bösen Blick zum Himmel. „Meine Frau schwört, dass ich Schimmel ansetze, seitdem ich andauernd hier draußen bin."

„Gibt es Hinweise auf in der Nähe des Mädchens vergrabene Leichen von kleinen Kindern?", fragte Winter. „Oder auf die Todesursache?"

Der Chief verneinte mit einem Kopfschütteln. „So weit sind sie noch nicht gekommen. Wie schon gesagt, die Ausgrabung schreitet hier langsamer voran. Aber es sieht so aus, als hätte das Mädchen allein da drin gelegen."

„Was ist mit den anderen gefundenen Leichenresten? Den Skeletten der kleinen Kinder?", fragte Noah. „Gibt es bei den beiden Hinweise auf angeborene Fehlbildungen? Und auf die Todesursache?"

Chief Miller nickte. „Bei ihnen zumindest ist es wie bei den anderen. Einschusslöcher eines kleinen Kalibers im Hinterkopf. Die Gerichtsmedizinerin wird uns mehr sagen können, aber wir haben es tatsächlich mit verformten Schädeln und Knochen zu tun, O-Beine oder unnormal kurze Arme, so etwas. Florence Wade hat alle Hände voll zu tun. Ich habe heute Morgen in Roanoke angerufen. Sie hat weitere Mitarbeiter hinzugezogen, damit die Untersuchungen so schnell wie möglich durchgeführt werden können. Die Priorität wird bei dieser … frischeren Leiche liegen, sobald wir sie aus der Erde geborgen haben."

„Was ist mit Elbert Wilkins?"

„Was soll mit ihm sein?" Millers Gesicht schien sogar noch stärker einzufallen, die Falten vertieften sich. „Ich habe ein Team darauf angesetzt, aber niemand hat etwas gehört oder gesehen. Wir haben die Nachbarschaft abgeklappert und sind nicht einmal auf die typische neugierige alte Dame gestoßen, die ihren Tag praktischerweise damit zubringt, ihren Nachbarn hinterherzuspionieren. Ist eine Weile her, dass immer jemand da war, der mit einem Auge aus dem Fenster geschaut hat."

Noah schnaubte spöttisch. „Heutzutage kennen die Leute ihre Nachbarn kaum noch."

Chief Miller nickte. „Und niemand bleibt mehr zu Hause. Alle arbeiten und lassen ihre Kinder tagsüber betreuen." Angesichtes des Gesichtsausdrucks des Chiefs fragte Noah sich, ob diese gesellschaftliche Entwicklung dem altgedienten Polizisten nicht fast noch schlimmer erschien als der Mord an dem alten Mann. Chief Miller seufzte tief. „Keine Fingerabdrücke am Tatort. Nichts wurde in Unordnung gebracht, abgesehen von dem Zimmer, in dem Wilkins gefunden wurde. Wir suchen nach Material, aber bisher haben wir nicht das Geringste."

„Sie machen es so gut, wie es unter den gegebenen Umständen geht", sagte Noah mitfühlend. „Keiner rechnet damit, dass so etwas in der eigenen Stadt passiert. Vor ein paar Jahren hatte ich einen ähnlichen Fall in Texas. Zwei Leichen, schon vor Jahren verscharrt, und scheinbar keine Spuren. Überall nur Sackgassen. Irgendwann gibt es dann einen Durchbruch."

Chief Miller schenkte ihm ein schmallippiges Lächeln.

„Ja, ich habe mehr Jahre im Job als Sie und weiß die Aufmunterung zu schätzen. Haben Sie Ihren ungeklärten Fall schließlich gelöst?"

„Ja. Es hat eine Weile gedauert, aber wir haben es geschafft."

Winter hatte sich von dem Gespräch abgewandt.

Noah spürte, dass sie rastlos war. Sie sprang vom Tisch auf und marschierte hin und her, mit Schritten, die in dem zertretenen Matsch, der alles in diesem Bereich des Waldes bedeckte, ein schmatzendes Geräusch erzeugten. Da sie mit gesenktem Kopf ging, stieß sie fast mit einem von Marilyns Praktikanten zusammen, der eine schwer aussehende Kiste über die Lichtung schleppte. Der junge Mann wich ihr aus, verlor fast das Gleichgewicht und warf Winter einen aufgebrachten Blick zu.

„Agent Black", rief Noah, bevor sie auf der ohnehin schon chaotischen Lichtung noch mehr Unheil anrichten konnte. „Was macht dir zu schaffen?"

Sie kehrte zum Picknicktisch zurück, stützte sich darauf und fasste Chief Miller ins Auge. „Könnten Sie vielleicht einen Mann entbehren, um Carolyn Walton im Auge zu behalten? Eine Bibliothekarin in Harrisonburg."

Er wirkte überrascht von dem unvermittelten Themenwechsel, dachte aber kurz darüber nach und nickte dann. „Ich habe jemanden."

„Gut", antwortete sie und entspannte sich ein wenig. „Ich glaube nicht, dass sie sich in Gefahr befindet, aber bei Elbert Wilkins haben wir das auch nicht erwartet. Wir haben heute Vormittag einige Informationen von ihr bekommen, und ich wüsste gern, dass sie beschützt wird, nur für alle Fälle."

„Konnte Sie Ihnen etwas Nützliches mitteilen? Mir wäre nie der Gedanke gekommen, mit ihr zu reden, aber vor einer Weile hatten sie und Wilkins eine Beziehung, nicht wahr?"

„Sie hat uns einige Informationen über die Sekte gegeben. Namen von Bürgern, die einmal zu den Jüngern gehörten."

„Ja, es sieht mehr und mehr so aus, als hätten wir es damit zu tun. Hier in der Gegend gelten keine kleinen Kinder als vermisst. Eine Gruppe, die in der Nähe lebte, aber für sich blieb und kaum Kontakt zu den Stadtbewohnern hatte. Gehörte jemand zu ihnen, den ich kennen könnte?" Das Interesse belebte Chief Miller. „Ich bin erst 1995 wegen des Postens von Florida hergezogen, aber ich kenne hier fast jeden. Ich hatte nicht damit gerechnet, dass ehemalige Mitglieder nach der Auflösung der Gruppe in der Gegend geblieben sind, aber eigentlich wirkt es plausibel."

Winter zögerte einen Augenblick. Dann griff sie in ihre Tasche und brachte ein kleines Notizbuch zum Vorschein. Sie schlug die Seite mit den Namen auf, die Carolyn ihnen genannt hatte.

Chief Miller nahm eine Lesebrille aus seiner Jackentasche und setzte sie auf. Es war eine kurze Liste, und die Lektüre dauerte nicht lang. „David Benton?" Stirnrunzelnd deutete er auf den letzten Namen. „David sitzt im Stadtrat. Ein netter Kerl. Außerdem ist er Tom Bentons Vater."

„Ja, das hat man uns gesagt", erwiderte Noah und blickte sich um. „Wo *ist* Officer Benton eigentlich?"

Miller runzelte die Stirn. „Ich habe ihm zwei Tage frei gegeben. Bei allem, was hier los ist, kam mir das ziemlich ungelegen, aber anscheinend hat seine Frau ein gesundheitliches Problem. Seinen Urlaub für dieses Jahr hat er schon aufgebraucht, und so hat er zwei Familienkrankentage eingereicht. Er sagte, sie würden die Stadt für ein oder zwei Tage verlassen. Sie beide können aber darauf wetten, dass ich mich deswegen mit ihm in Verbindung setze."

Nach seinem Gesichtsausdruck zu schließen, würde der erfahrene Polizeichef sich mit Benton nicht bloß in Verbindung setzen. Er würde ihm wohl eins überbraten. Es war kein Geheimnis, dass Benton alle Gerüchte über die Sekte als Ammenmärchen abgetan hatte. Er hatte geradeheraus gesagt, die Vorstellung, die Gruppe könne mehrere Menschen getötet haben, sei Quatsch. Sie seien einfach nur ein Haufen harmloser Hippies gewesen.

„Mich interessiert es ebenfalls, was Officer Benton zu sagen hat", bemerkte Winter. „Es ist ja immerhin möglich, dass er über die Sektenzugehörigkeit seines Vaters nichts wusste." Möglich war es, aber wahrscheinlich nicht.

Noah stand auf. „Unterdessen machen wir uns nützlich und gehen Vermisstenanzeigen durch. Mal schauen, ob wir bei der Leiche der erst vor wenigen Jahren getöteten Jugendlichen das Feld eingrenzen können, während wir auf die Einschätzung der Gerichtsmedizinerin warten."

Chief Miller nickte, noch immer mit nachdenklicher Miene. „Geben Sie mir Bescheid, falls Sie etwas herausfinden. Ich schicke einen Beamten los, um Ms. Walton zu bewachen. Die Spurensicherung sollte heute in Wilkins' Haus fertig werden, und ich informiere Sie, sobald es so weit ist."

„Das wäre nett", antwortete Noah. „Wir würden uns gern seine Akten anschauen, oder das, was von ihnen übrig geblieben ist, um uns ein Bild zu verschaffen, ob der Täter beim Durchsuchen irgendetwas übersehen hat."

Winter hatte sich aus ihrer Gedankenverlorenheit herausgerissen und bedankte sich beim Chief mit einem Lächeln für das Treffen. Das war gut. Noah hatte schon vorgehabt, ihre Art, mit anderen Leuten umzugehen, taktvoll anzusprechen. Er verstand, dass sie wichtige Einzelheiten besonders scharf wahrnahm und in gewissen Momenten dazu neigte, alles Überflüssige auszublenden, doch das mochte auf andere Menschen abweisend wirken.

Für ihn selbst war sie ein schillerndes, faszinierendes Rätsel.

„Musst du noch dort rübergehen? Einen Blick auf die

Stellen werfen, an denen Marilyn arbeitet?", fragte Noah sie leise, als sie außer Hörweite des Chiefs waren.

„Nein", antwortete sie, ohne in Richtung der Ausgrabungen zu schauen. „Ich habe alles gesehen, was ich wissen muss. Ich kann das Opfer beschreiben. Das sollte uns beim Sichten der Vermisstenanzeigen helfen."

Als Winter ihm in ihrem schwarzen Blazer auf dem Pfad voranging, entschied Noah mit einem Blick auf ihre angespannten Schultern, dass er überhaupt nicht neidisch auf ihre Fähigkeiten war. Sie sah aus, als trüge sie die Last der ganzen Welt.

Sie saßen mit aufgeklappten Laptops in einem kleinen Coffee-Shop mit Hipster-Kundschaft, als Winter sie fand.

Kayla Bennett.

Auf dem Schulfoto, das für die Vermisstenanzeige verwendet worden war, sah man ein hübsches, lächelndes Mädchen. Sie hatte langes, seidig wirkendes braunes Haar, das ihr über die Schultern fiel und das Sweatshirt der Highschool, das sie für den Fototermin angezogen hatte, teilweise verdeckte. Hellblaue Augen mit Lachfältchen in den Augenwinkeln. Ein liebes, rundliches Gesicht mit einem Eigensinn verratenden Kinn.

Den Angaben der Eltern im Polizeibericht zufolge war die Zehntklässlerin Kayla eine gute Schülerin in einer Privatschule im Bundesstaat New York bei Saratoga Springs gewesen. Sie war sportlich und beliebt und hatte nie Ärger gemacht. Doch als die Eltern die Scheidung beantragten, hatte Kayla sich von beiden zurückgezogen. Sie blieb abends lange weg, benahm sich schlecht und kiffte, obwohl sie immer ein braves Kind gewesen war.

Eines Nachts nach einem besonders schlimmen Streit ihrer Eltern, den diese wegen ehelicher Untreue hatten, hatte

Kayla das Haus verlassen und war weggelaufen. Als Naturliebhaberin, die gern wanderte, hatte sie nur ihr Auto mitgenommen – einen silbernen Ford Focus, den sie zum sechzehnten Geburtstag geschenkt bekommen hatte – und außerdem ihre komplette Wander- und Campingausrüstung.

Ihr Wagen war nie mehr aufgetaucht, weder als Diebesgut noch sonst irgendwie. Und abgesehen von einigen frühen Sichtungen des Mädchens durch Wanderer auf dem Appalachian Trail war Kayla auch von niemandem mehr gesehen worden.

Doch Winter kannte das Gesicht. In der Nacht hatte es ihr vor dem inneren Auge gestanden.

Rundum im Coffee-Shop unterhielten sich die Leute, und Noah summte ohne Rücksicht auf die Folkmusic, die aus den Lautsprechern tönte, den Refrain eines Country-Songs, während er seine eigenen Suchtreffer sichtete.

Winter studierte Kaylas Gesicht.

Und plötzlich kehrte ihre Vision mit großer Klarheit zurück.

Ein höhlenartig wirkender, dunkler Raum. Ein nach oben offener Käfig mit dicken, eng stehenden Metallstäben, dessen Tür von außen durch ein Vorhängeschloss gesichert war. Ein Lager mit ein paar Decken und einem flach zusammengedrückten Kopfkissen. Kayla, deren langes Haar auf der einen Seite zerzaust und verfilzt war, als hätte sie seit einer ganzen Weile keine Bürste mehr benutzen können. Ihr nicht mehr so rundliches und von Schmutz und Tränenspuren verschmiertes Gesicht.

Sie trug ein zerlumptes, dreckiges Shirt. Auf der Brust stand: *WSSS Basketball.* Waldorf School of Saratoga Springs. Bei Kaylas Versuch, dem Käfig zu entkommen, wölbte sich unter dem T-Shirt der von einer Schwangerschaft gerundete Bauch.

Wer hatte sie gefangen genommen? Waren ihre Schwangerschaft und die Angst vor der Reaktion ihrer Eltern der Grund, aus dem sie von zu Hause weggelaufen war? War sie während ihrer Wanderung auf dem Appalachian Trail entführt worden? Falls dem so wäre, warum war ihr Wagen dann nicht auf einem Parkplatz am Rande des Trails gefunden worden? Und in welcher Beziehung stand sie zum Fundort der Leiche und zur Farm?

Wie auch immer sie dorthin gelangt war, Kayla war zum Schluss in Harrisonburg im Bundesstaat Virgina, mehr als vierhundert Meilen von zu Hause entfernt.

Winter drehte ihren Laptop herum, damit Noah den Bildschirm sehen konnte. Der blickte von seinem eigenen Gerät auf. „Das ist sie."

Seine Augen verdüsterten sich. „Sie sieht wie ein liebes Mädchen aus. Bist du dir sicher?"

„Ja. Von der Zeit her passt es. Sie trug ein T-Shirt mit dem Logo ihrer Privatschule darauf. Falls genug davon übrig ist, werden sie sie also rasch identifizieren können. Sie war sechzehn."

Noahs Züge wurden hart. „Schick Miller eine E-Mail mit der Info." Er rasselte die E-Mail-Adresse des Chiefs herunter. „Schreib ihm, du schickst ihm weitere, auf die wir bei unserer Suche stoßen. Wir sollten noch ein paar Vermisste nachreichen, damit es nicht eigenartig wirkt, dass wir sofort den Nagel auf den Kopf treffen. Sobald die Gerichtmedizinerin fertig ist, wird allerdings klar sein, dass dies unser Mädchen ist."

Noah hatte ein sehr tief verwurzeltes Gefühl für richtig und falsch. Schwarz oder weiß. Verbrechen oder Gerechtigkeit. Es fühlte sich falsch an, ihren Polizeikollegen zusätzliche Fotos zu geben, seien es auch nur ein paar, obwohl Winter und er wussten, dass sie nicht von dem richtigen Mädchen stammten. Noah entschied jedoch, dass Winter sich ohnehin schon auf schwankendem Grund bewegte. Sie wusste zu viel, was sie eigentlich nicht wissen sollte, und Chief Miller war nicht dumm.

Falls Winter recht behielt – und bisher hatte sie sich noch nie geirrt –, würde Kayla Bennetts Shirt sie als die weggelaufene Jugendliche aus Saratoga Springs ausweisen. Andernfalls könnte man auf die Daten zum Zahnstatus und die DNA zurückgreifen. Unterdessen würden sie mit ihrem Wissensvorsprung weiterarbeiten. Die Komplikationen, die durch eine solche parallele Ermittlung entstanden, bereiteten ihm Kopfschmerzen, aber bestimmt würde sich alles am Ende ausgleichen.

„Sind wir so weit, dass wir hier die Biege machen können?"

Winter klappte ihren Laptop beinahe dankbar zu, und das lächelnde Gesicht von Kayla Bennett verschwand. „Sollen wir ein paar Runden drehen? Ehemalige Jünger befragen?"

„Eigentlich glaube ich, dass es an der Zeit ist, zur Archer-Farm zurückzukehren."

„Wir haben keinen Durchsuchungsbeschluss", rief Winter ihm in Erinnerung und zog die dunklen, fein geschwungenen Augenbrauen hoch. „Sollen wir einfach an der Haustür klingeln und Rebekah sagen, dass wir uns gern nach einem rostigen Käfig umschauen würden, in dem vielleicht oder vielleicht auch nicht vor ein paar Jahren eine von zu Hause weggelaufene Jugendliche eingesperrt war, deren Leiche am südlichen Rand ihres Grundstücks entdeckt wurde?"

Er schenkte ihr ein angedeutetes Lächeln. „Kein Durchsuchungsbeschluss, und mit meinem tumben Männergehirn war ich gar nicht auf eine so direkte Herangehensweise gekommen. Stattdessen dachte ich, ich bringe die Besitzerin vielleicht mit einem Flirt dazu, uns die Farm zu zeigen." Er zog anzüglich die Augenbrauen hoch. „Falls du glaubst, deine Eifersucht diesmal beherrschen zu können."

Ganz kurz maß sie ihn mit einem funkelnden Blick. „Ich werde mich diesmal von einem Zickenkrieg zurückhalten", frotzelte sie dann mit unbewegter Miene. „Bist du dir sicher, dass du der Aufgabe gewachsen bist, Casanova?"

„Ich denke schon. Aber vielleicht sollte ich mich erst ein bisschen stärken. Isst du noch den Rest von deinem Blaubeer-Scone?"

15

„Ich habe das Essen im Restaurant allmählich über“, beschwerte sich Noah, der auf dem Beifahrersitz saß. „Inzwischen wären mir sogar meine eigenen Kochkünste lieber. Kannst du kochen?“

„Nein“, antwortete Winter und hielt den Blick auf die Straße vor sich gerichtet. Es kribbelte sie im Nacken. Ihr fiel es schwer, die Geschwindigkeitsbeschränkung einzuhalten. Sie hatte das Gefühl, dass sie in der Farm etwas finden würden. Intuition oder was auch immer dahintersteckte, egal. Sie wollte zur Farm, und zwar schnell.

„Hat dir deine Grandma nicht das Kochen beigebracht?“

Sie schüttelte den Kopf. „Du hast vor zwanzig Minuten gegessen. Ich verstehe nicht, wie du jetzt auch nur an Essen denken kannst.“

„He, ich plaudere einfach. Was ist zum Beispiel mit ihrem Hackbraten-Rezept? Hat sie dir das gegeben?“

„Ein paar Gerichte hat sie mir beigebracht, aber mir fehlt ihre Kreativität. Was den Hackbraten angeht, so hat sie versprochen, das Rezept mit sich ins Grab zu nehmen.“

„Bitte sie, es dir testamentarisch zu vermachen", riet ihr Noah. „Und übrigens, wie geht es deinen Großeltern?"

Seit seinem einwöchigen Besuch damals schien er die beiden im weiteren Sinne als Teil seiner Familie zu betrachten. Was prima war, da sie ihn zweifellos wundervoll fanden. Anscheinend beruhte dieses Gefühl auf Gegenseitigkeit. „Es geht ihnen gut. Gerade sind sie in ihrer Wohnung in Florida. So eine Art einwöchiger Testlauf, damit sie sich schon darauf freuen können, den Winter dort zu verbringen. Grampa kommt inzwischen ganz gut mit Skype klar."

„Gib mir doch Bescheid, wenn du sie nächstes Mal anrufst. Ich würde gern ein bisschen mit ihnen plaudern."

Und das würde er wirklich gern tun, dachte sie mit einem Blick zu ihm hinüber. Noah lungerte gemütlich auf dem Beifahrersitz herum, dessen Rücklehne er abgesenkt hatte. Die Hände hatte er über dem flachen Bauch verschränkt und die Augen geschlossen. Wahrscheinlich schwelgte er gerade in Erinnerungen an Grandmas Hackbraten.

Ihre Großeltern waren wirklich von ihm begeistert gewesen. Noah hatte Grampa Jack für sich eingenommen, indem er fröhlich beim Pokern verlor, und Gramma Beth liebte ohnehin alle ehemaligen Soldaten mit Grübchen. Im Verlauf der letzten Monate hatten sie immer wieder energisch angedeutet, wie nett sie „diesen Noah" fanden, wie sie ihn nannten. Grandma hatte sogar den Versuch aufgegeben, Winter mit den Enkeln ihrer Freundinnen zu verkuppeln, wahrscheinlich weil sie all ihre Hoffnungen auf „diesen Noah" setzte.

Wäre Winter auf eine Beziehung aus, wäre er der beste Kandidat, das musste sie zugeben. Mit seiner fröhlichen Ausstrahlung lockte er sie aus ihrem düsteren Panzer. Er sorgte dafür, dass sie das Lachen nicht vergaß. Er kam mühelos mit jedem klar und war eine geborene Führungspersönlichkeit. Außerdem war er attraktiv. Auch wenn sie gestern Abend auf etwas anderes konzentriert gewesen war, hatte sie doch bemerkt, wie unglaublich gut er ohne Shirt aussah.

Kein Techtelmechtel unter Kollegen, sagte sie sich und ließ zu, dass ihre Lippen sich zu einem Lächeln verzogen.

Sie bogen in die Einfahrt von Rebekah Archers Farm ein, und sobald der Wagen durch die ausgefahrene Spur rumpelte, klappten Noahs Lider auf. „Immer mit der Ruhe, Don Juan", sagte Winter, als sie sich dem Haus näherten. „Sieht so aus, als wäre die Lady nicht daheim."

Der Pick-up, der bei ihrem letzten Besuch vor dem Haus gestanden hatte, fehlte diesmal.

Er zuckte mit den Schultern. „Anklopfen können wir trotzdem."

Winter überließ Noah die Führung. Er stieg vor ihr die Verandatreppe hinauf, deren Holz unter seinem Gewicht knarrte. Er klopfte an, wartete eine Weile und klingelte dann. Nichts geschah. „Keine Schuhe unter der Bank", stellte er fest, als er durch die Buntglasscheibe der Tür in die Diele spähte.

„Morgen haben wir bestimmt mehr Glück", sagte Winter und steckte eine ihrer Karten zwischen Fliegengittertür und Rahmen.

„Ich habe neulich nicht übertrieben", bemerkte Noah mit einem Blick auf ein paar Kühe, die zum Zaun gekommen waren und sie neugierig beäugten. „Ms. Archer hat wirklich sehr schöne Rinder."

„Ja." Winter konnte sich eine kleine Stichelei nicht verkneifen. „Mir ist aufgefallen, dass du die Färse praktisch mit Blicken verschlungen hast. Ich meine, die Färsen."

Er warf ihr ein von jeder Reue freies Lächeln zu und ging zum Zaun. Eine der Kühe – für Winter sahen sie alle gleich aus, Hereford hin oder her – stieß ein leises Muhen aus, als sie ihn kommen sah. „Du bist wirklich bei *allen* Damen gern gesehen."

„Der da ist ein Herr." Er kraulte dem Rind die Schnauze, aus der vor Begeisterung Sabber troff. „Genau genommen. Er ist ein Stier, aber kastriert", fügte er in erklärendem Tonfall hinzu.

Nachdem er sich beiläufig umgeschaut hatte, machte Noah sich auf den Weg zu einer der Scheunen hinter dem Haus.

„Was tust du?" Angesichts seiner langen Beine musste sie sich beeilen, um im hohen Gras mit ihm Schritt zu halten.

„Ich bin einfach nur neugierig."

„Ohne Durchsuchungsbeschluss ist das auf einem Privatgrundstück nicht okay."

Inzwischen war er bereits bei der Scheunentür angelangt und spähte hinein. „Ich trete ja nicht ein", erklärte er. „Ich schaue nur von außen, wie es da drinnen ausschaut."

Winter blickte ebenfalls hinein. Keine großen Käfige, einfach nur offene Ställe. Trotzdem sträubten sich die Härchen auf ihrem Arm, als würde sie von einer elektrischen Spannung durchlaufen. „Na gut. Du hast geschaut. Deine Neugier ist befriedigt. Und jetzt lass uns gehen."

„Siehst du das?", fragte Noah und deutete auf etwas, das weiter hinten auf der Wiese stand. Eine Art Hütte oder Jurte mitten auf dem Feld. Sie war rund und niedrig und schien ein Zeltdach zu haben. „Was da wohl drin sein mag?" Er ging zielstrebig los.

„Ehrlich, Noah, komm jetzt. Max hat uns ohnehin schon auf dem Kieker. Wie sieht das denn aus, wenn wir beim Hausfriedensbruch ertappt werden? Dann nimmt er uns noch den Fall weg." Statt einer Antwort pfiff Noah ein paar Takte des alten Kenny-Rogers-Songs *The Gambler*.

Aus der Nähe betrachtet, wirkte die Jurte alt. Die cremeweißen Wände waren an der Außenseite von Schimmelflecken gesprenkelt. Auf allen Seiten wuchs hohes Gras, und der Terrassenbelag vor der Tür wellte sich, war gräulichgrün verwittert. Die Tür selbst bestand aus dickem Holz, und als Noah am Griff rüttelte, klang es, als sei sie fest verschlossen. Er verließ die knarrende Terrasse und stapfte durchs hohe Unkraut zu einem der in die Wandplane eingelassenen Fenster. Die Kunststofffolie war trübe und vom Alter vergilbt, doch er spähte hindurch.

„Schau es dir an", forderte er Winter auf.

Winter musste sich auf die Zehenspitzen stellen, und der modrige Geruch der Plane kitzelte sie in der Nase. Sie erkannte einen runden Raum mit Bänken entlang der Wand. Sie standen auf einem Fußboden, der aus demselben Material gefertigt war wie die kleine Vorderveranda. In der Mitte des Raums befand sich eine Art Podium oder Altar, auf dem ein Kreuz stand. Zu beiden Seiten wurde es von je einer hohen Kerze eingefasst.

„Ich wünschte, wir könnten hineingehen und schauen, wie frisch das Kerzenwachs ist. Von hier aus lässt es sich schwer sagen, aber es sieht nicht so aus, als wäre seit den Zeiten des alten Wesley nie wieder jemand dort drinnen gewesen."

Das Geräusch heftig raschelnden Grases drang ihnen ins Ohr, und gleichzeitig rief jemand: „He! Das hier ist Privatbesitz!"

Rebekah Archer stapfte mit einem kleinen Kind auf der Hüfte über die Wiese auf sie zu. Ihr Gesicht war von Anstrengung und Zorn gerötet.

„Im Moment ist sie gegen deinen Charme immun", flüsterte Winter.

Noah begrüßte die aufgebrachte Frau mit erhobener Hand. „Einfach lächeln, Darling, und bitte nicht eifersüchtig dreinschauen."

Als er die Mundwinkel nach oben zog, musste Winter

sich eingestehen, dass sie geneigt wäre, ihm das unbefugte Betreten zu vergeben, wenn er sie mit einem solchen Tausend-Watt-Strahlen bedächte.

„Was machen Sie hier?", fragte Rebekah mit harter Stimme. „Ich habe Ihre Karte in der Tür gesehen. Ohne meine Erlaubnis dürfen Sie beide nicht auf meinem Privatgrundstück herumlaufen. Das ist illegal."

„Entschuldigen Sie bitte", antwortete Noah mit einer Stimme, die so glatt und geschmeidig war wie frisch geschlagene Sahne. „Genau dasselbe hat Agent Black – Winter - mir auch gesagt." Mit einem fast jungenhaften Gesichtsausdruck zuckte er die Schultern. „Als ich Ihre Rinder dort auf der Weide gesehen habe, hat mich wohl leider das Heimweh überkommen, und da wollte ich von hier aus einmal einen Blick auf Ihr Gelände werfen. Aus reiner Neugier natürlich."

Rebekah zog finster die Augenbrauen zusammen, setzte das Kind ab und ergriff es fest bei der Hand. „Labern Sie nicht rum, Sie kriegten hier Heimatgefühle oder so ein Schei…"

Noah räusperte sich und übertönte damit das letzte Wort. Er ging in die Hocke und schenkte dem kleinen Mädchen an Rebekahs Seite sein gewinnendstes Lächeln. Winter kannte sich mit Kindern nicht aus. Normalerweise mied sie diese, da sie sie schmerzlich an ihren verschollenen Bruder erinnerten. Doch dieses Mädchen war allerliebst.

Es schien etwa dreijährig zu sein und war rundlich und kräftig. Die Kleine hatte langes dunkelbraunes Haar, das zu einem Pferdeschwanz zusammengebunden war und von einer kleinen roten Schleife gehalten wurde, die farblich zu ihrem rot-weiß karierten Kleid passte. Ihr Gesicht war so glatt und vollkommen wie das einer Porzellanpuppe. Ihre Lippen waren wie Rosenknospen und die großen blauen Augen von dunklen Wimpern umkränzt.

„Mama“, flüsterte sie und zupfte an Rebekahs Hand. „Daf ift ein föner Mann.“

Noah lachte glucksend. „Du bist auch schön, mein Schatz.“

„Aber du haft Grübchen“, lispelte das Kind ernst. „Genau hier.“ Die Kleine deutete mit einem Finger auf ihre Wange.

Rebekahs Gesicht wurde weicher, als sie auf das Mädchen hinunterschaute. „Jenna, es wird Zeit, ins Haus zu gehen. Wir wollten heute Nachmittag Kekse backen, schon vergessen?“

„Kann der föne Mann mitkommen, Mama?“

„Er geht mit uns zurück, aber er muss jetzt aufbrechen. Nicht wahr?“ Sie warf beiden Agents einen nachdrücklichen Blick zu, die Stirn noch immer verärgert gerunzelt.

Jenna machte sich von Rebekahs Hand frei und ging zu Noah. Sie reichte ihm die Hand so königlich wie eine kleine Prinzessin, und er richtete sich auf und nahm sie mit angemessener Ehrerbietung entgegen. Jenna zog ihn zu Winter, streckte ihr die andere Hand hin und blickte auf. „Du darfft auch mitkommen.“

„Danke“, antwortete Winter genauso ernsthaft. Sie ergriff die freie Hand des kleinen Mädchens. Sie war warm, und Jenna drückte ihre Finger kräftig.

„Du bift auch fön. Wie Fneewittchen.“ Jenna maß sie mit einem eulenhaft weisen Blick. „Iff keine Äpfel, nur für alle Fälle.“

Das brachte Winter zum Lachen. Selbst Rebekah lächelte ein wenig. Das Kind war wirklich bezaubernd. Während Noah sich lebhaft mit Jenna über Märchenfiguren unterhielt, kehrten sie durchs hohe Gras zurück.

„Ihre Tochter ist reizend“, sagte Winter zu Rebekah, die schweigend neben ihr herging und Jenna im Auge behielt, als wollten die Agents sie ihr rauben.

„Das gilt auch für Ihren Partner“, antwortete Rebekah mit einem scharfen Blick auf Winter. „Hat er wirklich geglaubt, ich lasse mich von seinem Heimwehgetue einlullen und übersehe einfach, dass Sie beide ohne Durchsuchungsbeschluss auf meinem Grundstück herumgeschnüffelt haben?"

Inzwischen sah Rebekah nicht mehr zornig aus, sondern nur noch genervt. Winter mochte sie noch immer nicht und misstraute ihr weiterhin, doch sie schenkte ihr ein angedeutetes Lächeln. „Er hat nicht gelogen. Es hat damit angefangen, dass er eines von Ihren Rindern gestreichelt hat. Es hat ihn angemuht."

Rebekah schüttelte einfach nur den Kopf und verdrehte die Augen. „Bringen Sie ihn nächstes Mal dazu, dass er wartet, bis ich zu Hause bin, bevor er seine Nase in alles steckt. Das ist Hausfriedensbruch."

Winter musterte sie aufmerksam. Rebekahs Gesicht verriet nichts über Verärgerung hinaus. Entweder war sie eine gute Schauspielerin, oder sie hatte wirklich nichts zu verbergen. Winter wollte nicht zu hoch pokern, doch Rebekah schien sich damit abgefunden zu haben, dass sie sie beim Herumschnüffeln ertappt hatte. „Wir könnten nicht vielleicht eine richtige Führung bekommen?", fragte Winter leichthin. „Ich verspreche Ihnen auch, nicht mit Ihnen zu flirten."

Rebekah stieß ein Schnauben aus. „Flirten, das ist wohl nicht Ihr Ding. Aber heute geht es nicht. Jenna hat nachher eine Kunststunde, und ich hatte ihr versprochen, vorher noch mit ihr Kekse zu backen. Ihre Kunstlehrerin hat heute Geburtstag."

„Kunst?", fragte Winter mit aufrichtiger Neugier.

„Jenna malt." In Rebekahs Lächeln zeigte sich mütterlicher Stolz. „Sie hat unglaublich viel Talent."

„Sie können sich glücklich schätzen." Winter blickte auf Jenna hinunter. Das Mädchen hielt noch immer Winters Hand, war aber von einer haarsträubenden Geschichte Noahs, der von einer Begegnung mit einem Drachen in einem Supermarkt erzählte, gefesselt. In der Frischwarenabteilung. Es war ein vegetarischer Drache.

„Ich weiß", sagte Rebekah, die ihre Tochter betrachtete, leise. „Ich bin jeden einzelnen Tag für Jenna dankbar."

„Wie wäre es mit morgen?"

„Morgen?"

„Wegen der Führung." Winter klimperte auf übertrieben flirtende Weise mit den Wimpern.

Zum Lohn erntete sie ein Zucken um Rebekahs Lippen. „Sie sind hartnäckig. Und das mit den Wimpern machen Sie total schlecht. Sie sehen so aus, als wäre Ihnen eine Mücke ins Auge geflogen."

Winter lachte, und Noah blickte überrascht zu ihnen hinüber.

Schließlich zuckte Rebekah mit den Schultern. „Falls ich Sie dadurch überzeugen kann, dass mein Dad und die Farm nichts mit dem Knochenfund auf dem Hügel zu tun haben, soll es mir recht sein. Kommen Sie *über*morgen wieder. Mittags. Dann macht Jenna ihren Mittagsschlaf, und Sie beide können hier herumstöbern und Ihre Nasen in alle Ecken und Winkel stecken, wie es Ihnen beliebt. Ich gebe Ihnen den Schlüssel zum Verlies." Nun sah sie ihrerseits Winter mit übertrieben klimpernden Wimpern an.

„Mama, wir haben kein Verlief", bemerkte das kleine Mädchen.

„Danke, Jenna. Du hast ganz recht. Dann also zu unserem alten Keller mit den Spinnweben. Und jetzt verabschiede dich von den Agents."

Sie waren vor dem Haus angekommen.

Jenna musste kichern, als Noah sich formvollendet verbeugte. „Es war mir ein Vergnügen, Prinzessin Jenna."

Das Mädchen revanchierte sich seinerseits mit einem ziemlich eindrucksvollen Knicks, drehte sich dann um und umarmte Winters Oberschenkel. Bis zum Bauch reichte die

Kleine nicht. Überrascht von dieser Zuneigung und der Wärme, tätschelte Winter verlegen das seidige Haar des Kindes.

Jenna trat zurück und blickte zu ihr auf. „Mehr lächeln", flüsterte sie ernst, und aus dem Schimmer in ihren porzellanblauen Augen sprach Mitgefühl. „Deine Mama und dein Daddy wollen beftimmt nicht, daff du traurig bift."

Mit stockendem Atem sah Winter Jenna nach, die sich so lebhaft umdrehte, dass ihr karierter Rock um die molligen, mit weißen Strumpfhosen bekleideten Beine schwang, an denen Grassamen vom Gang über die Wiese hingen. Wie ein ganz normales Kind ergriff Jenna Rebekahs Hand und krähte: „Kekfe!"

„Winter? Alles in Ordnung?"

Noah betrachtete sie besorgt. Wahrscheinlich befürchtete er, sie könnte wieder einen ihrer Anfälle erleiden und auf der Zufahrt der Archer-Farm zusammenbrechen. Doch erst als die Fliegengittertür hinter Rebekah und ihrer Tochter zuschlug, schreckte Winter aus ihrer Benommenheit auf. Sie kramte in ihrer Handtasche nach dem Autoschlüssel und warf ihn Noah zu. Ihre Hände fühlten sich schwach an.

„Mir geht es bestens. Du bist mit Fahren dran."

Er musterte sie mit einem letzten prüfenden Blick. Siestieg ein, um nicht seine unausgesprochenen Fragen zu beantworten.

16

„Tommy, das reicht jetzt."

Tom Benton packte das Whiskey-Glas in seiner Rechten fester und machte ein böses Gesicht. „Nenn mich nicht Tommy. Ich bin kein Kind." Selbst in seinen eigenen Ohren klang seine Stimme weinerlich. Das machte ihn nur noch wütender.

„Du musst morgen wieder zur Arbeit, und da kannst du keinen Kater gebrauchen. Das fehlte gerade noch, dass du deine Stelle verlierst." Samantha ging im Zimmer herum und sammelte schmutzige Teller und Becher ein. Am liebsten hätte er sie angeschrien, sie solle verschwinden.

Er rieb sich den Bauch, diesen Wanst, der früher einmal ein Brett gewesen war. Sein Magengeschwür machte ihm wieder zu schaffen.

Er seufzte. Mitleiderregend.

„Es ist nicht meine Schuld. Es liegt an diesen verdammten Schwachköpfen vom FBI." Sam aufzustacheln, war keine gute Idee, aber irgendwie konnte er nicht anders. Lieber sollte sie auf Winter und Agent Dalton wütend sein, als in ihm einen Versager zu sehen. So fühlte er sich selbst derzeit.

Und es funktionierte.

Sam richtete sich auf, Zorn in ihren braunen Augen. „Sie haben dir das Leben schwer gemacht? Hinter deinem Rücken mit dem Chief geredet?“

„Nein, Schatz“, beschwichtigte er sie, genoss es aber insgeheim, dass sie ihn verteidigte. „Reg dich nicht auf. Du hast beinahe deinen *eigenen* Job verloren, als du Agent Black im Restaurant angeschrien hast.“

„Dafür konnte ich überhaupt nichts.“ Mit lautem Geklapper stellte sie die Teller auf den Couchtisch zurück. „Sie hat einfach so großspurig getan, wie sie mit ihrem Abzeichen und der Pistole herumstolziert ist, so wichtigtuerisch, als wäre sie was Besseres.“

„Sie könnte niemals besser sein als du. Sie ist durchgeknallt“, rief er ihr in Erinnerung.

„Verdammt richtig.“ Immer wenn sie nervös war, löste Sam ihr Haargummi und schüttelte das Haar um die Schultern aus. Würde sie es doch nur wieder färben. Als sie sich in der Highschool ineinander verliebten, hatte es einen hübschen Goldschimmer gehabt. Der war inzwischen verblasst, und das Haar wies seinen natürlichen dunkelblonden Farbton auf, eher ein Aschblond. Sam fasste es wieder zum üblichen Pferdeschwanz zusammen und kaute beim Hantieren mit dem Haargummi auf der Unterlippe herum.

„Ich rede mit Chief Miller. Wahrscheinlich macht sie sich vor ihm wichtig, und keiner greift ein. Verdammt, wahrscheinlich bezirzt sie ihn mit dieser Voodoo-Scheiße.“

„Nein. Nein, du redest nicht mit meinem Chef.“ Er setzte sich zu schnell auf, und etwas von dem bernsteingelben Getränk in seinem Glas schwappte heraus. Es rann über seinen Handrücken und hinterließ Flecken auf der geblümten Armlehne des Sessels. Uups. „Schatz, du bist schwanger und darfst dich mit niemandem anlegen.“

Stirnrunzelnd legte sie die Hand auf den Bauch. Sie war noch immer dürr wie eine Zaunlatte, und hätte er den positiven Schwangerschaftstest nicht mit eigenen Augen gesehen, hätte er niemals geglaubt, dass sie diesmal tatsächlich ein Kind erwartete. Es war jedoch noch zu früh, um sich zu freuen, ermahnte er sich. Schon zu oft waren all ihre Hoffnungen zunichte geworden.

„Liebling", schmeichelte er und stellte das Glas auf dem Tisch ab. Es würde einen Ring auf der Glasplatte hinterlassen, und nachher würde Sam sich beschweren, doch das war ihm egal. Er stand leicht schwankend auf und tapste zu ihr hinüber. „Komm her." Er zog sie in seine Umarmung.

Sie schlang die mageren Arme um ihn. Oder zumindest so weit herum, wie sie konnte, dachte er von sich selbst angeekelt. Er musste abnehmen.

„Sie soll einfach verschwinden", sagte Sam, deren Stimme von seiner Schulter gedämpft wurde.

„Natürlich verschwindet sie wieder", versprach er ihr. „Ehe du dich versiehst, ist Winter auf dem Rückweg nach Richmond. Pfft, weg."

Er hatte ein unangenehmes Gefühl im Magen, und das kam nicht vom Alkohol. Er wünschte, die arroganten Agents würden wirklich verschwinden. Sie wühlten Dinge auf, die besser verborgen blieben, und er konnte es nicht verhindern.

„SOLLEN WIR VERSUCHEN, mit Benton Junior zu reden, bevor wir seinen Dad in die Enge treiben?" Winter verzog das Gesicht, und Noah lachte. „Weißt du, dass du das jedes Mal machst, wenn ich seinen Namen erwähne? Du rümpfst die Nase. Es ist richtig süß."

„Lass den Quatsch, Dalton. Ich rufe Chief Miller an, um zu hören, ob Benton heute wieder im Büro aufgetaucht ist."

Er freute sich, dass sie wieder normal war. Vielleicht

nicht völlig normal, nur so normal, wie Winter nun einmal sein konnte. Sie war so verdammt verschlossen, dass es ihn wahnsinnig machte. Etwas in der Farm hatte sie erschreckt, aber sie gab nichts preis.

Noch nicht.

Auf dem Hotelparkplatz ließ er den Motor laufen und hörte sich Winters Teil des Telefongesprächs an. Endlich sah es so aus, als würde der Wunsch des Chiefs erfüllt: Wolken und Regen waren abgezogen, und zum ersten Mal seit Tagen leuchtete der Himmel blau. Die Morgenluft war ziemlich frisch, und er musterte Winter bei ihrem Gespräch mit dem Chief. Sie hatte die Finger in die Mantelärmel gezogen.

Kopfschüttelnd drehte er die Heizung auf. Gleich würden ihm die Augen tränen, aber Winter war dünn, ihr wurde schnell kalt.

„Benton ist da. Der Chief sagte, wir können ihn bei einem gemeinsamen Gespräch fragen, warum er uns bisher verschwiegen hat, dass sein Dad ein Mondjünger war. Hoffentlich hat Benton eine plausible Geschichte parat, denn es wird ihm so vorkommen, als hätten wir ihm einen Hinterhalt gelegt."

Auf dem Weg zur Polizeiwache schaute sie aus dem Seitenfenster.

Er würde ihr dreißig Sekunden Zeit lassen, bis er nachhakte, warum sie gestern auf der Zufahrt von Rebekah Archers Farm plötzlich so seltsam gewirkt hatte. Bevor er auf zwanzig gezählt hatte, wandte sie sich ihm zu.

„Etwas an Jenna ist eigenartig."

„Ja? Ich finde, sie ist ein richtig niedliches Kind."

„Absolut. Dabei mag ich Kinder gar nicht. Aber gestern vor unserem Aufbruch hat sie etwas zu mir gesagt."

Bingo. Halleluja, sie gab ihr Wissen weiter. Er versuchte, nicht zu grinsen. „Das mit Schneewittchen? Das fand ich ziemlich witzig. Dein schwarzes Haar und dein heller Teint. Ich finde, sie lag gar nicht mal daneben."

Winter verschränkte die Arme vor der Brust, wie um sich zu wärmen. Obwohl es ihm so vorkam, als stünde sein Gesicht in Flammen, stellte er die Heizung noch ein wenig höher.

„Jetzt mal ernsthaft, Dalton. Sie hat mich umarmt und mich aufgefordert zu lächeln. Meine Mom und mein Dad würden wollen, dass ich glücklich bin."

Für einen kurzen Moment wandte er den Blick von der Straße ab. „Kinder sind manchmal eigenartig. Selbst die niedlichen. Ich habe Nichten und Neffen, daher weiß ich das aus persönlicher Erfahrung. Zum Teufel, einer meiner kleinen Neffen hatte eine imaginäre Freundin, die er Baba Jane nannte. Als Bobby alt genug war, um darüber zu reden, hat er sie genau beschrieben. Meinem Grandpa hat das einen Heidenschreck eingejagt, denn Bobbys Beschreibung traf haargenau auf Grandpas verstorbene Schwiegermutter zu, einschließlich des zotteligen Nerzkragens, den sie immer trug."

Winter wirkte nicht beruhigt. „Ich weiß nicht recht", murmelte sie und schaute sich nach einem Spielplatz um, an dem sie gerade vorbeifuhren. „Ihre Augen. Als sie das sagte, kam sie mir einfach traurig vor. Ich weiß nicht, wie ich es erklären soll."

Noah blinkte und bog zum Parkplatz der Polizeiwache ab. „Da du uns ja eine Möglichkeit organisiert hast, uns morgen auf der Archer-Farm umzuschauen, findest du vielleicht dann heraus, was mit der kleinen Prinzessin los ist."

In der Polizeiwache saß Benton bereits an seinem Schreibtisch. Er wirkte überrumpelt, als er sie hereinkommen sah, und sein Gesicht färbte sich genauso rot wie der Kranz geplatzter Äderchen in seinen Augen. Noahs Lippen verzogen sich leicht vor Ekel. Selbst aus einigen

Schritten Entfernung roch er den Alkohol, den Bentons Körper ausdünstete. Der Kerl hatte sich am Vorabend besoffen.

Als sie auf dem Weg zum Konferenzraum, der neben Chief Millers Büro lag, an Bentons Platz vorbeigingen, warf er Winter einen wütenden Blick zu. Die schaute nach vorn und schien es nicht zu bemerken. Noah entblößte die Zähne zur Grimasse eines Lächelns und sah mit Befriedigung, wie das Arschloch auf seinem Stuhl zusammenschreckte.

Winter mochte kein Freund von Streitereien sein, aber auf diese bestimmte Auseinandersetzung freute Noah sich.

„Morgen." Miller forderte sie mit einer Handbewegung auf, sich an den langen Tisch zu setzen. Dann streckte er den Kopf aus der Tür in den Flur. „Tom, kommen Sie bitte einmal kurz herein."

Schleppenden Ganges schlurfte Benton in den Raum. Auf seinem Uniformhemd zeichnete sich ein Senffleck ab.

„Setzen Sie sich, Tom. Lagebesprechung." Mit einem Kaffeebecher in der Hand ließ Chief Miller sich am Kopfende des Tischs nieder. „Agents, würden Sie bitte anfangen?"

„Gern." Noah holte sein Notizbuch hervor. „Was wir bisher haben, ist eine Lichtung voller Leichen."

Benton schnaubte. „Erzählen Sie uns was Neues."

Der Chief warf ihm einen warnenden Blick zu, und Noah fuhr fort, als hätte Benton nichts gesagt. „Die erste Leiche ist das Skelett eines ungefähr sechs Jahre alten Jungen. Schwere Fehlbildungen, angeborene Anomalien der Skelettstruktur. Die Todesursache war vermutlich ein Schuss in den Hinterkopf. Geschätzter Todeszeitpunkt: ungefähr 1987. Die Gebeine wurden von Brian Snyder und seinem Sohn entdeckt, als sie in der Gegend jagten."

Er blätterte um. „Aufgrund der vermuteten gewaltsamen Todesursache haben wir einen Leichenspürhund kommen lassen. Der Hund hat an mehreren weiteren Stellen angezeigt. Die zweite Fundstelle enthielt das Skelett eines Tiers. Es ist relevant, da es ebenfalls ein Einschussloch im Schädel aufweist. An der dritten Fundstelle lagen zwei Opfer, möglicherweise Geschwister. Indizien für den Eintritt einer Kleinkaliberkugel hinten im Schädel. Beide Opfer waren Kinder unter fünf Jahren. Sichtbare Fehlbildungen des Skeletts. An der vierten Fundstelle ein Kleinkind. Dieselbe Geschichte, ein Einschussloch und vermutlich ebenfalls Anomalien des Skeletts."

Noah blickte sich am Tisch um. Der Chief ging mit gefurchter Stirn seine eigenen Notizen durch. Winter wartete gelassen darauf, dass Noah fortfuhr. Benton starrte mit finsterer Miene aus dem Fenster, als wäre er in Gedanken ganz weit weg.

„Dann ein Fund, der die Serie durchbricht. Die Leiche einer jungen Frau, vermutlich sechzehn Jahre alt. Die Todesursache scheint dieselbe zu sein wie bei den Skeletten, Bestätigung durch die Gerichtsmediziner vorausgesetzt. Das Opfer wurde jedoch erst vor etwa drei Jahren getötet."

Benton beugte sich auf seinem Stuhl vor, jetzt wachsam. Bevor er etwas sagen konnte, räusperte sich Chief Miller. „Jüngst entdeckt. Sie waren nicht im Dienst, Tom."

„Fakten zur näheren Umgebung", fuhr Noah fort, während Benton auf seinem Stuhl zusammensackte. „Wir erfuhren von der Existenz einer Gruppe, die zum vermuteten ungefähren Todeszeitpunkt der früheren Opfer in der Gegend ansässig war. Das führte zu einem Gespräch mit Elbert Wilkins. Wilkins gab uns Informationen über Wesley Archer, die Führungsfigur der Mondjünger. Er war auch unter dem Namen der Bischof bekannt. Wenige Stunden nach unserem Gespräch wurde Wilkins in seinem Arbeitszimmer ermordet. Die Akten in dem Zimmer wurden durchwühlt."

Bentons Gesicht hatte einen kränklich wirkenden, fahlen

Farbton angenommen. „Warum hat mich niemand deswegen angerufen?"

Der Chief verschränkte die Arme vor der Brust und lehnte sich gegen die knarrende Stuhllehne zurück. „Hören Sie einmal Ihre Mailbox ab, junger Mann."

Nun nahm Winter den Faden auf. Ihre Stimme klang kühl und distanziert, aber innerlich rieb Noah sich erwartungsfroh die Hände. Gerade ihre Ruhe musste Benton auf die Palme bringen.

„Jemand gab uns eine Liste mit Namen von Bürgern, die während der Zeit der Morde Mitglieder bei den Jüngern waren. Ihr Dad steht auf dieser Liste, Tom. Könnten Sie uns sagen, warum wir das nicht früher erfahren haben?"

Benton schoss so heftig von seinem Bürostuhl hoch, dass der rückwärts rollte und gegen die Wand knallte. „Was zum Teufel ist das? Ein Hinterhalt?"

Winter hob die Hand, um irgendwelchen Kommentaren der anderen zuvorzukommen. „Wir werden mit deinem Dad reden. Zum gegenwärtigen Zeitpunkt der Ermittlungen ist er kein Verdächtiger. Wir sammeln einfach nur Informationen. Falls es sonst noch etwas gibt, was du uns sagen kannst, wäre jetzt der richtige Moment."

„Du verdammte Schlampe", zischte Benton und starrte Winter wütend an. Seine Fäuste öffneten und schlossen sich krampfhaft. „Das alles ist deine Rache für ein paar Neckereien in der Middle School. Wer ist denn so verrückt, so etwas so lange nachzutragen?"

Sie lächelte, tatsächlich war es nur ein Schmalziehen der Lippen. „Mein Vorgesetzter hat mir diesen Fall zugeteilt. Ich mache einfach nur meine Arbeit. Glaub wir, wenn es eine Möglichkeit gäbe, sie zu erledigen, ohne dir zu begegnen, hättest du vielleicht nicht mal erfahren, dass ich hier bin."

„Tom", fuhr ihn Chief Miller an. „Setzen Sie sich. Benehmen Sie sich wie ein Erwachsener und nicht wie ein durchgeknallter Idiot. Wenn ich Sie bisher noch nicht gefeuert habe, dann nur, weil dieses Verhalten sehr ungewöhnlich für Sie ist, und ich muss mich fragen, warum es sich so verändert hat. Berichten Sie uns das, was Sie uns schon früher hätten sagen sollen. Gehörte Ihr Dad zu den Mondjüngern?"

Benton sah aus, als würde ihn gleich der Schlag treffen, doch er setzte sich wieder hin. „Mein Dad ist ein geachtetes Mitglied der Gemeinschaft. Seit vielen Jahren sitzt er im Stadtrat. Er ist ein eingetragener Republikaner. Er hätte niemals etwas mit solchen Spinnern zu tun gehabt, und schon gar nicht mit der Ermordung von Kindern."

Der Chef maß Benton so lange mit seinem Blick, bis der unbehaglich auf seinem Stuhl herumrutschte.

„Schön. Wenn Sie uns mehr nicht zu sagen haben, können Sie jetzt an Ihren Schreibtisch zurückkehren. Mit dem vorliegenden Fall brauchen Sie sich nicht mehr zu befassen. Heute Nachmittag weise ich Ihnen eine neue Aufgabe zu."

Benton blieb der Mund offen stehen, und eine hektische Röte überzog sein Gesicht. „Das können Sie nicht tun! Nur weil diese Arschlöcher vom FBI hier …"

„Genug!" Chief Miller schlug mit beiden Händen auf den Tisch, was in dem kleinen Raum so laut knallte wie ein Pistolenschuss. Er stemmte sich hoch, das Gesicht hart und unnachgiebig. „Sie machen vorläufig nur noch Schreibtischdienst. Ihr Verhalten ist unprofessionell und eines Beamten nicht würdig. Wenn Sie es nicht schaffen, sich zusammenzureißen, wird es Zeit, dass Sie sich nach einem anderen Job umsehen."

Beim Einbiegen auf den Parkplatz der Polizeiwache fluchte Samantha über das Getriebe ihres Camry. Bei jedem Schaltvorgang durchfuhr den Wagen ein Beben, als würde sich gleich ein Motorteil ablösen und auf die Straße fallen. Wenn ihr Mann sich doch einfach etwas Geld von seinem Dad leihen würde. Sie schafften es kaum, über die Runden zu kommen, und sehr bald würden die Mittel sogar noch knapper werden. Immerhin erlaubte der Chief Tom, mit dem Streifenwagen heimzufahren. Aber falls der Camry den Geist aufgeben sollte, stünden sie buchstäblich ohne ein eigenes Transportmittel da.

Sie hielt neben einer schwarzen Limousine und klappte den Schminkspiegel herunter. Sie zog ihren Lippenstift nach und schüttelte ihr langes Haar auf. Sicher, Tom mochte sich ärgern, dass sie herkam, aber er brauchte einen Tritt in den Hintern.

Schlimm genug, dass Chief Miller Tom noch nicht befördert hatte, obwohl er es seit acht Monaten immer wieder andeutete. Aber dass er nicht eingeschritten war, als Winter und ihr Muskelprotz von Partner Tommy herumgeschubst hatten, war noch viel schlimmer. Wenn Tom sich nicht wehrte, würde sie es an seiner Stelle tun.

Sie stieß die Tür des Camry mit einem kräftigen Stoß der Schulter auf, da die Fahrerseite eine Beule hatte, was das Öffnen erschwerte. Gerade als sie ausstieg, ging die Tür der Wache auf, und Winter trat in den spätvormittäglichen Sonnenschein.

Es überkam Sam einfach. Ihr Blut geriet in Wallungen.

Winter, das gruselige Kind, war zu einer bestürzend schönen Frau herangewachsen. Obwohl sie ihr Haar hinten zusammengebunden hatte, war es voll und schwarz, und sie sah nicht so aus, als hätte sie jemals Probleme mit Pickeln gehabt, die Sam seit dem Alter von sechzehn Jahren plagten. Und mit diesen großen blauen Augen wirkte sie lieb und unschuldig. Doch das war sie nicht. Sie war eine Verrückte.

Sams Stimme klang so schrill, dass es sogar sie selbst

überraschte. „Du hast es geschafft, nicht wahr? Deinetwegen wird Tommy gefeuert, was?"

Winter machte die Schultern gerade und stieg die beiden zwischen ihnen liegenden Stufen hinunter. Dass sich bei dieser Bewegung ihre ansehnlichen, frechen Brüste unter der teuer aussehenden Bluse vorschoben, die die Farbe ihrer Augen hatte, machte Sam nur noch wütender.

Sie würde sich niemals eingestehen, dass sie neidisch war.

„Ich sage es noch ein letztes Mal. Ich trage dir und Tom nichts nach. Ich bin inzwischen erwachsen. Ich bin weggezogen und habe die Vergangenheit hinter mir zurückgelassen. Wir waren Kinder. Ich bin hier, um meine Arbeit zu erledigen, und dann ziehe ich weiter. Weiterziehen, nach vorn schauen, das ist gesund. Du solltest das auch mal versuchen." Bei diesen Worten verrutschte Winters unbeteiligte Miene, und sie schaute böse.

„Du mit deinem schicken Job für reiche Ärsche", höhnte Sam. Sie hatte gestern Nacht gegoogelt, was ein FBI-Agent verdiente, und es war verdammt viel mehr als eine Kellnerin in einem beschissenen Kleinstadt-Imbiss.

„Sind wir fertig?"

Winter sah Sam an, als wäre die etwas, das man sich von der Schuhsohle abkratzt, und da ging es mit Sam durch. Sie sprang los und schubste Winter kräftig.

Winter taumelte rückwärts, gewann ihr Gleichgewicht aber schnell zurück und warf Sam einen finsteren Blick zu. „Tu das nicht, Sam. Dein Mann steht derzeit nicht gut da, und so etwas macht es schlimmer."

„Deinetwegen steht er nicht gut da!", schrie Sam. „Warum nur bist du in jener Nacht nicht ebenfalls gestorben?"

Alle Farbe wich aus Winters Gesicht, als hätten Sams Worte sie den letzten Tropfen Blut gekostet. Sie sah jünger aus. Verletzt. Einen Moment lang erinnerte Sam sich daran, wie sie früher auf dem Karussell im Park gesessen und sich Süßigkeiten aus dem Tankstellenshop geteilt hatten.

„Es tut mir leid", sagte sie hastig. Tränen brannten in ihren Augen. „Das hab ich nicht so gemeint. Ich bin so eine fiese Zicke." Die Tränen flossen über und strömten ihr heiß über die Wangen. „Ich bin schwanger", stieß sie hervor und legte sich schützend die Hand auf den Bauch. „Wir können es uns nicht leisten, Toms Job zu verlieren. Es ist eine Hochrisikoschwangerschaft, und ich hatte schon so viele Fehlgeburten, und ich …"

Als Winters Partner, der große gutaussehende Kerl, herauskam, brach sie unvermittelt ab.

Sam wich ein paar Schritte zurück. „Bitte", sagte sie schließlich leise. „Bitte sorge nicht dafür, dass Tom gefeuert wird. Wir würden das jetzt einfach nicht überstehen."

Sie war zu weit gegangen. Sie hasste sich dafür, dass sie ausgeflippt war und dann obendrein auch noch um Nachsicht *gebettelt* hatte. Das mussten die Hormone sein.

Wie ein Feigling trat sie den Rückzug an, stieg über die Beifahrerseite ein und startete blindlings den Wagen. Ruckelnd legte sich beim Hinaussetzen der Rückwärtsgang ein. Winter sah ihr einfach nur nach.

17

„Tja, der Morgen hat ja gut angefangen."

Winter hörte Noah kaum. Sie dachte über das nach, was sie zu Sam gesagt hatte. *Ich bin hier, um meine Arbeit zu erledigen, und dann ziehe ich weiter.* Es stimmte nicht. Sie könnte diese Morde aufklären. Nach Richmond zurückkehren. Einen anderen Fall zugewiesen bekommen. Ihr Leben lang beim FBI arbeiten und im vorgeschriebenen Alter von siebenundfünfzig Jahren in Rente gehen. Sie könnte sogar den Preacher fassen und dafür sorgen, dass er eingesperrt wurde. Aber trotzdem wäre sie nicht wirklich weitergezogen. Sie würde immer noch in Harrisonburg feststecken.

„Bitte fahr mich an meinem Elternhaus vorbei."

„Gern", stimmte Noah bereitwillig zu. Er setzte den Blinker und bog nach rechts ab.

„Ich muss dir noch nicht einmal sagen, wo es liegt?" Eine Gänsehaut überzog ihre Arme, und im Nacken schien die Haut zu spannen.

„Ich bin ein Cop, Darling. Es gehört zu meinen Aufgaben, zu wissen, wo Dinge liegen. Bist du dir sicher, dass du dafür bereit bist?"

„Nach so vielen Jahren? Da sollte ich es wohl sein."

„He, ich habe gehört, was Bentons Frau zu dir gesagt hat. Lass nicht zu, dass dir das unter die Haut geht. Sie ist eine von diesen kleinkarierten, missgünstigen Leuten, die nicht über die Highschool hinausgelangt sind und nie mit dem zufrieden sein werden, was sie haben."

„Ach, Sam macht mir gar nicht zu schaffen." Das stimmte. Die Boshaftigkeit ihrer ehemaligen Freundin hatte sie bestürzt, aber sie konnte sehen, dass Sam so heftig um sich schlug, weil sie unglücklich war. Winter wünschte ihr nichts Böses. Sie hoffte, dass Sams Schwangerschaft problemlos verlief. Offensichtlich wünschte Sam sich ganz dringend ein Kind, und eine Fehlgeburt konnte herzzerreißend sein.

Apropos herzzerreißend ... die Straßen um sie herum kamen ihr zunehmend vertraut vor.

Sie fragte sich, ob der alte Mann, der in dem Eckhaus gewohnt hatte, wohl noch am Leben war. Er hatte immer auf ihren Bruder geschimpft, weil der mit seinem BMX-Rad eine Abkürzung über sein Grundstück genommen hatte. Der alte Mann auf seiner Veranda schrie dann: „Runter von meinem Rasen!"

In dem blauen Haus in der Mitte der nächsten Straße hatte Mrs. Beverly gelebt. Ihre Rosen waren immer eine Pracht gewesen, aber jetzt waren sie verwildert, wucherten in alle Richtungen und kletterten unbeschnitten an der Verandaseite empor.

Je näher Winter ihrem Elternhaus kam, desto schneller stiegen auch die Erinnerungen auf.

Da war die Stelle im Bürgersteig, an der die Wurzel einer großen Eiche die Asphaltdecke hochgeschoben hatte. Mit neun Jahren war sie gegen diese Schwelle gefahren und über den Lenker nach vorn geflogen. Die Narbe war immer noch als dünne Linie unter ihrem Kinn zu erkennen, doch die Eiche war inzwischen ein Baumstumpf.

Dort drüben lag Dan Rileys Elternhaus. Mit zwölf war sie in ihn verknallt gewesen und täglich mit den Rollerblades vor dem Haus hin- und hergefahren, um ihn vielleicht auftauchen zu sehen. Es hatte ihr das Herz gebrochen, als er die Stadt verlassen hatte, um aufs College zu gehen.

Mr. und Mrs. Bleeker. An Halloween immer ein ganzer Schokoriegel.

Das Elternhaus der kleinen Betsy Tanis. Winter hatte sie zweimal gebabysittet. Beim zweiten Mal hatte Betsy sie gebissen, und Winter hatte sich geweigert, noch einmal hinzugehen, trotz der verlockenden drei Dollar pro Stunde.

Erst als Noah glucksend lachte, wurde ihr bewusst, dass sie ihm ihre Erinnerungen laut erzählte. Sie beschloss, einfach weiterzureden. All das durfte er ruhig wissen. Seine Vertrauenswürdigkeit hatte er längst bewiesen.

Der Wagen rollte aus und kam am Straßenrand zum Stehen.

Sie meinte das tote Laub zu riechen, durch das sie in jener Nacht auf dem Rückweg von Sam grimmig gestapft war. Und die kalte Luft im Gesicht zu spüren, in der der Geruch von Rauch lag, da jemand in der Nachbarschaft am Nachmittag Laub verbrannt hatte.

Sie sah es im Geiste vor sich. Das Haus lag groß, dunkel und stumm da. Das helle Mondlicht warf scharfe Schatten. Dieses innere Bild legte sich über die heruntergekommene Wirklichkeit. Im Garten wuchs hohes Gras in verfilzten Flecken, und dicht beim aufgeplatzten Asphalt des Bürgersteigs stand ein schiefes *Zu Verkaufen*-Schild. Die hölzerne Außenverkleidung hatte einen kränklich verblassten Grünton angenommen. In jenem Sommer hatte ihr Dad sie frisch gestrichen, und zusammen mit den tadellos weißen Zierleisten hatte sie wie junges Gras geleuchtet.

Winter war über den Gartenweg marschiert und hatte die Vordertür mit dem schweren Messinggriff aufgerissen. Ihre

Eltern schlossen nie ab, und schon gar nicht, wenn ihre Tochter nachts außer Haus war. In dieser Gegend fühlte man sich sicher.

Sie hatte ihre Nikes in der Diele ausgezogen und war in Strümpfen die Treppe hinaufgegangen. Ein Geruch hatte ihre Aufmerksamkeit erregt. Ein bisschen wie Hamburger. Im Obergeschoss, wo die Schlafzimmer lagen, hatte etwas kupferschwer in der Luft gehangen.

Bei der Erinnerung drehte es ihr einen Moment lang fast den Magen um, und sie atmete tief durch. Das war nicht die Wirklichkeit. Es stieg aus der Vergangenheit auf. Der leichte, männliche Duft von Noahs Rasierwasser beruhigte sie genauso wie sein Schweigen.

Sie war an der nur angelehnten Tür ihrer Eltern vorbeigegangen. Die Kinderzimmertür ihres Bruders war geschlossen, und darunter drang der schwache bläuliche Schimmer seines SpongeBob-Nachtlichts hervor. Sie hatte schon die Hand auf den Türgriff gelegt, als etwas sie innehalten ließ. Ein leichtes Scharren.

Erschauernd drehte sie sich um.

Der Flur lag verlassen vor ihr. Durch das Fenster an seinem Ende drang Mondlicht herein. Vor der Tür ihrer Eltern bemerkte sie Matschklumpen. Der Teppich war an einigen Stellen wie von schweren Stiefeln flachgedrückt worden.

Das war eigenartig. Mom erlaubte nicht, dass sie mit Schuhen durchs Haus gingen. Sie sagte, dann würde der Teppich länger schön bleiben.

Sie kehrte langsam durch den Flur zurück und betrachtete die Matschklumpen, als könnten sie sprechen und ihr sagen, wie sie auf den Teppich gelangt waren. Vor der Tür ihrer Eltern angekommen, fiel ihr eine blitzschnelle Bewegung dahinter ins Auge. Sie lugte durch den Türspalt und verstand im ersten Moment nicht, was sie sah.

Jemand hatte überall auf den Wänden herumgeschmiert. Kreuze. Buchstaben. Zahlen. Große Kleckse, die bis fast ganz zur Decke hinaufreichten und die hellblau verputzten Wände in Strömen hinabliefen, dann über das breite Band der Täfelung rannen und sich auf dem Boden in Pfützen sammelten.

Von dort, wo sie stand, konnte sie die Hand ihres Dads über die Bettkante hängen sehen, wie üblich, wenn er schlief. Während sie dorthin schaute, rann ein Tropfen Farbe zur Spitze seines Zeigefingers und landete in einer kleinen Lache neben seinem Bett.

Fast noch bevor ihr Gehirn die Szene verarbeitet hatte, holte sie Luft zum Schreien. Sie stieß die Tür weit auf, machte drei Schritte in den Raum hinein und trat dabei mit den Strümpfen in noch feuchte Farbe, auf der sie ein wenig ausrutschte.

Sie verschränkte den Blick mit ihrer Mutter. Moms Augen waren weit geöffnet, so weit, wie sie sie nur aufreißen konnte, und ihr ganzes Gesicht war voller Farbe, sogar ihr Mund. Hinter ihr rief Justin Winter beim Namen. Sie fuhr herum, um ihm zu sagen, dass er still sein und in sein Zimmer zurückkehren solle, doch da krachte etwas gegen ihren Kopf.

Der Schmerz war eine Explosion.

Hinter ihren Lidern stoben weiße Sterne auf, und sie fühlte nicht, wie sie auf den Boden fiel.

Bevor das Weiß abrupt in Schwarz versank, hörte sie jetzt zum ersten Mal in ihrer Erinnerung eine Stimme, die in ihren Ohren nachhallte.

„Tut mir leid, Mädchen. Dich brauch ich nicht. Ich will nur ihn."

NOAH WAR ZUTIEFST ERSCHÜTTERT.

Winter hatte von sich selbst in der dritten Person erzählt.

Ruhig und distanziert. Etwa so, als hätte sie ihm aus einem Roman von Stephen King vorgelesen. Er hatte geschwiegen, da er begriff, dass das Erzählen ihr die Möglichkeit gab, die Geschehnisse noch einmal seelisch zu durchleben. Und dass sie das bisher nicht getan hatte.

Er hatte die Schrecken dieser Nacht durch die Augen einer Dreizehnjährigen gesehen, sie mit Winter zusammen nacherlebt. Innerlich war ihm dabei eiskalt geworden. Selbst ihre Stimme hatte irgendwie jünger geklungen. Als wäre sie von der Seele eines anderen Kindes besessen, das diese blutige Erfahrung durchgemacht hatte.

Jetzt sah sie fix und fertig aus. Mit erschöpft herabhängenden Schultern betrachtete sie das Haus, in dem sie aufgewachsen war. Dann wandte sie sich ihm zu, und ihr Blick war so scharf, als hätte sie gerade etwas Neues entdeckt. Ihre Augen waren dunkel von Schmerz, aber auch von neuer Energie erfüllt.

„Er hatte von Anfang an vor, Justin zu entführen. Das wusste ich nicht mit Sicherheit. An seine Worte hatte ich mich bisher nicht erinnert."

„Bist du hier fertig?" Seine Stimme klang, als hätte er einen Frosch im Hals.

„Ja." Sie legte den Kopf an die Rücklehne und schaute erneut zum Haus. „Danke."

„Bedank dich nicht", brach es verärgert aus ihm heraus. „Verdammte Scheiße, Winter. Hätte ich die geringste Ahnung gehabt …"

Mit einem angedeuteten Lächeln schüttelte sie den Kopf. „Du konntest keine Ahnung haben. Die hat niemand. Aber ganz ehrlich, es war nötig. Danke, dass du mir zugehört hast."

Er fuhr so schnell los, dass die Reifen quietschten. „Verdammt, ich brauch jetzt einen Kaffee."

„Bin dabei."

Wie schaffte sie es, dass ihre Stimme normal klang? Und

wie schaffte sie es, jeden neuen Tag so zu bewältigen, als wäre alles in bester Ordnung? Er hatte geglaubt, sich gut auf ihre besonderen Fähigkeiten eingestellt zu haben. Das waren einfach nur eigentümliche Ticks ihrer Persönlichkeit, und er mochte Leute, die anders tickten.

Aber das hier ...?

Wie konnte jemand etwas Derartiges durchmachen und trotzdem seelisch gesund bleiben? Es war niederschmetternd. Die Geschichte machte einen kaputt. Und dabei hatte er sie nur angehört.

Sie fuhren schweigend zu demselben Coffee-Shop mit Hipster-Kundschaft, das sie schon einmal besucht hatten. Der Song von Mumford & Sons, dessen Rhythmus er sonst gern mitklopfte, ging ihm auf die Nerven. „Ein großer Kaffee Doubleshot Espresso", bestellte er knapp bei der Bedienung hinter der Theke.

Das Mädel im College-Alter – riesige Löcher in den Ohrläppchen, Nase und Lippen gepierct, das, nach den fast unsichtbaren Augenbrauen zu schließen, blonde Haar dunkelviolett gefärbt – zog die Augenbrauen hoch und kehrte ihm den Rücken zu, um seinen Kaffee zuzubereiten.

Winter stand so stumm wie ein Gespenst neben ihm und studierte die Karte.

Die Barista rammte Noahs Becher zum Mitnehmen so kräftig auf die Theke, dass Kaffee überschwappte. „Und Sie?"

„Ein großer Mokka. Ohne Koffein und ohne Sahne bitte." Winter lächelte das Mädchen entschuldigend an und versetzte Noah einen Rippenstoß. „Den Oscar hier brauchen Sie nicht zu beachten."

Das Mädel rümpfte die Nase und warf die laut röhrende Mahlmaschine an.

Winter bezahlte mit der Spesenkarte und legte ein großzügiges Trinkgeld auf die Theke.

Sie entschieden sich für zwei ramponiert aussehende

Sessel, die neben einem halb toten Efeu beim vorderen Fenster standen.

„Hör auf, mich so anzuschauen." Winter trank einen Schluck Kaffee, das Gesicht vom Dampf umwölkt.

„So? Was meinst du damit?"

„So, als würde ich gleich in tausend Scherben zerbrechen. Ich fühle mich besser. Wirklich."

„Vielleicht bin ja ich derjenige, der gleich in Scherben zerbricht."

„Glaub mir. Es hat mir geholfen."

Er trank einen Schluck von dem heißen Kaffee und genoss es, dass er ihm fast die Kehle verbrühte. „Tut mir leid", sagte er rau. „Ich hatte es vorher nicht kapiert."

„Entschuldige dich nicht." Ihre Augen loderten wütend. „Und fang auf keinen Fall an, mich zu bemitleiden oder irgendwie anders zu behandeln, weil du es jetzt ‚kapierst'. Genau das ist mir nämlich direkt danach passiert."

„Erzähl. Ich muss alles wissen."

Sie trank erneut einen Schluck Mokka, zupfte ein abgestorbenes Blatt vom Efeu und legte es behutsam neben den Kaffeebecher, als sie diesen vor sich abstellte.

„Ich lag im Koma. Das wusstest du."

Er nickte.

„Das Erwachen war schrecklich. Alles war so grell, viel zu grell, und so laut. Ich hatte schlimme Kopfschmerzen. Und alles, jede einzelne Einzelheit, trat aus dem Gesamtbild hervor und schlug mich praktisch ins Gesicht. Ich erinnere mich an eine bestimmte Krankenschwester. Ich konnte sagen, was sie zu Mittag gegessen hatte, bis hinunter zum Senf auf ihrem Sandwich. Es war furchtbar."

Sie zupfte ein weiteres brüchiges, braunes Blatt von der Pflanze und drehte es kurz zwischen Daumen und Zeigefinger. Dann legte sie es neben das erste. Noah starrte die zwei toten Blätter an, im Moment unfähig, den Blick zu Winter zu heben.

„Niemand wollte mir von meiner Familie erzählen. Ich hatte die Beerdigung meiner Eltern verpasst. Sobald ich aufgewacht war, kamen meine Großeltern ins Krankenhaus … aber etwa eine Stunde lang hatte ich keine Ahnung, was geschehen war. Die beiden haben mir so ziemlich alles erklärt. Das war wahrscheinlich das Schlimmste."

Sie zupfte ein drittes Blatt ab. Dieses hier war noch teilweise lebendig, das grün-weiße Muster außen zu einem braunen Rand verdorrt. Das Blatt war tot, es wusste es nur noch nicht. Es kam in Reih und Glied mit den anderen auf dem Tisch.

„Meine Großeltern sind nach Harrisonburg umgezogen. Wir wohnten nicht in meinem Elternhaus. Sie mieteten eines bei der Middle School. Aber wir konnten nicht einfach ‚normal' tun. Die Kinder in der Schule schauten mich komisch an. Sie nannten mich Lizzie Borden, als wären die Morde meine Schuld."

Noah fluchte. *Der Herr der Fliegen* im wahren Leben. Als Heranwachsende eine Außenseiterin zu sein, war grausam.

„Ironischerweise habe ich Samantha und Tom dafür zu danken, dass diese Situation endete", fuhr Winter mit einem angedeuteten Lächeln fort. „Neben dem ganzen Mist an der Middle School machten mir auch die neuen Fähigkeiten zu schaffen, die mein Gehirn erworben hatte. Wie schon gesagt … Sam hat sich nicht so verhalten, wie eine beste Freundin es tun sollte. Es machte fast sofort die Runde in der Schule, und das Mobbing wurde schlimmer. Dann gaben die Medien dem Mörder wegen der Kreuze den Namen der Preacher, und die Kinder verhöhnten mich mit Bibeln und so. Als eine Achtklässlerin mich so kräftig gegen eine Wand schubste, dass mir fast ein Wangenknochen brach, nahmen meine Großeltern mich endlich von der Schule. Wir zogen aus

Harrisonburg weg und ins Haus meiner Großeltern. Ein Neubeginn. Von da an wurde es besser."

Noah warf einen kurzen Blick auf die Barista. Sie blickte mit finsterer Miene auf ihr Handy und tippte so eifrig Nachrichten ein, als bekäme sie nie wieder die Gelegenheit dazu. Hätte Winter eine normale Jugend gehabt, hätte sie dennoch zur Rebellin werden und sich als Punk stylen können wie das Mädel dort drüben.

Stattdessen hatte sie ein Trauma erlebt, das kein Kind durchmachen sollte, war danach gemobbt worden und trotzdem auf der Gewinnerstraße gelandet.

Noah fühlte sich, als wäre er k.o. geschlagen worden. Eine schwarze Strähne war aus Winters Haarknoten gerutscht und fiel ihr über die Wange. Beim Anblick ihres heiteren, gelassenen Gesichts begriff er plötzlich, dass er ein Problem hatte. Gegen einen Flirt war nichts einzuwenden, und scherzhaftes Geplänkel ging ihm spielend leicht von der Hand. Doch das, was er für Winter empfand, war etwas ganz anderes.

Er könnte sehr leicht in gefährliche Untiefen geraten.

18

David Bentons Adresse lag in einem der besseren Viertel der Stadt. Offensichtlich hatte er seinen Wohlstand im Verlauf der Jahre gemehrt, denn Tom war nicht weit von Winter entfernt in einer Mittelschichtgegend mit kleineren Grundstücken aufgewachsen. Ein weitläufiges, zweigeschossiges Haus mit angebauter Garage für vier Stellplätze stand friedlich hinter einem schwarzen, schmiedeeisernen Zaun, der einen perfekt gepflegten Garten umschloss. Im vorderen Bereich machte sich gerade ein Gärtner zu schaffen und schnitt Blumenstauden zurück. Das Tor stand offen, da Noah Benton Senior vorab angerufen und über den geplanten Besuch informiert hatte.

Winter meinte, kurz eine Gestalt erkannt zu haben, die in einem Erkerfenster vorn im Haus stand, doch der Vorhang fiel zu, und der Umriss verschwand. „Also, wie gehen wir an die Sache heran?“, durchbrach sie das im Wagen herrschende Schweigen.

Sie war froh, dass sie nun weiter ermittelten. Seit ihrer Reise auf der Erinnerungsspur hatte Noah sie immer wieder merkwürdig angeschaut. Sie wusste nicht, was er dachte, und das machte ihr zu schaffen. Sie wollte zu der früheren entspannten, freundlichen Kollegialität zurückkehren.

„Möchtest du die Leitung übernehmen?“, fragte er. „Du kennst den Mann, oder?“

„Nur flüchtig. Wie ich hörte, ist er damals zur Beerdigung gekommen, aber ich kann mich nur erinnern, ihn bei Schulveranstaltungen und solchen Gelegenheiten gesehen zu haben. Okay, ich fange an.“

Der Gartenweg, der zur Haustür führte, hatte ein verwittertes Backsteinpflaster. Winter fiel auf, dass nirgends ein Grashalm aus den Fugen lugte.

Auf ihr Klopfen hin öffnete eine Haushälterin, die ein traditionelles schwarzes Kleid mit weißer Schürze trug. Das wirkte ein wenig protzig, doch die Frau begrüßte sie mit einem professionell wirkenden Lächeln und öffnete die Tür weiter.

„Kommen Sie herein. Mr. Benton ist in der Bibliothek. Er erwartet Sie.“

Der Eingangsraum stellte mit seinem grauen Marmorboden und den naturalistischen Landschaftsgemälden in vergoldeten Rahmen auf diskrete Weise Wohlhabenheit zur Schau. Die Haushälterin führte sie durch einen kurzen Flur in einen Raum mit hoher Decke.

David Benton erhob sich von seinem Sitzplatz hinter einem großen Mahagonischreibtisch, auf dem ein Kognakschwenker stand, obgleich es gerade erst nach Mittag war. Er schenkte ihnen ein Politikerlächeln, strahlend und mit aufblitzenden Zähnen. Wären sie sich irgendwo anders begegnet, hätte Winter ihn nicht wiedererkannt. Er war nicht füllig wie sein Sohn, sondern hochgewachsen und schlank. Das an den Schläfen fein ergraute Haar war ordentlich aus seinem schmalen Gesicht nach hinten gebürstet.

„Die kleine Winter Black“, sagte er herzlich und streckte ihr die Hand hin. Seine Nägel waren gepflegt, und unter den

Manschetten seines weißen Hemdes schimmerte eine teure Armbanduhr hervor. „Ich freue mich sehr, Sie wiederzusehen. Ich habe mich immer gefragt, wie es Ihnen nach Ihrem Wegzug wohl ergangen ist. Anscheinend sind Sie gut vorangekommen. Ausgerechnet beim FBI."

Winter zwang sich zu einem Lächeln. „Ich freue mich ebenfalls, Sie zu sehen."

Er reagierte mit einem onkelhaften Lachen und wandte sich Noah zu. „Und Sie müssen Agent Dalton sein. Wir haben ja miteinander telefoniert. Ich muss Ihnen gestehen, dass Ihr Anruf mich überrascht hat. Wie kann ich Ihnen helfen?"

„Ich überlasse die Gesprächsführung meiner Partnerin." Noahs Lächeln war distanziert. „Special Agent Black leitet die Ermittlungen und ist daher meine Vorgesetzte."

Winter warf ihm einen belustigten Blick zu. Ein bescheidener Noah war etwas Neues.

„Ah ja." David Benton lachte erneut und wandte sich nun wieder an Winter. „Ein bisschen kommt es mir so vor, als spielten Sie nur Polizei, wie damals, wenn ihr bei mir im Garten herumgerannt seid. Aber *Agent Black*, bitte setzen Sie sich. Maria, würden Sie unseren Gästen einen Kaffee bringen?"

Die Haushälterin, die stumm und aufmerksam bei der Tür gestanden hatte, murmelte etwas Zustimmendes und eilte davon. Das Geräusch ihrer flachen schwarzen Schuhsohlen verklang auf den Marmorfliesen.

„Sie haben sicher von den menschlichen Überresten gehört, die nördlich von hier in Linville gefunden wurden", begann Winter und holte ihr Notizbuch und ihren Stift hervor.

„Ja, natürlich. Mein Sohn ermittelt in diesem Fall."

Noah räusperte sich, sagte aber nichts. Aus dem Augenwinkel sah Winter, wie er sich im Sessel zurücklehnte und die Füße an den Knöcheln übereinanderschlug.

„Wir hoffen, dass sie uns zusätzliche Informationen über die … hm, religiöse Gruppe geben können, die in den Achtzigerjahren dort in der Nähe wohnte."

David zog die glatten schwarzen Augenbrauen hoch. „Ich glaube kaum, dass ich Ihnen da weiterhelfen kann."

Maria brachte den Kaffee und stellte das Tablett mit drei Tassen, einem Sahnekännchen und Zucker auf den Schreibtisch. „Das ist alles, Maria." Sein Tonfall war scharf, und sie blickte überrascht auf. „Bitte machen Sie die Tür hinter sich zu und sorgen Sie dafür, dass wir nicht gestört werden." Ein weiterer eindringlicher Blick Davids, und sie eilte viel schneller hinaus, als sie hereingekommen war.

„Wir haben erfahren, dass Sie ein Mitglied von Wesley Archers Gruppe waren, den Mondjüngern."

Kleine rote Flecken erschienen auf Davids Wangenknochen. Offenbar hatte er einige Gemeinsamkeiten mit seinem Sohn, zum Beispiel die Neigung, sich schnell zu ärgern.

„Das ist lächerlich. Wer hat denn so etwas behauptet?" Er versuchte, ruhig zu bleiben, aber Winter sah, dass auch die Haut um den weißen Kragen sich rötete. „War es dieser alte Zeitungsreporter? Wilkes?"

„Wilkins", verbesserte ihn Noah.

„Meinetwegen. Er hat jahrelang herumgeschnüffelt. Sich mit Verschwörungstheorien beschäftigt. Diese Schreiberlinge haben immer eine so wilde Fantasie. Er hatte Akten über alles, von Außerirdischen bis zu Chemtrails. Falls er etwas dergleichen behauptet hat, kann man ihm nicht glauben."

Interessant. David Benton war die erste Person, die Elbert als zuverlässige Informationsquelle in Frage stellte.

„Es ist so", sagte Winter und beobachtete Benton dabei ganz genau. „Elbert Wilkins wurde ermordet. Seine Akten wurden vernichtet." Das war übertrieben, da der Mörder sie ja in Wirklichkeit nur durchsucht und möglicherweise gestohlen hatte.

Über Bentons Gesicht huschte ein Ausdruck der Erleichterung, aber so schnell, dass er jemandem, der nicht genau aufgepasst hätte, entgangen wäre. Dann glitt die Maske des weltgewandten Städters wieder vor sein Gesicht, und er lächelte betrübt. „Ich bedaure es sehr, das zu hören. Vielleicht ist eine seiner Verschwörungstheorien nach hinten losgegangen."

„Das kommt mir recht gefühllos vor", bemerkte Noah.

„Nicht Wilkins hat uns Ihren Namen genannt." Winter stupste Noah unauffällig mit dem Fuß an, und Noah stupste zurück. „Und wir haben auch gar keinen Informanten", log Winter, ohne zu stocken. „Wir haben einige alte Dokumente gefunden, in denen Sie aufgeführt waren. Zusammen mit Ihrer Frau."

David erbleichte. „Das ist ausgeschlossen."

Der Bluff hatte funktioniert.

Bevor sie ihn weiter bedrängen konnte, ertönte vor der geschlossenen Flügeltür ein mechanisches Surren und das Quietschen von Gummi. David holte sein Handy hervor und drückte eine Taste, die Hände so fest um das Gerät geklammert, dass seine Knöchel weiß hervortraten.

„Daard." Etwas rumste, und jemand rüttelte an der Tür.

„Maria, ich sagte doch, ich will nicht gestört werden." Er war verärgert, hatte aber auch Angst. Und zwar große.

Bevor David etwas einwenden konnte, war Noah aufgesprungen. „Ich kümmere mich darum, kein Problem", bot er fröhlich an. Kaum hatte er die Tür geöffnet, da surrte ein elektrischer Rollstuhl in den Raum. Mit einem Schritt zurück konnte Noah gerade noch seine Zehen retten.

„Daard." Das Wort klang vorwurfsvoll.

Der Mann im Rollstuhl hatte Davids dunkles Haar und

schmales Gesicht. Er war sehr dünn und im Rollstuhl festgeschnallt, damit er nicht seitlich herausfiel, da sein eigenartig verkrümmtes Rückgrat ihn wohl aus dem Gleichgewicht bringen musste. Sein Alter lag vermutlich irgendwo zwischen zwanzig und dreißig, doch die Bartstoppeln auf seinen Wangen waren von Silber durchzogen. Seine Augen waren weit geöffnet und wirkten mit ihrem stummen Vorwurf fast kindlich. Seine Hände, die die Armlehne des Rollstuhls umfasst hielten, waren missgestaltet, die Knöchel knotig und die Sehnen dicke Stränge. Das grüne Karohemd, das er über seiner zerknitterten Khakihose trug, schlotterte um seinen mageren Oberkörper.

David sah dem Neuankömmling mit stummem Entsetzen entgegen, und Winter bemerkte den taxierenden Blick, den er gleich darauf in ihre Richtung warf.

Maria eilte herein. „Jake! Ich dachte, du schaust deinen Film. Es tut mir schrecklich leid, Mr. Benton." Sie packte die Griffe des Rollstuhls und legte den Schalter auf Handbetrieb um. „Komm, mein Schatz", sagte sie leise und warf dabei einen unsicheren Blick auf Winter und Noah. „Ich habe Kekse. Mit Erdnussbutter."

Das Lockmittel Kekse beschwichtigte Jake nicht. „Daard!" Seine Stimme hallte im Flur wider, brach aber ab, weil die Flügeltür mit einem Klicken zufiel.

„Mein Neffe", sagte David knapp. „Als meine Schwester, Gott hab sie selig, verstarb, habe ich Jake bei mir aufgenommen."

„Ich dachte eben, ich hätte das Wort ‚Dad' gehört", merkte Noah überflüssigerweise an.

„Er spricht nicht." Davids Stimme klang hart und passte zu dem kalten Funkeln in seinen Augen. „Er kann alles gesagt haben. Und er sieht mich als Vater an. Ich bin schon seit vielen Jahren für ihn verantwortlich."

„Ohne die Hilfe Ihrer Frau?"

An seinem Kiefer zuckte ein Muskel. „Meine Frau ist vor zwölf Jahren gestorben. Krebs. Wenn das jetzt alles ist, bringe ich Sie beide zur Tür." Er erhob sich, ohne eine Antwort abzuwarten.

„Ich fürchte, wir haben noch einige Fragen, Mr. Benton", sagte Winter.

„Leider habe ich eine Besprechung." Er warf einen flüchtigen Blick auf seine Armbanduhr. „In zehn Minuten. Sie werden noch einmal anrufen müssen, um einen weiteren Termin zu vereinbaren, aber es gibt nichts, was ich Ihnen sagen könnte. Übrigens hätte mein Sohn mich informiert, wäre mein Name in irgendwelchen ‚Dokumenten' aufgetaucht. Ich war kein Mitglied dieser Sekte."

Sie würden nichts mehr aus ihm herausbekommen. Winter und Noah wurden so rasch hinausgeführt, dass sie keine Zeit fanden, noch etwas zu sagen. Noah blieb auf der Vortreppe stehen, die schön halbkreisförmig angelegt und aus Backstein war, und schaute sich nach der Tür um, die hinter ihnen zugeschlagen war.

Der Gärtner hielt im Zurückschneiden des Sonnenhuts inne und warf ihnen einen neugierigen Blick zu.

„Etwas sagt mir, dass die Terminabsprache mit dem ehrenwerten David Benton nächstes Mal nicht so einfach sein wird", bemerkte Noah sarkastisch.

„Entschuldigen Sie", wandte Winter sich an den mit einem Korb bewaffneten Gärtner. „Dürfte ich Ihnen vielleicht eine kurze Frage stellen?"

„Lo siento. Yo no hablo Ingles." Er zuckte entschuldigend mit den Schultern.

„Esta bien. ¿Quién es el hombre en silla de ruedas que vive aqui?"

Der Gärtner wirkte einen Augenblick lang überrascht. Nicht weil sie Spanisch sprach, sondern weil sie nicht wusste, wer der Mann im Rollstuhl war. *„El hijo de jefe."* Sein

Gesicht verzog sich zu einem Lächeln voll Zuneigung. *„El es un buen chico. Fuerte a veces pero muy dulce."*

Winter lächelte ebenfalls. *„Si. Puede ver eso. Gracias. Tenga un buen dia."*

Er nickte ihr höflich zu und wandte sich wieder seinen Blumenstauden zu.

„Worum ging es?", fragte Noah auf dem Rückweg zum Auto.

„Der Gärtner hat mir gerade erzählt, was für ein netter Junge der Sohn von seinem Chef ist. Manchmal laut, aber sehr lieb."

DEN REST des Nachmittags kamen sie keinen Schritt voran. Noah hatte bereits zwei weitere Namen auf der Liste angerufen, die Carolyn Walton ihnen gegeben hatte. Tony Collier, ein pensionierter Lehrer, gab sich ihnen gegenüber sehr kurz angebunden.

Anders als David Benton lebte er in einem bescheidenen Haus in einer verwahrlosten Gegend. Aber genau wie dieser log er das Blaue vom Himmel herunter. Nein, er wisse nichts über die Jünger oder Wesley Archer. Seine Frau sei vor einigen Jahren an Krebs gestorben, sonst könnten sie sie selbst fragen, erklärte er ein wenig verzweifelt.

Keiner von ihnen beiden sei jemals Mitglied einer Sekte gewesen.

„Leben Sie allein hier?", fragte Noah trügerisch beiläufig.

Ja, genau, lautete die Antwort. Er sei Witwer. Keine Kinder.

Ins Auto zurückgekehrt, besprachen sie die Hinweise auf eine weitere Bewohnerin des Hauses, die beiden aufgefallen waren. Gerahmte Bilder an den Wänden, schöne Aquarelle in zarten Farben, die mit krakeliger schwarzer Tintenschrift mit dem Namen *Alison* signiert waren. Mehrfach gelesen wirkende *American Girl*-Bände und Märchenbücher neben den Dramen von Shakespeare und Romanen von John Grisham und Peter Straub. Die Rollstuhlrampe, die zur Haustür führte.

„Das wundert mich immer wieder“, seufzte Winter. „Warum erzählen Leute Lügen, die sich so einfach widerlegen lassen? Der Mann hat einen Rollstuhllift an seinem Kleintransporter.“

Daren Bowman, ihre dritte Anlaufstelle, öffnete nicht einmal die Tür. Sie klopften sicher fünf Minuten. Daren lebte in derselben Straße wie Tony in einem gepflegten Bungalow. Als Noah ihn am Vormittag angerufen hatte, war er durchaus freundlich gewesen und hatte versprochen, nachmittags zu Hause zu sein. In der Zufahrt stand ein älterer Nissan, aber im Haus rührte sich nichts.

„Sie schließen die Reihen“, sagte Noah.

Winter stimmte ihm zu. „Meinst du, dahinter steckt ein Anruf von David Benton?“

„Möglich. Vergeblich an Türen zu klopfen, macht mich hungrig. Wo essen wir zu Abend, da ich ja so bald keinen Hackbraten von deiner Grandma bekomme?“

Sie aßen in einem Steakhouse, wo Noah ein dickes T-Bone-Steak, einen Salat, eine Ofenkartoffel und als weitere Beilage eine Schüssel voll Makkaroni mit Käse verdrückte. Winter entschied sich für ein Filet mit Steakhouse-Fritten und genehmigte sich dazu ein Glas Rotwein. Trotz des komplizierten Tages und der Sackgassen, in die sie ständig zu geraten schienen, hatten sie Fortschritte gemacht. Diesmal freute sie sich tatsächlich darauf, Max mit dem täglichen Bericht anzurufen.

„Wie lange warten wir, bis wir versuchen, Tommy Benton erneut vom Baum zu schütteln?“

Noah strich sich nachdenklich Butter auf seinen vierten Cracker. „So gern ich auch diesen Stier bei den Hörner packen würde, könnte es doch explosiv werden, wenn wir zu ihm nach Hause gehen, besonders falls er gleich nach Feierabend mit dem Trinken anfängt, wie ich es vermute. Wie wäre es mit morgen früh?“

„Bevor wir die Farm deiner Freundin aufsuchen?“, neckte Winter ihn, froh, dass zwischen ihnen anscheinend wieder Normalität eingekehrt war.

Statt sich mit der Bemerkung zu revanchieren, dass sie ja nur eifersüchtig sei, oder einen Scherz auf ihre Kosten zu machen, schaute er mit einem untypisch ernsten Ausdruck in seinen grünen Augen zu ihr auf. Sie schnitt gerade einen Bissen von ihrem Steak ab, doch bei seinem eindringlichen Blick erstarrten ihre Hände.

„Glaub mir, Darling. Wenn ich genau jetzt jede Frau der Welt haben könnte, würde ich nicht Rebekah Archer auswählen.“

19

Tom Benton wachte mit Kopfschmerzen auf. Das war nichts Neues. Er wusste, dass er in letzter Zeit zu viel getrunken hatte, aber verdammt noch mal, ein Mann hatte das Recht, sich nach Feierabend zu entspannen. Besonders ein Mann mit so vielen Sorgen wie Tom.

Er wälzte sich aus dem Bett, sorgsam darauf bedacht, Sam nicht zu wecken. Sie hatte ihm den Rücken zugekehrt, und ihr langes Haar war auf dem Kopfkissen ausgebreitet, zerzaust wie immer am Morgen. Sam war keine ruhige Schläferin. Nachts wälzte sie sich zähneknirschend hin und her. Sie litt unter Stress, das wusste er, und dass sie neulich fast gefeuert worden wäre, hatte die Dinge auch nicht besser gemacht. Das Geld war knapp, und der endlose Kampf darum, ob sie schwanger wurde – und es dann auch blieb – forderte seinen Zoll von ihnen beiden.

Dabei hatte Sam beteuert, diesmal würde alles anders laufen. Ihre Frauenärztin hatte ihnen schon vor längerer Zeit mitgeteilt, dass Sam wahrscheinlich niemals ein Kind würde austragen können. Ihre Gebärmutter sei zu schwach oder so. Doch Sam war beinahe schmerzlich hoffnungsvoll und versprach ihm, dass es diesmal klappen würde. Sie wisse es einfach, versicherte sie ihm. In ungefähr acht Monaten würden sie einen wunderbaren kleinen Jungen bekommen, genau wie sie es sich immer gewünscht hätten. Er konnte sich zu keiner Hoffnung durchringen und freute sich nicht auf das unvermeidliche Herzleid, das Sam wieder bevorstand.

In letzter Zeit war wirklich der Wurm drin. Es kam ihm so vor, als zöge er allen Mist und allen Ärger wie magnetisch an. Tief im Herzen wusste er, dass es bei dieser Schwangerschaft auch nicht anders laufen würde.

Bereits jetzt verstimmt, tappte Tom barfuß und nur mit seiner Unterhose bekleidet aus dem Schlafzimmer in den Flur. Im Badezimmerspiegel sah sein Gesicht aufgequollen aus, und seine Augen waren blutunterlaufen. Er pinkelte und putzte sich die Zähne. Auf die Arbeit freute er sich auch nicht. Er überlegte kurz, ob er duschen sollte, schnüffelte prüfend an seinen Achselhöhlen und beschloss, dass es noch einen Tag so gehen würde. Es machte einfach zu viel Mühe.

Er zog die Uniformhose an, die Sam wie immer für ihn aufgehängt hatte, und sprühte sich ein wenig Deo unter die Achseln. Gerade streifte er sich ein weißes T-Shirt über den Kopf und wollte nach seinem Polyesterhemd greifen, da klingelte es an der Tür.

Verdammt. Es war erst halb sieben.

Er eilte nach vorn, bevor der unbekannte Besucher erneut klingeln konnte, und stöhnte beinahe laut auf, als er durch das milchige, schlierige Glas der Haustür zwei Gestalten sah. Dort standen Winter Black und ihr Blödmann. Von brodelndem Zorn erfüllt, riss er die Tür auf.

„Was wollt ihr hier, zum Teufel?"

Der Blödmann lächelte ihn freundlich an, und Tom hätte ihm am liebsten eine runtergehauen.

„Guten Morgen, Officer Benton. Wir hatten uns gefragt,

ob Sie einen Moment Zeit hätten, mit uns zu sprechen. Bitte entschuldigen Sie die frühe Stunde." Das Arschloch zeigte beim Lächeln Zahnpastareklamezähne und sah dabei so harmlos aus wie ein Zeuge Jehovas. „Wir wollten Sie nur abfangen, bevor Sie zur Arbeit aufbrechen."

Ohne zu lächeln, beobachtete Winter ihn unverwandt mit ihren unheimlichen blauen Augen.

„Nein, ich habe jetzt keine Zeit für ein Gespräch. Wir können uns auf der Wache unterhalten."

„Na ja …", sagte der Blödmann gedehnt. „Wir dachten, Sie wollten das vielleicht nicht auf der Wache besprechen. Da es hier um Ihren Dad geht und so."

Sein Dad. Er hatte gewusst, dass das kommen würde, aber er war noch immer nicht darauf vorbereitet.

Zorn schoss in ihm hoch, und er machte schon den Mund auf, um sie anzuschreien, als aus dem Schlafzimmer Sams müde Stimme erklang. „Schatz, wer ist da?"

Sam. Das sollte sie nicht hören.

Er senkte die Stimme, und bei seinen nächsten Worten erdolchte er die unwillkommenen Besucher fast mit seinem Blick. „Wir treffen uns im McDonald's oben an der Straße. Das hier besprechen wir nicht in meinem Haus."

Er schlug ihnen die Tür vor der Nase zu, schluckte seine Verärgerung herunter und ging in die Küche, um seiner Frau eine Tasse des teuren Kräutertees zuzubereiten, den sie immer im Bioladen kaufte. Sie schwor, dass er gut für werdende Mütter sei. Sollten die FBI-Arschlöcher doch warten.

„Nichts Besonderes, Liebling", rief er Sam zu. „Hab mal wieder vergessen, den Zeitungsjungen zu bezahlen."

. . .

„MEINST DU, er taucht auf?“, fragte Noah mit einem erneuten Blick auf seine Armbanduhr. Seit sie Tom Bentons Haus verlassen hatten, war beinahe eine halbe Stunde vergangen.

„Er ist da.“ Winter hatte den Blick auf den Parkplatz gerichtet.

Noah verputzte den Rest seines schwammigen Pfannkuchens und spülte den sirupsüßen Bissen mit einem Schluck zu lange aufgewärmtem Kaffee herunter. Beide beobachteten, wie Benton aus dem Streifenwagen stieg und zum Restaurant marschierte.

„Das Spielchen good Cop, bad Cop wird hier nicht funktionieren. Er ist selber ein Cop, und außerdem mag er keinen von uns beiden.“

Winter sah ihn mit diesem ungewöhnlich tiefgründigen Blick an, der manchmal in ihre blauen Augen trat. Wenn sie so schaute, wusste er, dass sie richtig lag. „Er wird uns heute sagen, was er weiß. Er hat die Ausweichmanöver satt.“ Mit einem winzigen Nicken deutete sie auf Benton, der an der Theke stand und eine Bestellung aufgab. „Er ist erschöpft.“

Und das stimmte.

Bentons übliche kämpferische Körperhaltung war erschlafft, und er sah so aus, als hätte er sich mit seiner Niederlage abgefunden. Seine Schultern hingen nach vorne, und er wirkte wie jemand, der die letzte Hoffnung verloren hat. Der Kerl war ein Arsch, aber Noah empfand unwillkürlich ein wenig Mitleid mit ihm.

Von Bentons aufbrausendem Temperament war diesmal nichts zu spüren, als er sich ihnen gegenüber auf einen Stuhl setzte. „Können wir's schnell machen? Ich muss pünktlich zur Arbeit erscheinen.“

Noah schluckte die Bemerkung herunter, dass doch Benton sie hatte warten lassen und nicht umgekehrt. Er hätte sich auch gern darüber aufgeregt, dass Benton sich nur an ihn wandte und so tat, als existierte Winter gar nicht. Doch stattdessen nickte er. „Das käme uns ebenfalls entgegen. Winter und ich haben gestern bei Ihrem Vater vorbeigeschaut. Und wir haben Ihren Bruder kennengelernt."

Trotz der Umstände zuckte es um Bentons Mundwinkel. „Wie geht es Jake? Hat er Sie mit seinem Rollstuhl gejagt? Das Ding fährt zwanzig Meilen die Stunde. Ich sage ihm immer, dass ich ihm noch mal einen Strafzettel verpassen werde."

Noah war überrascht, dass Benton seinen Bruder gar nicht verleugnete. Anscheinend war Jake kein Familiengeheimnis … sondern nur etwas, was Bentons Vater aus den Ermittlungen heraushalten wollte.

Winter ließ sich jedoch nicht aus der Fassung bringen. „Er ist also dein Bruder?"

„Natürlich." Bentons blutunterlaufene Augen sahen sie finster an. „Meinst du, ich habe ein Problem damit, dass mein Bruder behindert ist? Für was für ein Arschloch hältst du mich eigentlich?"

Sie presste die Lippen zu einem Strich zusammen, als hielte sie die Antwort auf die letzte Frage zurück. Stattdessen fuhr sie mit einer anderen fort. „Warum wusste ich nicht, dass du einen Bruder hast?"

„Wahrscheinlich hast du es vergessen." Benton zuckte mit den Schultern. „Oder du bist ihm einfach nie begegnet. Meine Mom hat ihn zu Hause unterrichtet. Sie hat ihn sehr stark behütet. Das galt für meine beiden Eltern."

„Warum hat dein Vater uns gesagt, dass Jake der Sohn seiner nicht existenten verstorbenen Schwester ist?" Winters Stimme war schneidend. „Und dass er selbst nie ein Mondjünger war?"

Benton sah beide mit verschlossener Miene an. „Mein Vater hatte nichts mit den Morden zu tun. Das möchte ich von vornherein klarstellen."

„Natürlich", log Noah mit freundlicher Stimme. „Das haben wir auch niemals angenommen. Wir sind einfach nur ein bisschen neugierig, warum Sie anfangs behauptet haben, von alldem nichts zu wissen, und warum Ihr Dad es anscheinend genauso hält."

Benton nahm den Deckel von seinem Kaffee und legte ihn zur Seite. Außer ihnen dreien waren zum Glück keine Gäste im Sitzbereich. Noah und Winter beobachteten geduldig, wie Benton die schwarze Brühe betrachtete, als berge sie die Antworten auf die unendlichen Probleme des Universums.

„Meine Eltern gehörten zu den ursprünglichen Mitgliedern", sagte er schließlich. „Sie haben sich dem Bischof früh angeschlossen. Damals waren sie Hippies. Nach der Geburt meines Bruders haben sie die Gruppe verlassen."

„Warum?", fragte Winter.

Benton warf ihnen stumm einen flehenden Blick zu. „Ich weiß nicht viel, okay? Nichts, was beim Fall weiterhelfen könnte. Verdammt, andernfalls hätte ich es doch längst erwähnt. Ich habe es einfach nur für überflüssig gehalten. Mein Vater hat politische Ambitionen, und meine Mom ..." Er verzog schmerzlich das Gesicht. „Meine Mom ist gestorben. Ich sehe keinen Grund, ihr Gedächtnis in irgendeiner Weise zu beflecken. Sie war ein wunderbarer Mensch."

Noah trank einen Schluck von seinem eigenen, lauwarmen Kaffee. Er hätte Benton gern gesagt, dass er durch das Verschweigen dieser Informationen die ganze Ermittlung gefährdet hatte. Dass er es nicht verdiente, eine Polizeimarke zu tragen. Noah hätte gern noch hinzugefügt, dass er kein Rückgrat besaß, dass er ein Feigling war. Nicht nur hätte er dem Chief von Anfang an alle seine Informationen geben müssen, er hätte sich auch wegen der Verbindung seiner Familie zu der Sekte als Befangener gleich von den Ermittlungen zurückziehen müssen.

Statt all das zu sagen, nickte Noah auf eine Weise, die hoffentlich ermutigend wirkte, während Winter in aufmerksamem Schweigen neben ihm saß und Benton eindringlich musterte.

Benton sammelte sich mit einem tiefen Atemzug. „Wie gesagt, meine Eltern gehörten zu den ersten Mitgliedern. Über die Zeit damals haben sie nie viel erzählt, aber nach dem, was ich mir im Laufe der Jahre zusammengereimt habe, hat alles großartig angefangen. Die Leute waren glücklich. Wesley Archer hatte die Vision von einer neuen Generation, die so heranwachsen würde, dass sie klüger und gütiger war als die gegenwärtige. Er weckte die Begeisterung seiner ganzen Gemeinde. Sie würden ihre Kinder dazu erziehen, die Welt zu retten."

„Was ist dann schiefgelaufen?", fragte Noah, als Benton verstummte.

„Ich weiß es nicht. Sie haben eben nie darüber geredet. Aber mein Eindruck ist, dass dort nicht das Utopia entstand, das alle sich vorgestellt hatten. Meine Mom wurde schwanger und brachte Jake auf der Farm zur Welt. Irgendetwas lief schief. Wie Sie ja gesehen haben, ist er schwerbehindert."

„Hat er eine bestimmte Diagnose?", fragte Winter mit ruhiger, mitfühlend wirkender Stimme.

Benton schien sich ein wenig zu entspannen.

„Nein. Er hat alles Mögliche … für einiges davon hatten die Ärzte nicht einmal einen Namen. Rückgratverkrümmungen. Probleme mit der Knochendichte. Eine geistige Behinderung. Sie haben ihn ja kennengelernt. Er redet nicht. Aber ich konnte immer verstehen, was er wollte." Benton lächelte ein wenig. „Behinderung hin oder her, er ist mein großer Bruder. Als Kinder haben wir es trotzdem geschafft, das eine oder andere gemeinsam auszufressen."

„Sind Sie ebenfalls dort zur Welt gekommen? In der Kommune?"

Benton verneinte Noahs Frage mit einem Kopfschütteln.

„Meine Eltern haben die Gruppe verlassen, als Jake noch ein kleines Kind war. Zwischen uns beiden liegen sechs Jahre. Ich weiß nicht, warum sie gegangen sind, aber möglicherweise brauchte Jake mehr ärztliche Betreuung, als in der Farm zu haben war. Meine Eltern haben Jake immer sehr stark behütet."

„Das verstehe ich", sagte Noah. „Wenn ich ein Kind mit gesundheitlichen Problemen hätte, würde ich auch lieber in der Stadt wohnen."

„Es war allerdings mehr daran als nur das." Tief in Gedanken versunken, drehte Benton den Kaffeebecher zwischen den Händen hin und her. „Ich glaube, sie hatten Angst, dass ihm etwas zustoßen könnte."

„Wovor genau hatten sie Angst?" Die Frage kam von Winter.

„Ich weiß es nicht", antwortete Benton hilflos. „Ich weiß nur, dass ich im Grunde überall herumlaufen durfte, wie es mir passte. Jake konnte sich natürlich nicht genauso frei bewegen, das war klar, trotzdem kam es mir so vor, als hätte meine Mom … ihn nie aus den Augen gelassen. Jake hat immer sehr viel Zeit im Haus verbracht. Oder direkt draußen im Garten. Wie schon gesagt, hat Mom ihn zu Hause unterrichtet, aber sie wollte ihn nicht mal für seine Arzttermine außer Haus bringen. Es hatte etwas Paranoides. Ich erinnere mich, dass meine Eltern sich darüber gestritten haben, ob wir von hier wegziehen sollten. Mom wollte, dass wir unsere Sachen packen und an einem anderen Ort neu anfangen. Dad war dagegen. Es war eine der ganz seltenen Gelegenheiten, bei denen ich erlebt habe, dass sie ihm widersprochen hat."

„Was ist mit dir? Du hast uns das alles so erzählt, als hättest du es von außen betrachtet. War es denn nicht schwer, einen Bruder zu haben, der mehr Zeit und Aufmerksamkeit beanspruchte?“ Winters Frage schien Benton zu überraschen. Er blickte rasch zu ihr auf.

„Ich habe immer verstanden, dass Jake ein besonderes Kind ist.“ In dieser Erklärung schwang kein bisschen Groll mit. „Mom hat sich um ihn gekümmert. Sie hat ihn bis zu ihrem Tod behütet. Sie ist an Krebs gestorben, als ich noch in der Highschool war.“

„An was für einem Krebs, wenn ich das fragen darf?“ Dass so viele Mütter nach ihrer Zeit bei den Jüngern Krebs bekommen hatten, erschien Noah nicht mehr wie ein Zufall. Ob vielleicht ein Umweltgift die Ursache war?

„Sie hatte eine seltene, aggressive Art von Gebärmutterkrebs. Nach der Diagnose blieben ihr nur wenige Monate. Und dann …“ Seine Stimme brach beinahe, und er räusperte sich. „… war sie einfach weg.“ Nach Bentons Gesicht zu schließen, trauerte er immer noch um sie.

Wider Willen empfand Noah Mitgefühl.

Vor seinen Augen entstand das Bild einer einsamen Kindheit. Ein behinderter Bruder, der notgedrungen den Löwenanteil der Aufmerksamkeit bekam. Ein Vater, der so wenig erwähnt wurde, dass er sich wohl nicht besonders stark eingebracht hatte. Eine Mutter, die zu früh einer bösartigen Krankheit zum Opfer fiel. Der Kerl war immer noch ein Blödmann, aber inzwischen konnte Noah nachvollziehen, weshalb.

„Haben Sie eine Ahnung, wieso Ihr Vater fälschlich behauptet hat, Jake sei nicht sein Sohn?“

Auch Benton schien diese Frage zu quälen. „Ganz ehrlich, das wurmt mich. Er war immer für Jake da. An der Pflege hat er sich nicht beteiligt, sicher, aber so ist er nun mal. Er war der Ernährer. Ich weiß nicht, warum er nicht wollte, dass ihr Bescheid wisst.“ Seine Miene verfinsterte sich. „Hoffentlich hat er es nicht getan, weil Jake ihm peinlich ist oder so ein Scheiß. Das hat mein Bruder nicht verdient.“

Ihr Glück, den Gästebereich für sich zu haben, endete unvermittelt, als eine gestresst aussehende Mutter sich mit ihren vier lauten Kindern in ihre Nähe setzte. Der Lärm der quengelnden und zankenden Geschwister machte alle weiteren Fragen, die Noah hatte stellen wollen, unmöglich.

„Eines ist dir klar, oder?", ermahnte Winter Benton, als sie aufstanden, um zu gehen. „Du musst das alles Chief Miller erzählen."

Benton nickte resigniert. „Das hätte ich schon früher tun sollen." Er warf seinen unangerührten Kaffeebecher in den Müll. „Hör mal, es tut mir leid, dass ich so ein Arschloch war." Zum ersten Mal sah er Winter in die Augen. Er wirkte verlegen. „Damals und jetzt. Das hast du nicht verdient."

Winter zuckte zusammen, ob vor Überraschung oder in Erinnerung an den vergangenen Schmerz, konnte Noah nicht erkennen. Es war nur ein winziger Moment. Sie erholte sich rasch und hob die Schultern, als spielte es keine Rolle. „Das liegt alles in der Vergangenheit."

„Ihr beide wart gar nicht so unausstehlich, wie ich es erwartet hatte." Er lächelte ein wenig.

„Ich wünschte, wir könnten dasselbe sagen", antwortete Noah, lächelte ihn aber an. Er mochte den Kerl immer noch nicht und freute sich schon darauf, den Fall abzuschließen und nie wieder mit ihm zu tun zu haben. Doch Benton hatte endlich ausgepackt, und es konnte nicht schaden, sich bis zu ihrer Abreise nett zu geben.

Benton hatte sich wahrscheinlich einen Riesenhaufen Ärger eingehandelt. Es war eine spannende Frage, ob er nach dem verspäteten Geständnis bei seinem Chef noch einen Job haben würde.

20

Winter war froh, als Noah vorschlug, sie sollten sich für den Vormittag in ihrem üblichen Coffee-Shop installieren, in dem sie inzwischen fast schon Stammgäste waren. Sie wollte nicht in der Polizeiwache sein, wenn Benton endlich mit Chief Miller redete. Sie wollte aber auch nicht im Hotel arbeiten.

Noah schlief weiterhin auf dem Boden seines Hotelzimmers, während sie sein Bett belegte. Er bestand darauf, dass sie dort übernachtete, wo er auf sie aufpassen konnte. Er suchte das Zimmer sogar regelmäßig nach versteckten Wanzen und Kameras ab. Doch diese beengende Nähe ging ihr zunehmend auf die Nerven.

Sie war sich Noahs Anwesenheit unangenehm bewusst, besonders mitten in der Nacht. Sie hörte jedes Rascheln, wenn er sich auf seinem Lager bewegte. Die Situation war zu intim. Ihr war aufgefallen, wie er sie in letzter Zeit beobachtete. Und wenn Winter ehrlich mit sich war, musste sie sich eingestehen, dass sie seinerseits ihn beobachtete. Sie waren Kollegen. Ja, auch Freunde, aber weiter durfte es nicht kommen.

An diesem Vormittag waren kaum Hipster im Coffee-Shop, und sie hatten die Ecke mit den bequemen Sesseln für sich. Auch der Kaffee war hier besser, und es gab frisch gebackene Scones.

„Langsam wird also ein Muster erkennbar", sagte Noah, lehnte sich mit aufgeklapptem Laptop zurück und bewegte die Finger bereits eilig über die Tasten. „Bei den anderen weiblichen Mitgliedern der Sekte müssen wir die Todesursache noch überprüfen, aber auch da sieht es nach Krebs aus."

„Behinderte Kinder", fügte Winter hinzu. „In der Nähe des Farmgeländes begraben. Mindestens zwei überlebende Kinder. Jake Benton und wahrscheinlich Alison Collier. Das Motiv Schwangerschaft taucht immer wieder auf." Sie öffnete die Datei mit ihren Notizen und tippte ein Protokoll ihres Gesprächs mit Tom Benton.

„Ich überprüfe, ob es in der Gegend eine Belastung mit Umweltgiften gab. Derzeit hört man ja viel von PFAS. Es wird überall im Land im Wasser entdeckt. Es kann Gesundheitsprobleme bewirken, darunter Krebs. Ebenso Fehlbildungen bei Neugeborenen. In den Dateien der Gesundheitsbehörde sollte man sehen können, ob dieser Bereich von Virginia eine erhöhte Krebsrate aufweist."

„David Benton müssen wir uns ebenfalls näher ansehen", sagte Winter. Sie hatte einiges über per- und polyfluorierte Alkylverbindungen gelesen, die dem englischen Namen entsprechend als PFAS abgekürzt wurden, und stimmte Noah zu, dass diese Anlass zu Sorge gaben. „Er hat sich definitiv wie jemand verhalten, der viel zu verbergen hat, und seine Art, über Elbert Wilkins zu reden, hat mir gar nicht gefallen. Wir müssen nachforschen, ob er ein Motiv gehabt haben könnte, Elbert entweder selbst zu ermorden oder jemanden damit zu beauftragen."

Sie arbeiteten einige Stunden im Coffee-Shop, und

Winter ging schließlich zu entkoffeiniertem Kaffee über. Ihre Unruhe musste wohl am vielen Koffein liegen. Sie würden sich noch mit Rebekah Archer treffen, aber Winter bekam das Gesicht des Mädchens aus ihrer Vision einfach nicht aus dem Kopf.

Gegen Viertel nach zehn läutete Noahs Handy. Da sie die einzigen Gäste waren und die Barista mit Kopfhörern auf den Ohren hinter der Theke abrockte, stellte er den Lautsprecher an und regelte die Lautstärke herunter.

Die Anruferin war Florence Wade, die Gerichtsmedizinerin aus Roanoke. Ihre Stimme klang gestresst, was kein Wunder war, da sie ihr eine Leiche nach der anderen geschickt hatten. „Ich stecke noch immer bis zum Hals in Arbeit", sagte sie düster. „Aber ich wollte schon einmal Bescheid geben, dass ich mir das ältere weibliche Opfer angeschaut habe. Die Jugendliche, etwa sechzehn oder siebzehn, nach den Zähnen zu schließen, hatte ein Kind geboren. Ich kann nicht sagen, wie lange vor ihrer Ermordung, doch man sieht gerissene Beckenbodenbänder. Sie zeigen sich als schrotkorngroße Verdickungen im Gewebe und sind unverkennbar."

Winters Puls beschleunigte sich, und ihre Hände wurden feucht. Sie beugte sich vor, um nur ja kein Wort zu verpassen, und Noah tat dasselbe.

„Die unbekannte Jugendliche ist an diesem Fundort eine Ausnahme, da wir es ansonsten mit den Jahrzehnte alten Skeletten von Kindern zu tun haben. Nach den ersten Untersuchungen würde ich behaupten, dass sie erst seit zwei bis zweieinhalb Jahren in der Erde liegt."

Noah stellte noch einige weitere Fragen. Schließlich bedankte er sich und beendete das Gespräch, doch Winter bemerkte es kaum. Tausend Möglichkeiten schwirrten ihr durch den Kopf.

„Wir brauchen einen Durchsuchungsbeschluss", sagte sie

zu Noah. Sie wählte bereits die Nummer von Chief Millers Handy.

Blitzschnell gelangte Noah zu einer Schlussfolgerung, und in seinen Augen leuchtete Verstehen auf. „Du glaubst, dass Jenna gar nicht Rebekahs Tochter ist."

„Recherchiere nach den Geburtsdokumenten", sagte Winter und erwartete ungeduldig das Freizeichen. „Wir hätten uns von Anfang an stärker auf Jenna konzentrieren sollen. Versuche herauszufinden, ob sie wirklich Rebekahs Kind ist."

Winter schloss kurz die Augen und sah das Gesicht des kleinen Mädchens deutlich vor sich.

Sie wusste: Noah würde Jenna Archer in keinem Geburtsregister finden. Aber sie hatte das Gefühl, dass es ohnehin keine Rolle mehr spielte. Sie würden zu spät kommen.

GLEICH NACHDEM SIE in Linville vom Highway abgebogen waren, sahen sie in der Ferne Rauch. Noah fuhr, und einmal musste er am Rand halten, um ein Feuerwehrfahrzeug vorbeizulassen. Grimmig hielt er das Lenkrad so fest gepackt, dass seine Fingerknöchel weiß wurden, und hängte sich mit wenigen Wagenlängen Abstand an das Fahrzeug, um in seinem Kielwasser andere Autos zu überholen.

„Tut mir leid." Winter fühlte, dass Noah ihr einen Blick zuwarf, wollte ihn aber nicht ansehen. „Ich hätte es wissen müssen. Ich hätte früher dahinterkommen müssen."

„Lass den Quatsch", erwiderte Noah. Fast ohne das Tempo zu drosseln, bog er mit der Limousine in eine Kurve ein. „Du bist keine Superheldin, die Gedanken lesen kann. Ich bin genauso imstande, zwei und zwei zusammenzuzählen. Wir hatten keinen Anlass zu der Vermutung, dass Jenna nicht Rebekahs Tochter war. Selbst jetzt können wir uns nicht hundertprozentig sicher sein."

„Sie ist es nicht." Winter war zutiefst davon überzeugt. Das liebe, bestürzend kluge Kind war die Tochter einer Jugendlichen, die man vor ihrer Ermordung irgendwo auf Rebekah Archers Anwesen in einen Käfig gesperrt hatte.

Wie hing das alles mit den älteren Morden zusammen? Rebekah war zu jung, um in sie verwickelt zu sein. Damals war sie selbst kaum mehr als ein Kind gewesen. Hatten sie es mit zwei getrennten Fällen zu tun? Oder war es so, dass Rebekah dort, wo ihr Vater aufgehört hatte, mit … *etwas* … Neuem weitergemacht hatte?

Winter rieb sich die Stirn. Hinter ihren Augäpfeln brauten sich Schmerzen zusammen. Nicht die, die eine Vision ankündigten, wie sie - vollkommen genervt von ihrer heiklen ‚Gabe' - spürte. Sondern ein Vorbote übler Spannungskopfschmerzen. Jenna, das reizende kleine Mädchen, das ihre Hand gehalten und sie aufgefordert hatte, nicht so traurig zu sein. Und Rebekah hatte ja tatsächlich wie eine hingebungsvolle, stolze, behütende Mutter gewirkt. Würde sie dem Kind etwas antun?

Schweigend fuhren sie am Pfad zum Leichenfundort auf dem Hügel vorbei. Sie sahen Rauchwolken, die über den Baumwipfeln aufstiegen, und rochen Qualm, obwohl die Limousinenfenster geschlossen waren. Woher er kam, daran konnte es keinen Zweifel geben. Das Feuerwehrfahrzeug vor ihnen schaltete die Alarmsirene aus, bremste und bog in die Zufahrt der Archer-Farm ein.

Das Haus stand in Flammen. Das Feuer hatte das Gebäude vollständig ergriffen, und Dutzende von Feuerwehrmännern, die mehreren Fahrzeugen entstiegen waren, wimmelten bereits in kontrolliertem Chaos herum und versuchten, den Brand unter Kontrolle zu bekommen. Noah parkte abseits in der hohen Wiese vor dem flachen Hügel, der zur Straße hin langsam abfiel.

Sie stiegen aus und beobachteten, wie der Brand wütete. Die Luft war zum Schneiden und stank nach Holzrauch, verschmorten Elektrokabeln und brennendem Kunststoff. Darunter lag der abstoßende Gestank von verkohltem Fleisch.

Nicht nur das Haus brannte. Auch die Ställe standen in Flammen.

„Das Vieh", flüsterte Noah entsetzt.

Auf den Weiden waren keine Rinder zu sehen, wie sich Winter mit einem Ruck bewusst wurde. Sie alle waren in den brennenden Außengebäuden eingesperrt. Bei dieser Erkenntnis wurde ihr fast schlecht.

Noah und sie gingen ein Stück südwärts und entdeckten durch den dichten Rauch hindurch, dass die Jurte, die kleine Kapelle mit den zeltartigen Wänden, bereits niedergebrannt war. Verblüffenderweise hatte das lange Gras darum herum kein Feuer gefangen. Der Regen, der letzthin gefallen war, hatte wenigstens einen Flächenbrand verhindert.

„Hat Rebekah das alles angezündet? Und uns mit dem Versprechen hingehalten, wir dürften die Farm erst heute besichtigen, um sich etwas Zeit zu verschaffen und das Feuer zu legen?"

Noah starrte zum größten Stall, wo Feuerwehrleute in schwerer Montur gegen die Flammen kämpften, doch es wirkte wie vergebene Mühe. „Vielleicht ist sie ein Opfer? Ich kann mir nicht vorstellen, dass jemand, der mit Tieren arbeitet, etwas so Grausames tut, sie einsperrt und zu einem so schrecklichen Tod verurteilt."

Winter wollte eine bissige Bemerkung über die rosarote Brille machen, durch die er Rebekah Archer sah, doch sie fand die Worte nicht. Stattdessen fiel ihr ein, wie sie an dem

Tag, an dem Rebekah sie beim Betreten des Grundstücks ertappt hatte, mit ihr über die Wiese zurückgegangen waren.

Mit ihrer unübersehbaren Liebe zu ihrer Tochter und der humorvollen Art, über die Besichtigung der Farm zu verhandeln, war ihr Rebekah tatsächlich wie eine Person vorgekommen, die sie unter anderen Umständen gemocht hätte.

Sie hoffte plötzlich, dass die Farmerin unfähig gewesen war, das in Gang zu setzen, was sie hier sahen. Mehr aber noch hoffte sie, dass Jenna und Rebekah nicht die nächsten Kandidaten auf ihrer wachsenden Liste von Mordopfern waren.

„Lass uns schauen, ob wir jemanden entdecken, der uns mehr sagen kann."

Sie fanden den Einsatzleiter mühelos. Er stand neben seinem roten SUV, ein Handy zwischen Kinn und Schulter geklemmt, schrie in das Gerät und erteilte den Leuten, die um ihn herumwimmelten, gleichzeitig Befehle. Noah und Winter warteten ab, bis er das Handy weggesteckt hatte, bevor sie zu ihm traten.

Noah stellte sich und Winter kurz vor, und sie zeigten ihre Dienstmarken. In die Stirn des hoch geforderten Einsatzleiters trat eine Falte, doch er schüttelte ihnen die Hände.

„Hier haben eine Frau und ein Kind gelebt", erklärte Winter. „Konnten Sie Leute für eine vorläufige Suche hineinschicken? Um zu sehen, ob jemand im Haus war?"

Kurt Leggitt verneinte mit einem Kopfschütteln. Er war in den Vierzigern und hatte das wettergegerbte Gesicht eines Mannes, der viel Zeit im Freien verbringt. Bei der Erwähnung von Bewohnern wirkte er bestürzt. „Mein Gott, hoffentlich war niemand dort drinnen. Als wir eintrafen, brannte alles schon lichterloh. Ich wollte nicht das Leben eines meiner Leute riskieren und habe deshalb keinen hineingeschickt."

Winter nickte. „Schon in Ordnung. Wahrscheinlich waren die Bewohner nicht zu Hause. Standen Autos auf dem Vorplatz, als Sie eintrafen?“

Kurt schüttelte wieder den Kopf, wirkte aber immer noch unübersehbar beunruhigt. „Nach der Pensionierung meines Vorgängers habe ich die Stelle als Feuerwehrkommandant erst vor Kurzem übernommen. Ich bin seit fünfzehn Jahren bei der freiwilligen Feuerwehr, Erfahrung habe ich also schon, aber bisher habe ich nur Löscharbeiten bei kleineren Waldbränden und so geleitet.“

„Sie machen Ihre Sache gut“, versicherte ihm Noah. Und das stimmte. Noch stieg düsterer Rauch vom Dach des Farmhauses auf, doch die Flammen waren bereits zu einem großen Teil zurückgedrängt worden. Das Haus und die Ställe würde man zwar nicht retten können, aber für eine Untersuchung würde genug übrig bleiben.

„Wer hat den Brand gemeldet? Jemand, der in der Nähe lebt und den Rauch gesehen hat?“ Diese Frage stellte Winter, die plötzlich sehr konzentriert war.

„Das kann ich beantworten.“ Eine junge Frau in voller Montur, das Gesicht rußverschmiert, eilte herbei. „Eine Becky Fletcher hat sich bei unserer Zentrale gemeldet. Sie sagte, sie habe die Flammen im Vorbeifahren gesehen.“ Sie salutierte knapp und eilte zum Haus zurück.

Winter sah, dass Kurt es eilig hatte, zu seiner Arbeit zurückzukehren, und so reichte sie ihm die Hand. „Tausend Dank. Machen Sie weiter. Sie haben ja alle Hände voll zu tun.“ Der Feuerwehrkommandant wandte sich ab, und Winter sah Noah an, von Erleichterung erfüllt. „Becky Fletcher? Rebekah Archer? Ist das nicht ein bisschen sehr offensichtlich?“

„Archer. Fletcher. Bogenschütze und Pfeilmacher? Ich verstehe, was du meinst.“ Noahs Schultern entspannten sich ein wenig, und Winter begriff, dass er sich ebensolche

Sorgen um die kleine Jenna gemacht hatte wie sie selbst. Für den Mord an der Jugendlichen hatten sie jetzt eine mögliche Verdächtige, aber wenigstens gab es keinen Grund zu der Annahme, dass Jenna sich in unmittelbarer Gefahr befand.

Noahs Handy klingelte, und als er es herausholte und aufs Display schaute, zog er die Augenbrauen hoch. „Es ist Tom Benton. Hoffentlich lädt er uns nicht nach der Arbeit zum Kegeln ein, wo jetzt alles so super zwischen uns läuft."

Er nahm ab und hörte kurz zu. Winter bekam die Lautstärke mit, in der Tom sich äußerte, doch aus Noahs besorgtem Gesichtsausdruck schloss sie, dass sein Gesprächspartner nicht vor Wut schrie. Ein Schauer lief ihr den Rücken hinunter, und das hatte nichts mit dem kühlen Wind zu tun, der raschelnd durch die Blätter der Eiche über ihnen fuhr.

Noah beendete die Verbindung. „Samantha ist verschwunden."

21

„Was meinst du mit verschwunden?“

Noah hatte keine Visionen und besaß nicht die Gabe, Dinge zu sehen, doch sein Bauchgefühl sagte ihm, dass das Zusammentreffen kein Zufall war. Winter blickte ihn in Erwartung einer Antwort an. Sie machte bereits ein Gesicht, als hätte sie dasselbe Gefühl.

„Benton wurde vom Dienst suspendiert. Zwei Wochen ohne Lohn, und wenn er zurückkommt, dann erst mal nur auf Probe. Anscheinend ist das Gespräch, das er danach mit seiner Frau geführt hat, nicht gut gelaufen. Komm, fahren wir los.“

Er ging zum Wagen, dicht von Winter gefolgt.

„Ich bin mit Fahren dran“, sagte sie, und er reichte ihr anstandslos den Autoschlüssel. „Hat er bei ihrer Familie nachgefragt? Bei ihrer Mutter? Ihren Schwestern?“ Sie schlüpfte hinters Steuer, stellte den Fahrersitz ein und ließ den Motor an, bevor Noah auch nur die Beifahrertür öffnete.

Seine Füße berührten fast noch den Boden, da hatte sie schon die Fahrstellung eingelegt. „Ja, hat er. Und sie alle haben Samantha nicht gesehen. Benton sagt, die Wogen seien hoch gegangen. Sam hat ihn wegen seiner Trinkerei beschimpft. Er schrie sie an, sie hätte wegen ihrer Überheblichkeit schon wieder eine Stelle verloren, und da rief sie, sie bekomme Krämpfe. Sie schloss sich im Bad ein, und er drehte fast durch, weil er glaubte, sie hätte die nächste Fehlgeburt. Er hörte, wie sie am Handy mit jemandem redete, dann kam sie heraus, warf Sachen in eine Reisetasche und ging."

Winter wendete auf dem Vorplatz der Farm und bog in die Zufahrt ein. „Hat sie vielleicht ihre Ärztin aufgesucht?"

„Laut Benton nein. Nach ihrem Aufbruch rief er gleich dort an, doch die Sprechstundenhilfe sagte, Sam sei schon seit Monaten nicht mehr in der Praxis gewesen. Sam hatte behauptet, die Schwangerschaft sei von der Ärztin bestätigt, und sie werde engmaschig überwacht, doch das stimmte offensichtlich nicht. Er rief auch in der Notaufnahme des Krankenhauses an, doch dort war sie nicht als Patientin eingetragen."

Winter hielt sich normalerweise an Geschwindigkeitsbeschränkungen, aber jetzt fuhr sie in einer Fünfundfünfzig-Meilen-Zone achtzig.

„Was denkst du?", fragte Noah.

„Wir müssen mehr über Rebekah herausfinden. Wer waren ihre Freundinnen und Kommilitonen, oder auch, was für Fächer hatte sie im College belegt?"

„Wir können von Glück sagen, wenn wir im Coffee-Shop nicht rausgeschmissen werden", merkte Noah an und machte das Fenster einen Spalt weit auf. „Wir riechen wie ein Lagerfeuer."

Er wusste, dass sie das Motelzimmer mied, und das konnte er ihr nicht verübeln. Es fiel ihm immer schwerer, so zu tun, als hätte er nichts dagegen, wie ein Wachhund neben ihrem Bett zu schlafen. Er würde lieber auf dem Bett liegen. Auf ihr drauf.

„Kein Problem, wir kehren ins Motel zurück, arbeiten mit unseren Laptops und duschen. Wir wollen David Benton keinen Vorwand liefern, das Gespräch mit uns zu verweigern."

„Du glaubst, dass wir etwas aus ihm herauskriegen?"

„Ich weiß es."

Noah entging der stahlharte Glanz ihrer Augen nicht. Ganz sicher hatte sie recht.

Zum ersten Mal wünschte Winter, ihre Visionen ließen sich willentlich heraufbeschwören. Wenn sie irgendwie die Verbindung zwischen all den scheinbar unzusammenhängenden Ereignissen erkennen könnte, würde sie einen Anfall rasender Kopfschmerzen ohne Weiteres hinnehmen.

Kaltblütig ermordete Kleinkinder, die vor Jahrzehnten im Wald vergraben worden waren.

Der Bischof: vom Krieg desillusioniert und fest entschlossen, im Namen des Friedens eine neue Generation zu begründen.

Eine Jugendliche, vor wenigen Jahren ermordet, gleich nachdem sie ein Kind zur Welt gebracht hatte.

Rebekah Archer, Wesley Archers Tochter. Entweder selbst ein Opfer oder aber eine Mörderin.

Ein Reporter in Rente, der scheinbar aufs Geratewohl ermordet und dessen Archiv durchstöbert worden war.

Ein angesehener Bürger der Stadt, der wie gedruckt log.

Frauen, die an gynäkologischen Krebserkrankungen gestorben waren.

Behindert geborene Kinder.

Mit einem halben Ohr hörte sie, wie das Wasser in der Dusche abgedreht wurde, und hakte dabei im Geist die Punkte einer Liste ab. Sie hatte es noch einmal überprüft, doch beide Male war es ihr nicht gelungen, einen Geburtseintrag für Jenna zu finden, weder in Harrisonburg noch in den Städten der Umgebung. Anders sah es mit einem Zugriff auf Rebekahs Belegungsplan am College aus. Genau wie Rebekah gesagt hatte, hatte sie im Hauptfach Tierzucht studiert. Sie besaß auch eine Seite auf Facebook, schien diese aber lange nicht mehr aktualisiert zu haben.

Auf der Suche nach Hinweisen scrollte Winter durch Rebekahs Freundesliste und frühere Posts. Eine Möglichkeit immerhin sprang ihr ins Auge – Rebekahs Exfreund. Sein Profil war öffentlich, und als sie ein paar Jahre zurückging, stieß sie auf einen Eintrag zu seinem Beziehungsstatus, in dem er Rebekah als seine Freundin angegeben hatte. Sie notierte seinen Namen und begann, das Netz nach einer aktuellen Telefonnummer zu durchforsten.

„Winter. Mach mal eine Pause."

Beim Klang von Noahs Stimme schrak sie zusammen und hätte beinahe ihren Stift fallen lassen.

„Mach eine Pause", wiederholte er. Statt der Jeans von vorhin trug er jetzt ein weißes Hemd und eine legere schwarze Hose. Er roch nach einem holzig duftenden Rasierwasser. „Duschen." Er deutete in Richtung Bad. „Ich mache da weiter, wo du aufgehört hast. Allmählich schaffe ich es, das Gekrakel zu entziffern, das du Handschrift nennst."

Als sie zum Rand des Bettes rutschte, merkte Winter, dass sie sich schon eine ganze Weile nicht mehr bewegt und ihre Körperhaltung nicht verändert hatte. Ihre Beine waren steif, und ihre Schultern schmerzten. „Da steht ein Name …"

„Geh. Ich hab's im Griff." Noah hatte sich bereits barfuß auf dem Bett ausgestreckt. Sein gewaschenes Haar war dunkel vor Nässe und kringelte sich ein wenig am Hals. Mit ihrem Notizbuch in der einen Hand und dem Handy in der anderen las er ihre Aufzeichnungen. „Ich rufe Benton an. Wer weiß, vielleicht ist Sam ja schon wieder aufgetaucht."

„Du musst mal zum Friseur."

Winter kam sich albern vor, als er ihr ein Lächeln zuwarf und das Handy ans Ohr führte. Ein paar Lachfältchen traten in seine Augenwinkel, wenn er so grinste. Sie hatte überhaupt nicht vorgehabt, eine Bemerkung zu seinem Haar zu machen. Sie schnappte sich ihre letzten sauberen Klamotten und trat den Rückzug ins Badezimmer an. Die Tür zog sie mit mehr Nachdruck hinter sich zu als nötig.

Sie duschte, schlüpfte in ihre Sachen und flocht ihr nur mit dem Handtuch abgetrocknetes Haar zu einem Zopf. Länger als eine Viertelstunde hatte sie nicht gebraucht, doch als sie herauskam, hatte Noah Schuhe und Mantel an und war zum Aufbruch bereit.

„Über Sam nichts Neues. Benton steht kurz vorm Durchdrehen. Deiner Liste möglicher Bekannter habe ich noch ein paar Namen hinzugefügt. Bei der zusätzlichen Überprüfung in einigen weiteren Datenbanken bin ich auf keine Jenna Archers gestoßen, die von irgendwelchen Rebekah Archers geboren wurden ... oder Becky Fletchers."

Er nahm die schwarze Tasche hoch, in der er seinen Laptop transportierte, und hängte sie sich über die Schulter. Winter wählte flache Schuhe und zog den Blazer über, den sie normalerweise trug, um ihre Dienstwaffe zu verdecken.

„Gut, dass du zum Fertigmachen nicht so lang wie viele andere Frauen brauchst." Noah musterte sie von Kopf bis Fuß. „Wir haben einen Termin mit David Benton. Ich würde den Kerl nicht gern warten lassen, nachdem er sich so viel Mühe gegeben hat, in seinem prallen Kalender Platz für uns zu schaffen."

„Er ist bereit, sich mit uns zu treffen?", fragte Winter überrascht. „Ich dachte, wir klingeln einfach an seiner Haustür und platzen herein. Wie hast du es geschafft, ihn zu einem weiteren Gespräch zu bewegen?"

Noah lächelte, jedoch ohne jeden Humor. „Über eine so wertvolle Stütze der Gesellschaft konnte ich keinen Schmutz finden, also mussten es verhüllte Drohungen sein. Ich habe ihm praktisch versprochen, dass ich die ganze Geschichte, so wie wir sie bisher kennen, an die Presse durchstechen würde. Unter dem Deckmantel, die Öffentlichkeit um Mithilfe bei einem alten Fall zu bitten. Außerdem habe ich angedeutet, ich könnte nicht garantieren, dass es uns gelingen werde, seinen Namen aus der Sache herauszuhalten, da er einer der wenigen Sektenmitglieder sei, von denen wir wüssten. Wie du dir vorstellen kannst, war Mr. Benton plötzlich sehr entgegenkommend."

David Benton leerte seinen Brandy und zündete sich eine weitere seiner kurzen Zigarren an. Er hatte Maria gebeten, Jake ins Kino und dann ins Restaurant zu begleiten, damit er bis zum Abend aus dem Haus war und es diesmal keine unerwarteten Störungen gab.

Mit auf den Marmorfliesen klackenden Schritten ging er vor dem Erkerfenster seines Arbeitszimmers rastlos hin und her. Wie sollte er die Sache behandeln? Bestimmt bluffte dieses Arschloch von FBI-Agent. Er würde in keinem Fall seine Ermittlungen dadurch gefährden, dass er jetzt schon die Presse einbezog. Und eines konnte er unmöglich wissen: Es war Davids Eingreifen zu verdanken, dass nicht schon seit dem ersten Leichenfund Scharen von Reportern beim Fundort im Wald kampierten.

Es war eine kleine Stadt, aber nur wenige Einwohner wussten, was dort oben vor sich ging. David hatte ein paar Leute schmieren müssen, damit es so blieb. Es gab keine Garantie dafür, dass die Ruhe noch lange anhalten würde.

Es kam David so vor, als zerbröckelte seine Welt Baustein um Baustein. Nur durch reine Willenskraft hielt er noch alles zusammen, und selbst die ließ ihn allmählich im Stich.

Er verfluchte sich erneut dafür, dass er sich kürzlich nicht im Griff gehabt hatte. Er war für seine Selbstbeherrschung berühmt, doch ihn hatte Panik ergriffen, als Jake in sein Arbeitszimmer gerollt war. Und natürlich würden die Agents seine Geschichte überprüfen. Er hatte keine Schwester. Das wussten sie wahrscheinlich inzwischen genauso gut wie er selbst.

Die nicht als Behördenfahrzeug gekennzeichnete Limousine bog in seine Zufahrt ein. David ließ den Vorhang zurückfallen und spürte den Schweißausbruch unter den Achseln.

Er drückte die Zigarre im Aschenbecher aus und nahm sich ein paar Minzpastillen aus der Dose in seinem Schreibtisch. Als die Türglocke läutete, hatte er sich schon wieder gefangen und empfing die Besucher in Marias Abwesenheit mit seiner üblichen gelassenen Haltung.

„Agents, ich freue mich, Sie wiederzusehen." Noch so eine Lüge.

Agent Dalton begrüßte ihn mit einem kräftigen Händedruck, in dem eine Herausforderung lag. Winter schaute ihn einfach nur eisig an.

„Kommen Sie bitte in mein Büro", nötigte er sie mit einem Lächeln, das hoffentlich freundlich war. „Inzwischen kennen Sie natürlich den Weg."

„Natürlich." Agent Dalton warf ihm einen Blick zu, der fast schon süffisant zu nennen war, und David hätte ihm am liebsten eine runtergehauen. Er biss die Zähne zusammen und folgte den beiden in den Raum, der noch immer von blauem Zigarrenrauch vernebelt war.

Als alle saßen und er ihnen etwas zu trinken angeboten hatte, was abgelehnt wurde, kam Winter direkt zur Sache. „Ist Ihr Sohn heute da?" Ihre Stimme klang hart. Sie sah ganz anders aus als das verängstigte, magere kleine Mädchen, das er aus der Zeit vor vielen Jahren in Erinnerung hatte. Diese Winter war intelligent und kalt.

Er zwang sich zu einer unbeteiligten Miene und versuchte es noch einmal mit einem Bluff. „Tom ist leider nicht hier."

„Das wissen wir. Tom ist im Moment mit seinen eigenen Angelegenheiten beschäftigt. Meine Partnerin meinte Jake, den Sohn, den sie verleugnet haben." Noah lehnte sich im Sessel zurück und schlug ein Bein übers andere. Sein Gesicht war wie aus Stein gemeißelt.

David hasste es, in der Defensive zu sein. „Sie verstehen sicher, dass ich Jake bestmöglich behüten möchte."

„Natürlich." Noahs Gesichtsausdruck veränderte sich nicht. „Das würde jeder gute Vater tun. Solange Ihnen klar ist, dass man ganz allgemein das FBI besser nicht anlügt."

Winters Nasenflügel blähten sich, ansonsten ließ sie ihre Gefühle nicht erkennen. „Diesmal brauchen wir Ihre Mithilfe. Ohne Wenn und Aber. Das Leben Ihrer Schwiegertochter und Ihres künftigen Enkels könnte davon abhängen."

Davids Hände fühlten sich plötzlich eiskalt an. „Wie bitte?"

„Erzählen Sie uns von den Jüngern." Ihre Gesichtszüge waren kontrolliert. Unerbittlich. Aber in ihren Augen entdeckte er etwas. Besorgtheit?

„Was hat die Sache hier mit der Frau meines Sohnes zu tun?"

„Sie ist verschwunden", antwortete Winter, und ihre blauen Augen bohrten sich wie mit Laserstrahlen in ihn. „Seit heute Vormittag."

Sein Herz hämmerte. „Noch einmal, was hat das mit den Jüngern zu tun? Wesley Archer ist vor Jahren gestorben."

Wieder lösten sich ein paar der sorgfältig platzierten Bausteine, aus denen seine Welt bestand. Davids Magen zog sich zusammen. Diese Situation würde er nicht retten können.

„Wir haben Grund zur Annahme, dass es eine Verbindung

gibt", mischte Agent Dalton sich ein. „Vielleicht können Sie ganz vorn beginnen. Erzählen Sie uns von den Mondjüngern."

„Das mache ich", versprach er, während sich Schweißperlen auf seiner Stirn sammelten. Er fühlte es. Und die beiden konnten es sehen. „Aber erst müssen Sie mir sagen, was mit Tom und Samantha los ist. Sonst rede ich kein Wort mehr." Er nahm sein Telefon aus der Ladeschale. „Vergessen Sie es. Ich rufe Tom selbst an."

„Samantha ist wieder schwanger. Außerdem ist sie verschwunden." Winter beugte sich vor und bohrte den Blick in seinen. Dann brach sie seinen Anruf mit einem Tastendruck an der Basisstation ab. „Ich glaube, dass die Vorfälle, die sich vor Jahrzehnten bei Linville ereignet haben, nun in der Gegenwart weitergehen."

Das so rundheraus zu hören, jagte ihm einen Schreck ein, doch dann überkam ihn Ruhe.

David stellte das Telefon sanft in die Ladeschale und lehnte sich in seinem Bürosessel zurück. Er betrachtete das gerahmte Foto Nancys auf seinem Schreibtisch. Es war im Jahr vor ihrer Erkrankung aufgenommen worden. Sie stand neben Jakes Rollstuhl, die Hand auf seine Schulter und den anderen Arm um den halbwüchsigen Tom gelegt.

Das Foto zeigte die drei während eines ihrer Urlaube in Florida. Sie sah wunderbar aus. Gebräunt, langbeinig und vom Wind zerzaust, bekleidet mit einem Bikini-Top und einer abgeschnittenen Shorts, im Gesicht ein strahlendes Lächeln. Diesen sorgenfreien Ausdruck hatte sie nur dann, wenn sie verreist waren. Weg von Harrisonburg. Weg aus Virginia.

Sonst war sie immer wachsam. Vorsichtig. Voll Angst.

Er fragte sich, ob der Krebs schon zur Zeit des Fotos in ihr gewachsen war.

Agent Dalton räusperte sich, und David nahm eine

Flasche aus seiner untersten Schreibtischschublade. Er schenkte sich noch einen Brandy ein. Den brauchte er, wenn er über die Vergangenheit nachdachte. Und er dachte viel darüber nach.

„Wir waren damals so jung", sagte er schließlich, den Blick noch immer auf das Foto seiner Frau gerichtet. „Nancy und ich. Wir haben 1978 geheiratet. Die Hippiezeit war damals eigentlich schon vorbei, aber dadurch ließ sie sich nicht beirren. Die Idee, auf die Archer-Farm zu ziehen, kam von ihr."

David erwartete, dass die Agents ihn unterbrechen oder zumindest mit Triumph darauf reagieren würden, dass er jetzt mit der Wahrheit herausrückte, doch während er von seinen Erinnerungen überflutet wurde, saßen sie einfach nur in steinernem Schweigen da.

„Ich stammte aus einer konservativen Familie und hatte meine Zweifel. Aber die Farm und die Leute – das alles gefiel mir. Und Nancy war ganz begeistert. Wesley Archer war kein Verrückter à la Charles Manson. Er war ein stiller, sanfter Mann, freundlich und gütig. Er hatte eine Vision von Frieden und Liebe. Das einzig Merkwürdige an ihm war, dass er vom Gedanken an die nächste Generation besessen war."

„Babys?", ermunterte ihn Noah.

David nickte und trank noch einen Schluck. Die Erinnerung an den nächsten Teil war schmerzhaft.

„Alles hatte auch einen religiösen Aspekt. Nicht abgedreht und esoterisch, nein, ich war katholisch erzogen, und das hätte mich abgeschreckt, da hätten alle Alarmglocken geläutet. Aber wir kamen sonntags zusammen und beteten um Frieden. Es endete immer mit einem Gebet für die nächste Generation und die Zukunft der Menschheit. Und für die Fruchtbarkeit und Gesundheit unserer Frauen. Nancy wurde als eine der Ersten schwanger. Nur ein paar Monate, nachdem wir auf die Farm gezogen waren."

Bei der Erinnerung daran, wie sie ihm die freudige Nachricht mitgeteilt hatte, schloss er die Augen. Die glückliche Feier. Ihr Liebesspiel danach. Oder das erste Mal, als er die Bewegungen des Babys in ihrem Bauch fühlte.

Er schluckte kräftig und trank noch etwas Brandy, bevor er fortfuhr.

„Sie hatte einen besonderen Status unter den Paaren, die dort lebten. Damals waren fünf Paare da, jung und idealistisch, verheiratet oder unverheiratet, am Beginn eines gemeinsamen Lebens. Wir waren fast zu einer Großfamilie zusammengewachsen. Die Frauen scharten sich um Nancy, und alle verfolgten ihre Fortschritte. Gemeinsam suchten sie nach Mitteln gegen die morgendliche Übelkeit. Feierten die ersten Kindsbewegungen und die ersten Tritte, die sie spürten. Unser Kind wurde ins Sonntagsgebet hineingenommen und als das erste aller zukünftigen gepriesen. Und dann kam Jake endlich zur Welt."

Er hob den Blick, als wollte er um Verständnis bitten. Dalton beobachtete ihn geduldig. Winter hatte die Hände im Schoß gefaltet und die Finger fest verflochten.

„Ich habe mich meines Sohns niemals geschämt. Nie habe ich bedauert, dass er geboren wurde, auch nicht, als ich ihn zum ersten Mal sah und im Arm hielt und begriff, dass irgendetwas nicht stimmte."

„Was war mit dem Rest der Gruppe? Mit Ihrer Frau?", fragte Winter. „Und mit Archer? Vollkommenheit hatte bei ihm einen hohen Stellenwert."

„Nancy liebte Jake sofort und vorbehaltlos. Sie war für die Mutterschaft gemacht. Die Frauen, darunter auch Wesleys Frau Claire, hatten inzwischen schon eine gefestigte Freundschaft und beteiligten sich an Jakes Versorgung, als wäre er ihr eigenes Kind. Dann wurde wieder ein Kind mit schweren Missbildungen geboren.“ David rieb sich das Gesicht mit den Händen. „Und danach erneut.“

Bei der Erinnerung an die verwachsenen kleinen Körper schauderte David zusammen.

„Und was ist dann geschehen?“, ermunterte ihn Noah.

David seufzte. „Die Sonntagsgebete wurden feuriger. Wesley war danach nicht mehr ganz so gütig und sanft. Wir mussten inniger beten. An unsere Sendung glauben. Nach zwei Jahren hatten wir drei kleine Kinder. Drei Kinder mit schweren Gesundheitsproblemen. Drei weitere Frauen waren schwanger. Die Leute waren weniger glücklich, es gab Spannungen. Eine weitere Frau brachte ihr Kind zur Welt. Die Leute redeten über den Zorn Gottes. Über Reinheit. Über Beharrlichkeit. Und dann verschwand ein Kind.“

22

David Benton schaute gequält drein.

Je länger er redete, desto älter sah er aus, bis sogar seine Falten sich tiefer eingruben. Ein Mann im Griff von Bedauern und Reue. Und lang verborgenen Geheimnissen.

„Inzwischen waren diese Leute unsere Freunde, das müssen Sie verstehen. Unsere Familie. Wir arbeiteten zusammen und beteten zusammen. Lebten zusammen. Als das erste Baby verschwand, haben wir getrauert. Aber wir hielten es für ein Werk Gottes."

Noah zog die Augenbrauen hoch. „Gott hat ein behindertes Kind entführt?"

Davids Gesicht rötete sich. Nicht vor Zorn, sondern vor Scham.

„Das verstehen Sie nicht. Sie hätten einmal zu dieser Gruppe gehören müssen, um es zu begreifen. Damals glaubten wir alle an das, was wir taten. Wir waren treue Diener Gottes, die in einer friedlichen Gemeinschaft lebten, aber aus welchen Gründen auch immer auf die Probe gestellt wurden. Die Mutter wurde beinahe unmittelbar darauf wieder schwanger. Wir hielten es für ein Zeichen des Himmels."

„Wessen Kind war es?", fragte Winter.

„Das von Andy und Catherine Kinney", antwortete David ohne zu zögern. „Sie zogen weiter, bevor das zweite Kind zur Welt kam. Ich habe keine Ahnung, wo sie letztlich gelandet sind."

Winter rutschte zur Vorderkante ihres Sessels vor. „Wer verschwand noch?"

„Als Nächstes waren die Kinder von Betty Talbot an der Reihe." Wieder rieb er sich das Gesicht. „Sie hatte Zwillinge. Eines Nachts gingen sie und ihr Mann zu Bett, und die Zwillinge verschwanden einfach. Am Morgen waren sie weg. Niemand hatte etwas gehört oder gesehen. Wesley predigte über die Hand Gottes, und die Eltern blieben noch ein oder zwei Monate bei uns, aber dann gingen auch sie. Betty starb ein paar Jahre später, und Jerry hat ein zweites Mal geheiratet. Wie ich hörte, sind er und seine Frau Mitte der Neunziger nach Montana gezogen."

Winter machte sich während Davids Aussage Notizen, da er sich vermutlich weniger befangen fühlen würde, wenn er nicht beim Reden gemustert wurde. Ihre Hand zitterte ein wenig. Es fiel ihr schwer zu verstehen, wie eine Gruppe von Menschen einfach hinnehmen konnte, dass ihre Kinder verschwanden, ohne etwas dagegen zu unternehmen. Eltern waren weggezogen? Warum hatten sie nicht die Polizei gerufen? Welche Macht hatte der Bischof über sie gehabt?

„Im Laufe der Jahre kamen und gingen die Leute. Einige Familien brachten eigene kleine Kinder mit. Die Bewohnerschaft der Farm wurde heterogener, es waren nicht mehr so viele der ursprünglichen Mitglieder dabei. Dann ein älteres Kind, das unmittelbar nach Jake geborene Baby ... ein Junge namens Patrick. Er war eines Morgens einfach verschwunden. Nancy war mit seiner Mutter Joanna Bowman befreundet, und beide waren am Boden zerstört. Unsere Kinder hatten zusammen gespielt. Damals war Jake sechs, und Nancy und ich beschlossen auszusteigen."

„Joanna Bowman?", fragte Winter. „Daren Bowmans Frau?" Nun hatten sie also doch Zugang zu David Benton gefunden. Er nannte die Opfer eines nach dem anderen beim Namen und gab ihnen genug Grund zu der Annahme, dass Wesley Archer hinter den Morden steckte.

Patrick Bowman. Ihr als Erstes gefundenes Opfer hatte nun einen Namen.

„Joanna ist ein Jahr vor Nancy gestorben. Daren hat nicht mehr geheiratet. Er hat den Verlust seiner Frau und seines Kindes niemals verwunden."

„Was ist mit Tony Collier? Sind Jake und Alison noch Freunde?"

Falls David überrascht war, dass sie über Tonys Tochter Bescheid wussten, ließ er es sich nicht anmerken. „Alison war ein wenig jünger als Jake. Sie war das dritte auf der Farm geborene Kind. Die beiden waren nicht befreundet, und ich habe schon seit Jahren nicht mehr mit Tony gesprochen."

Bei diesen Worten schossen seine Augen nach links unten. Er log.

Noah entging es ebenfalls nicht. „Abgesehen davon, dass Sie ihm unseren Besuch ankündigten und ihn aufforderten, dichtzuhalten", merkte er kritisch an.

David seufzte. Die Luft entwich zischend zwischen seinen Lippen, und er schien dabei zu schrumpfen. Er nickte. „Davon abgesehen."

„Warum blieb Ihre Frau selbst nach Ihrem Wegzug von der Farm so ängstlich?" Das hatte Winter sich gleich zu Beginn gefragt, als Tom es ihnen gegenüber erwähnte. Wenn man das Verschwinden seines Kindes befürchtete, warum ließ die Sorge nicht nach, nachdem man die Familie aus der gefährlichen Situation befreit hatte?

„Nancy wollte, dass wir ganz aus Harrisonburg wegziehen, aber mein Vater starb, und ich erbte sein Autohaus. Damals sah ich keine andere Möglichkeit, die Familie zu ernähren. Ich warf mich in die Arbeit und das, was ich für das eigentliche Leben hielt, und tat so, als hätte es unsere Zeit auf der Farm niemals gegeben. Aber nach dem Verschwinden der Kinder hatte Nancy immer wieder Albträume. Und sie hörten selbst hier nicht auf. Sie war überzeugt, dass jemand Jake holen würde. Es ist mir niemals gelungen, sie wirklich zu beruhigen. Selbst nach Wesleys Selbstmord erwachte sie noch immer mitten in der Nacht und schrie nach Jake."

David blickte plötzlich zu ihnen auf, die Augen hart von Wut, Kummer und ungeweinten Tränen. Rote Flecken überzogen sein Gesicht, und Winter befürchtete, er könnte einen Herzanfall erleiden. „David? Sagen Sie, was Sie zu sagen haben."

An seiner Stirn sprang eine Ader vor, und der Kognakschwenker knackte in seiner Hand. „Ich bedaure nicht, dass Jake mein Sohn ist. Absolut nicht. Aber ich bedaure, je den Namen Wesley Archer gehört zu haben."

Sie schafften es, David das Versprechen eines erneuten Treffens abzuringen, doch es war offensichtlich, dass der Mann innerlich dicht gemacht hatte und sie an diesem Tag nichts mehr von ihm erfahren würden. Die Gefasstheit, die er bei ihrem vorherigen Treffen an den Tag gelegt hatte, war verschwunden. Als sie gingen, sah er aus wie ein gebrochener Mensch.

„Eigentlich tut er mir ein bisschen leid", räumte Winter ein. Sie war mit dem Fahren an der Reihe und blinkte, bevor sie nach links auf die von Wald gesäumte Straße einbog, die aus der Enklave der Wohlhabenden zurück nach Harrisonburg führte. „Dass er seine Frau geliebt hat, ist unübersehbar, und ob er Tom nun gerecht behandelt oder nicht, er sorgt sich um seine Familie."

„Und jetzt haben wir zumindest für eines der Opfer einen Namen. Wir müssen mit Tony Collier und Daren Bowman sprechen." Noah klang geistesabwesend, und Winter warf ihm einen Blick zu.

„Was ist los?"

„Ich denke gerade nach. Ich versuche dahinterzukommen, wie das alles mit Rebekah zusammenhängt."

Vor ihnen sprang ein Hirsch über die Straße, und Winter trat automatisch auf die Bremse. Die Dämmerung brach fast schon an, und der Beinaheunfall erinnerte sie daran, aufmerksam zu bleiben.

Sie entspannte die Hand am Lenkrad und dachte dabei, dass sie ihr kleines Auto vermisste. Mit dessen Mucken war sie inzwischen vertraut, die größere Limousine fuhr sich dagegen anders, als sie es gewöhnt war. „Die Frauen auf der Farm – es kann kein Zufall sein, dass sie später alle an Krebs gestorben sind. Wir sind noch keiner einzigen ehemaligen Jüngerin begegnet. Hast du irgendwas über eine Verseuchung mit PFAS gefunden?"

Noah antwortete nicht sofort. Er schaute aufmerksam in seinen Seitenspiegel.

„Was ist los?" Sie warf einen Blick in den Rückspiegel und stellte stirnrunzelnd fest, dass sich ihnen ein schwarzer Pick-up ohne Licht rasch von hinten näherte.

„Vorsicht", warnte Noah sie. „Da vorn liegt diese weite Kurve. Das Arschloch könnte versuchen, uns zu überholen."

Auf der linken Seite der Straße erhob sich der Hang eines bewaldeten Hügels. Vorne nahm die Straße eine Rechtskurve. Sie war Winter auf dem Herweg zu David Benton bereits aufgefallen. Rechts der Fahrbahn war der Hang noch abschüssiger und stürzte steil zu einer Schlucht hinunter.

Nur Sekunden später war der Pick-up ganz dicht hinter ihnen, und sie tippte kurz auf die Bremse, um ihn mit den Bremsleuchten zu warnen. Doch er fiel nicht zurück.

Beim leisen Dudeln des Radios hörte man den Motor seines Pick-ups, dessen Dröhnen lauter wurde, als der Pick-up-Fahrer aufs Gas trat, um sogar noch zu beschleunigen. Dann stupste dessen Stoßstange von hinten gegen die Limousine und brachte den Wagen leicht ins Schleudern. Winter packte das Lenkrad fester.

„Was zum Teufel?", presste sie zwischen den Zähnen hervor und trat aufs Gas. Der Pick-up fiel zurück, und sie starrte angestrengt in den Rückspiegel, um einen Blick auf den Fahrer zu werfen. Doch da die Abendsonne sich in der Windschutzscheibe des Pick-ups brach, konnte sie nicht ins Innere der Fahrerkabine sehen.

„Scheiße, duck dich!" Im selben Moment, in dem ein lauter Knall durchs Innere des Wagens hallte, drückte Noah ihr die große Hand von oben auf den Kopf. Gleich darauf blickte Winter unter der Rundung des Lenkrads zur Windschutzscheibe hinaus und streckte rasch die Hand nach oben, um den Rückspiegel neu einzustellen. Ein lautes Knirschen ertönte und bestätigte ihre Sorge: Jemand im Pick-up hinter ihnen schoss auf sie. Über die Rückscheibe zog sich ein Spinnennetz von Rissen.

Beim Nahen des Scheitelpunkts der weiten Kurve drückte sie das Gaspedal herunter. Rechts von ihr brach sich das Licht der Abendsonne in den Baumwipfeln und ließ die Blätter orangegelb und rot schimmern.

Während der Ausbildung in Quantico hatte sie beim Kurs zum Thema Gefahrenabwehr durch defensives Fahren zu den Besten gehört, und das Wissen war da. Winter hatte geradezu die Stimme ihres Ausbilders im Ohr, der in aller Ruhe Anweisungen herunterspulte.

„Versuchen Sie keine Schlangenlinien. Ihr Angreifer wird es

ohnehin schwer damit haben, Sie aus einem fahrenden Wagen zu treffen. Er kämpft mit der Sichtlinie, der Seitenbewegung … konzentrieren Sie sich einfach nur darauf, Ihr Fahrzeug unter Kontrolle zu behalten.“

Noah telefonierte bereits mit Gary Miller, nannte dem Chief ihre Position und schilderte die Lage.

Vom Heck des Wagens hörten sie die dumpfen Aufprallgeräusche, mit denen Kugeln in den Kofferraum einschlugen. Winter spürte, wie ihre Schultern sich verkrampften, sie war überzeugt, gleich von einer Bleikugel getroffen zu werden. Sie musste sich dazu zwingen, ihre Arme zu entspannen.

Noah fluchte.

Gerade drang ein zweiter Fluch über seine Lippen, da platzte ein Hinterreifen. Der Wagen schleuderte nach links und zwar so weit, dass Winter die Reflexion ihres rechten Scheinwerfers in der Leitplanke sah.

Erneut meldete sich die Stimme ihres Ausbilders.

„Es klingt zwar kontraintuitiv, aber Sie müssen beschleunigen, um dem Schleudern entgegenzuwirken.“

Sie trat das Gaspedal beinahe durch. Der Wagen behielt seine Geschwindigkeit bei, während sie krampfhaft versuchte, ihn unter Kontrolle zu bekommen, ohne ins Trudeln zu geraten.

„Sie dürfen das Lenkrad nicht verreißen …“

Ihre Konzentration wurde von einem heftigen Aufprall durchbrochen, und der Wagen schleuderte zu einer kompletten Hundertachtzig-Grad-Kehre herum. Sie waren gerammt worden. Gerade als sie erkannte, dass sie in die Richtung blickten, aus der sie gekommen waren, krachte die Limousine gegen die Leitplanke und ihr Kopf schlug gegen die Seitenscheibe. Mit einem metallischen Kreischen scheuerte der Wagen an der Leitplanke entlang, und im selben Moment raste der Pick-up an ihnen vorbei.

Noah löste seinen Sicherheitsgurt und drehte sich auf

dem Sitz um, schaute den Angreifern nach. „Bremsleuchten. Sie werden ebenfalls langsamer.“ Mit der Pistole in der Hand wartete er angespannt ab.

Aus dem Augenwinkel sah Winter die Wipfel der hohen Bäume, die noch immer im Licht der Abendsonne schimmerten.

Ein Lastwagen tauchte in der Kurve auf – ein Sattelschlepper –, und Winter trat kräftiger auf die Bremse und drückte die Hupe. Der Fahrer reagierte sofort, schaltete sein Warnblinklicht ein und betätigte die Motorbremse, die wie ein Helikopter knatterte. Er lenkte den Sattelschlepper auf die Mittelspur, und sie hörte die Reifen beim Bremsen über dem Rüttelstreifen rumpeln.

„Der Pick-up fährt weg!“, rief Noah. „Verdammt. Ich kann das Nummernschild nicht lesen.“

Als er begann, Marke und Modell herunterzurasseln, begriff Winter, dass er noch immer mit Gary Miller telefonierte.

Endlich kam der Sattelschlepper zum Stehen. Der Fahrer sprang aus der Kabine und rannte zu ihrem Wagen. Winter löste die Hände vom Lenkrad, holte zittrig Luft und ließ den Kopf gegen die Kopfstütze fallen.

„Heilige Scheiße!“, schrie der ältere Mann, die Augen unter der John-Deere-Kappe, die er auf dem Kopf zurückgeschoben hatte, wütend aufgerissen. Die Fenster waren geschlossen und dämpften seine Stimme, aber sie hörte ihn trotzdem schreien. „Was für einen Scheiß treibt ihr da, Leute? Wollt ihr euch umbringen?“

Nein, aber jemand anderes hatte es offensichtlich versucht.

„Stillhalten.“

„Lass es bitte einfach. Es ist okay.“

„Dein Kopf ist an der Seite blutverschmiert. Es ist überhaupt nicht okay. Schieb das Haar mal weg."

Noah sah, wie Winter zusammenzuckte. Dunkle Haarsträhnen hatten sich aus ihrem Zopf gelöst und klebten in dem geronnenen Blut an Wange und Schläfe. Er widerstand dem Impuls, ihr zu helfen. Stattdessen drehte er sich zum Motelwaschbecken um und ließ das Wasser laufen, bis es warm war.

„Ich finde immer noch, dass du dich untersuchen lassen solltest. Du könntest eine Gehirnerschütterung haben." Er hielt den Waschlappen unter den schwachen Wasserstrahl.

„Ich hab's dir doch schon gesagt", erwiderte sie langsam und klang dabei so, als bisse sie die Zähne zusammen. „Mir geht es gut. Glaub mir. Ich kenne mich mit Hirntraumata aus."

Er drehte ihr Kinn zur Seite und betupfte behutsam den Riss an ihrer Schläfe. Es war eine flache Wunde dicht beim Ohr, ungefähr fünf Zentimeter lang. Darum herum verfärbte sich ihre helle Haut bereits aufgrund der Prellung. Die Wunde musste nicht genäht werden, aber sie tat bestimmt weh.

Noah schloss die Reinigung rasch ab und wusch den Waschlappen aus. Als er Winter gerade ein Fläschchen Ibuprofen und ein Glas Wasser reichte, klingelte im Schlafzimmer ein Handy.

„Bist du so gut und bestellst uns eine Pizza?" Sie schlüpfte an ihm vorbei und nahm ihre Handtasche vom Bett. Er bemerkte, wie sie beim Blick auf das Display ihr Gesicht verzog.

„Agent Black", meldete sie sich. Wer immer der Anrufer war, er redete laut auf sie ein, während sie ein paar Tabletten aus dem Fläschchen angelte und sie rasch herunterspülte. „Jawohl, Sir. Sie haben recht, Sir. Ich wollte Sie gerade anrufen."

Max Osbourne. Winter hatte sich seit zwei Tagen nicht bei ihm gemeldet, und wahrscheinlich wollte er wissen, warum. Grimmig belustigt und gleichzeitig verärgert über ihren Eigensinn, zog Noah einen Stuhl heran und legte die Füße hoch, während er ihr dabei zusah, wie sie versuchte, sich beim Leiter der Task Force für Gewaltverbrechen in Richmond herauszureden.

Sie behielt die Ruhe, auch wenn sie ihm einen wütenden Blick zuwarf, weil er das Gespräch belauschte. Sie fasste die jüngsten Entwicklungen so präzise zusammen wie vom Blatt gelesen. Das war wohl der Vorteil eines unschlagbar guten Gedächtnisses. Als sie zu dem Vorfall kam, bei dem sie fast in eine Schlucht abgedrängt worden waren, bügelte sie die heikleren Punkte einfach weg.

Dann aber wurde ihr Gesicht bleich. Angespannt hörte sie zu, was Max zu sagen hatte. Sie runzelte finster die Stirn und öffnete mehrmals den Mund, um Einwände zu erheben, doch Osbourne walzte einfach über sie hinweg. Zwei Minuten später war das Gespräch beendet, und Winter sah so aus, als könnte sie vor Wut platzen.

„Was war los?" Um ihrem mörderischen Blick auszuweichen, schaute Noah auf der Suche nach dem nächstgelegenen Pizzadienst lieber auf sein Handy hinunter.

„Max schickt uns einen weiteren Agent."

„Viel hilft viel." Noah zuckte mit den Schultern. „Wir könnten ein weiteres Paar Augen gebrauchen."

Er tippte aufs Display, um die Nummer für den *Pizza Express* aufzurufen. Der Laden hatte gute Bewertungen auf Yelp, und Noah war hungrig.

„Er schickt uns Aiden Parrish."

Noahs Daumen schwebte über der Anruftaste. „*Den* Aiden Parrish? Den Leiter der Abteilung für Verhaltensanalyse? Womit haben wir die Ehre verdient?"

Winter sah wütend aus. Ihre Wangen waren gerötet, und

sie sprang vom Bett herunter und marschierte an der Schmalseite des Zimmers auf und ab. „Ja. *Der* Aiden Parrish." Schritt, Schritt, Schritt, kehrt, zurück. Er schaute weg und richtete den Blick wieder auf sein Handy.

„Was hast du gegen Aiden Parrish? Abgesehen davon, dass es übertrieben wirkt, uns so ein hohes Tier zu schicken."

„Er hat sich freiwillig angeboten", spie sie heraus. „Seit ich denken kann, schaut er mir ständig über die Schulter."

Noah kannte den Hintergrund. Parrish hatte die Ermittlungen zum Preacher geleitet und Winter nach der Ermordung ihrer Familie kennengelernt. Da war sie dreizehn. Er hatte über die Jahre hinweg Kontakt zu Winter gehalten und ihre Fortschritte am College verfolgt. Letztlich wegen ihm war sie dem FBI in Richmond zugewiesen worden.

Außerdem hatte er nur wenige Monate, nachdem Noah und Winter zu der Abteilung in Richmond gestoßen waren, versucht, Winter zu klauen. Sie hatte mit Kündigung gedroht, und er hatte den Versetzungsbescheid widerrufen.

Noah war ein guter Beobachter. Er hatte gesehen, wie Parrish Winter anschaute. Winter war kein Kind mehr, das Hilfe und Anleitung brauchte. Sondern eine extrem intelligente FBI-Agentin, die ungewöhnlich gut aussah und in Quantico als eine der Jahrgangsbesten abgeschnitten hatte.

Nun, genauer gesagt, als eine der beiden Jahrgangsbesten, rief er sich ein wenig selbstgefällig in Erinnerung.

„Warum kommt er her? Er leitet doch eine eigene Abteilung. Muss er sich nicht um die kümmern?"

Schritt, Schritt, Schritt, kehrt, zurück.

„Offensichtlich interessiert ihn dieser Fall inzwischen. Die Abteilung für Gewaltverbrechen ist immer noch überlastet und kann keinen Agent entbehren. Max glaubt, dass wir als Neulinge überfordert sind, und zufällig ist Aiden heute Abend aufgetaucht und hat seine Hilfe angeboten. Ich wäre nicht überrascht, wenn ich herausfände, dass er jemanden hat, der mir nachspioniert. Er ist der aufdringlichste, ärgerlichste …“

Sie brach ab, da ihr anscheinend die Adjektive ausgingen, und Noah sah sie aufmerksam an.

Ihr Geschimpfe war ein bisschen übertrieben. Der Mann war brillant, ernst zu nehmen, erfahren, und sie konnten Hilfe gebrauchen. Verschiedene Abteilungen, aber dasselbe Team: Sie waren alle FBI-Agents. Es gab keinen Grund, sich so aufzuregen, außer verletztem Stolz.

Aber ihr Zorn verriet mehr als ein gekränktes Ego. Er wirkte persönlich. Vielleicht sollte er Parrish letzten Endes doch ein wenig im Auge behalten. Wobei Noah natürlich nicht plötzlich Besitzansprüche auf Winter erhob oder so.

Winter lehnte sich gegen die aufgetürmten Kopfkissen und griff nach der Fernbedienung. Der Fernseher ging an, und sie starrte auf die Abendnachrichten, ohne sie wirklich zu sehen. Offensichtlich war sie immer noch sauer und versuchte sich abzulenken.

Noah war nicht mehr so hungrig wie zuvor, wählte aber trotzdem die Nummer des Pizzaservice.

23

Winter war mies gelaunt. Das räumte sie ohne Weiteres ein. Sie hatte nicht viel Schlaf bekommen, und als sie am Morgen aufstand, pulsierte die kleine Wunde an ihrer Schläfe unangenehm. Noahs übliche gute Stimmung machte sie nur noch verdrossener.

Sie brauchte Kaffee.

Sie saß gerade auf dem Bett und bürstete ihr feuchtes Haar, als jemand anklopfte.

Es war nicht einmal sieben. Zu früh für das Zimmermädchen. Die Dusche lief noch – Noah und sie hatten sich inzwischen so gut mit dem gemeinsamen Zimmer arrangiert, dass sie einfach dasselbe Bad benutzten –, und sie ging leise zur Tür.

Die Hand an die Waffe gelegt, spähte sie durch den Türspion und stieß den Atem zischend aus. Ohne mit den eisblauen Augen zu blinzeln und so, als könnte er sie sehen, starrte Aiden Parrish zurück.

Winter hakte die Kette aus und öffnete die Tür.

Er lächelte ihr kühl zu, nickte und fasste sofort den Raum

hinter ihr ins Auge. „Ich dachte, Sie haben den Nachbarraum."

„Und ich dachte, Sie rufen durch, wenn Sie in der Stadt sind."

Er deutete ein wegwerfendes Achselzucken an, bei dem sich das maßgeschneiderte Jackett über seinen Schultern kaum bewegte, und hielt einen Becherhalter aus Pappe hoch. Sie roch Schokolade mit Espresso und machte widerstrebend die Tür frei, damit er in das beengte Zimmer eintreten konnte.

Ihr entging nicht, wie er das zerknautschte Lager aus Bettdecken auf dem Boden neben dem Bett musterte. Mit süffisanter Miene zog er eine einzelne Augenbraue hoch, und als sie einfach nur wütend zurückstarrte, stellte er den Kaffee auf den kleinen Tisch und setzte sich hin.

Winter hatte Aiden früher gemocht. In der schwierigsten Phase ihres Lebens war er für sie da gewesen. Als sie an der Highschool ihren Abschluss machte und er zur Feier erschien, hatte sie sogar geglaubt, in ihn verliebt zu sein. Mit seinen maßgeschneiderten Anzügen, den polierten Schuhen und dem teuren Rasierwasser war er immer so elegant gewesen. Bei diesem Mann schien alles bis auf die letzte Haarsträhne perfekt zu sitzen. In ihren jugendlichen Augen hatte er vollkommen gewirkt.

Inzwischen war die Lage komplizierter. Sie war zu alt, um verknallt zu sein. Und sie war auch zu alt, um zuzulassen, dass jemand sie auf Schritt und Tritt behütete und aus einem fehlgeleiteten Verantwortungsgefühl heraus versuchte, ihre berufliche Entwicklung zu kontrollieren.

„Wo ist Dalton?", fragte Aiden, nahm einen der Kaffeebecher aus dem Halter und lehnte sich auf dem Stuhl zurück.

„Benutzen Sie doch Ihre Beobachtungsgabe, für die Sie so berühmt sind", erwiderte sie und fühlte sich dabei unreif. Es war ihr gleichgültig, welche Schlussfolgerungen er zog. „Sie hören das Wasser in der Dusche laufen." Wie aufs Stichwort ging die Dusche mit einem lauten Knacken aus.

Aiden war schmaler gebaut als Noah, aber groß – höchstens zwei Zentimeter kleiner als der jüngere Agent. Wenn Noah ein Löwe war, war Aiden ein geschmeidiger Panther. Es würde unangenehm eng werden im Zimmer.

Sie kehrte ihm den Rücken zu und nutzte den Spiegel über dem Fernseher, um sich das Haar fertig zu bürsten. Geschickt flocht sie sich einen Zopf und ignorierte Aiden dabei. Das verhinderte aber nicht, dass sie aus dem Augenwinkel sein spöttisches Lächeln bemerkte.

Die Badezimmertür ging auf, und Noah trat heraus, ein zu kleines Motelhandtuch um die Hüften geschlungen. Er wirkte nicht überrascht oder verlegen, Aiden zu sehen. Er grinste einfach nur und salutierte mit einer Hand, während er mit der anderen das Handtuch am Körper hielt. „Hab vergessen, meine Kleider mitzunehmen", erklärte er. Er schnappte sich ein paar Klamotten aus seinem Koffer und verschwand wieder im Bad.

„Darf ich fragen, warum Sie sich ein Zimmer teilen, obwohl das FBI zwei bezahlt?" Aidens Stimme war kühl. Beinahe gleichgültig.

„Das dürfen Sie", antwortete Winter im selben Tonfall wie er. Sie wickelte ein Gummiband um die Zopfspitze. „Aber dann würde ich einfach antworten, dass es Sie nichts angeht."

„Ich habe Angst im Dunkeln", rief Noah von der anderen Seite der Tür. Winter schnaubte. Moteltüren waren dünn.

Aidens Lächeln verschwand.

Eigenartigerweise spürte Winter, dass *ihre* Stimmung sich besserte.

AIDEN WIRKTE in ihrem Coffee-Shop so fehl am Platz, wie Noah es bei einer Wohltätigkeitsgala mit Dresscode wäre, aber er schien sich durchaus wohl zu fühlen und lehnte sich in einem der Retrosessel am Fenster zurück, ohne allerdings auch nur seine Krawatte zu lockern.

Noah musste zugeben, dass Aiden einen messerscharfen Verstand besaß. Er schien den Fall bereits in allen Einzelheiten zu kennen und hatte sich Fragen und Theorien zurechtgelegt. Bei all den Recherchen, die vor ihnen lagen, war ein drittes Augenpaar ein Gewinn.

„Ich habe nachgedacht." Winter beugte sich vor und klopfte geistesabwesend mit dem Kuli rhythmisch auf den Tisch. Aiden beobachtete sie wortlos, den Blick auf die faustgroße purpurrote Prellung an ihrer Schläfe gerichtet, die von dem Zusammenprall mit dem Autofenster stammte. Der Riss in der Mitte war ein wenig entzündet, heilte aber bereits.

„Nach allem, was David Benton uns gestern erzählt hat, klingt es so, als hätten die Frauen unter den Jüngern eine Art Fruchtbarkeitsmittel erhalten. Etwas, das zunächst wie erwünscht funktionierte – es erhöhte die Fruchtbarkeitsrate –, aber bei den Kindern Missbildungen und später bei den Müttern Krebs verursachte."

„Es könnte mit dem Wasser verabreicht worden sein oder so", sagte Noah, der bereits die Möglichkeiten abklopfte. „Auf eine Weise, von der die Jünger nichts erfuhren. Benton hätte es erwähnt, wenn seine Frau Spritzen erhalten hätte."

Aiden nickte nur. „Das passt. Rufen Sie in der Gerichtsmedizin an und veranlassen Sie, dass die Gebeine auf unbekannte chemische Substanzen untersucht werden. Die Vorfälle liegen mehr als dreißig Jahre zurück. Wer weiß, was für Nebenwirkungen ein nicht zugelassenes Medikament gehabt haben könnte. Oder vielleicht war es auch ein pflanzliches Mittel. Die Gerichtsmedizinerin sollte das überprüfen können."

Während er redete, machte Winter sich Notizen. „Noah, wenn Sie Florence Wade anrufen, schaue ich mir Wesley

Archers Hintergrund noch einmal genauer an. Freunde und ehemalige Kameraden bei der Army. Ich möchte sehen, ob er weitere Immobilien besessen hat, die Rebekah jetzt als Versteck benutzen könnte."

„Ich rufe außerdem Tom Benton an und frage, ob er schon etwas von seiner Frau gehört hat", bot Noah an. „Und den Chief. Er hat einen schwarzen Chevy Silverado mit beschädigter Front zur Fahndung ausgeschrieben. Außerdem möchte ich wissen, ob es bei dem Wilkins-Mord Fortschritte gibt. Natürlich sollte der Chief uns auf dem Laufenden halten, aber er hat alle Hände voll zu tun."

„Wenn Sie mir Ihre begonnene Liste schicken würden, Winter", sagte Aiden, dessen Finger bereits über die Tasten seines Laptops flogen, „dann recherchiere ich einigen von Rebekah Archers ehemaligen Klassenkameradinnen und Bekannten hinterher."

Noah unterdrückte den Impuls, seinen eigenen Laptop hervorzuholen, nur um Aiden zu zeigen, wie schnelles Tippen wirklich ging. Mit einem Kopfschütteln kommentierte er seine eigene Albernheit und wählte stattdessen die Nummer von Tom Benton. Samantha und ihr ungeborenes Kind waren noch immer verschwunden.

Als Nächstes rief er Gary Miller an, und da der Chief nicht über allzu viele Leute verfügte, machte Noah sich keine großen Hoffnungen auf Fortschritte. Er behielt recht. Im Fall Wilkins gab es keine neuen Entwicklungen. Außerdem erfuhr Noah, dass man keine schwarzen Pick-ups mit passendem Frontschaden an verdächtigen Orten hatte herumstehen sehen.

Aber nachdem sie einige Stunden schweigend gearbeitet hatten und nur das Klappern der Tastaturen zu hören gewesen war, hatten sie schließlich doch eine Menge, womit sie weitermachen konnten.

„Joe Meier", sagte Winter. „Rebekah Archers ehemaliger Freund. Lebt mit seiner Frau in St. Louis."

„Haben wir eine Telefonnummer?", fragte Noah. Winter rasselte sie herunter, und er gab sie in sein Handy ein.

Joe nahm beim dritten Läuten ab. Das Foto Meiers auf Winters Laptop zeigte einen mageren Bücherwurm. Er trug eine Buddy-Holly-Brille und hatte einen ausgeprägten Adamsapfel. Am Telefon klang seine Stimme jedoch ruhig und tief.

„Mr. Meier? Ich bin Special Agent Noah Dalton. Ich gehöre zum FBI. Ich würde Ihnen gern ein paar Fragen zu einer ehemaligen Freundin von Ihnen stellen, einer Kommilitonin an der Iowa State University. Rebekah Archer."

„Rebekah?" Er klang überrascht. „Moment mal." Man hörte Rascheln und leises Reden. Gleich darauf drang Joes Stimme erneut aus dem Gerät. „Entschuldigung", erklärte er. „Meine Frau. Ich werde ihr natürlich von diesem Anruf berichten, aber ich bin in einen anderen Raum gegangen. Schießen Sie los. Was hat Rebekah angestellt?"

„Was hat sie *angestellt?*", fragte Noah. „Nicht: Was ist ihr *zugestoßen?*"

„Tut mir leid." Joe klang verunsichert. „Es ist nur so, dass Rebekah immer der Typ war, der gut auf sich selbst aufpassen kann. Worum geht es denn? Ich habe sie schon Jahre nicht mehr gesehen."

„Ms. Archer steht mit einer FBI-Ermittlung in Zusammenhang. Ich dachte, vielleicht könnten Sie mir etwas über sie erzählen. Sie beide hatten eine Beziehung?"

Joe lachte ein wenig. „Ich denke, das könnte man so sagen. Wir sind eine Weile miteinander ausgegangen. Sie wollte schneller Nägel mit Köpfen machen, als mir recht war. Nach sieben Monaten redete sie schon von Heirat und Kindern. Damals waren wir im zweiten Studienjahr."

„Jetzt sind Sie verheiratet", merkte Noah an.

„Ja, sicher. Aber diese Zeit liegt vier Jahre zurück. Inzwischen habe ich einen Beruf, ein Haus …" Er hustete, das Geräusch bohrte sich in Noahs Ohr. „Damals lebten wir in einer heruntergekommenen Mietswohnung beim Campus und aßen Instantnudelsuppen. Ich fand es einfach total merkwürdig. Sie war davon besessen, eine Familie zu gründen."

„Inwieweit besessen?"

Das Schweigen dehnte sich mehrere Sekunden, bis Joe gestand: „Ich weiß nicht recht. Ich neckte sie und wollte wissen, ob ihre Fixierung auf Kinder mit den Kursen zu tun hatte, die sie belegte. Züchtung, Biologie, Genetik, so etwas. Sie hatte die Hauptfächer Tierzucht und Genetik. Aber sobald sie diese Idee im Kopf hatte, ließ sie nicht mehr locker und wollte ein Kind. Kein Wort von Liebe, nur, dass wir beide so intelligent seien und bestimmt einen kleinen Überflieger bekommen würden."

„Und da haben Sie die Beziehung beendet?"

Joe lachte erneut, diesmal ein wenig bitter. „Nicht wirklich. Als ich es ablehnte, sie zu heiraten … Na ja, als ich es ablehnte, an ihrem Züchtungsexperiment teilzunehmen, da es ihr nur um den Nachwuchs ging und sie gar nicht wirklich auf eine Heirat aus war, hat sie mich verlassen. Damals hatten wir bereits einige Monate zusammengelebt, und sie packte einfach ihre Sachen und zog aus."

„Darf ich Sie fragen, was Ihr Hauptfach war?"

„Chemieingenieurwesen."

„Hat Rebekah jemals von einem Fruchtbarkeitsmedikament gesprochen? Davon, eines herzustellen oder ein bereits existierendes zu verbessern?"

„Himmel, nein. Sie war brillant, ziemlich intensiv, aber das hätte mir den Rest gegeben. Vor allem auch, nachdem sie anfing, Andeutungen über ihren Eisprung und ihre Fruchtbarkeitsfenster zu machen."

„Hat sie jemals ihren Vater erwähnt? Oder eine Gruppe namens Mondjünger?"

„Nein." Joe klang ehrlich verblüfft. „Dieses Gespräch bringt mich auf den Gedanken, dass ich vielleicht gerade noch mit heiler Haut davongekommen bin."

„Das könnte durchaus stimmen", antwortete Noah trocken. „Danke für die Informationen. Würden Sie bitte meine Nummer speichern, falls Ihnen noch etwas einfällt, was wir wissen sollten?"

Joe versprach es und legte auf, vermutlich um seiner Frau von seiner verrückten Ex-Freundin zu erzählen.

Als Noah das Gespräch beendete, hielt es Winter vor Aufregung kaum mehr auf ihrem Stuhl. Er sah sie mit hochgezogenen Augenbrauen an. „Okay, worauf bist du gestoßen? Offensichtlich auf etwas Besseres als ich."

Aiden klappte ebenfalls seinen Laptop zu und musterte sie erwartungsvoll. Beinahe so, wie ein Lehrer stolz auf eine Schülerin schaut, dachte Noah angewidert.

„Scott Kennedy", rief sie beinahe. „Ein schwerreicher Kerl, der ganz in der Nähe von Washington D.C. lebt. Seiner Familie gehörte ein pharmazeutisches Unternehmen, das in den Fünfzigerjahren gegründet wurde. Während des Babybooms machte die Firma sich durch die Produktion eines frühen Fruchtbarkeitsmedikaments einen Namen, das ähnlich wie Clomid funktionierte. Nach dem Tod von Kennedys Dad erbte er alles und verkaufte die Firma an einen großen Pharmakonzern. Damit hat er einen Haufen Geld gescheffelt und sich ziemlich früh zur Ruhe gesetzt."

Sie hielt inne und sah beide Männer erwartungsvoll an, ein angedeutetes Lächeln auf den Lippen.

„Na gut, ich beiße an", sagte Aiden mit seiner kühlen Stimme, die machte, dass Noah ihn am liebsten am Kragen gepackt und geschüttelt hätte. Kräftig. „Worin besteht die Verbindung?"

„Er hat zusammen mit Wesley Archer in Vietnam gedient." Sie drehte den Laptop herum, damit sie das Foto sehen konnten, das den ganzen Bildschirm ausfüllte.

Es war offensichtlich in einem Kriegsgebiet aufgenommen worden. Zwei in Feldanzüge gekleidete Männer, einer den Arm um den anderen gelegt. Beide hatten militärisch kurz geschnittenes Haar. Der eine Mann, der auf ein Gewehr gestützt stand, lächelte – ein großspuriges, selbstzufriedenes Grinsen. Der andere Mann, in dem Noah Wesley Archer erkannte, lächelte nicht. Obwohl es ein körniges Schwarz-Weiß-Foto war, zeigte es deutlich die Düsterkeit im Gesicht dieses Mannes.

Einer plötzlichen Eingebung folgend, beugte Noah sich vor. Er klickte das beschnittene Foto, das Winter über die Bildersuche von Google gefunden hatte, mit der rechten Maustaste an und führte eine umgekehrte Bildersuche durch. Der erste Link führte zu einem alten Zeitungsartikel.

„Eine weitere Verbindung. Schaut hier, der Name des Verfassers. Elbert Wilkins." Er deutete auf den Bildschirm. „Hat jemand Lust auf eine Fahrt nach Washington?"

24

Scott Kennedy lebte in einem noblen Viertel von Bethesda, Maryland, etwa eine halbe Stunde von Washington entfernt. Hier waren die Häuser groß und eindrucksvoll und von Steinmauern und schmiedeeisernen Toren umschlossen. Kennedy lebte nicht in einer der mittelgroßen Villen einer neu errichteten Gated Community, sondern in einem älteren Teil von Bethesda, wo die Häuser mehr Charakter hatten, aber auch Preisschilder in mehrfacher Millionenhöhe trugen.

Nach allem, was Winter während der zweieinhalbstündigen Fahrt von Harrisonburg herausfinden konnte, erbte Scott Kennedy die Hälfte des Familienvermögens, als sein Vater in den Siebzigerjahren starb. Auf dem Papier sah es so aus, als hätten beide Brüder ihr Geld in die Firma investiert, doch Scott machte einen Winkelzug. Nachdem er unter dubiosen Umständen eine Mehrheit der Firmenanteile erworben hatte, verkaufte er das Unternehmen an einen Konzern und ließ seinen kleinen Bruder im Regen stehen.

Kennedy hatte keine Kinder, war aber zweimal geschieden und hatte dreimal geheiratet, jedes Mal eine noch jüngere Frau. Seine dritte Frau, zum Zeitpunkt der Hochzeit erst achtundzwanzig Jahre alt im Vergleich zu Kennedys einundsechzig, war 2012 beim Skifahren in der Schweiz von einer Lawine verschüttet worden und gestorben. Bisher gab es keine Mrs. Scott Kennedy Nr. vier.

Kennedy hatte während der Neunzigerjahre im großen Stil für politische Zwecke gespendet, daher war in den Zeitungen viel über ihn zu finden. Einmal hatte er sich als Parlamentsabgeordneter aufstellen lassen, war aber nicht gewählt worden und hatte die letzten Jahre fern des Rampenlichts verbracht.

Auf einem Foto von 2015 wirkte Kennedy wesentlich jünger als sein tatsächliches Alter, entweder weil er gesund lebte oder, was wahrscheinlicher war, aufgrund von Schönheitsoperationen. Er hatte dunkles Haar mit distinguiert wirkenden weißen Schläfen und einer Welle, die an den Seiten dramatisch von dem markanten, noch immer gutaussehenden Gesicht zurückschwang. Die dunklen Augen blitzten nicht weniger als die des jüngeren Kennedy auf dem vor Jahrzehnten geschossenen Zeitungsfoto, und sein breites, selbstzufriedenes Lächeln war genauso strahlend. Hätte Winter nicht gewusst, dass er auf die Siebzig zuging, hätte sie ihn auf fünfzig geschätzt.

„Home sweet home", brummte Noah, als Aiden bremste. Er bog in eine lange Zufahrt ein, die von einem zweieinhalb Meter hohen schmiedeeisernen Tor versperrt wurde. Aiden ließ das Fenster herunter und drückte auf den Schalter einer Gegensprechanlage, die am Rand der Zufahrt angebracht war.

„Wie kann ich Ihnen helfen?"

„Hier sind die FBI-Agents Black, Parrish und Dalton. Wir haben einen Termin bei Mr. Kennedy."

Nach einem Moment des Schweigens öffnete sich das schwarze Tor nach innen. Von der Straße aus war kein Haus zu sehen, nur unauffällig beschnittenes Gehölz und glänzender Efeu, die den Eindruck einer gnadenlos gepflegten Wildnis vermittelten. Zwischen den Bäumen hindurch erhaschte Winter einen Blick auf einen Brunnen. Eine moosbewachsene Betonfrau in griechischem Gewand blickte in die Ferne und goss dabei einen endlosen Wasserstrahl aus einem schmalen Krug.

Nach gut hundert Metern endete das Wäldchen vor einem mit Rasen bewachsenen, leicht ansteigenden Hang. Oben auf der Kuppe erhob sich ein riesiges Backsteinhaus. Seine Fläche musste mindestens tausend Quadratmeter einnehmen. Eine Fensterreihe in der Front blickte auf einen mit Backstein gepflasterten Wendekreis hinaus, in dessen Mitte ein weiterer Brunnen stand. Obwohl es fast schon Oktober war, leuchteten im abendlichen Sonnenlicht noch immer prachtvolle Farben in der Gartenanlage – Astern, purpurrote Gräser und die Federbüsche von roter Celosia. Im rechten Winkel zum Haus stand eine Garage für sechs Wagen, und dahinter lugte ein Teil eines Tennisplatzes hervor.

Winter fragte sich, in welcher Art von Haus wohl Scott Kennedys Bruder lebte, da ja Scott anscheinend den Löwenanteil des Familienvermögens für sich beansprucht hatte.

Aiden parkte den SUV unter dem Portikus, und ein Butler öffnete die Haustür, bevor sie alle ausgestiegen waren. „Willkommen", sagte der ältere Herr, doch seine Stimme klang alles andere als herzlich. Unter der makellosen schwarzen Uniform waren seine Schultern vom Alter gebeugt. Sein zerfurchtes Gesicht war in tiefe, missbilligende Falten gelegt. „Wenn Sie mir bitte folgen würden. Mr. Kennedy empfängt Sie in seinem Büro."

Noahs Schuhe quietschten in dem hallenden, mit Marmor gefliesten Eingangssaal, von dem eine geschwungene Flügeltreppe zum Obergeschoss hinaufführte. Die

Ausstattung war geschmackvoll und sprach von altem Geld, von den kunstvoll verteilten antiken Möbelstücken über die verträumten impressionistischen Gemälde an den Wänden bis zu den Orientteppichen am Boden.

Aiden wirkte abgelenkt und tippte etwas auf seinem Handy ein. Als sie an einem Gemälde vorbeikamen, das wie ein echter Monet aussah, stieß Noah einen lautlosen Pfiff aus und sah Winter mit hochgezogenen Augenbrauen an. Sie bemerkte es kaum. Sie war ganz auf ihre Sinne konzentriert, denn sie empfand ein warnendes Kribbeln, das sie nicht interpretieren konnte.

Vor einer schweren Mahagonitür blieb der Butler stehen und klopfte leise an.

„Herein", dröhnte eine Stimme von drinnen heraus.

Der Butler schob die Tür geräuschlos auf und machte Platz, damit die drei Agents eintreten konnten. Der Raum spiegelte die Vorstellung eines reichen Mannes von gediegenem Männergeschmack. Deckenhohe Bücherregale aus dunklem Holz nahmen die Wände ein, die dort, wo sie noch zu sehen waren, ein dunkles Waldgrün aufwiesen, das einen hübschen Kontrast zu den dicken burgunderrot und golden schimmernden Teppichen bildete. Die Fenster blickten auf einen Pool hinaus. Es gab Ölbilder mit Jagdszenen, und die Lampen waren aus Messing. An der hinteren Wand des Raums knisterte ein kleines Feuer in einem Kaminofen.

Als sie eintraten, stand Scott Kennedy hinter seinem Mahagonischreibtisch auf und begrüßte sie mit einem Lächeln. „Willkommen." Seine Stimme war tief und wohltönend wie die eines Politikers, der er ja hatte sein wollen. Seine dunklen Augen funkelten von Intelligenz und augenscheinlicher guter Laune. Trotz der Abendstunde trug er einen dunklen Anzug, der teuer und maßgeschneidert aussah.

Er lächelte einen nach dem anderen an, doch sein Blick

verharrte bei Winter. Sie musste einen unwillkürlichen Schauder unterdrücken, als er sie musterte und bei ihren Brüsten verweilte. *Geiler Sack*, dachte sie, behielt aber ein unpersönliches Lächeln auf den Lippen.

„Bitte, setzen Sie sich doch." Er deutete großzügig auf die drei Sessel, die vor dem Schreibtisch standen. Sie waren mit edlem, burgunderrotem Samt gepolstert, aber alle niedrig. Wie sie vor ihm saßen, hatte Kennedy die Machtposition inne.

„Was kann ich für Sie tun, Agents?", fragte er nach einer kurzen Vorstellungsrunde. Beim Händeschütteln war seine Hand am längsten in der von Winter verweilt, und obwohl er auch die Männer ansprach, hatte er nur Augen für sie.

Sie spürte, wie gereizt Noah neben ihr darauf reagierte, und selbst Aidens Körperhaltung war angespannt. Winter hatte das Gefühl, gleich in all dem Testosteron zu ertrinken, das durch den Raum schwappte, doch da Kennedy auf sie reagierte, würde sie offensichtlich den Anfang machen müssen.

„Danke, dass sie so kurzfristig bereit waren, uns zu empfangen, Mr. Kennedy", begann sie.

„Scott", unterbrach er sie mit einem herzlichen Lächeln. In den Augenwinkeln hatte er Lachfältchen. „Mr. Kennedy, das war mein Vater."

„Scott", korrigierte sie sich mit einem bestätigenden Nicken. „Wir ermitteln in einem Fall, in den ein ehemaliger Bekannter von Ihnen verwickelt ist."

„Wesley Archer." Er nickte und lehnte sich mit verschränkten Armen in seinem Bürosessel zurück. „Wir haben gemeinsam in Vietnam gedient. Mit Bedauern habe ich vor ein paar Jahren von seinem Tod erfahren, aber leider ist Suizid unter Veteranen nichts Ungewöhnliches."

Sie war überrascht, dass er so bereitwillig zu reden schien. Und noch überraschter, dass er wusste, warum sie ihn aufgesucht hatten. Noah kam ihr mit dieser Frage zuvor. „Woher wussten Sie, dass wir wegen Wesley hier sind?"

Kennedy schenkte Noah ein kurzes Lächeln, doch es kam nicht in seinen Augen an. „Ich habe viele Freunde. Auch bei der Polizei … beim FBI. Ich weiß viel. Aber leider nichts, was Ihnen helfen würde, diesen unglückseligen alten Fall da unten in Harrisonburg zu lösen."

„Wann haben Sie zuletzt mit Wesley Archer gesprochen?" Aiden richtete den Blick seiner kühlen blauen Augen auf Kennedy. Winter beobachtete, wie Kennedy leicht in seinem Bürosessel herumrutschte. Sie kannte die Macht von Aidens Blick. Ein Stein würde in seinem Bürosessel herumrutschen.

„Oh, das ist inzwischen schon viele Jahre her." Er wedelte nachlässig mit der Hand und gewann seine Fassung zurück. „Wir waren damals ganz andere Menschen. Der Krieg … macht Menschen zu Kameraden. Er schmiedet ein Band. Wenn das alles ist, was man miteinander gemein hat, löst sich das Band manchmal nach der Heimkehr auf. Denn dann geht es nicht mehr um den täglichen Überlebenskampf, bei dem Freunde darauf angewiesen sind, sich gegenseitig zu beschützen."

„Das ist eine interessante Perspektive", bemerkte Noah im Plauderton. „Ich habe ebenfalls als Soldat gedient. Bei Kampfeinsätzen. Der alte Ausdruck ‚Waffenbrüder' ist nicht umsonst entstanden. Noch in fünfzig Jahren würde ich jeden Kameraden aus meiner Einheit selbst im Gedränge eines großen Saals wiedererkennen, und er wäre immer noch wie ein Bruder für mich. Nach meiner Erfahrung ‚lösen' sich diese Bande nicht ‚auf'."

Kennedy bedachte ihn mit einem gönnerhaften Lächeln. „Sie sind jung. Ich bin … weniger jung. Derzeit mögen Sie es so empfinden, aber …"

„Wie lange sind Sie nach Ihrer Dienstzeit mit Archer in

Kontakt geblieben?“ Noah ließ Kennedy keine Zeit für herablassende Bemerkungen.

Kennedys geübtes Lächeln verrutschte ein wenig. „Sie sprechen von einer Zeit, die Jahrzehnte zurückliegt. Ich könnte Ihnen kein Datum nennen.“

Als Nächster ergriff Aiden das Wort, doch Winter hörte ihn nicht. Ihre Aufmerksamkeit wurde von einem leichten rötlichen Schimmern in Beschlag genommen. Es drang von einer Stelle nahe dem Boden hinter Kennedys Mahagonischreibtisch hervor. Wahrscheinlich entsprang er einer Schublade. Auf der Suche nach weiteren optischen Hinweisen, die ihr entgangen sein könnten, blickte sie sich im Raum um. Nahe dem Boden der einen Wand sickerte düsteres rotes Licht durch das altmodische Gitter einer Belüftungsöffnung.

Ihr Magen krampfte sich zusammen.

Es gab hier etwas. Etwas, das Kennedy versteckt hielt.

Kennedys erhobene Stimme drang ihr erneut ins Bewusstsein. „Was wollen Sie damit sagen?“, fuhr er auf. „Dass ich etwas mit einem Haufen Knochen zu tun hatte, die in der tiefsten Provinz bei einer Kleinstadt im Wald verscharrt worden sind?“

Aiden erwiderte seinen Blick kühl. „Ich glaube nicht, dass ich etwas Derartiges angedeutet hatte. Ich hatte Sie nur nach der Art ihrer Freundschaft mit Wesley Archer gefragt und wollte wissen, wie weit Sie über die Mondjünger informiert sind.“

„Was für ein dämlicher Name“, höhnte Kennedy mit spöttisch verzogenen Lippen. „Ein Haufen Spinner, die die Natur anbeten? Zum Teufel, vielleicht haben sie dem Mond Menschenopfer dargebracht. Sehe ich aus wie jemand, der sich an so einem Quatsch beteiligen würde?“ Er breitete die Arme aus, als sollten sein schicker Anzug und sein elegantes Äußeres genügen, um ihn von jeder diesbezüglichen Vermutung freizusprechen.

„Nein, Sir, absolut nicht", sagte Noah mit seinem gelassenen texanischen Akzent. „Ein Blick auf Sie genügt, um zu sehen, dass Sie durch und durch Geschäftsmann sind. Letztlich dreht sich alles ums Geld, nicht wahr?"

Kennedy nickte ihm wohlwollend zu, als wäre Noah ein dümmlicher Schüler, der tatsächlich einmal die richtige Antwort gefunden hat. „Bei meiner Rückkehr aus dem Krieg stellte ich fest, dass mein Vater gesundheitlich stark abgebaut hatte. Da hatte ich nur noch Zeit für eines: das lahmende Familienunternehmen aus der Krise zu holen."

„Und wie wollten Sie die Probleme lösen?" Dem Tonfall von Aidens Frage war anzuhören, dass er die Antwort bereits kannte. Kennedy machte erneut ein finsteres Gesicht.

„Auf die übliche Weise. Ausgaben einsparen, die Abläufe rationalisieren. Die Firmenstruktur war veraltet."

„Und das wussten Sie bereits als junger Mann, der gerade erst aus dem Militär entlassen worden war?" Noahs Stimme klang bewundernd, und Winter begriff, dass die beiden die Befragung in diese Richtung gesteuert hatten, während sie abgelenkt gewesen war.

Die Masche good Cop, bad Cop schien zu verfangen. Scott Kennedy spreizte sich ein wenig. „Ich hatte schon immer ein Köpfchen fürs Geschäft. Während die Firma unter meiner Leitung stand, habe ich das Familienvermögen beträchtlich gemehrt."

„Könnten Sie uns etwas über ein Patent sagen, das Sie 1981 beantragt haben. Für ein Medikament namens …" Aiden blätterte langsam eine Seite in seinem kleinen ledergebundenen Notizbuch um. „Ah, da steht es. Progesteraline Six?"

Winter warf Aiden einen überraschten Blick zu. Noah machte einfach nur ein verdrossenes Gesicht. Aiden kam ihr nicht wie ein Angeber vor, aber er hätte ihnen alle Informationen, auf die er gestoßen war, *vor* dem Treffen mitteilen sollen.

Kennedys gebräuntes Gesicht erbleichte. Vor Zorn wurden seine Augen noch dunkler, doch er schien sich unter Kontrolle zu bekommen. Mit einem grimmigen Lächeln auf den Lippen schüttelte er den Kopf. „Tut mir leid, das sagt mir nichts."

Aiden zog die Augenbrauen hoch. „Nein? Die Unterlagen tragen Ihre Unterschrift."

Kennedy zuckte mit den Schultern. „Wie hundert weitere Patentanträge. Ich bin einfach nur ein Geschäftsmann. Meine Pharmazeuten, Wissenschaftler und Entwickler … nun, sie haben mir Dokumente auf den Tisch gelegt, und ich habe sie unterschrieben."

Aiden gab ein unverbindliches Geräusch von sich und notierte sich etwas.

„Was ist mit Elbert Wilkins?", fragte Winter. Kennedys Blick schoss zu ihr herüber, und erneut wäre Winter fast zusammengeschaudert. Seine Augen waren ausdruckslos und schwarz. Undurchdringlich.

Er zuckte mit den Schultern. „Der Name kommt mir bekannt vor, aber ich kann ihn nicht zuordnen."

Sie nahm ihr Handy heraus und klickte das Foto von Kennedy und Archer an, das sie gefunden hatte. „Er war ein Bildreporter. Und er hat dieses Foto von Wesley Archer und Ihnen geschossen."

Kennedy lehnte sich zurück und strich sich nachdenklich übers Kinn. An seinem kleinen Finger glänzte ein dicker Goldring. „Jetzt, wo ich darüber nachdenke, erinnere ich mich. Ein schmächtiger Kerl. Früh schon eine beginnende Glatze. Er dachte, er würde einen pulitzerpreiswürdigen Antikriegsartikel schreiben, musste aber bei seiner ersten Leiche kotzen wie ein kleines Kind. Was ist mit ihm?"

„Er wurde ermordet." Aidens Stimme klang ausdruckslos. „Und sein Büro wurde durchsucht."

„Tut mir leid, darüber weiß ich nichts. Und mir ist nicht klar, warum Sie glauben, ich könnte Informationen dazu besitzen. Wenn das jetzt alles war …"

Er stand auf und signalisierte ihnen damit, sie sollten gehen. Winter wünschte, es gäbe eine Möglichkeit für sie, in seinen Schreibtisch zu schauen. Er besaß Informationen. Und war offensichtlich nicht willens, sie mit ihnen zu teilen. Sie warf einen Blick auf die Belüftungsöffnung. Auch dort schimmerte es weiterhin rot.

„Danke für Ihre Zeit, Mr. Kennedy", sagte Noah und streckte ihm die Hand hin. „Bitte entschuldigen Sie die abendliche Störung." Winter konnte mühelos sehen, dass Noahs Lächeln falsch war, aber es war nicht schlimmer als das, womit Kennedy es erwiderte. Er sah aus wie ein satter Hai.

„Es war mir ein Vergnügen." Erneut hielt Kennedy Winters Blick fest. Sein Lächeln wurde beinahe raubtierhaft, und sie biss die Zähne zusammen. „Harrison begleitet Sie nach draußen." Er drückte einen Schalter unter dem Schreibtisch, und der Butler tauchte so rasch auf, als hätte er direkt vor dem Raum gewartet.

Schweigend geleitete er sie zum Eingang.

Die schwere Haustür war kaum hinter ihnen zugefallen, da brach es aus Noah heraus: „Was zum Teufel war das, Agent Parrish?"

Aiden zuckte mit keiner Wimper. „Ich hatte keine Zeit, Sie in Kenntnis zu setzen. Ich habe vor unserem Aufbruch aus Harrisonburg um die Information gebeten, und meine Kontaktperson hat mir die E-Mail mit der Kopie des Patentantrags erst geschickt, als wir gerade angekommen waren."

„Hier ist nicht die Zeit und nicht der Ort für so was", mischte Winter sich ein. Noah sah aus, als würde er Aiden am liebsten auf dem Backsteinpflaster der Zufahrt in seine Einzelteile zerlegen. Keiner der beiden Männer beachtete sie.

„Außerdem, Agent Dalton", fügte Aiden spöttisch hinzu, „für Sie heißt es immer noch *SSA* Parrish. Das sollte Ihnen klar sein: Ich bin sowohl nach Dienstjahren als auch nach dem Dienstgrad Ihr Vorgesetzter. Ich würde vorschlagen, dass Sie sich abregen, Sie Anfänger."

Aiden war weniger breit gebaut als Noah, aber etwas an ihm hatte Winter immer vermuten lassen, dass er ein gefährlicher Kämpfer war. Er wich vor Noahs drohender Miene keinen Schritt zurück. Tatsächlich schien er sich über jeden Vorwand zu freuen, über den jüngeren Mann herzufallen.

Nun reichte es Winter. Aufgebracht trat sie zwischen die Kampfhähne und warf jedem einen vernichtenden Blick zu. „Reißt euch zusammen. Alle beide. Ihr benehmt euch wie Arschlöcher."

Die Aggression legte sich nicht, doch Winter ging zum SUV davon. Wenn die beiden sich einen Weitpinkelwettbewerb liefern wollten, nur zu, aber sie brauchte wenigstens nicht dabei zu sein. Außerdem konnte Noah sich für den Heimweg auf die Rückbank quetschen, lange Beine hin oder her. Sie würde den Beifahrersitz nehmen.

Endlich stiegen beide Männer in den Wagen, und Aiden ließ den Motor an und schaltete die Scheinwerfer ein. Den Mund zu einem Strich zusammengepresst, steuerte er den SUV mit einem groben Ruck auf die Zufahrt. Sie waren fast bei der Straße angekommen, und das schmiedeeiserne Tor stand offen, um sie hinauszulassen, da ertönte weit hinter dem Wagen ein gedämpfter Rumms.

„Was zum Teufel?", fragte Noah und verdrehte sich auf dem Sitz, um hinten hinauszuschauen. „Scheiße. Wir müssen wenden."

„Kann ich nicht", knurrte Aiden knapp. „Die Zufahrt ist zu schmal. Moment."

Er setzte mit heulendem Motor rasch zurück. Winter versuchte ebenfalls, etwas zu erkennen: Die Zufahrt war dunkel, und die Bäume zu beiden Seiten verdeckten das Mondlicht. Sobald sie unter den Bäumen hervorkamen, konnten Sie das Haus jedoch sehen. Sein Umriss zeichnete sich vor der Glut eines orangefarbenen Leuchtens ab.

25

In einer eigenartigen Parodie ihres ersten Besuchs öffnete der Butler erneut die Tür, als hätte er auf sie gewartet, doch diesmal war der Mann vollkommen verstört und hielt seine rechte Hand umklammert. Er hatte das Gesicht von jemandem, der gefährlich dicht vor einem Schock steht.

Er eilte mit unsicheren Schritten die Freitreppe hinunter, das Haar zerzaust und die Brille schief auf der Nase. „Gott sei Dank sind Sie noch da. Ich weiß nicht, was passiert ist. Etwas ist explodiert."

„Kennedy", fragte Aiden. „Befindet er sich noch im Haus?"

Der Butler stieß einen Laut zwischen einem Keuchen und einem Schluchzen aus und sackte ein wenig in sich zusammen. Wäre Noah nicht vorgetreten, um ihn festzuhalten, er wäre zusammengebrochen.

Die Augen des alten Mannes füllten sich mit Tränen. „Ich habe versucht, in sein Büro zu gelangen." Er streckte die Hand aus. Die Innenfläche hatte schlimme Brandblasen. „Die Tür war zugeschlossen. Nur Mr. Kennedy besitzt den Schlüssel. Bitte, bitte, helfen Sie ihm."

Winter rannte ins Haus, bevor Noah oder Aiden sie aufhalten konnten.

Unbestimmt ging ihr die Frage durch den Kopf, welche Art von Explosion eine solch heftig auflodernde, intensive Hitze erzeugte. Der Butler hätte sich eigentlich nicht so rasch an der Türklinke verbrennen sollen. Selbst wenn jemand eine Brandbombe durchs Bürofenster hereingeworfen hätte, die dann explodiert wäre, hätte es eine Weile gedauert, bis sich so viel Hitze entwickelte, dass der metallene Türgriff jemandem eine Brandwunde zufügen konnte.

Inzwischen hing bereits ein dichter Nebel aus schwarzem Rauch in der Luft. Sie zog den Stoff ihrer Bluse vor die Nase, obgleich sie wusste, dass es nichts brachte, und versuchte, so wenig wie möglich zu atmen.

Sie rannte direkt zu Kennedys Büro. Unter der dicken, soliden Holztür drang Qualm hervor. Sollte sie versuchen, die Tür einzutreten, würde sie es mit einer Rauchgasexplosion zu tun bekommen. Der plötzlich in den Raum strömende Sauerstoff müsste das Feuer explosiv auflodern lassen, und sie würde die aus dem Raum hervorschießenden Flammen kaum überleben.

Falls Kennedy sich noch im Büro befand, konnte sie von dieser Seite der Tür nichts für ihn tun.

Stattdessen ging sie in den Nachbarraum.

Er sah aus wie ein Salon, in dem Sitzmöbel in Gruppen zusammenstanden. Hier war der Rauch weniger dicht, und sie entdeckte sofort ein orangerotes Glühen auf der linken Seite des Raums. Im Gegensatz zum Nachbarzimmer war hier keine Belüftungsöffnung in die Wand eingelassen, doch in der Wandverkleidung leuchtete dennoch ein rötliches Quadrat.

Was immer dort versteckt lag, sie wollte es haben.

Die Brust vom Rauch bereits jetzt wie zugeschnürt, blickte sie sich nach etwas um, womit sie ein Loch in die

Wand schlagen könnte. Auf der anderen Seite des Salons befand sich ein offener Kamin, und sie nahm sich einen schweren Schürhaken aus dem Werkzeugständer daneben.

Sie packte ihn mit beiden Händen und schwang ihn gegen die Wand. Wieder und wieder, bis im Gipsverputz ein kleines Loch entstand. Der Qualm im Raum wurde dichter, und sie trat gegen das Loch, um es größer zu machen. Noch mehr rötliches Licht sickerte heraus - teilweise von dem Feuer, das von der anderen Seite der Wand durch die Öffnung leuchtete, und teilweise von dem Gegenstand, der in dem Wandfach versteckt war.

Als sie schließlich eine Öffnung von der Größe einer Schuhschachtel geschaffen hatte, griff sie hinein.

Ihre Finger berührten beim Tasten heißes Metall, und sie stieß zischend die Luft aus. Sie zog den Ärmel über die Hand, um sich gegen die schlimmste Hitze zu schützen. Dichte, dunkle Qualmwolken quollen aus der Öffnung, und vom Luftanhalten wurde ihr schwindelig.

Ohne ihre versengte Handfläche zu beachten, rückte sie eine kleine Stahlkassette hin und her, bis die eine Ecke aus der kaputten Wandverkleidung herauslugte. Entnervt zerrte sie weiter daran. Ihre Kehle tat weh, weil sie versuchte, nur flach zu atmen, und dann musste sie heftig husten.

Sie griff erneut nach dem Schürhaken und machte sich wieder an die Arbeit, um die Öffnung in der Wand zu vergrößern.

„ICH HOLE SIE", blaffte Noah.

„Nein, Sie bleiben mit ihm hier." Aiden deutete mit einer Kopfbewegung auf den Butler, den Noah auf den Boden gelegt hatte. „Wählen Sie den Notruf." Als Noah den Mund öffnete, um Einwände zu erheben, schnitt Aiden ihm das

Wort mit einem harten Blick ab. „Ich bin Ihr Vorgesetzter, Dalton. Tun Sie, was ich sage."

Immer zwei Stufen auf einmal nehmend, rannte er die Freitreppe hinauf. In der Eingangshalle war es dunkel, und der Rauch stank nach etwas Chemischem, das er nicht sofort identifizieren konnte. Er wusste nicht, was es war, aber er wollte nicht mehr davon einatmen als nötig. Das Büro lag links, doch bevor er diese Richtung einschlagen konnte, bemerkte er aus dem Augenwinkel eine Bewegung im Obergeschoss.

Mit einem lautlosen Fluch, der Winters Starrsinn galt, zögerte er einen Augenblick, eilte dann aber die eine Seite der geschwungenen Flügeltreppe hinauf. Undenkbar, dass es sich bei der Explosion, die praktischerweise genau mit ihrem Aufbruch zusammengefallen war, um einen Unfall handelte. Kennedy steckte tief in dieser Sache drin, was auch immer es war.

Der Flur des Obergeschosses führte in zwei Richtungen. Er wandte sich nach rechts, wo er die Bewegung gesehen hatte.

Der Flur war auf beiden Seiten von Türen gesäumt, die alle verschlossen waren. Er öffnete sie im Vorbeigehen und musterte die dahinter liegenden Räume kurz. Prachtvolle Gästeschlafzimmer wechselten sich mit Luxusbadezimmern ab. Nirgends war jemand zu sehen. Ein Gefühl der Dringlichkeit ergriff ihn. Winter befand sich irgendwo im Haus und tat weiß der Teufel was, während er selbst einem Schatten nachjagte.

Hinter der letzten Tür zur Linken lag das riesige Hauptschlafzimmer. In der einen Wand gab es einen offenen Kamin, groß genug, um einem Kleinwagen Platz zu bieten. Wie das Büro unten war das Zimmer von Bücherregalen gesäumt, und an der einen Wand hing ein Flachbildfernseher. Im Raum befanden sich zwei weitere Türen. Mit gezogener Waffe öffnete er die erste.

Dahinter lag ein so großer begehbarer Kleiderschrank, dass die meisten Leute ihr Wohnzimmer darin unterbringen könnten. Abgesehen von vollgehängten Kleiderstangen war der Raum leer. Die andere Tür führte in ein Badezimmer. Wohin auch immer der Schatten verschwunden war, hierhin jedenfalls nicht.

Enttäuscht verließ er das Schlafzimmer.

Im Erdgeschoss hing inzwischen noch dichterer Qualm, und er machte sich auf den Weg zum Büro. Im Raum davor bemerkte er wieder eine Bewegung. Er fuhr rechtzeitig herum, um zu sehen, wie Winter dicht über Fußbodenhöhe etwas aus der Wand zerrte. Als es mit einem Ruck freikam, fiel sie rückwärts auf den Boden und erlitt einen Hustenanfall.

Die Brauen finster zusammengezogen, eilte er in den Raum. Mit blutunterlaufenen Augen spähte sie zu ihm hoch. Ohne etwas zu sagen – das würde er später nachholen –, steckte er die Pistole ins Holster und half Winter auf.

„Die Kassette", keuchte sie und zappelte dabei in seinem Griff. „Seien Sie vorsichtig."

Er verlagerte Winters Gewicht, damit er eine Hand freibekam, und zog ein Taschentuch aus der Innentasche seines Mantels. Er faltete es mehrmals, um seine Hand zu schützen, und packte die Kassette am Griff. Trotz der Stofflagen spürte er die enorme Hitze, die von ihr abstrahlte.

Das Knistern des Feuers, das im Nachbarzimmer wütete, war deutlich zu hören. Ohne auf Winters Protest zu achten, verlagerte er ihr Gewicht erneut und verließ den Raum. Als sie bei der Haustür anlangten, hörte er das Alarmheulen der Feuerwehrfahrzeuge.

Noah hatte den Butler ein Stück vom Haus weggeschleppt. Er hockte bei dem Liegenden und hatte den Erste-

Hilfe-Kasten aus dem Kofferraum von Aidens Acura aufgeklappt neben sich stehen. Als sie aus dem Haus kamen, blickte er kurz zu ihnen auf. Selbst aus der Entfernung konnte Aiden die Wut in seinem Gesicht erkennen.

Doch das war ihm gleichgültig. Er hatte sich noch nie mit Kollegen anfreunden wollen.

Er legte Winter neben dem Verletzten auf den Boden und fuhr seinen SUV zur Seite, um dem ersten Feuerwehrwagen Platz zu machen, der über die Zufahrt heranjagte. Kurz darauf folgte ein Krankenwagen, und schon zerriss das Dröhnen der Dieselmotoren, das Knattern der pneumatischen Bremsen und das Schrillen der Sirenen die Stille des Abends.

Sobald Aiden Winter den Sanitätern übergeben hatte, die ihr rasch eine Sauerstoffmaske aufsetzten und die leichten Verbrennungen an ihrer Handfläche behandelten, bedeutete er Noah mit einer Kopfbewegung, zu ihm zu kommen.

Mit unübersehbarem Groll folgte der größere Mann Aiden ein Stück. „Schauen Sie", fuhr Aiden ihn an, sobald sie außer Hörweite Winters waren. „Wir haben keine Zeit für Ihr gekränktes Ego. Ich habe Kennedy im Haus gesehen."

„Warum haben Sie ihn nicht verfolgt?"

Aiden schüttelte angewidert den Kopf. „Das habe ich. Er war oben. Und ist dort ins Hauptschlafzimmer verschwunden." Er kehrte Noah den Rücken zu und schlug den Weg zur Rückseite des Hauses ein. „Ich habe das Zimmer durchsucht, doch er war weg."

Noah folgte ihm, und für einen Mann seiner Größe waren seine Schritte überraschend lautlos. „Sie meinen, dass er das Feuerchen selbst gelegt hat, damit es so aussieht, als wäre er ein Opfer."

„Vielleicht zunächst einmal. Aber vor allem sollte es uns ablenken und ihm ermöglichen, das loszuwerden, was er in seinem Schreibtisch hatte. Was auch immer es war."

„Woher wissen Sie, dass er etwas in seinem Schreibtisch hatte?“ Auf der Rückseite des Hauses angekommen, blieb Noah neben Aiden stehen und schaute zu dem Fenster hoch, das dieser betrachtete. Rechts von ihnen hatten die Feuerwehrleute bereits den größten Teil der Flammen im Büro zurückgedrängt. Die Backsteine waren verrußt, aber abgesehen vom Rauchschaden würde das Haus die nächsten hundert Jahre problemlos überdauern.

„Sie haben ja mitbekommen, wie Winter auf Kennedys Schreibtisch geschaut hat. Als könnte sie durch das Holz hindurch direkt auf das sehen, was er dort versteckt hatte.“

Noah warf ihm einen scharfen Blick zu, und Aiden verzog die Lippen zu einem selbstgefälligen Grinsen. „Sie glauben wohl, Sie sind der Einzige, der Winters Fähigkeiten kennt?“

Noah trat mit finsterer Miene einen Schritt auf ihn zu. „Ich glaube, dass *Winter* glaubt, dass ich der Einzige bin, der ihre Fähigkeiten kennt. Wie zum Teufel kommen Sie auf die Idee, Sie wüssten irgendetwas über sie? Über die Frau, die sie *jetzt* ist und nicht über das verängstigte Kind von damals?“

Aiden wich seinem Blick nicht aus. Fast hatte er Mitleid mit Noah. Es war unübersehbar, dass der große Kerl eine Menge für Winter empfand. Aiden nahm ihm sein Bedürfnis, Winter zu beschützen, nicht übel. Schließlich war Aiden aus demselben Grund da. Und wie Dalton wollte er sie keiner anderen Obhut anvertrauen als seiner eigenen.

„Ich kenne Winter eben schon viel länger“, sagte er endlich. Diese lapidare Bemerkung war eine Untertreibung.

Er hatte verfolgt, wie das magere Mädchen, noch mehr Kind als Jugendliche, heranwuchs und mit aller Kraft nach einem Grund zum Weiterleben suchte, nachdem sie aus dem Koma erwacht war und feststellen musste, dass sie ihre Familie verloren hatte. Nach dem Überfall hatte sie so hart um ein lohnendes Leben gekämpft. Und er, der FBI-Agent, den sie unübersehbar als Held verehrte? Er war an der Aufgabe gescheitert, den Mörder ihrer Familie zu finden. Er war ihm nicht einmal nahe gekommen, und das hatte ihn mit Zorn erfüllt. Doch das Kind hatte nie aufgehört, ihn zu bewundern.

Dann, in weniger als einem Jahrzehnt, hatte Winter sich von einem trauernden Mädchen in eine gestählte, zielstrebige Frau verwandelt. Dennoch spürte er noch immer ihre Verletzlichkeit. Sie regte sich unmittelbar unter der Oberfläche. Sie lauerte im tiefen Blau ihrer Augen. Und sie zeigte sich in ihrem eigensinnig vorgeschobenen Kinn.

Außerdem wusste er, dass sie sich durch das Koma verändert hatte. Dass es einfach unmöglich war, nach einem solchen Trauma eine normale Kindheit zu erleben und eine normale Erwachsene zu werden.

Sie war dem allerdings nahe gekommen. Er hatte sie über die Jahre hinweg im Auge behalten. Anfangs war es ein steiniger Weg gewesen, aber nachdem ihre Großeltern mit ihr nach Raleigh gezogen waren, hatte die Lage sich gebessert. Seit ihrer Collegezeit hatte Aiden jedoch noch etwas anderes in Winter entdeckt.

Sie hatte ein nahezu eidetisches Gedächtnis. Sie konnte blitzschnell zu korrekten Schlüssen gelangen, die für andere Menschen kaum nachvollziehbar waren. Sie erfasste Ereignisse, die anderen verborgen blieben, und ihm war klar, dass das über die übliche sichtbare Welt hinausging. Sie wusste Dinge, die sie nicht wissen sollte. Und als sie einmal mit heftigem Nasenbluten in seinem Beisein das Bewusstsein verloren hatte, hatte er mit eigenen Augen gesehen, welchen Zoll diese Fähigkeiten von ihr verlangten.

Außerdem hatte er gegen ihren Willen noch etwas anderes wahrgenommen. Etwas, das er sich am liebsten selbst nicht eingestehen würde. Winter war kein Kind mehr. Sie war eine starke, geheimnisvolle, intelligente Frau. Die

Jahre, die sie einmal so deutlich getrennt hatten, schienen zusammengeschrumpft zu sein. Das Kräfteverhältnis zwischen Mentor und Schülerin hatte sich verändert. Sie faszinierte ihn, und das in einem Maße, das es ihm fast unmöglich machte, von ihr loszukommen.

Er riss sich aus seinen Gedanken. Dalton beobachtete ihn noch immer mit einer Mischung aus Abneigung und Misstrauen.

„Kennedy ist irgendwie entwischt", sagte Aiden und deutete mit einer Kopfbewegung auf das Fenster des Eckschlafzimmers. „Wenn die Feuerwehrleute fertig sind, werden wir sehen, ob es in seinem Büro noch etwas zu finden gibt, aber seine Leiche wird nicht dort sein."

Sie kehrten zu Winter zurück, die im hinteren Bereich des Krankenwagens auf einer Trage lag und ungeduldig mit einer untersetzten Frau in blauer Uniform diskutierte, die sie am Aufstehen hindern wollte.

„Es geht mir gut", suchte sie Unterstützung bei Aiden. Sie war noch ein wenig blass und trug einen Verband um die Hand, doch ihre blauen Augen blitzten vor Verärgerung. „Können Sie sie bitte dazu bewegen, mich gehen zu lassen? Wir müssen einen Blick in die Kassette werfen." Ihre Stimme war durch die Sauerstoffmaske vor Nase und Mund gedämpft, dennoch hörte er, dass sie vom Rauch ganz heiser war.

Aiden begegnete dem Blick der Sanitäterin über Winters Kopf hinweg. Sie verdrehte die Augen über den Eigensinn ihrer Patientin, nickte dann aber widerstrebend.

„Die Kassette kann warten", erklärte er Winter, als sie aus dem hinteren Bereich des Krankenwagens nach vorn kam und leichtfüßig ausstieg. „Ich habe sie im Kofferraum eingeschlossen. Jetzt müssen wir uns erst noch auf etwas anderes konzentrieren. Bevor ich Sie gefunden habe, habe ich

Kennedy im Haus gesehen. Sobald die Feuerwehr uns hineinlässt, werden wir uns dort umschauen."

Noah sprach mit dem Polizeibeamten, der inzwischen aus Bethesda eingetroffen war, während Aiden Max Osbourne anrief, um ihm die neuesten Entwicklungen mitzuteilen. Ohne dass sie darüber gesprochen hatten, hatte Aiden als höherrangiger Agent die Leitung der Ermittlungen de facto an sich gezogen. Theoretisch war Winter immer noch die verantwortliche Ermittlerin, und Osbourne hatte die Aufsicht, aber alle wussten, wie es wirklich war.

Winter redete mit dem zuständigen Feuerwehrkommandanten, und nach weiteren fünf Minuten durften sie ins Haus gehen und mit der Durchsuchung beginnen. Die vier Polizeibeamten aus Bethesda übernahmen das Erdgeschoss, und Aiden stieg mit Noah und Winter die Treppe zum ersten Stock hinauf. Sie durchsuchten jedes einzelne Zimmer zu beiden Seiten des Treppenhauses, fanden aber nichts. Im Hauptschlafzimmer ging Aiden zur Wand neben dem offenen Kamin. Ein Blick von draußen durchs Fenster hatte ihm gezeigt, dass die Nordwand des Schlafzimmers anderthalb Meter vor der tatsächlichen Hausecke endete.

Als er auf die Wand klopfte, hörte er ein Echo statt des dumpfen Geräuschs, das ein Schlag auf gipsverputzten Backstein ergibt. Noah trat zu ihm. „Ein Geheimgang?", fragte der jüngere Agent. „Kennedy entwickelt sich gerade zu einem Gangster wie aus Scooby Doo entsprungen." Er zog an einer Wandleuchte, doch sie bewegte sich nicht.

Winter blieb kurz hinter den beiden stehen, ohne etwas zu sagen, und musterte die Backsteinwand. Dann griff sie mit ihrer unverletzten Hand unter den Kaminsims. Aus einem Abschnitt der Wand, der fugenlos gewirkt hatte, sprang ein Riegel hervor. Aiden schob die Finger in den entstandenen Spalt und zog den Wandabschnitt auf. Sie wurden keineswegs von einer dunklen modrigen Treppe empfangen, sondern dort lag ein helles Treppenhaus mit verputzten Wänden und einer Lampe an der Decke.

Aiden schaltete sie ein. Eine Treppe führte zum Speicher hinauf und die andere ins Erdgeschoss hinunter.

„Das hier ist kein Geheimgang. Zumindest ursprünglich nicht. Die Dienstbotentreppe, die von Anfang an zum Haus gehörte, wurde nur leicht umgebaut."

„Dann führt sie also zum Erdgeschoss hinunter und vielleicht noch tiefer in den Keller."

Aiden nickte und betrat die Stufen. „Die kühle Luft, die von unten aufsteigt, lässt an einen Keller denken. Und vermutlich gibt es dort auch einen weiteren Ausgang."

Vom Erdgeschoss aus ging es tatsächlich weiter hinunter. Im Keller angekommen, übernahm Winter die Führung. Obwohl der Rest des Hauses so schön war, war Kennedys Keller kalt und höhlenartig und erstreckte sich unter dem ganzen Haus. Mit raschen, sicheren Schritten führte Winter ihre Kollegen zielstrebig durch die Dunkelheit, die nur von einer Stifttaschenlampe an Noahs Schlüsselbund erhellt wurde.

Am anderen Ende des Kellers führte eine kurze Treppe zu einer Tür hinauf. Sie stieß sie auf, und sie fanden sich ganz in der Nähe der Garagen wieder. Nur wenige Meter entfernt erstreckte sich ein Wald – ein richtiger Wald, kein gepflegter Baumgarten wie vor dem Haus – in die Dunkelheit.

„Wir können die Polizei von Bethesda bitten, eine Suchhundestaffel kommen zu lassen", sagte Aiden, das Gesicht eine Maske eiskalten Zorns. „Aber Kennedy ist wahrscheinlich längst über alle Berge."

26

Es war beinahe Mitternacht, als sie Kennedys Haus verließen. Parrishs SUV stank innen nach Rauch, und Noah war so engherzig zu hoffen, dass das schicke Lederpolster den Geruch nie wieder loswerden würde.

Er blickte nach vorn zu Winter, die zusammengesunken auf dem Beifahrersitz saß, den Kopf ans Fenster gelehnt. Sie schlief tief und fest, mit ruhigen, regelmäßigen Atemzügen. Ihr schwarzes Haar hatte sich schon vor Stunden aus dem ordentlichen Zopf gelöst und hing als dunkler Vorhang herab, der ihr rußverschmiertes Gesicht vor seinem Blick verbarg.

Parrishs Befehl, zurückzubleiben, als Winter sich in Gefahr begab, war ihm vorhin sehr übel aufgestoßen.

Aiden begegnete seinem Blick im Rückspiegel, nur ganz kurz und mit einem kühlen, abschätzenden Ausdruck. Dann sah er wieder auf die Straße. Sie hatten eine Übereinkunft getroffen. Eine wortlose. Noah wollte mit dem verkrampften Arschloch nicht mehr als nötig reden. Aber jeder verstand die Prioritäten des anderen, die jeweilige Position war klar.

Winter würde Vorrang haben.

Der Brandsachverständige hatte Ursprung und Ursache des Brandes bestimmt. Bücher und Unterlagen – vermutlich der belastende Inhalt von Kennedys Schreibtisch – waren direkt hinter der Bürotür aufgestapelt worden. Das Material war dann mit einem Gemisch aus Benzin und Styrol getränkt worden, das Kennedy schon vorher hergestellt hatte. Er war auf ihr Eintreffen vorbereitet gewesen.

Winter hatte Glück, nicht mehr Rauch eingeatmet zu haben als ohnehin. Noah verspürte den äußerst unprofessionellen Wunsch, Kennedy allein schon deswegen umzubringen.

Kennedy hatte Polyesterschaumstoff in Benzin aufgelöst und dadurch buchstäblich Napalm selbst gemacht. Das Gemisch wurde dadurch dickflüssiger und brannte heißer und länger. Offensichtlich wollte er nicht, dass nach dem Brand noch irgendwelche lesbaren Seiten übrig blieben.

Seine Taktik hatte funktioniert. Das im Raum verteilte Benzin hatte in Verbindung mit dem Gemisch, das die Unterlagen tränkte, eine Anfangsexplosion ausgelöst, die in einen hübschen, langwierigen, schwer zu löschenden Brand übergegangen war. Der hatte sich durch das Parkett gefressen und beinahe den Holzfußboden darunter zum Einstürzen gebracht, bevor er gelöscht wurde.

Kennedy selbst war über die alte Dienstbotentreppe in den Keller entkommen und von dort wer weiß wohin. Die Suchhunde hatten ihn nicht aufstöbern können.

Winter wurde mit einem Ruck wach, als sie auf den Parkplatz des Holiday Inn Express in der Nähe von Washington einbogen. Ihre Augen waren weit geöffnet und dunkel. Am frühen Abend hatte Noah drei Zimmer reserviert, da er annahm, dass sie am nächsten Tag noch vor Ort zu tun haben würden. Winter schaute sich rasch um und schien sich zu entspannen, als sie sich orientiert hatte.

„Wird Zeit, die Kassette zu öffnen“, sagte sie und zuckte ein wenig zusammen, weil sie wohl Halsschmerzen hatte.

Nach dem kleinen Motel in Harrisonburg war das Holiday Inn ein Aufstieg. Sie begaben sich in die Lobby und holten ihre Zimmerschlüssel an der Rezeption ab.

Die niedliche Rezeptionistin lächelte Noah flirtend zu, obwohl er wie ein brennendes Haus roch. Sobald er die Schlüssel hatte, kramte er in seiner Hosentasche nach ein paar Münzen. In einer kleinen Nische neben dem Lift stand ein Getränkeautomat.

„Drück bitte den Schalter für den zweiten Stock und halt den Lift fest, okay?“, bat er Winter.

Sein Mund schmeckte nach Asche, und ihrer musste sich so anfühlen, als hätte sie an einem Auspuffrohr genuckelt. Der Automat heulte und rasselte, sobald Noah die Münzen eingeworfen hatte, tat aber, was er sollte, und spuckte drei Coladosen aus. Noah rückte sich den Riemen seiner kleinen Duffel Bag auf der Schulter zurecht, nahm die Dosen und folgte Parrish und Winter in den Lift. Winter hatte ihren abgenutzten Rucksack, und Parrish war mit einem Kleidersack und einem kleinen Koffer bewaffnet. Außerdem hatte er die rußgeschwärzte Kassette unter den Arm geklemmt.

Ihre Zimmer befanden sich alle im selben Stockwerk, und in einer unausgesprochenen Übereinkunft versammelten sie sich im Zimmer des ranghöchsten Agents, da es dem Lift am nächsten lag. Nachdem Aiden die Tür mit der Schlüsselkarte geöffnet hatte, trat Noah ein und reichte Winter im Vorbeigehen die Cola. Aiden setzte sein Gepäck bei der Tür ab, stellte die Kassette auf den Tisch und nickte Noah zu, was dieser als einen Dank auffasste.

Seit Harrisonburg war ihm das Absuchen des Zimmers in Fleisch und Blut übergegangen, und er hoffte, daraus würde keine Zwangshandlung werden. Dass sie sich in einem anderen Hotel befanden, machte für ihn keinen Unterschied. Er erledigte es rasch und überging Aidens neugierigen Blick.

Winter stand bereits am Tisch und untersuchte das Kassettenschloss. Sie kramte in ihrer Handtasche und brachte eine Haarnadel zum Vorschein. Als Noah sie mit hochgezogenen Augenbrauen ansah, zuckte sie mit den Schultern. „Klischees sind manchmal auch berechtigt."

Schnell hatte sie das Schloss geknackt. In dem Kästchen lag obenauf ein Reisepass. Winter betrachtete ihn kurz und reichte ihn an Noah weiter. Das Passfoto zeigte Scott Kennedy, aber der Name des Inhabers lautete auf James Parker. Darunter lagen Kreditkarten, Reiseschecks und eine Auswahl praktischer Dinge, die man vielleicht gut gebrauchen konnte, wenn man plötzlich beschloss, Fersengeld zu geben. ‚James' war auf eine Reise vorbereitet, wahrscheinlich in ein Land, das es mit der Zusammenarbeit bei der Auslieferung von Straftätern nicht so genau nahm.

Ganz unten befand sich eine dicke Mappe. Winter zog sie heraus, doch Parrish nahm sie ihr aus der Hand, schaute kurz hinein und legte sie hinter sich auf den Nachttisch.

„Bevor wir uns damit befassen, haben wir erst noch etwas zu besprechen, Winter." Er blieb stehen, die Arme vor der Brust verschränkt, und nagelte sie mit seinem Blick fest. Noah wusste, was bevorstand, und setzte sich auf die Bettkante, um einen möglichst guten Zuschauerplatz zu haben.

Grinsend beobachtete er, wie es Winter dämmerte, dass Parrish ihr die Ohren lang ziehen würde – zumindest im übertragenen Sinn. Allerdings war er sich nicht sicher, auf wen er wetten sollte. Vermutlich würde Parrish, der scharfäugige, erfahrene FBI-Agent mit dem Rückgrat aus Stahl gewinnen. Er war kälter als ein Eiswürfel und unglaublich einschüchternd. Winter lehnte sich jedoch in aller Ruhe auf ihrem Stuhl zurück. Das schwarze Haar fiel ihr über die Schultern herab, und in ihren Augen brannte blaues Feuer.

Sie schaute, als forderte sie ihn stumm heraus, zur Sache zu kommen.

„Falls Sie noch ein einziges Mal so selbstsüchtig und impulsiv vorpreschen wie heute, als Sie ohne Absprachen und Sicherheitsvorkehrungen in das Haus gestürmt sind, werde ich dafür sorgen, dass Sie achtkantig gefeuert werden. Und es wird mir ein Vergnügen sein."

Noah unterdrückte ein Schnauben. Mit seinem Oberschichtakzent klang bei Parrish selbst eine Schimpftirade vornehm. Aber soweit Ultimaten glaubwürdig sein konnten, war dieses es.

Noah erwartete eine Explosion und war ein wenig enttäuscht, als Winter gelassen reagierte.

Sie sah Parrish wie ein Unschuldslamm an. „Wir kennen einander schon lange, Aiden, oder?" Ihre Lippen verzogen sich zu einem angedeuteten Lächeln. Parrish machte ein misstrauisches Gesicht, erwiderte aber nichts. „Über all die Jahre habe ich unwillkürlich begonnen, Sie als einen Freund zu betrachten. Wie einen großen Bruder."

Noah hätte vor Mitgefühl mit Parrish zusammenzucken können, doch dafür genoss er die Situation zu sehr. Selbst er hatte gemerkt, dass Aidens Gefühle gegenüber Winter eine alles andere als brüderliche Färbung angenommen hatten. Angesichts ihrer Beobachtungsgabe konnte ihr das nicht entgangen sein.

„Ihre Anteilnahme an meinem Leben geht definitiv über das hinaus, wozu Sie als FBI-Agent verpflichtet sind, nicht wahr?"

Sie verminte das Gelände, aber Parrish wich keinen Schritt zurück.

Und jetzt kam das Feuer.

Winter stand so schnell auf, dass ihr Stuhl rückwärts gegen die Wand krachte. Sie schoss auf Parrish zu, und obwohl er wesentlich größer war, gelang es ihr sehr gut, ihm den Kopf zu waschen.

„Wagen Sie es nicht, mit bescheuerten Drohungen um sich zu werfen! Sie wissen verdammt gut, dass Sie sich in diesen Fall hineingedrängt haben, weil Sie Agent Black nicht von Winter trennen können. Winter war ein kleines Mädchen, das Schutz brauchte, Agent Black kann auf sich selbst aufpassen, und dieses gluckenhafte Verhalten ist übertrieben, selbst für Ihre Verhältnisse!"

Ihr Gesicht war rot angelaufen, und vom Anschreien wurde ihre Stimme noch heiserer.

„Von jetzt an, *SSA Parrish*, reden Sie mich bitte als Kollegin an und behandeln Sie mich auch als eine solche. Sollten Sie Probleme mit meinem Verhalten haben, sprechen Sie mit meinem Vorgesetzten und lassen Sie ihn entscheiden, ob ich gefeuert werden soll. Und bis dahin, ficken Sie sich ins Knie!"

Verdammt, der Mann war cool. Während der ganzen Zornesrede verrutschte sein ruhiger, leicht sarkastischer Gesichtsausdruck um keinen Millimeter. Als Winter grob an ihm vorbeimarschierte, um sich die Mappe zu schnappen, erhaschte Noah ein kurzes, gefährliches Funkeln in seinem Blick.

„Ich bitte um Entschuldigung." Seine Stimme war sanft und kontrolliert, darunter aber stahlhart. „In Zukunft werde ich mich an Osbourne wenden, wenn Sie eine Rüge verdient haben. Unterdessen sollten Sie sich mit der Frage auseinandersetzen, was Professionalität eigentlich bedeutet. Bestimmt haben Sie noch ein paar Collegebücher griffbereit … Ihr Abschluss liegt ja nicht lange zurück, oder?"

Ohne zu schauen, ob seine Spitze ihr Ziel getroffen hatte, ging Parrish zur Tür und machte sie weit auf. „Morgen um sechs unten in der Lobby?"

Parrish richtete die Frage an Noah, der mit einer Andeutung des Respekts nickte, den er bis eben zurückgehalten hatte, und aufstand. Er war wider Willen beeindruckt. Der Kerl wusste, wie man jemandem einen Rüffel erteilte. „Also bis um sechs", stimmte er zu, während er das Zimmer hinter der vor Wut schäumenden Winter verließ.

„Ehrlich?", platzte Winter der Kragen, sobald die Tür sich hinter ihnen geschlossen hatte. „Du hättest mich da nicht unterstützen können?"

Noah zuckte mit den Schultern. „Besser es kommt von ihm als von mir. Parrish hat es stilvoller erledigt."

Ihr blieb der Mund offen stehen, und er lachte glucksend.

Sie klappte den Mund rasch zu und starrte ihn wütend an. „Du bist einer Meinung mit ihm?"

Nüchtern geworden, nickte er. „Ja. Du hättest nicht allein losstürmen sollen. Auch wenn du wusstest, dass dort etwas versteckt war. Verdammt, hättest du wenigstens Bescheid gesagt. Du hast das Versteck der Kassette erspürt, aber du wusstest nicht, ob Kennedy im Haus war. Er ist ein gottverdammter Verdächtiger, darin dürften wir uns einig sein, und du wusstest nicht, ob er oder derjenige, der sich mit der Brandstiftung amüsiert hat, nicht auf der Lauer lag."

Sie wich keinen Zentimeter zurück. „Ich werde das Gefühl nicht los, dass wir dieses Gespräch nicht führen würden, wenn du oder Aiden dort hineingerannt wärt und nicht ich", stieß sie heiser aus.

„Ob es dir nun gefällt oder nicht, Darling, es war eine beschissene Idee."

„Unglaublich." Sie fuhr herum und hob ihren abgestellten Rucksack auf. „Alle beide. Ich kann es nicht fassen." Aufgebracht wandte sie sich ihm wieder zu, die Hand so fest um die Mappe gelegt, dass ihre Knöchel weiß wurden. „Ihr braucht nicht meine Gluckenmutter zu spielen, weder du noch Aiden. Ich *brauche* euren Schutz *nicht*."

Zum Teufel. Nun brodelte es allmählich auch in ihm.

„Ich bin einer Meinung mit Parrish. Solange wir ein Team sind, sollte keiner von uns solo losziehen und die anderen beiden einfach stehen lassen. Ich wurde dazu ausgebildet, auf meinen Partner oder mein Team achtzugeben. Ob das nun beim Militär ist, bei der Polizei oder beim FBI. Und du hast die gleiche Ausbildung."

Sie errötete ein wenig, da sie wusste, dass er recht hatte.

Er trat einen Schritt vor, genau wie sie gerade eben bei Aiden. Er wusste, sie würde nicht zurückweichen. „Der Hauptunterschied zwischen Parrish und mir, Darling, besteht darin", er senkte den Kopf, bis er nur noch wenige Zentimeter von ihrem nach oben gewandten Gesicht entfernt war, „dass du verdammt gut weißt, dass ich nicht dein Bruder bin."

Wütend schubste Winter ihn gegen die Brust, und er leistete keinen Widerstand und tat ein paar Schritte rückwärts. Gleich darauf war sie verschwunden, doch er wartete noch ab, bis sie die Tür zugeschlagen hatte, bevor er loslachte.

Er musste sich in Erinnerung rufen, dass die Arbeit beim FBI noch immer neu für sie war. Parrishs Kommentar dazu war ganz schön bissig gewesen, aber er hatte recht. Sie kam frisch vom College und hatte vorher keine Erfahrung beim Militär oder der Polizei gesammelt. Entweder würde sie den Dreh herausbekommen und lernen, sich in ein Team einzufügen, oder man würde ihr einen Schreibtischjob zuweisen.

Mit einem Blick auf sein Bett zog er sein Hemd aus und ging ins Bad, um den Rauchgestank abzuduschen. Ja, es würde schön sein, zur Abwechslung einmal nicht auf dem Boden zu schlafen. Aber er würde die niedlichen leisen Geräusche vermissen, die Winter beim Schlafen machte.

So gut Parrish und Winter einander auch kannten, Noah war sich sicher, dass Aiden diese niedlichen Schlafgeräusche noch nie gehört hatte.

27

Winter sehnte sich verzweifelt nach Kaffee. Sie las den Abschnitt des vor ihr liegenden Berichts erneut. Die zehn und mehr Silben langen Wörter verschwammen ihr vor den Augen.

Gestern Abend war sie erschöpft gewesen und auf dem Weg zum Hotel im Auto eingeschlafen, aber nach der Konfrontation mit ihren „Team"-Kollegen war an Schlaf nicht mehr zu denken gewesen. Erfüllt vom Zorn auf anmaßende, sexistische Männer im Allgemeinen, hatte sie stattdessen geduscht und sich mit der unverletzten Hand das Haar gewaschen. Dann war sie bis beinahe vier Uhr morgens aufgeblieben und hatte das Dokument aus Scott Kennedys Kassette gesichtet.

Sie wusste, dass die in diesem Dokument enthaltenen Informationen alles ändern mussten. Sie wünschte nur, sie würde wirklich verstehen, was sie da las.

Sie war spät ins Bett gekommen, trotzdem tauchte sie als Erste unten in der Lobby auf. Benommen vom Schlafmangel war ihr das als gute Idee erschienen, doch das Warten auf die anderen machte sie nervös, und sie fragte sich, wie Noah und

Aiden sich wohl verhalten würden, nachdem sie mit jedem von ihnen separat aneinandergeraten war.

Die Lifttür glitt auf, und beide traten gleichzeitig heraus. Noah, mit Bartstoppeln auf den Wangen und das zu lange feuchte Haar nach hinten zurückgekämmt, trug eine Jeans und hohe Schuhe zu einem schwarzen Pullover, der seine breiten Schultern eng umschmiegte.

Neben ihm sah Aiden so aus, als befände er sich auf dem Weg zur Wall Street. Hochgewachsen und schlank, in einem maßgeschneiderten blauen Anzug mit dezenten grauen Nadelstreifen ... kein Härchen in Unordnung und mit Schuhen, in denen Winter sich, wie sie wusste, spiegeln könnte.

Zwei vollkommen unterschiedliche Männer, die ihr beide enorm wichtig waren, obwohl sie ihren Zorn fast gleichermaßen stark erregten. Sie wollte sich nicht so eng mit ihnen verbunden fühlen, aber so war es eben.

„Guten Morgen, Agent Black", sagte Aiden trocken. Sie verdrehte die Augen und sah Noah an, doch der war nicht hilfreich. Er zuckte einfach nur mit den Schultern, als wollte er sagen: *Nun, was erwartest du?*

„Ich brauche einen Kaffee. Am besten einen mit viel Schokolade darin. Gelangt das Team zu einer entsprechenden Übereinkunft?"

Noah warf einen Blick auf Aiden. „Ich finde, das klingt ganz vernünftig. Was meinen Sie, SSA Parrish?"

„Agent Dalton, ich denke, das können wir im Konsens lösen." Aiden wandte sich wieder Winter zu. „Ja, Agent Black. Gehen wir Kaffee trinken."

„Ihr beide seid mir eine Einladung bei Starbucks schuldig, weil ihr euch wie solche Ärsche benehmt." Winter ging ihnen zum Parkplatz voran. Hinter sich hörte sie, wie Noah Aiden fragte, ob ihm Starbucks als Ziel genehm sei. Aiden antwortete, dieser Vorschlag finde seine Zustimmung.

Winter streckte den Mittelfinger aus, und zwar so, dass

beide es mit Sicherheit sehen konnten. Sie drehte sich allerdings nicht um. Die Geste würde nicht mehr wirken, wenn sie sahen, dass sie grinste. Jeder für sich konnte sie rasend machen, aber gemeinsam würden sie sie in den Wahnsinn treiben.

Die Schlange vor dem Drive-in des Coffee-Shops wirkte drei Meilen lang, aber drinnen saßen um die Uhrzeit erst wenige Gäste. Winter bekam ihren Mokka und nahm dankbar einen Schluck. Ihr Hals war kaum mehr wund, aber der heiße Kaffee hinterließ trotzdem ein wohltuendes Gefühl in ihrer Kehle. Sie schlängelte sich zu dem Tisch zurück, den Noah belegt hatte.

Noah las mit gerunzelter Stirn in dem Dokument.

Aiden tippte Nachrichten in sein Handy. „Ich habe eine DNA-Spezialistin an Land gezogen", sagte er schließlich, blickte auf und legte das Gerät weg. „Tracy Hooper. Sie arbeitet im Labor für Analytische Biologie des National Museum of Natural History und ist bereit, sich heute Vormittag mit uns zu treffen."

Das Dokument, das sie aus Kennedys Versteck geborgen hatte, war nach Winters Überzeugung das Risiko wert gewesen. Es enthielt die Ergebnisse einer Studie zu dem Fruchtbarkeitsmedikament, für das Scott Kennedy Anfang der Achtzigerjahre einen Patentantrag gestellt hatte: *Progesteraline Six*. Auf mehreren Seiten standen Namen, die Winter sofort erkannte.

Tony und Belinda Collier. Daren und Joanna Bowman. David und Nancy Benton. Andy und Catherine Kinney. Betty und Jerry Talbot.

Sie alle waren als Versuchspersonen angeführt, denen man das Fruchtbarkeitsmedikament verabreicht hatte, und da Informationen über *Progesteraline Six* bisher nirgends aufgetaucht waren, hatten sie alle von dieser Maßnahme keine Ahnung gehabt.

„Ich verstehe nicht, warum Kennedy die Kassette nicht mitgenommen hat", überlegte Winter. „Er muss doch gewusst haben, dass die Dokumente ihn belasten."

„Er wird wohl weitere Tarnidentitäten besitzen", erwiderte Noah. „Vielleicht war die hier seine Rückfallposition."

„Lassen wir also die Flughäfen überwachen? Wird er jetzt, da wir diese Informationen in Händen halten, abhauen?"

Noah zuckte mit den Schultern, doch Aiden schüttelte langsam den Kopf.

„Was denken Sie?"

„Er weiß nicht, dass wir das Dokument gefunden haben." Aiden tippte beim Sprechen etwas in seinen Laptop ein. „Kennedy ist mächtig und arrogant und glaubt, uns einen Schritt voraus zu sein. Ihr habt ihn ja während des Interviews erlebt. Er hält sich für unangreifbar und uns für Idioten. Ihm wird gar nicht der Gedanke kommen, dass wir die Kassette haben könnten. Jetzt, da er all seine Eisen im Feuer hat, ist eine Flucht aus den USA weniger wahrscheinlich denn je."

„Er hat sich mit Rebekah Archer zusammengetan", merkte Noah an.

Aiden nickte. „Ob ihr vollkommen klar ist, was er treibt, muss man noch sehen, aber wir können annehmen, dass die beiden in Kontakt stehen. Wir werden den Zugriff auf seine Handydaten beantragen, aber bis wir sie haben, schauen wir erst einmal, welche Immobilien Kennedy sonst noch besitzt."

Innerhalb einer Stunde stieß Winter auf eine Eigentumswohnung in South Beach, die Scott Kennedy zuzuordnen war. Aiden hatte zwei weitere Immobilien gefunden, eine Luxusvilla im Skigebiet von Vail und ein Stadthaus in Boston, das anscheinend an einen wohlhabenden Arzt und seine Frau vermietet war. Noah entdeckte ein Strandhaus bei Savannah.

Auf dem Weg zum Gespräch mit der DNA-Spezialistin im Museum schickte Noah ein Foto Scott Kennedys an die im Gebiet der jeweiligen Immobilien zuständige Ortspolizei. Mit der Begründung, dass Kennedy im Zuge einer FBI-Ermittlung von Interesse sei, gab er eine Suchmeldung heraus und bat um einen Anruf, sollte der Gesuchte gesichtet werden. Winter fand die Telefonnummer von Scott Kennedys Bruder, der bereit war, sich am Nachmittag mit ihnen zu treffen.

Es fühlte sich so an, als nähmen die Ermittlungen endlich Fahrt auf, doch wohin sie führen würden, wusste Winter nicht.

„Was zum Teufel ist das?“ Tracy Hooper rückte ihre schwarze Cateye-Brille zurecht und senkte den Blick erneut auf das Dokument, das sie seit fünf Minuten studierte. „Woher haben Sie das?“ Sie blickte zu den drei FBI-Agents auf, die Seite an Seite vor ihrem Schreibtisch standen und von denen einer oder alle leicht nach Rauch rochen.

„Es ist ein …“, begann Winter.

„Setzen Sie sich.“ Tracy deutete auf die metallenen Klappstühle, die sie am Morgen aus dem Lager hergeschleppt hatte. Man sollte meinen, in einem so prestigeträchtigen Haus wie dem Natural History Building sollte man über besseres Mobiliar verfügen. „Sie machen mich sonst nervös.“

Aiden setzte sich, beugte sich aber vor. „Sagen Sie uns, was Sie denken.“

Tracys und Aidens Wege hatten sich bereits öfter gekreuzt, und trotz seiner brüsken Art hatte sie ihn immer gemocht. Sie war die Letzte, die jemandem seine Arroganz verübeln würde, und außerdem war er attraktiv. Sie stand auf Tom Hiddleston, und Aiden sah aus wie Lokis Stunt-Double als Dressman.

Sie zog den Bauch ein bisschen ein und gratulierte sich dazu, dass sie heute ihr Lieblingsstück angezogen hatte, ein bordeauxrotes Etuikleid mit Herzausschnitt. Natürlich trug sie einen Laborkittel darüber, aber das schien wenigstens Jeremy nicht zu stören, den College-Praktikanten, der ihr nachmittags zur Hand ging. Das Kleid unterstrich ihre Vorzüge.

„Ich glaube, wir haben hier jemanden vor uns, der Gott spielen wollte und es total vermasselt hat." Sie schlug die Mappe auf den Tisch, verschränkte die Arme vor der Brust und lehnte sich auf ihrem Bürostuhl zurück. „Und ich äußere mich erst dazu, wenn Sie mir einiges über den Hintergrund verraten haben."

Die Agentin ihr gegenüber beugte sich vor, die leuchtend blauen Augen funkelnd vor Intelligenz. „Auch wir glauben, dass jemand genau das versucht hat – oder immer noch versucht. Führt irgendetwas in dieser medizinischen Studie Sie zu der Annahme, dass der Entwickler des Fruchtbarkeitsmedikaments die Persönlichkeit beeinflussen wollte? Ich habe gestern Abend ein bisschen herumgegoogelt, aber Sie sind die Expertin."

Tracy lächelte ironisch. „Schmeichelei kann nie schaden, aber, richtig, ich bin die Expertin. Wie viel wissen Sie über die Entwicklung der Persönlichkeitszüge?"

„Die Frage, was angeboren und was erworben ist, meinen Sie?"

„Einfach gesprochen, ja." Tracy griff in die oberste Schublade ihres Schreibtischs und holte ein Tütchen M&Ms heraus. Sie bot ihren Besuchern davon an, aber nur der große, grünäugige Agent wollte etwas. Er schenkte ihr ein überraschend nettes Lächeln und hielt ihr die geöffnete

Hand hin, damit sie ein paar Schokolinsen hineinschütten konnte. Wenn Parrish Loki war, war dieser Kerl Thor.

„In den ersten Studien zu Persönlichkeit und Genen verfolgten die Wissenschaftler meist, wie Zwillinge heranwuchsen. Im Grunde lief es auf die Beobachtung hinaus, dass sie einander selbst dann ähnlich wurden, wenn sie zum Beispiel in verschiedenen Familien aufwuchsen. Diese Untersuchungen führten zu der Erkenntnis, dass es eine gewisse genetische Veranlagung gab, die über Vorlieben, Abneigungen und Tendenzen der Persönlichkeit entschied."

Sie warf sich ein paar M&Ms in den Mund und zerkaute sie nachdenklich. „Diese frühen Studien wurden von der Untersuchung einzelner Gene und dem Versuch abgelöst, genau zu bestimmen, was wofür verantwortlich war. Ich könnte Ihnen von Neuropeptiden und genetischem Polymorphismus erzählen und die Debatte erörtern, ob die DNA nun wirklich über Persönlichkeitszüge entscheidet, aber ich will lieber nicht verfolgen müssen, wie Ihre Blicke mit jedem meiner Worte glasiger werden. Das Medikament, um das es hier geht, wurde nicht entwickelt, um die DNA zu verändern."

Tracy genoss die leichte Enttäuschung, die sich in den Gesichtern der Agents abzeichnete, denn sie konnte manchmal ein bisschen schadenfroh sein. „Sie haben Glück. Ich hatte an der Uni zwei Hauptfächer und besitze daher einen zusätzlichen Abschluss in Kognitionswissenschaften."

Aiden schien nicht in der Stimmung zu sein, beeindruckt auf ihre unbescheidene Prahlerei zu reagieren. Er zog einfach nur die Augenbrauen hoch und bedeutete ihr mit einem Nicken fortzufahren.

„Das Medikament P6 war dazu bestimmt, die Fruchtbarkeit zu steigern, aber außerdem wurde damit auch die Absicht verfolgt, die Gehirnentwicklung des Fötus' zu manipulieren. Im Grunde geht es darum, dass P6 die Entwicklung des orbitofrontalen Cortex' beeinflusst." Sie tippte sich zwischen die Augenbrauen. „Dieser Teil des Gehirns hat einen direkten Einfluss auf das Entstehen von Emotionen und die Prozesse der Entscheidungsfindung. Ihr verrückter Wissenschaftler wollte die Gehirnmasse der Orbitallappen reduzieren, um nette, pflegeleichte, leicht beeinflussbare Kinder zu erhalten."

Tracy schlug die Mappe wieder auf und blätterte das Dokument erneut durch. Wenn man begriff, was man vor sich hatte, konnte einem schlecht werden. Sie hatte genug Dystopien und Science-Fiction-Romane gelesen, um die Möglichkeit einer Kontrolle von Bevölkerungsmassen mittels dieses Medikaments zu erkennen.

„Statt pflegeleichte Babys zu erzeugen, hat der Trottel, der hinter P6 steht, jedoch ein Medikament entwickelt, das eine Vielzahl körperlicher Fehlbildungen und kognitiver Einschränkungen zur Folge hatte. Dazu kam noch, dass P6 den Müttern innerhalb von fünf bis fünfzehn Jahren den Garaus machte. Ich kann es nicht genug betonen: Dies ist eine wirklich üble Sache. Nicht nur das Medikament selbst, sondern auch die Tatsache, dass es, nach den vorliegenden Studiendaten zu schließen, selbst nach dem Auftreten der verheerenden Nebenwirkungen weiter verabreicht wurde, jedenfalls in reduzierter Dosis. Amoralisch, um das Mindeste zu sagen. Richtiggehend sadistisch wäre wohl die bessere Beschreibung."

Tracy hatte kein schlechtes Gewissen wegen ihrer ausgesprochen dramatischen Darstellung – im Labor war nicht viel los gewesen, und dies war vermutlich das Aufregendste, was die Woche ihr zu bieten haben würde -, doch keiner der Agents reagierte angemessen entsetzt auf die Bombe, die sie hatte platzen lassen.

Sie beugte sich stirnrunzelnd vor. „Vielleicht habe ich mich nicht klar genug ausgedrückt: Kinder, die diesem Zeug im Mutterleib ausgesetzt wurden, leiden wahrscheinlich an allen möglichen Fehlbildungen des Gehirns und des Körpers. Abhängig von der Dosis könnten auf chemischem Wege sogar die Effekte einer Lobotomie ausgelöst werden. Und das berücksichtigt noch gar nicht, dass ein in Massenproduktion hergestelltes und schwächer konzentriertes Medikament dieser Art eine ganze Generation kleiner, roboterähnlicher Stepford-Kinder hervorbringen könnte."

28

Als Brian Kennedy sie auf seiner winzigen Vorderveranda stehen sah, machte er ein Gesicht, als wollte er sich vergnügt die Hände reiben. Er sah ungefähr so alt aus, wie sein Bruder ohne Botox hätte wirken sollen. Er hatte das gleiche attraktive Äußere geerbt, aber im Gegensatz zu Scott warf er Winter keine anzüglichen Blicke zu, sondern lächelte einfach nur breit und hieß sie in seinem bescheidenen zweigeschossigen Haus willkommen.

„Bitte sagen Sie mir, dass Sie ihn jetzt endlich wegen irgendwas einbuchten", bat er voller Rachsucht. „Worum geht es? Steuerbetrug? Unternehmensbetrug? Oder die Gaunerei, mit der er seiner Familie ihren rechtmäßigen Anteil am Familienerbe abgenommen hat?"

Noah erwiderte sein Lächeln. „Könnten wir reinkommen und uns mit Ihnen darüber unterhalten?"

„Sicher." Brian trat mit einem leisen Glucksen zurück und winkte sie herein. „Sheri, bringst du bitte den FBI-Agents etwas zu trinken?"

Eine kleine fröhliche Frau Mitte fünfzig mit kurz geschnittenem stahlgrauem Haar streckte den Kopf aus einer

Tür, vermutlich der zur Küche. „Brian hat darauf bestanden, dass ich Chips und einen Dip vorbereite, als wäre das hier eine Superbowl-Party." Sie verdrehte nachsichtig die Augen. „Hätten Sie gern eine Pepsi? Oder ein Bier?"

Mit einem leichten Lächeln zur Erwiderung schüttelte Winter den Kopf. Aiden lehnte ebenfalls ab. „Ich nehme eine Pepsi, wenn es nicht zu viel Mühe macht", antwortete Noah, und Winter sah, dass er mit sich kämpfte, weil er die Chips mit Dip am liebsten auch angenommen hätte.

„Überhaupt nicht. Kommen Sie herein", nötigte Brian sie. „Wir können uns im Wohnzimmer unterhalten."

Ein widerstrebender Auskunftgeber war er jedenfalls nicht, dachte Winter. Sie müssten wohl die eine oder andere Voreingenommenheit herausfiltern, aber vielleicht erfuhren sie hier ja etwas, das sie schließlich zu Scott führen würde.

Das Haus war gemütlich. Mit nicht besonders teuren, aber schönen Sachen eingerichtet. An der Wand prangte kein Originalbild von Monet, doch man sah geschmackvolle Kunstdrucke und preiswerte Antiquitäten, die liebevoll gepflegt wirkten. Hier war es eindeutig einladender als in Scotts Anwesen.

Als sie sich auf zwei bequemen Sofas mit kariertem Polster niedergelassen hatten, rutschte Brian erwartungsvoll in seinem Sessel nach vorn. Das Blau seiner Augen war wärmer als das von Scott, und natürliche Lachfalten hatten sich tief in sein Gesicht eingegraben. Doch sein Blick war hart. „Was hat er angestellt?"

Aiden holte sein Notizbuch und seinen Montblanc-Füller heraus. „Das müssen wir erst noch zu Ende ermitteln. Wir hoffen, dass wir von Ihnen einige Informationen erhalten werden. Können Sie uns sagen, wann Sie zum letzten Mal mit Ihrem Bruder gesprochen haben?"

Brians Gesicht umwölkte sich, doch er nickte. „Ich kann Ihnen das genaue Datum nennen." Seine Stimme klang erbittert. „Es war der zweite Januar 1981. Scott informierte mich, dass ich unser Familienunternehmen nicht länger betreten dürfe, und dann ließ er mich von seinem Sicherheitsdienst aus dem Gebäude geleiten. Er hatte die Firma verkauft. Ich hatte alles, was ich besaß, in dieses Unternehmen gesteckt. Und dann war ich plötzlich pleite." Er schnippte mit den Fingern. „Einfach so."

Sheri betrat das Zimmer mit einem Tablett und stellte es auf den Couchtisch. Sie eilte in ihren flachen schwarzen Schuhen geräuschlos über den Teppich zu ihrem Mann.

„Brian", ermahnte sie ihn und legte ihm die Hand auf die Schulter. „Fang nicht wieder damit an."

Sein Gesicht wurde ein wenig weicher, und er blickte lächelnd zu ihr auf und legte liebevoll die Hand auf ihre. „Glauben Sie mir: Ich bedaure es nicht. Denn hätte ich meinen Kummer nicht eine Woche lang Abend für Abend in derselben Kneipe ersäuft, wäre ich nie einer gewissen niedlichen kleinen Kellnerin ins Auge gefallen."

„Wie auch immer", antwortete Sheri duldsam, ein Funkeln in den Augen. „Du warst ein schmuddeliger Säufer, der in sein Bier weinte. Du hast mich gebeten, mit dir auszugehen, aber ich habe geantwortet, dass das für mich erst in Frage kommt, wenn du aufgehört hast, dich in Selbstmitleid zu suhlen und zu besaufen und wenn du dir einen neuen Job gesucht hast."

„Wenn du es so in Erinnerung hast ...", erwiderte er achselzuckend und lachte. „Sie müssen mir gestatten, dass ich die Schadenfreude ein wenig genieße. Scottie bekommt, was er verdient hat, was auch immer es ist."

„Scott hat Sie betrogen?", fragte Aiden. „Haben Sie ihn verklagt?"

„Und wie der Drecksack mich betrogen hat! Ich bin darauf hereingefallen, zusammen mit zwei Vettern und einem Onkel, der ebenfalls Aktien geerbt hatte. Er redete uns ein, die Firma sei dem Untergang geweiht, bot uns aber oh so großzügig an, der Familie einen Gefallen zu tun und unsere Aktien vorher zu kaufen." Er schnaubte. „Natürlich mit Verlust, aber so, dass es uns nicht ganz so hart trifft. Ich lehnte ab, denn ich war jung und idealistisch. Stattdessen überredete ich ihn, mich in die Firma investieren zu lassen, und verkaufte das meiste von dem, was ich besaß, um ihm zu helfen, das Ruder noch einmal herumzureißen."

„Was nicht gelang", vermutete Winter.

Brian schaute finster drein. „Ich habe ihm direkt in die Hände gespielt. Er hat meinen Beitrag angenommen und die Firma dann aalglatt an den Höchstbietenden verkauft. Am Ende hatte ich eine kümmerliche Summe, die nicht einmal einen Bruchteil dessen deckte, was ich in die Firma gesteckt hatte. Ich drohte ihm mit einem Gerichtsverfahren, doch er hatte bessere Anwälte als ich und wusste, dass ich nicht das Geld besaß, um einen langgezogenen Rechtskrieg durchzuhalten. Wissen Sie, er besaß sogar die Frechheit, mich auszulachen, weil ich mich so von ihm hatte übertölpeln lassen. Ich hätte erst mal meine Hausaufgaben machen sollen."

Bei diesen Worten verzog sogar Sheri finster das Gesicht. In diesem Kennedy-Haushalt war Scott Kennedy alles andere als beliebt, so nett die Bewohner auch wirkten.

Noah lockerte die Spannung im Raum mit einem Themenwechsel. „Ihr Vater hatte vor seinem Tod ein stattliches Anwesen errichtet. Wissen Sie, ob er, abgesehen von Ihrem Elternhaus, noch andere Immobilien besaß? Andere Häuser oder Feriendomizile, die Ihr Bruder behalten haben könnte oder zu denen er noch Zugang hat?"

„Hat Scottie die Biege gemacht?" Bei diesem Gedanken hellte Brians Miene sich sichtlich auf. „Meine Güte, es wäre toll, wenn Sie ihn in einem schmuddeligen Schlupfloch finden würden und in Handschellen abführen müssten. Ich weiß, dass meine Eltern ein Cottage in Michigan besaßen. Und ich weiß, als wir erbten, also bevor er die verfickte …"

Er hielt inne, weil seine Frau, die noch immer die Hand auf seiner Schulter liegen hatte, ihn mahnend drückte. „Keine Kraftausdrücke", bat sie.

Er räusperte sich. „Entschuldigung. Außerdem gab es noch ein Haus in Florida. Ein Strandbungalow aus den Fünfzigerjahren. Wir haben oft die Sommerferien dort verbracht."

Aidens Füllfederhalter flog über das Papier seines Notizbuchs. „Fällt Ihnen sonst noch etwas ein? Vielleicht ein Haus in West Virginia?"

Brian schüttelte den Kopf. „Tut mir leid, mehr kommt mir nicht in den Sinn."

„Sagt der Name Wesley Archer Ihnen etwas?" Winter bemühte sich, sich ihre zunehmende Enttäuschung nicht anmerken zu lassen. Sie hatte auf mehr gehofft, doch tatsächlich hatten sie nichts als ein paar zusätzliche Beweise dafür, dass Scott Kennedy ein Arschloch war. „Ein Armeekamerad Ihres Bruders."

Brian schüttelte erneut den Kopf. „Scott und ich haben einander nie besonders nahegestanden, obwohl wir altersmäßig nur drei Jahre auseinander sind. Schon in unserer Highschoolzeit waren wir einander entfremdet. Ich wusste noch nicht einmal, dass er Soldat geworden war, bis mein Dad mir erzählte, dass er auf dem Weg nach Vietnam sei."

Noah griff nach seinem Glas Pepsi und trank einen Schluck. „Haben Sie jemals von einem Medikament namens Progesteraline Six gehört? Vielleicht wurde es schon zur Zeit Ihres Vaters entwickelt?"

In Brians Gesicht war nicht das leiseste Zucken zu erkennen, das darauf hingewiesen hätte, dass er den Namen kannte. Dabei hielt Winter ganz genau nach verräterischen Anzeichen Ausschau. „Es könnte eine Weiterentwicklung des

Fruchtbarkeitsmedikaments sein, mit dem mein Vater die Firma in den Fünfzigerjahren gegründet hat, aber der Name sagt mir nichts."

Mit dem Rest der Fragen verlief es ähnlich. Brian konnte ihnen nichts mitteilen, was ihnen weitergeholfen hätte, und er versuchte gar nicht erst, seine Enttäuschung zu verbergen. Als sie sich zum Aufbruch bereit machten, war Brian viel gedämpfter als bei ihrer Ankunft.

„Wahrscheinlich sollte ich mir nicht wünschen, dass das Karma zurückschlägt", sagte er, während er sie, von Sheri gefolgt, zur Tür begleitete.

Mit mitfühlender Miene schüttelte Noah ihm die Hand. „Nehmen Sie es nicht so schwer. Vielleicht gehört Ihr Bruder zu den Männern, von denen das Karma irgendwann zwangsläufig seinen Tribut fordert. Geben Sie uns Bescheid, falls Ihnen noch irgendwas einfällt, was uns weiterhelfen könnte."

„Ich zerbreche mir den Kopf", versprach Brian.

Aiden und Noah waren schon in den SUV gestiegen, und Winter hatte ihre Tür geöffnet, da streckte Brian noch einmal den Kopf aus dem Haus.

„Moment", rief er, schlüpfte in ein Paar Hausschuhe und ließ die Fliegengittertür hinter sich zufallen, um ihnen schnell auf dem Bürgersteig hinterherzutraben. „Sie hatten West Virginia erwähnt, und da ist mir etwas eingefallen."

Mit einem Kribbeln im Nacken drehte Winter sich um.

„Ich weiß nicht, inwieweit Ihnen das weiterhilft, und ich habe auch keine Ahnung, wo genau er damals hingefahren ist. Aber dass Scott in dem Bundesstaat war, das ist sicher, sogar mehrere Male. Sie wissen noch: der Tag, an dem ich mit ihm reden wollte und er den Sicherheitsdienst gerufen hat? Als ich sein Büro verließ, hörte ich seine Sekretärin etwas über West Virginia sagen. Entsprechend seiner Anweisung habe sie ihm ein Zimmer für drei Tage reserviert, und zwar im selben Hotel wie immer."

„Erinnern Sie sich an den Namen seiner Sekretärin? An die Stadt? Den Namen des Hotels?", fragte Winter, jetzt endlich von ein wenig Erregung erfüllt. Wenn sie Belege dafür fänden, dass Kennedy nahe bei Harrisonburg gewesen war … aber wann?

Brian schüttelte bedauernd den Kopf. „Ich wünschte, ich könnte Ihnen helfen. Ich weiß nur, dass seine Sekretärin selbst damals schon eine fiese alte Schachtel war. Inzwischen ist sie wahrscheinlich tot. Tut mir leid, viel ist das nicht."

„Es ist immerhin etwas", versicherte ihm Winter. „Und jedes bisschen Information hilft."

Besonders da sie das Gefühl hatte, dass sie der Entwicklung noch immer weit hinterherhinkten.

Aiden lenkte den SUV in eine Parkbucht des Hotelparkhauses. Aus einer Tüte, die sie unterwegs besorgt hatten, drang der Geruch von Fastfood-Burgern, der ihm kein bisschen Appetit machte. Doch sein Vorschlag, Essen beim Chinesen zu holen, war überstimmt worden. Er würde heute Abend wohl den Zimmerservice kommen lassen müssen. Hoffentlich hatten sie eine anständige Weinkarte.

Mit einem Blick in den Rückspiegel stellte er den Motor aus. Winter schaute mit aufmerksamer Miene aus dem Fenster. „Moment mal", fuhr sie Dalton an, als dieser die Beifahrertür öffnen wollte. „Warte kurz."

„Was ist los?" Aiden schob die Hand unters Jackett, um sofort seine Waffe griffbereit zu haben.

Angesichts von Winters Tonfall tat Dalton dasselbe. Das Parkhaus war voll, und sie hatten erst auf der dritten Ebene einen Platz gefunden. Wahrscheinlich fand im Hotel am Abend eine Tagung oder eine gesellige Zusammenkunft statt. Von einem Lift in der Nähe kam ein hübsch zurechtgemachtes Paar. Sie lachten so ausgelassen über etwas, dass sich die Vermutung aufdrängte, sie müssten ordentlich gebechert haben.

Auf dem Weg zu einem weißen Lexus ein paar Stellplätze weiter stolperten sie am Heck des SUVs vorbei.

„Irgendwas stimmt nicht." Die Worte klangen zögernd, doch Aiden zweifelte keinen Augenblick an Winters Intuition. Auf der Suche nach etwas Ungewöhnlichem streiften seine Blicke durch das Parkhaus. Die meisten Autos in diesem Abschnitt waren teure Modelle, aber ein älterer silberfarbener Toyota fiel aus dem Rahmen.

Hinter dem Lenkrad erkannte er den Umriss eines Mannes. Draußen regnete es, ein langsames, trübseliges Nieseln, doch der Wagen war trocken. Entweder saß der Fahrer schon eine Weile darin, oder er wollte gerade aufbrechen.

„Der Toyota?"

Winter nickte. „Der Fahrer erwartet uns."

„Soll er warten", sagte Noah.

Sie beobachteten den Kerl hinter dem Lenkrad, wie er unruhig herumzappelte. Es waren gerade einmal fünf Minuten vergangen, da öffnete er die Tür und stieg aus. Er bemühte sich, sich unauffällig zu verhalten, schaute aber eindeutig in ihre Richtung.

Der Mann war ein Weißer und sah aus wie Mitte zwanzig. Aiden konnte seine Augen nicht sehen, aber er hatte einen ungepflegten Bart und trug die schwarze Kapuze seines Sweatshirts über eine rote Baseball-Kappe gezogen. „Crimson Tide?", brummte Noah. „Muss ein Alabama-Fan sein."

Der Kerl war offensichtlich nervös. Er bewegte sich zum Heck seines Wagens, blieb dann aber zögernd stehen.

„Sollen wir mal schauen, was er will?", fragte Noah.

„Besser als die ganze Nacht hier zu warten", antwortete Aiden. „Er wird wohl kaum zu uns kommen und es uns erzählen. Ich steige als Erster aus und bleibe in der Deckung des Wagens. Winter, wenn ich an Ihrer Tür vorbei bin, gehen Sie zur Front des SUVs und geben mir Deckung. Dalton, lassen Sie Ihr Fenster herunter, während Winter sich in Position bringt, und sorgen Sie für Ablenkung."

Als alle einverstanden waren, griff Aiden nach oben und schaltete die Innenbeleuchtung des Wagens aus. Dann öffnete er die Tür lautlos so weit, dass er gerade so eben hinausschlüpfen konnte, und lehnte sie hinter sich an. Das Adrenalin rauschte durch seine Adern. Er würde es niemandem eingestehen, doch seit er in der Abteilung für Verhaltensanalyse am Schreibtisch saß, fehlten ihm die gelegentlichen Momente höchster Anspannung, die sich automatisch einstellten, wenn man draußen im Einsatz war.

Mit gezogener Waffe huschte er an Winters Tür vorbei. Sie öffnete die ihre ebenso lautlos. Wie Aiden durch die Heckscheibe verfolgte, beobachtete der Verdächtige ihren SUV. Seine Hände hingen herab und waren hinter seinem Fahrzeug nicht zu sehen.

Winter schlich geräuschlos an ihren Platz, und Aiden hörte das Surren von Daltons Fenster.

„He, Sie", rief Noah munter mit dick aufgelegtem texanischem Akzent. „Kann ich Ihnen helfen? Brauchen Sie vielleicht eine Wegbeschreibung oder so?"

Aiden war schon in Bewegung, als der Kerl seine Pistole hob. Es war eine Neun-Millimeter-Luger.

„FBI!", rief Aiden. „Lassen Sie die Waffe fallen, und Hände hoch."

Der Jugendliche – aus der Nähe sah er aus wie ein schwitzender, verängstigter Achtzehn- oder Neunzehnjähriger – fuhr mit aufgerissenen Augen herum und schoss wild durch die Gegend, während Aiden sich duckte. Er hörte den stumpfen Aufprall einer Kugel auf Beton. Ein weiterer Schuss traf den Reifen eines Wagens gegenüber der Rampe.

Gleich darauf heulte der Junge auf. Aiden rannte um das Fahrzeug herum, hinter dem er Deckung gesucht hatte, und sah, dass Winter den Angreifer bereits zu Boden geworfen hatte. Sie drückte ihm das Knie auf den Rücken und verdrehte ihm den Arm nach hinten, um ihm Handschellen anzulegen.

Aiden schob die Luger mit dem Fuß weiter außer Reichweite. Noah kam zu ihnen, das Handy am Ohr. Er informierte bereits die örtliche Polizei über die Festnahme. Nachdem Winter dem Jungen die Handschellen angelegt und ihm seine Rechte genannt hatte, wälzte Aiden ihn herum und zerrte ihn am Kragen in eine sitzende Position.

Er wirkte trotzig, aggressiv und so verängstigt, als würde er sich gleich in die Hosen machen.

„Wie viel hat er dir bezahlt?", fragte Aiden, der neben ihm in die Hocke ging, mitfühlend. „Wie viel auch immer, es war nicht genug", fügte er hinzu, weil der Jugendliche nicht antwortete.

„Weiß nicht, wovon Sie reden." Er spuckte neben Aidens Füßen auf den Boden.

„Hat er dir überhaupt gesagt, dass wir zu dritt sein würden? Drei FBI-Agents? Für eine einzige Person eine gewaltige Aufgabe. Besonders für einen Jungen, der keine Erfahrung als Killer hat."

Der Jugendliche starrte mit bleichem Gesicht stumm auf den Boden. Aiden spürte, wie angestrengt er seine Antwort herunterschluckte. Er musste ihn nur noch ein bisschen weiter provozieren.

Winter begegnete Aidens Blick über den Kopf des Jugendlichen hinweg. „Wenigstens hat er nicht denselben Kerl geschickt wie beim letzten Mal. Der Depp war ein beschissener Fahrer. Sogar meine Oma hätte uns abdrängen können. Stattdessen ist er fast *selbst* von der Straße abgekommen."

„Du lügst, verdammt“, brauste der Junge auf. Mit einem vor Wut funkelnden Blick sah er Winter an, und sein Körper bebte praktisch vor Zorn. „Du warst doch diejenige, die fast …“

Er verstummte rasch, und sein Gesicht lief brennend rot an. Sie lächelte, die Augen hart.

Noah tippte auf sein Handy, um die Verbindung abzubrechen. Er lachte glucksend. „Schön, dass ich diesen Teil nicht verpasst habe. Wo hat er dich gefunden, Junge? Im Internet? Auf Craigslist vielleicht?“

Der Jugendliche reagierte nicht, doch die noch tiefere Röte seines Gesichts war Antwort genug.

29

Anscheinend konnte man auf Craigslist *tatsächlich* einen Killer anheuern.

Noah hatte sich Mühe geben müssen, ein ernstes Gesicht zu bewahren, als bei dem Verhör am Vorabend herauskam, dass der junge Mann, der – zweimal – mit dem Mord an ihnen beauftragt worden war, sich tatsächlich auf eine vage formulierte Jobanzeige beworben hatte. Selbst ohne die Zeugenaussage des aufstrebenden Kriminellen und selbst wenn der Junge nicht Scott Kennedys Foto aus einer Reihe von Bildern herausgesucht hätte, wären sie schließlich durch die Verfolgung der zur Anzeige gehörigen verschlüsselten E-Mail auf Kennedy gekommen.

Das ausführliche, unterschriebene Geständnis des gescheiterten Verbrechers machte die Dinge jedoch viel einfacher.

Noah ließ seine unteren Fingerknöchel einen nach dem anderen knacken und grinste, als Parrish den Blick von der Straße wandte, um ihn genervt anzuschauen. Noah konnte nicht anders. Während der ganzen Rückfahrt nach Harrisonburg war er kribbelig gewesen, und obwohl sie nun bald da sein würden, wurde es nicht besser. Winter auf dem Rücksitz schlief entweder oder meditierte, und da er nicht annahm, dass Parrish und er viel gemeinsam hatten, herrschte im SUV den größten Teil der Zeit Schweigen.

Außerdem hatte Parrish einen beschissenen Musikgeschmack.

Noah war mit den unteren Fingerknöcheln fertig und fing gerade mit den oberen an, als sein Handy läutete. Florence Wade, die Gerichtsmedizinerin von Roanoke, klang erschöpft.

„Sie hatten recht", erklärte sie entschieden. „Im Gewebe des toten Mädchens habe ich eine unbekannte chemische Substanz gefunden. Was zum Teufel ist da los, Dalton?"

„Wir sind uns noch immer nicht sicher", antwortete Noah. „Aber die Puzzleteile fügen sich zusammen. Wie läuft es bei Ihnen, Wade?"

Sie schnaubte. „Euch habe ich es zu verdanken, dass mir die Arbeit fast über den Kopf wächst. Wollt ihr mir etwa noch mehr aufhalsen?"

„Nein. Wir sind Ihnen sehr dankbar, Florence. Geben Sie uns Bescheid, wenn Sie wieder auf etwas Interessantes stoßen. Ehrenwort, wir sind mit unseren Ermittlungen beinahe fertig."

„Das will ich hoffen. Schicken Sie mir keine weiteren Leichen. Ich habe bald Urlaub."

Noah drückte auf Auflegen, und Parrish warf ihm einen Blick zu. „Beinahe fertig?" Sein Tonfall klang trocken.

„Ja, klar. Ich hab da so ein Gefühl." Wie zur Bestätigung verkündete das Summen von Noahs Handy den Eingang einer Textnachricht. „Sehen Sie. Ich wette, das ist eine gute Nachricht."

Sein Lächeln erlosch sofort, als er die knappe Zeile des Polizeichefs von Harrisonburg las.

Wir haben die Medien hier.

„Oh, Scheiße."

Aiden betätigte den Blinker, um in die Ausfahrt einzubiegen. Hinter ihnen tat ein Übertragungswagen von Fox News dasselbe.

„Gute Nachricht, ja?" Aidens Blick wanderte abschätzend zum Rückspiegel.

Doch bevor Noah eine Antwort geben konnte, läutete sein Handy. Er nahm das Gespräch entgegen, ohne aufs Display zu schauen, da er annahm, dass es der Chief war. „Ist in der Stadt der Teufel los, Chief?"

Doch es war nicht Gary Miller. Es war Tom Benton, und seine Stimme klang so, als stünde er kurz vor einem Nervenzusammenbruch.

TOM MARSCHIERTE im Zimmer auf und ab, die Gedanken im Aufruhr. Die Sauerei in seinem Wohnzimmer beachtete er nicht. Er übersah die offene Pizza-Schachtel auf dem Tisch, umstellt von Dutzenden leeren Bierdosen. Und ähnlich egal war es ihm, dass er seit Tagen nicht mehr geduscht hatte … und auch so roch.

Ständig musste er an Sam denken. Er empfand eine immer stärker werdende grauenhafte Gewissheit, dass der Tag ihres Streits der letzte war, an dem er sie je gesehen hatte. Er hätte am liebsten laut geheult. Oder etwas zerbrochen. Er wollte, dass sie wohlbehalten nach Hause zurückkehrte. Auch wenn sie nur zu zweit blieben und niemals die Kinder bekämen, die er sich immer gewünscht hatte. Egal.

Er liebte Sam. Das war das Wichtigste.

Sams Familie wusste nicht, wo sie sich befand. Ihre Leute gaben ihm die Schuld. Ihre Schwester machte sogar Andeutungen, Sam könnte etwas zugestoßen sein. Wem würde es denn besser gelingen, einen Mord zu vertuschen, als einem Polizisten?

Toms Dad war keine Hilfe. Was auch immer bei dem Besuch der FBI-Agents vorgefallen war, danach war er in einer Art Depression versunken. Maria, seine langjährige Haushälterin, konnte ihn nur mit Mühe dazu bringen, etwas zu essen.

Tom trat wütend nach einem Schuh, der ihm im Weg lag. Gefährlich dicht beim Fernseher schlug er gegen die getäfelte Wand und fiel polternd zu Boden.

Es klingelte an der Tür.

Der Gedanke, die Agents um Hilfe zu bitten, war ihm immer noch verhasst, doch jetzt, da sie gekommen waren, spürte er, wie etwas in ihm sich entkrampfte.

Zusammen mit einem weiteren Mann, den Tom nicht kannte, standen Agent Dalton und Winter auf der Vorderveranda. Der Unbekannte wirkte wie das Stereotyp eines hochrangigen FBI-Agents, in adrettem, wohl frisch gebügeltem Anzug. Ein scharfäugiger, forschender Blick. Ein Gesicht, das so aussah, als ob er zum Lachen in den Keller ginge.

Befangen strich Tom sich mit der Hand durch das ungekämmte Haar und trat zurück, damit sie hereinkommen konnten. Er wurde rot, als der dritte Agent sein Zimmer musterte. Tom wusste, dass es ein Saustall war, aber er hatte wirklich größere Sorgen als den Haushalt.

Winter trat vor, die blauen Augen dunkel vor Mitgefühl. „Noch immer keine Nachricht von ihr?“

Zu seinem Schrecken spürte Tom, wie sich in seiner Kehle etwas zusammenballte. Er räusperte sich. „Nein. Ich hab bei ihren sämtlichen Freundinnen nachgefragt. Und ich hab mir ein Auto von Dad geliehen und bin auf der Suche nach dem Subaru überall herumgefahren. Sie ist … weg.“ Er presste die Zähne so fest zusammen, dass die Kiefergelenke kackten. „Ihre Familie glaubt, ich wär’s gewesen. Ich hätte ihr was angetan.“

„Setzen Sie sich, Mann. Reden wir in Ruhe darüber.“

Beiläufig pflückte Noah mit zwei Fingern eine schmutzige Unterhose vom Sessel und warf sie in den Flur. Dann schob er einen Stapel Zeitungen von der Couch, damit alle Platz zum Sitzen fanden.

Tom schaffte es noch nicht einmal, sich deswegen zu schämen. Er ließ sich in den Sessel sinken und legte den Kopf in die Hände.

„Ich will einfach nur, dass sie zurückkommt", würgte er hervor. Er spürte eine kleine Hand auf seiner Schulter, deren Wärme tröstlich war. Winter. Beinahe wäre er in Tränen ausgebrochen.

„Die Sache bringt mich um", stieß er heraus und sah die drei an. Um Verständnis flehend. „Der Chief informiert mich regelmäßig, aber ich bin vom Dienst suspendiert, verdammt. Ich kann nicht mal ins Büro gehen. Oder mich draußen an die Arbeit machen. Mich an der Suche nach ihr beteiligen. Sie stecken bis über beide Ohren in diesem verdammten Sekten-Fall und können Sam nicht ihre ganze Aufmerksamkeit widmen."

„Ich bin SSA Parrish. Die Agents Dalton und Black haben mich über den Hintergrund des Verschwindens Ihrer Frau informiert", sagte der geschniegelte Agent mit kühler, emotionsloser Stimme. „Aber ich möchte gern in Ihren eigenen Worten hören, was vorgefallen ist."

Tom rieb sich die Stirn. „Meine Frau Samantha … wir beide haben uns gestritten. Vor beinahe fünf Tagen ist sie weggefahren, und seitdem habe ich nichts mehr von ihr gesehen oder gehört. Ich rufe immer wieder auf ihrem Handy an. Aber ich kriege nur die Mailbox."

Parrish zog ein kleines Notizbuch aus der Innentasche seines Jacketts und nahm die Kappe eines teuer aussehenden Füllfederhalters ab. „Worüber haben Sie sich gestritten?"

„Bei uns war die Kacke ziemlich am Dampfen. Wir hatten

beide Stress. Ich habe in letzter Zeit ein bisschen zu viel getrunken. Sie hat ihre Chefin angeschrien und wurde gefeuert. Sie ist schwanger. Die Hormone machen ihr zu schaffen. Sie – *wir* – versuchen schon seit Jahren, ein Kind zu bekommen. Sie hatte viele Fehlgeburten. Das fordert seinen Zoll, verstehen Sie?"

„Wann haben Sie sie zum letzten Mal gesehen?"

Tom seufzte. „Ich wurde vom Dienst suspendiert. Zwei Wochen ohne Lohn. Sie hat geschimpft, ich habe zurückgeschnauzt, und ehe wir uns versehen, brüllen wir uns gegenseitig an. Da hat sie sich im Badezimmer eingeschlossen. Sie sagte, sie hätte Krämpfe. Ich hatte solche Angst, dass sie wieder eine Fehlgeburt hat …" Seine Stimme brach. Er rieb sich das Gesicht so kräftig, dass er mit Blut auf den Händen rechnete, als er sie wieder in den Schoß sinken ließ. „Sie ließ mich nicht rein. Sie rief jemanden an. Ich wusste nicht, ob es ihre Mom oder ihr Arzt war, und …"

„Haben Sie versucht, an ihre Handydaten zu gelangen?", unterbrach ihm Parrish mit einem scharfen Blick.

„Ich … nein." Tom spürte Trotz in sich aufsteigen. Wider Willen, aber der Kerl war kalt wie ein Fisch, und das machte ihn sauer. „Der Chief hat mir gesagt, ich soll ihm die Sache überlassen."

Parrish nagelte ihn mit einem Blick fest. „An die Handydaten Ihrer eigenen Ehefrau kämen Sie selbst müheloser heran, oder?"

„Ja." Toms Kiefergelenke schmerzten, so fest presste er die Zähne zusammen. Er konnte Winter und Agent Dalton aus dem Augenwinkel sehen. Seine Verärgerung legte sich ein wenig. Die beiden schienen das hier nicht zu genießen, dabei hätte er es ihnen nicht mal verübelt.

„Was läuft hier *deiner* Meinung nach ab, Tom?", fragte Winter.

„Ich glaube, dass sie mit Rebekah Archer zusammen ist."

Dalton beugte sich vor, und selbst Parrish schien aufzumerken.

„Ich habe versucht, es Chief Miller zu sagen, doch er hatte nicht den Eindruck, dass es passte. Aber Sam war vollkommen überzeugt, dass es das erste Baby sein würde, das sie bis zur Geburt austrägt. Ich habe mitgekriegt, wie sie an jeder ihrer Fehlgeburten fast zerbrochen ist. Und ich hatte jedes Mal Angst, diesmal würde es wirklich so weit sein. Hinterher war sie immer am Ende, wurde depressiv."

Er drückte seine Handballen gegen die Schläfen, denn Stresskopfschmerzen durchpulsten seinen Schädel vom Nacken bis zur Mitte der Stirn.

„Dieses Mal war es anders. Sie hatte diese furchtbare, intensive Hoffnung. Sie hat mir immer wieder versprochen, *versprochen,* dass es diesmal anders laufen würde. Sie hat mich belogen. Sie sagte, ihre Ärztin behalte sie genau im Auge, und sie hätte beinahe jede Woche einen Termin. Aber nachdem sie verschwunden war, habe ich ihre Ärztin angerufen, und in der Praxis hatte man sie seit Monaten nicht mehr gesehen. Seit ihrer letzten Schwangerschaft nicht mehr."

„Tom, warum glaubst du, dass sie mit Rebekah zusammen ist?", fragte Winter sanft.

„Wir hatten schon früher darüber geredet, aber vor gar nicht so langer Zeit kam das Gespräch erneut auf die Archer-Farm. Jahrelang hatten wir Gerüchte über Babys und Fruchtbarkeitsmedikamente gehört, und Sam stellte mir einen Haufen Fragen dazu."

Winter runzelte die Stirn. „Und Sie glauben, dass sie auf diese Weise schwanger geworden ist?"

Er stieß sich gereizt aus dem Sessel hoch. „Ich kann's mir nicht besser erklären. Wenn sie aber mit dieser Rebekah zusammen ist, werde ich sie dann jemals wiedersehen? Wird sie so enden wie das Mädchen, das da oben verscharrt wurde? In einem Grab, das keiner kennt? Sie müssen sie finden. Sie müssen sie dazu bringen, heimzukommen."

Mit brennenden Augen sah Tom einen nach dem anderen an. Parrish beobachtete ihn, als wäre er ein Insekt unter einem Mikroskop. Dalton sah besorgt aus. Alarmiert. Winter jedoch: Ihr Gesicht war aufmerksam. Konzentriert. Entschlossen.

Von den dreien beruhigte ihr Gesichtsausdruck ihn am meisten.

Sie stand auf, und die beiden anderen folgten ihrem Beispiel. „Wir werden sie finden, Tom. Wir bringen sie zurück nach Hause."

Er glaubte ihr.

Doch als sie ihn in dem vermüllten Haus zurückließen, fühlte er sich einsamer denn je zuvor. Der Garderobenspiegel warf ihm kurz seinen eigenen Anblick zurück. Seine Augen waren blutunterlaufen. Seine Haare zerzaust. Von zu viel Alkohol und zu wenig Schlaf war sein Gesicht teigig und aufgedunsen. Bartstoppeln überzogen seine Wangen, und vorn auf seinem schmuddelig weißen T-Shirt prangte ein dunkler Fleck. Er erkannte sich selbst kaum wieder.

Zum Teufel, käme Sam jetzt zur Tür herein, würde sie vielleicht auf der Stelle kehrtmachen und erneut verschwinden. Und er könnte es ihr nicht verübeln.

Er ging nach hinten in sein Schlafzimmer und holte sich frische Kleider. Er würde duschen und sich rasieren. Dann würde er die Telefongesellschaft anrufen und sie veranlassen, ihm eine Liste ihrer beider Handyverbindungsdaten zu schicken. Und während er darauf wartete, würde er das Haus putzen.

Er musste sich zusammenreißen. Er wollte, dass Sam zu einem Mann zurückkehrte, der dem, den sie einmal geheiratet hatte, wieder ein wenig ähnlicher war.

. . .

Auf dem Parkplatz ihres Hotels standen zwei Übertragungswagen. CNN und MSNBC. Chief Miller hatte alle Hände voll damit zu tun, die Fragen der Reporter abzuwimmeln. Er war sauer, dass jemand den großen Sendern einen Tipp gegeben hatte, nachdem es der Polizei bisher mit etwas Glück gelungen war, der allgemeinen Aufmerksamkeit zu entgehen. Er bat die Agents, der Polizeiwache fernzubleiben. Ihre Anwesenheit würde nur Öl ins Feuer gießen.

Zum Glück lag ‚ihr' Hipster-Coffee-Shop verlassen da. Die Barista mit den Piercings und den großen Kopfhörern nickte ihnen beinahe freundlich zu, als sie hereinkamen, und Winter fühlte sich wie ein Stammgast. Doch nachdem die junge Frau den Agents ihren Kaffee serviert hatte, interessierte sie sich nicht mehr für sie. Der Rap, der aus ihren Headphones dröhnte, war im ganzen Raum zu hören.

„Wir nehmen also an, dass Kennedy die Niedergeschlagenheit und Desillusionierung eines Freundes ausgenutzt hat." Aiden hatte sein kleines Notizbuch aufgeklappt und ging seine Aufzeichnungen durch.

Winter hätte das Ding wirklich gern einmal in die Hände bekommen. Er machte sich dort ständig Notizen. Es würde wahrscheinlich interessante Einblicke in die Arbeitsweise von Aidens Gehirn bieten.

„Er hat Wesley Archer eingeredet, dass man mit Chemie besser lebt, sodass er zum Mitmachen bereit war", stimmte Noah Aiden zu. Er hatte sich mit halb geschlossenen Augen auf dem abgenutzten Sofa ausgestreckt, das er für sich in Beschlag genommen hatte. Sein Kopf arbeitete jedoch auf Hochtouren.

„Kennedy waren Love and Peace und glückliche Babys scheißegal", steuerte Winter bei.

Noah schnaubte zustimmend. „Er hat langfristig gedacht und hatte nur die Dollars im Sinn, die am Ende vielleicht herausspringen würden. Ein für den Markt zugelassenes

Fruchtbarkeitsmedikament, das Wunderbabys mit reizender, pflegeleichter Persönlichkeit versprach. Es wäre ein PR-Traum."

„Der Traum wurde jedoch zum Albtraum", erwiderte Aiden. „Angeborene Schäden. Körperliche Missbildungen. Kognitive Probleme. Und später eine fast hundertprozentige Wahrscheinlichkeit für die Mutter, an Krebs zu sterben."

Winter schauderte zusammen, obwohl es im Coffee-Shop geradezu unangenehm warm und dunstig war. Wenn Sam in diese Sache verwickelt war, hatte sie dann ihr eigenes Todesurteil unterschrieben?

„In welcher Verbindung steht Kennedy also mit Rebekah?", fragte Noah.

„Das ist die eigentliche Frage." Winter rutschte rastlos in ihrem Sessel herum. Sie mussten alles analysieren, was sie bisher entdeckt hatten. Gleichzeitig wurde sie von einem nagenden Gefühl der Erschöpfung geplagt, doch schon jetzt brannte sie darauf, erneut loszuziehen. „Ist Rebekah ein Bauernopfer? Sie schien echte Zuneigung für ihren Vater zu empfinden, aber reicht dieses Gefühl aus, um an seine Bemühungen anknüpfen zu wollen? Oder interessiert sie sich auch für den finanziellen Aspekt, ohne Rücksicht auf Verluste?"

„Die Leiche der Teenagerin würde Letzteres vermuten lassen. Ihr Tod liegt noch nicht so lange zurück, er hat sich innerhalb des Zeitraums zugetragen, in dem sie die Farm bewohnt." Aiden blätterte ein paar Seiten zurück. „Samantha Benton ist am selben Tag verschwunden wie Rebekah. Beinahe zur gleichen Zeit."

„Sie ist schwanger", fügte Noah hinzu. „Sie wünscht sich unbedingt ein Kind. Es kommt mir eigenartig vor, dass sie ausgerechnet zu jemandem gegangen sein sollte, der keine Erfolgsrate vorzuweisen hat. Irgendetwas entgeht uns da. Eine Verbindung zwischen den beiden Frauen."

„Die werden wir finden", erklärte Aiden ruhig. „Aber

diese Verbindung ist nicht so wichtig wie die Kenntnis über ihren jetzigen Aufenthaltsort. Ich glaube nicht, dass Samantha sich bereits jetzt in Gefahr befindet. Solange sie schwanger ist, droht ihr nichts, und ihre Schwangerschaft ist noch nicht weit fortgeschritten."

„Im Gegenteil", korrigierte ihn Winter. „Das macht es umso dringlicher, sie aufzuspüren. Laut Benton hat Samanthas Ärztin gesagt, dass ihre Gebärmutter zu schwach ist. Falls das auf ein angeborenes Fortpflanzungsproblem hinweist, wird sie eine Fehlgeburt erleiden. Und wenn ihr Wert als Versuchskaninchen erloschen ist, könnte man sich ihrer entledigen wollen."

30

Der Rest des Nachmittags wirkte zunehmend wie Zeitverschwendung. Winter hatte Mühe, ihren Frust für sich zu behalten. Sie mussten die fehlenden Beteiligten finden, gerieten jedoch in eine Sackgasse nach der anderen.

Es spielte keine Rolle, was Aiden dachte oder ob Noah ihr zustimmte. Winter wusste mit eiskalter Gewissheit, dass sie sich in einem Wettlauf gegen die Zeit befanden.

David Benton lehnte ein erneutes Gespräch ab. Die Haushälterin wies sie an der Tür mit der Begründung zurück, sie seien mit Anrufen überschwemmt worden und Mr. Benton sei mit Migräne zu Bett gegangen. Jemand hatte Davids Namen an die Presse durchgestochen, und nach ihrem Tonfall zu schließen, machte sie die Agents sowohl für die Kopfschmerzen als auch für die Anrufe verantwortlich.

Als Nächstes gingen sie zu Tony Collier. Er war nicht zu Hause. Der Kleintransporter stand nicht mehr in der Zufahrt, und die Jalousien waren heruntergelassen.

Daren Bowman stand als Letzter auf ihrer Besuchsliste. Danach wollten sie umkehren und sich mit Chief Miller in der Polizeiwache treffen. Zu ihrer Überraschung öffnete er die Tür beinahe sofort nach Noahs Klopfen.

„Mr. Bowman?", fragte Winter. „Ich bin Special Agent Black, und das sind die Agents Dalton und Parrish. Könnten wir kurz miteinander reden?"

Daren Bowman sah so aus, als hätte er jeden Tritt eingesteckt, den das Leben ihm zugefügt hatte, und trüge noch immer die Verletzungen. Er hatte hängende Schultern und traurige Augen. Alles an ihm wirkte grau und leblos. Seine Haare, seine Augen und sein von Falten durchzogenes Gesicht. Er nickte, ohne zu lächeln, und ließ sie herein.

Sein Haus war klein und altmodisch, aber ordentlich. Als er sie ins Wohnzimmer führte, bemerkte Winter sofort die gerahmten Fotos auf dem Kaminsims. Ganz links stand das Bild einer hübschen Frau in den Zwanzigern, die sich einen kleinen Jungen auf die Hüfte gesetzt hatte und strahlend lächelte.

Ohne es bewusst zu wollen, näherte sich Winter dem Bild.

Es war auf dem Land der Archer-Farm aufgenommen worden. Das erkannte sie am Hintergrund. Die Frau sah sorgenfrei und glücklich aus, ihr Lächeln war voller Licht und Liebe. Das lange rote Haar wehte ihr über die Schultern, und der Junge hielt mit seiner kleinen Faust eine dicke Strähne davon gepackt.

„Patrick", murmelte Winter und berührte das Glas.

Der Junge musste zum Zeitpunkt der Aufnahme etwa fünf gewesen sein, wirkte aber kleiner und jünger. Er hatte einen ausgeprägten Buckel, der fast an ein Fragezeichen erinnerte. Seine Kieferpartie wirkte verwachsen, doch das änderte nichts an der Schönheit seines fröhlichen Lächelns. Sein Haar war rot und zerzaust, und sie entdeckte ein paar Sommersprossen auf seiner knubbelig gewachsenen Himmelfahrtsnase.

In einem Erinnerungsblitz sah Winter das kleine Skelett auf dem kalten Metall des Untersuchungstisches in Florence Wades forensischem Labor liegen. Einen Moment lang überlagerte das Erinnerungsbild des Schädels die Gesichtszüge des Kindes auf dem Foto. Eine Mischung aus Zorn und Trauer schnürte ihr die Kehle zu.

„Meine Frau und mein Sohn." Die Stimme rechts von ihr bebte vor Schmerz, und Winter wandte sich Daren zu. Er hatte die Augen, in denen Tränen schwammen, auf das Bild gerichtet. „Mein Gott, ich vermisse sie jeden Tag. So sehr."

„Erzählen Sie uns, was geschehen ist."

Die Geschichte kam stoßweise heraus, und von Trauer überwältigt, musste der Erzähler mehrmals innehalten. Beim Sprechen liefen ihm fast immer stumme Tränen über die Wangen. Daren schilderte seinen schweigenden Zuhörern beinahe dasselbe frühe Bild friedlichen Kommunenlebens, von dem David Benton erzählt hatte. Seine Frau und er hatten sich so sehr gefreut, als sie schwanger wurde. Sie waren sich so sicher gewesen, Gottes Werk zu tun.

„Patrick war ein wunderbares Kind", erzählte Daren mit weichem Blick. „So glücklich. Er mag anders gewesen sein als andere Kinder, die ohne seine Behinderung geboren wurden, aber er war ein Sonnenschein. In seinem kleinen Körper steckte so viel Liebe. Er war ein Geschenk."

Seine Miene verdüsterte sich, und er blickte auf die im Schoß geballten Hände hinunter. „Aber später wurden noch andere Kinder wie er geboren, und mir kam es so vor, als betrachteten alle diese wunderbaren Babys eher als einen Fluch. Wir waren nicht gut genug gewesen. Nicht rein genug. Wir machten etwas falsch. Gott war zornig auf uns."

„Sie wussten doch, dass Ihr Sohn kein Fluch war", warf Winter verärgert ein. „Wieso sind Sie nicht weggegangen?"

Noah knuffte sie unauffällig. Machte ihr wortlos klar, dass sie sich beruhigen sollte.

Daren blickte zu ihr auf, das Gesicht gezeichnet von den Schuldgefühlen, die er seit Jahrzehnten mit sich herumschleppte.

„Jetzt weiß ich das!“ Die Worte klangen, als risse jemand sie aus ihm heraus. „Glauben Sie etwa, ich wüsste das nicht? Sie verstehen nicht, wie es war. Wir waren eine Gruppe, eine Schar zu einem höheren Zweck vereinigter Jünger. Von einer höheren Macht berufen. Und Wesley war unser Bischof. Er stand Gott am nächsten. Wenn er uns etwas sagte, *glaubten* wir ihm.“ Er ließ den Kopf wieder sinken, und seine Schultern bebten. „Selbst als er uns sagte, Gott habe uns unsere Kinder zur Strafe weggenommen.“

„Aber nicht Gott hat Ihre Kinder genommen.“ Aidens Stimme war leise. Ruhig.

Angesichts dieser nüchternen Tatsachenbeschreibung schien Daren sich zusammenzureißen.

„Nein. Nicht Gott hat unsere Kinder genommen. Sondern Wesley.“ Seine Stimme wurde hart. „Noch Jahre später habe ich es mir anders eingeredet. Joanna und ich haben so getan, als glaubten wir Wesley Archers Lügen weiter. Die Alternative war einfach zu unerträglich. Die Schuldgefühle zu groß. Doch dann starb Joanna …“ Er schluckte kräftig. „Der Krebs hat sie rasch dahingerafft, aber am Ende im Delirium hat sie über Patrick geredet. Geweint. Geschrien. Sich entschuldigt.“

Winter kämpfte mit widersprüchlichen Gefühlen.

Sie hatte genug über Sektenführer gelesen, um zu wissen, dass sie ihre Gefolgsleute vollkommen in ihren Bann schlagen konnten. Die Außenwelt existierte für die Sektenmitglieder dann nicht mehr, oder sie waren so vollständig indoktriniert, dass alles, was dort draußen galt, als Lüge betrachtet wurde. Das Wort des Sektenführers war heilig, und unabhängiges Denken landete weit abgeschlagen auf dem zweiten Platz, falls es nicht gleich gänzlich unterdrückt wurde.

Der Kummer des Mannes war echt. Aber der Gedanke, dass ein schutzloses Kind kaltblütig ermordet und irgendwo verscharrt werden konnte, ohne dass seine Eltern sein Verschwinden auch nur hinterfragten? Das würde sie dem Mann nicht verzeihen, Gehirnwäsche hin oder her. Es kam ihren eigenen Verletzungen zu nahe.

„Warum sind Sie jetzt bereit, mit uns zu kooperieren, nachdem Sie uns letzte Woche nicht einmal die Tür aufgemacht haben?“, fragte Winter.

Nun lächelte Daren zum ersten Mal. Es hatte fast etwas Glückseliges, wie es seine Düsterkeit aufhellte. „Ich sterbe“, sagte er schnörkellos. „Prostata-Krebs im Endstadium.“

„Das ist also so etwas wie ein Geständnis auf dem Totenbett?“, fragte Noah. Winter hörte die Skepsis in seiner Stimme, die er nicht gänzlich verbergen konnte.

Daren verneinte mit einem Kopfschütteln. Er musste den Unterton ebenfalls aufgefangen haben, war aber nicht gekränkt.

„Nein. Mit meinen Sünden stehe ich vor Gott. Ich glaube immer noch an Ihn, auch wenn ich vor Jahren den Tatsachen ins Gesicht gesehen und begriffen habe, was Wesley Archer für ein Mensch war. Patrick hat nicht in Wesleys Pläne gepasst, aber Patrick hat in Gottes Pläne gepasst.“

Daren beugte sich vor, und das Lächeln wich aus seinem Gesicht.

„Als ich gestern Abend in den Nachrichten gesehen habe, dass die Skelette gefunden wurden, wusste ich, dass es nur eine einzige Möglichkeit gibt, alles wieder ins Lot zu bringen. Holt Patrick nach Hause. Ich möchte, dass er zwischen Joanna und mir bestattet wird, und dann werden wir uns hoffentlich im Himmel wiederfinden.“

Er heftete den Blick seiner grau schimmernden Augen

auf Winter. Etwas an ihnen wirkte transparent. Ätherisch. Als stünde er bereits mit einem Bein im Jenseits und könnte den endgültigen Übertritt gar nicht erwarten.

„Bitte", sagte er, ohne Noah oder Aiden zu beachten. „Bitte. Bringen Sie meinen Sohn zu mir nach Hause."

„Ich habe es gefunden."

Winters Stimme klang erschöpft, aber triumphierend.

Seit ihrem Aufbruch von Daren Bowman war sie eher still gewesen, gedämpft. Bei der Besprechung mit dem Polizeichef von Harrisonburg hatte Aiden sie hin und wieder gemustert. Und auch später, als sie in einem der Konferenzräume eine Art Lagezentrum eingerichtet hatten.

Die Pizza, die sie für alle bestellt hatten, die sich in Scott Kennedys Hintergrund verbissen, hatte Winter nicht angerührt. Stattdessen hatte sie mit gesenktem Kopf aufs Höchste konzentriert vor ihrem Laptop gesessen und die Finger über die Tasten fliegen lassen. Die übrigen Menschen im Raum hätten ebenso gut nicht da sein können.

Jetzt war es nach Mitternacht, doch ihre Augen leuchteten vor erneuerter Entschlossenheit. Eine lose Strähne schwarzen Haars zeichnete den Umriss ihrer bleichen Wange nach. Aiden musste eine Aufwallung puren Begehrens unterdrücken, die bei diesem Anblick in ihm aufstieg.

„Was hast du gefunden, Darling?"

Die Aufwallung fiel so schnell in sich zusammen, wie sie gekommen war, denn Dalton sah Winter ebenfalls an, und zwar auf die gleiche Weise. Und so nervtötend Aiden auch Daltons provinziellen Charme fand, der junge Agent war besser für Winter, als Aiden es jemals sein könnte.

Dunkelheit brauchte zum Ausgleich Licht. Und nicht noch mehr Dunkelheit.

„Sie sind dort." Winter drehte den Laptop herum, damit

alle anderen am Tisch einen Blick auf das Display werfen konnten. Dort sah man eine nah herangezoomte Satellitenaufnahme einer heruntergekommenen alten Villa. Vier Säulen trugen einen durchhängenden Portikus. In der Front des Hauses öffneten sich große Bogenfenster, und hinten hinaus lag ein dichter Wald.

„Sieht aus wie ein Plantagenhaus", sagte Noah. „Wo liegt es? Und woher weißt du, dass sie sich dort befinden?"

Winter blickte sich am Tisch um. Drei Polizisten und der Chief beobachteten die Agents mit hoffnungsvoller Neugier und warteten auf ihre Antwort.

„Ich hatte ein Bauchgefühl", gab sie schließlich zu. „Das hier ist die ursprüngliche Farm der Familie Abbott. Helen Abbott war Scott Kennedys Mutter. Ihre Familie hat das Haus Anfang des achtzehnten Jahrhunderts erbaut. Dem amtlichen Landregister zufolge ist es seitdem niemals verkauft oder erworben worden. Es muss immer noch zum Immobilienbesitz der Kennedys gehören." Sie sah erst Aiden direkt an und dann Noah. „Es liegt in North Carolina. Buchstäblich direkt hinter der Grenze. Ungefähr dreieinhalb Stunden von hier."

„Werden Sie es überprüfen?" Chief Miller klang hoffnungsvoll. Aiden wusste, dass sie auf der Polizeiwache unterbesetzt waren. Das zeigte sich an den wenigen Beamten, die am Tisch saßen, und Benton würde frühestens in einer Woche zurückkommen.

„Wir drei Agents fahren morgen früh los", stimmte Aiden zu.

31

Es war ein wunderschöner Nachmittag. Die Sonne schien durch die Bäume und tüpfelte den laubbedeckten Boden mit Licht und Schatten. Die Temperatur war auf beinahe sechzehn Grad gestiegen, und es wehte nur ein leises Lüftchen. Während Aiden die Riemen seiner Kevlarweste festschnallte, zwitscherten oben in den Eichen Vögel.

Nach einem Landkartenstudium der Gegend hatten sie sich für einen wenig genutzten, nicht asphaltierten Forstweg entschieden, der ein Stück hinter dem Haus der Abbotts verlief. Von dort würden sie eine Viertelmeile Wald durchqueren, um unbeobachtet auf der Rückseite der Villa herauszukommen.

Geplant war zunächst einmal reine Aufklärung. Feststellen, ob Scott und Rebekah das Haus benutzten. Hoffentlich würden sie auch einen Blick auf Samantha und Jenna werfen und sich vergewissern können, dass beide wohlauf und in Sicherheit waren.

Dalton summte leise, während er die Riemen seiner eigenen Weste festzog und eine dunkelbraune Windjacke überstreifte. Nachdem die kugelsichere Weste nicht mehr sichtbar war, sah er aus wie jemand, der sich für einen Spaziergang im Wald fertig macht. Er trug ein langärmliges, dunkelgrünes Shirt zu dunklen Jeans und an den Füßen abgenutzte Wanderschuhe.

Auch Winter war bereit. Sie hatte ihr Haar zu einem hohen Pferdeschwanz zusammengebunden. Eine weite graue Sweatjacke verbarg ihre Ausrüstung und das schwarze Top darunter. Schwarze Leggins und schwarze Boots vervollständigten das Outfit. Sie sah jung und ein bisschen cool aus, wie eine naturliebende College-Studentin. Nicht wie jemand, den ein Grundstücksbesitzer erschießen würde, weil er ihn beim Hausfriedensbruch ertappt hat.

„Schön, dass du noch etwas anderes als einen Anzug im Koffer hattest", bemerkte Dalton grinsend. „Allerdings hatte ich dich nicht für den Typ gehalten, der Flecktarn trägt."

Aiden blickte nicht von der Landkarte auf, die er auf der Motorhaube ausgebreitet hatte. „Allzeit bereit."

„Pfadfinder?"

Aiden schaute hoch, eine sarkastische Antwort auf den Lippen, doch Noah machte sich gar nicht über ihn lustig. Er hatte den Arm angewinkelt und zeigte mit drei Fingern in der Luft den Pfadfindergruß.

„Ja. Eagle."

„Ich auch."

Also hatten sie schließlich doch etwas miteinander gemein.

„Ziehen wir das jetzt durch oder was?", fragte Winter. Sie marschierte rastlos auf und ab. „Oder wollt ihr ein Zeltlager planen und Marshmallows grillen?"

Aiden hätte sie beinahe gefragt, ob sie eine Pfadfinderin gewesen war, aber dann fiel es ihm noch rechtzeitig ein. Sie hatte ja keine normale Kindheit gehabt. Also schluckte er die Frage herunter, faltete die Landkarte ordentlich zusammen und steckte sie ins Handschuhfach. „Alle Handys sind ausgeschaltet?"

Die anderen beiden nickten. Mehr als einmal war es schon vorgekommen, dass ein unglückseliges Klingeln einen Polizisten ins Unglück gestürzt hatte. Sie verließen die Schotterstraße und reihten sich automatisch hinter Winter ein, die einem Wildwechsel durchs hohe Gras folgte. Ihre Schritte waren rasch und sicher, und sie schien genau zu wissen, wohin sie gehen musste.

Beim Orientierungslauf der Pfadfinder hätte sie bestimmt gut abgeschnitten, dachte Aiden respektlos.

In ihrer Nähe raschelte etwas. Ein aufgescheuchtes Eichhörnchen keckerte verärgert und verschwand in den Ästen einer Kiefer. Aiden fuhr nicht zusammen, er reagierte allenfalls mit einem Wimpernzucken auf den Lärm, doch bei dem Versuch, alles in der Umgebung gleichzeitig wahrzunehmen, lagen seine Nerven blank.

Zehn Minuten lang schlichen sie lautlos zwischen den Bäumen hindurch und wichen tief hängenden Zweigen und morschen Baumstämmen am Boden aus. Ein dicker Moosteppich verschluckte das Geräusch ihrer Schritte fast gänzlich. Überraschenderweise war Noah trotz seiner Körpergröße der leiseste von ihnen. In der Nähe des Abbott-Grundstücks wuchsen die Bäume dichter, und alle paar Schritte krallten sich Brombeerranken in Aidens Hose fest.

Durchs Unterholz sah er, wo der Wald endete und einer ungepflegten, struppigen Rasenfläche Platz machte. Das Quietschen und Lachen eines Kindes ertönte, und etwas rollte schnell durchs Gras. Das kleine Mädchen spielte mit einem Ball. Sonst war niemand zu sehen.

Die drei Agents, die sich mit Handzeichen verständigten, huschten unter die überhängenden Zweige einer Kiefer, die Sicht aus dem Wald auf den Rasen gewährte. Die Deckung war ausreichend dicht, dass sie nicht sofort die Aufmerksamkeit auf sich lenkten, wenn sie sich bewegten, und ihre dunkle Kleidung würde jemandem, der in den Wald schaute, nicht sofort auffallen. Der Teppich von Kiefernnadeln unter ihren Füßen dämpfte ihre Schritte genauso gut wie vorhin das Moos.

Aiden musterte das Grundstück erneut. Das alte Haus war ein hohes, fast quadratisches Gebäude, das seinen Schatten auf den Rasen warf. Winter legte ihm die Hand auf den Arm und zeigte auf etwas. Zwischen zwei Bäumen war eine Hängematte befestigt. Das Bein einer Frau ragte heraus, der mit einem Turnschuh bekleidete Fuß stand auf dem Boden und sorgte für ein leichtes Hin- und Herschwingen. Dort lag entweder Rebekah oder Sam. Welche von beiden, konnte man durch den Stoff der Hängematte hindurch nicht erkennen.

Mit einem hohl klingenden Schlag prallte ein großer roter Gummiball von einem Baumstamm ab und rollte ins Unterholz. Er kullerte einen kleinen Hang hinunter und blieb etwa zehn Meter vor ihrem Versteck an einem hohlen Baumstamm liegen.

Unbemerkt von der Frau in der Hängematte suchte das Mädchen sich einen Weg durchs Gestrüpp. Sorgfältig musterte es den Boden vor sich, die Zunge vor Konzentration zwischen die Zähne geklemmt. Es bemerkte sie nicht.

Noah nickte Winter zu, deutete mit dem Kopf auf das Kind und dann zurück auf den Forstweg. Er wollte, dass sie das Kind nahm und mit ihm weglief.

Sie schüttelte verneinend den Kopf, zeigte auf ihn zurück und bohrte sich den Finger in die Wange. Grübchen? Was zum Teufel hatten die damit zu tun?

Aiden beendete die stumme Auseinandersetzung, indem er die Hand hob. Das Kind würde vielleicht besser auf eine Frau reagieren, doch falls die Person in der Hängematte Samantha Benton war, würde er Winter brauchen. Sie kannten einander, und Winter würde Sam überzeugen müssen, sich in Sicherheit zu bringen.

Er bedeutete Noah mit einem Wink, das Kind zu nehmen. Dessen Blick wurde hart. Einen Moment lang sah es so aus, als wollte er protestieren, doch schließlich nickte er.

Jenna hatte es geschafft, durchs Unterholz hindurchzukommen, und entdeckte den Ball. Auf dem unebenen Gelände ein wenig unsicher, wackelte sie mit ihren kleinen molligen Beinen darauf zu. Die Frau in der Hängematte rührte sich nicht mehr, ihr Fuß ruhte auf dem Boden, ohne sich zu bewegen. Anscheinend war sie eingeschlafen.

Aiden nickte Noah zu.

Los, formte er mit den Lippen.

Der Groll verschwand aus Noahs Zügen, als wäre er niemals dort gewesen. Er trat unter dem Baum hervor, und sein Mund verzog sich zu einem harmlosen Lächeln.

„Hi, Jenna", sagte er, die tiefe Stimme freundlich und leise. Er war gut. Der Klang trug nicht weit, aber das kleine Mädchen schaute sofort zu ihm hinüber.

Ihre blauen Augen weiteten sich, und sie lächelte. „Fön!" Sofort lief sie auf ihn zu, der Ball war vergessen. „Föner Mann!"

Aiden warf einen Blick zu der schlafenden Frau, um zu sehen, ob das Quietschen des Kindes sie geweckt hatte. Winter schüttelte leicht den Kopf, die Augen auf den Garten gerichtet. Als Aiden sich wieder nach Noah umschaute, musste er ein Grinsen unterdrücken. Dass er schön genannt wurde, schien ihm peinlich zu sein, doch er lächelte das kleine Mädchen an und breitete die Arme aus.

Sie lief auf ihn zu und stürzte sich in seine Umarmung. „Tfähne", lispelte sie feierlich und deutete auf seine Wange.

„Sollen wir auf Abenteuer ausziehen, Prinzessin?", flüsterte er.

Sie nickte und senkte ebenfalls die Stimme. „In den Wald gehen?"

„Ja."

„Drachen", warnte sie mit aufgerissenen Augen.

„Wir beeilen uns", versprach er. „Bei mir bist du sicher."

Sie nickte und schlang ihm vertrauensvoll die Arme um den Hals. Dalton warf Aiden über Jennas Kopf hinweg einen mahnenden Blick zu, den dieser ebenso gut verstand, als hätte er laut gesprochen: *Passen Sie ja auf Winter auf.*

Aiden bestätigte das mit einem knappen Nicken.

Es war, als löste Dalton sich lautlos im Wald auf, und nur das leise Kichern des Kindes ließ erkennen, wo sie entlanggingen.

Als er sich zu Winter umdrehte, hatte sie sich bereits in Bewegung gesetzt, ganz auf die Hängematte konzentriert. Sie mussten sich ihr zwar nähern, um zu sehen, wer darin lag, aber dabei sollte Winter mit ihm zusammenarbeiten. Er stieß zischend die Luft aus und eilte hinter ihr her, bemüht, kein Geräusch zu machen. Trotzdem zerknackte ein Zweig unter seinem Fuß. In seinen Ohren klang es wie ein Gewehrschuss.

Winter wurde nicht langsamer. Sie war beinahe am Waldrand angekommen, und er sprang wütend los, um sie zu packen und daran zu hindern, ins Freie hinauszutreten. Er erwischte sie am Ärmel und riss sie zurück. Sie sah ihn mit einem überraschten Ausdruck an, doch bevor er reagieren konnte, hörte er das Echo eines weiteren brechenden Zweigs, und er stolperte vorwärts.

Und dann ertönte ein Knall.

Er fühlte einen heftigen Schlag oben an der Schulter. Gleichzeitig bemerkte er einen dunklen Fleck, der auf Winters Sweatjacke geklatscht war.

Dann knickten seine Beine unter ihm ein, und er begriff, dass ihn ein Schuss getroffen hatte.

. . .

Winter bemerkte Aiden hinter sich erst, als sie spürte, wie er sie am Ärmel riss. Samantha lag in der Hängematte, und sie mussten zu ihr gelangen, bevor Rebekah nach Jenna schauen kam. Ihr Herz hämmerte, und ihr Magen hatte sich zusammengezogen.

Gleich würde etwas Schlimmes geschehen, und sie mussten Samantha von hier wegschaffen. Ihr Instinkt trieb sie vorwärts. Sie musste dorthin. Sofort.

Aiden riss sie herum, das Gesicht zornig, das Kinn wütend vorgereckt. Sie wusste, dass sie hätte warten sollen, aber sie konnte ihren Instinkt nicht übergehen, und jetzt war nicht die richtige Zeit, etwas zu erklären.

Im nächsten Augenblick krachte in der Stille des Nachmittags ein Schuss und scheuchte die Vögel kreischend von den Bäumen auf. Aiden taumelte vorwärts, als hätte er das Gleichgewicht verloren. Sie trat automatisch zu ihm, um ihn zu stützen, doch da ertönte ein weiterer Schuss. Beinahe wie in Zeitlupe flog sein Körper mit einem Ruck gegen sie, und oben an seiner rechten Schulter öffnete sich unmittelbar neben dem von der Kevlarweste geschützten Bereich ein Loch mit zerfetzten Rändern. Ein blutiger Sprühnebel bespritzte ihre Wange.

Sie fing sein Gewicht auf und wandte der Gefahr einen Moment lang den Rücken zu, um ihn abzulegen.

Links von ihr ertönte ein Schrei.

Sie hob die Waffe in die Richtung, aus der die Schüsse gefallen waren.

„Hör auf zu schreien, Sam", sagte Rebekah Archer, die einige Meter hinter Winter stand, das porzellanglatte Gesicht blass und angespannt. Sie zielte mit einer Glock G45 auf Winter.

„Wo ist Jenna?" Rebekahs Stimme war kühl und ruhig, doch ihre Augen brannten vor Zorn.

„In Sicherheit." Schnell ging Winter ihre Handlungsoptionen durch. Viele waren es nicht. Sie versuchte, sich nicht den Kopf darüber zu zerbrechen, ob Aiden tot zu ihren Füßen lag. Er war in die Schulter getroffen worden, aber wo sonst noch?

„Sam“, rief sie. „Du musst von hier verschwinden. Du bist in Gefahr.“

„Winter.“ Sams Stimme bebte vor aufsteigender Panik. „Du irrst dich. Rebekah ist meine Freundin.“

„Nein, hier läuft eine Menge, wovon du nichts weißt.“

„Kein Wort mehr, Agent Black“, zischte Rebekah. „Außer um mir zu sagen, wo zum Teufel meine Tochter steckt.“

„Jenna ist nicht Ihre Tochter. Sie ist die Tochter Kayla Bennetts, die als Jugendliche von zu Hause weggelaufen ist. Was würde Jenna denken, wenn sie wüsste, dass Sie ihre leibliche Mutter ermordet haben? Sie mag ja Märchen, aber jedes Kind hätte Mühe, so etwas zu verarbeiten.“

Rebekahs Gesicht lief rot an und erbleichte dann wieder. In ihren Augen stand Zorn.

Außerdem aber auch Unsicherheit. „Sie lügen. Jenna ist *mein* Kind, und Kayla Bennett ist nicht tot. Sie hat das Anrecht auf ihr Kind aufgegeben. Sie wollte noch keine Mutter sein, sie fand sich zu jung.“

„Sam, du musst von hier weglaufen“, wiederholte Winter, ohne die Waffe aus den Augen zu lassen. „Rebekah ist nicht deine Freundin. Sie hat ein von zu Hause weggelaufenes Mädchen als Versuchskaninchen benutzt. Sie hat ihr ein Fruchtbarkeitsmedikament gespritzt, das eine schlimme Wirkung haben kann. Und sie hat sie wie ein Tier in einem Käfig gehalten. Dann hat sie sie ermordet und ihr Baby genommen. Wir haben die Leiche des Mädchens in der Nähe der Archer-Farm gefunden.“

Es war riskant, Sam so zu bedrängen. Winters Handflächen waren glitschig von Schweiß, und ihre Arme zitterten bei der Anstrengung, weiterhin ruhig mit der Waffe zu zielen. „Wie haben Sie sie geschwängert, Rebekah? Künstliche Besamung wie bei Ihrem Vieh? Oder haben Sie sie von jemandem vergewaltigen …"

„Maul halten!", schrie Rebekah. „Sam, geh ins Haus. Hol Scott. Sofort. Verdammt, Kayla ist *nicht* tot. Sie lügen!"

Am Boden stöhnte Aiden leise.

„Ich lüge nicht. Wir haben sie gefunden. Sie ist identifiziert worden." Winter tat einen kleinen Schritt auf Rebekah zu. „Waffe fallen lassen", befahl sie ruhig.

„Winter, das hast du falsch verstanden." Sam sprach rasch und mit flehender Stimme. „Du musst dich irren. Rebekah ist eine Wundertäterin. Ich bin schwanger, und diesmal werde ich das Kind austragen können. Ich *brauche* dieses Kind."

Rebekahs Blick fiel auf etwas hinter Winter, und im selben Augenblick spürte Winter eine Bewegung. Während sie zum Umdrehen ansetzte, sah sie, dass die ein paar Schritte entfernt stehende Sam die Hand vor den Mund presste und die andere schützend auf ihren Bauch legte. Ihre Augen waren vor Entsetzen aufgerissen.

Nur aus dem Augenwinkel erkannte Winter Scott, dessen gutaussehendes Gesicht sich zu einer Grimasse verzerrt hatte. Gleich darauf krachte etwas hart gegen ihre Schläfe. Trotz des grauen Schleiers, der sich vor ihre Augen legte, meinte sie im Fallen zu sehen, dass Sam in den Wald verschwand.

32

„Du musst aufpassen, Winter."

Gramma Beth, die eine ihrer typischen Kittelschürzen im Stil der Fünfzigerjahre trug, buk Pfannkuchen. Von ihren weißen Locken und den Fältchen im Gesicht abgesehen, wirkte sie jung und attraktiv, und das Frühlingsgrün ihrer Schürze passte gut zu ihrer cremeweißen Haut.

Winter wurde einen Moment lang von ihren Gefühlen überwältigt. Seit sie in Quantico ihren Abschluss gemacht und die Stelle in Richmond angetreten hatte, fand sie kaum noch Zeit für Besuche bei ihren Großeltern. Sie hatten ihr gefehlt.

„Wo ist Grampa Jack?", fragte Winter, während Grandma fachmännisch einen Pfannkuchen wendete.

„Oh, der ist irgendwo unterwegs." Sie winkte mit ihrer gepflegten Hand ab. „Aber du hörst mir nicht zu. Du musst *vorsichtig* sein."

„Wenn man Pfannkuchen backt?", neckte Winter sie. „Das weiß ich. Ich muss immer vorsichtig sein, wenn ich mich in einer Küche aufhalte. Die Dinge geraten gern in Brand."

Beth nickte knapp und wandte sich erneut der Pfanne zu. „Genau das meine ich. Feuer ist gefährlich."

Sie griff in die Tasche ihrer karierten Kittelschürze und brachte ein Stabfeuerzeug zum Vorschein, wie sie es verwendete, um die Felder des Gasherdes wieder anzuzünden, wenn sie ausgingen. Mit einem Klicken ließ sie das Flämmchen aufzucken und hielt es mit ausgestrecktem Arm an den adretten weißen Vorhang über der Spüle. Der Spitzenrand glomm kurz und loderte dann auf.

Als die Flammenzungen gierig am Vorhang emporleckten, drehte Beth sich erneut um. Ihr hübsches Gesicht war angstverzerrt. „Siehst du? Pass auf!"

Vom Vorhang stieg eine unfassbar große Rauchwolke auf, füllte die Küche beinahe sofort vollständig aus und versperrte Winter den Blick auf Gramma Beth. Die Wolke war erstickend und dicht, und Winter hustete kräftig und spürte dabei, wie es in ihrer Brust brannte.

Sie kämpfte, um zu der geliebten Frau zu gelangen, konnte sich aber nicht rühren.

Auch ihr Kopf tat weh.

Sie hustete erneut, ein harter Husten, und wurde endlich richtig wach.

Sie befand sich nicht in Gramma Beths Küche. Sondern in einem altmodischen Salon. Vom klauenfüßigen, mit Pferdehaar gepolsterten Sofa bis zu den langen mottenzerfressenen Vorhängen vor den staubigen Fenstern brannte alles. Die Flammen züngelten sogar an einem Spinett hoch, das in der Ecke des Zimmers stand. Der Verputz färbte sich schwarz, alte Holzverzierungen glommen, und alter Möbellack knisterte und platzte ab.

Es war noch keine Feuersbrunst, doch die Flammen leckten an so vielen Stellen, dass es bald so weit sein würde.

Winter wälzte sich auf die Seite. Ihre Hände waren taub, der Blutfluss stockte, weil sie hinter ihrem Rücken unangenehm hart gefesselt waren. Neben ihr lag Aiden auf der Seite, still wie der Tod. Seine Augen waren geschlossen und seine Haut bleich wie Elfenbein. Sie zog und zerrte an dem Strick, der ihre Handgelenke zusammenschnürte, aber er lockerte sich nicht.

„Aiden!" Sie rutschte zu ihm und schlug mit dem Kopf gegen seinen. „Wach auf."

Sie wollte ihn nicht an einer anderen Stelle stoßen, denn sie wusste nicht, wo der erste Schuss ihn getroffen hatte.

Sie stieß ihn erneut an und schrie seinen Namen, diesmal lauter. Seine Augen gingen auf, eisblau und von Schmerz umwölkt.

Winter japste. „Verdammt, Parrish, ich dachte, Sie sind tot." Sie hätte vor Erleichterung weinen können, ihn noch am Leben zu sehen.

„Nur beinahe tot", keuchte er mit gequält verzogenen Lippen. „Das ist nicht dasselbe."

„Können Sie meine Fessel lösen? Ihre Hände sind vorn gefesselt."

„Nein. Ich kann die Finger meiner rechten Hand nicht richtig bewegen. Aber in meinem Stiefel steckt ein Messer."

Sie wälzte sich erneut herum, froh, dass wenigstens ihre Füße nicht gefesselt waren, und rutschte mit dem Rücken an ihn heran. Er sog scharf die Luft ein, als sie seinen Oberschenkel mit den Fingern streifte. Es fühlte sich glitschig an.

„Tut mir leid. Der andere Schuss?"

„Wenigstens hat sie keine Arterie erwischt", erklärte er hustend. „Sonst wäre ich nicht nur beinahe tot."

Sie fand das Messer und schaffte es, den Druckverschluss des Nylonriemens unmittelbar oberhalb seines Knöchels aufzubekommen.

„Vorsicht", sagte er. „Es ist sehr scharf."

„Können Sie mit der linken Hand schneiden?"

„Ich habe wohl kaum die Wahl." Seine Stimme klang noch

schwächer. „Ich werde versuchen, Ihnen ein paar Finger zu lassen."

Es gelang ihm, ihr alle zehn zu lassen.

Als sie ihre Hände aus der Fessel riss, während das Blut kribbelnd in die Adern zurückströmte, waren die Flammen, die sich an den Vorhängen emporfraßen, bereits bis zur Decke gelangt. Mit Fingern, die unangenehm prickelten, befreite sie Aiden.

„Los, kommen Sie, SSA Parrish", befahl sie. „Augen auf. Wir müssen hier raus."

Jetzt brach das alte Spinett mit misstönend klimpernden Saiten zu Boden. Nur wenige Schritte von der Stelle entfernt, wo man sie gefesselt abgelegt hatte, fand sie ihre Dienstwaffen. Sie schnappte sich die ihre und steckte sie ins Halfter. Bei Aidens Waffe überprüfte sie, ob sie gesichert war, und steckte sie in die Gesäßtasche ihrer Hose.

„Gehen Sie schon los", antwortete er, ohne die Augen aufzuschlagen. „Ich folge Ihnen auf dem Fuß."

Mit einem Knurrlaut packte sie ihn unter den Armen und schleppte ihn zum Durchgang zu einem Flur. Dabei bewegte sie sich geduckt vorwärts und hoffte, dass nur der Salon brannte. Scott Kennedy war offensichtlich ein verkappter Pyromane. Ein Glück. Sie beide zu erschießen, wäre viel effektiver gewesen.

Der Flur war kühler und etwas weniger verqualmt, und da er der Länge nach durchs ganze Haus führte, war der Ausgang leicht zu finden. Erschöpft von der Last von neunzig Kilo bewusstlosem Mann und keuchend vom Rauch kam sie bei der Haustür an, doch sie war froh, dass Aiden die Besinnung verloren hatte. Von seinen aufgerissenen Wunden blieben blutige Schleifspuren auf dem Boden zurück.

Sie wischte sich die Hände an ihrer Sweatjacke ab und spähte aus dem Fenster neben der Haustür. Draußen parkte ein Mercedes SUV, von dem sie nur das Heck sehen konnte.

Von einem anderen Fenster aus entdeckte sie Scott Kennedy, der bei seinem Wagen stand, ganz der gepflegte, gutaussehende Herr im schicken Anzug. Er stritt sich mit Rebekah, die nicht ins Auto steigen wollte. Sie hatte die Arme vor der Brust verschränkt und machte ein störrisches Gesicht.

Winter kauerte sich neben Aiden. „Parrish. Parrish, ich brauche Sie. Los, aufwachen."

Er schüttelte benommen den Kopf. Gequält von Schmerz.

Sie drängte ihre Angst um ihn zurück und verpasste ihm eine leichte Ohrfeige. „Augen aufmachen, Aiden."

Mit einem tiefen Atemzug gehorchte er.

„Hier", sagte sie und legte ihm seine Sig Sauer in die Hand. „Bleiben Sie wach. Ich muss dort hinaus, und Sie müssen das Haus verlassen, sobald draußen keine Gefahr mehr droht. Notfalls robben Sie auf dem Arsch ins Freie. Hier brennt es, nicht vergessen."

Er bedeutete ihr mit einem Nicken, dass er verstanden hatte, die Lippen vor Schmerz zusammengepresst.

Winter machte die Tür auf und zog ihre eigene Waffe. Zum Glück quietschten die Angeln nicht, als die schwere Tür nach innen schwang.

Sie schlüpfte auf die Veranda hinaus, schlich ein Stück nach vorn und versteckte sich hinter einer der dicken Säulen, die das Vordach trugen. Von hier aus konnte sie beide Zielpersonen deutlicher erkennen.

Rebekahs Stimme war schrill. „Du hast mir gesagt, Kayla ist heimgegangen. Dass du sie ermordet hast, hast du mit keinem Wort erwähnt."

„Warum hätte ich sie denn ermorden sollen?", fragte Scott mit erhobenen Händen, so als argumentierte er ganz rational. „Sie wollte weiterziehen. Du weißt ja, dass sie nicht vorhatte, das Baby mitzunehmen. Sie wollte doch nach Hollywood."

Rebekah schwankte. Sie wünschte sich ganz offensichtlich, ihm glauben zu können. „Die FBI-Agentin sagte, sie hätten Kaylas verscharrte Leiche auf der Hügelkuppe gefunden. Sie wissen über Jenna Bescheid."

„Jetzt komm schon, mein Herz." Scotts Stimme klang geduldig, hatte aber einen scharfen Unterton, den Winter deutlich heraushörte. „Lass uns im Wagen darüber reden. Und was Jenna angeht", benutzte er den Namen des kleinen Mädchens als Lockmittel, „so werden wir sie finden, und dann ziehen wir weiter. Fangen irgendwo neu an."

„Erst wenn du mir erzählt hast, was Kayla zugestoßen ist", gab Rebekah eigensinnig zurück. „Du hast mir versprochen, dass es diesmal anders läuft."

Scott seufzte und sah einen Augenblick lang so alt aus, wie er war. Beim nächsten Atemzug griff er in seinen Mantel, zog eine Pistole aus der Tasche und richtete sie auf Rebekah. Seine Fassade war wieder intakt, ganz Jugendlichkeit und Eleganz. „Ich kann dieses Projekt auch allein zu Ende bringen, weißt du. Die Bieter stehen bereits Schlange. Ich werde es durchziehen, mit dir oder ohne dich."

Rebekah trat unwillkürlich einen Schritt zurück, und die heftige Bestürzung in ihrem Gesicht wirkte beinahe komisch. „Was tust du?"

„Du bist genauso schlimm wie damals Wesley." Kennedy schüttelte bedauernd den Kopf, und seine Stimme klang annähernd freundlich. „Leicht zu manipulieren. Für ein abgehobenes Ziel machst du alles mit und tust so, als würde die dunkle Seite, die dazugehört, gar nicht existieren." Er hielt nachdenklich inne. „Nur dass dein Vater nie einen FBI-Agent erschossen hat. Das war Mutterliebe, nicht wahr?"

„Werfen Sie die Waffe weg, Scott." Winter trat hinter der Säule hervor und bot sich damit absichtlich als Ziel an, um ihn von Rebekah abzulenken. Sie wollte beide lebendig haben. Hinter diese Geschichte zu kommen, würde auch so schon kompliziert genug werden.

Als er mit hartem Gesicht die Pistole herumschwenkte, erkannte sie unter dem Firnis von Eleganz, den er sich zugelegt hatte, den Soldaten, der er einmal gewesen war. Dennoch entschied sie sich für den Einsatz nicht tödlicher Gewalt, zielte und traf ihn unter dem Knie ins rechte Bein. Als Fahrer würde er den Schauplatz jedenfalls nicht verlassen.

Er stieß ein von Wut und Schmerz erfülltes Gebrüll aus und verriss den Schuss nach oben, sodass einen Meter über ihrem Kopf ein Stück Verputz von der Säule abplatzte. Sie meinte, Aiden hinter sich fluchen zu hören. Wenigstens war er noch bei Bewusstsein. Geduckt huschte sie vorwärts, von der Deckung eines der im Garten verstreuten Pekannussbäume zur nächsten, während Kennedy sich über den Kies hinter den Wagen schleppte und dabei einen Schwall nahezu unverständlicher Beleidigungen ausstieß.

Er war noch immer gefährlich. Jetzt wahrscheinlich mehr denn je.

Aus dem Augenwinkel achtete sie auch auf Rebekah. Wie sie den schimpfenden, fluchenden, sich auf dem Kies windenden Kennedy beobachtete, wirkte sie hin- und hergerissen. Zögernd blieb sie auf der Zufahrt stehen, doch dann gewann ihr Selbsterhaltungstrieb die Oberhand, und sie zog sich zurück.

Winter konzentrierte sich auf Kennedy und achtete nur nebenbei auf Rebekah. Sollte sie ruhig weglaufen. Sie würden sie finden.

Inzwischen hatte sie sich beinahe so weit vorgearbeitet, dass sie Kennedy sehen konnte. Sie entdeckte einen seiner Schuhe, einen braunen Brogue. Er war verstummt. Sie flitzte zum nächsten Baum, und zwei Schüsse fielen schnell hintereinander. Sie stolperte, und unmittelbar über ihrem Ellbogen explodierte ein heißer Schmerz in ihrem Arm.

Die Hand auf die Wunde gepresst, kauerte sie sich hinter dem dicken Stamm einer Eiche nieder.

Aus der Ferne erklang das laute Zerbersten von Holz, dann ein Krachen und ein Schrei. Der Lärm drang hinter dem Haus hervor. Sie hörte, wie etwas zusammenbrach, und hoffte, dass Aiden ihrer Aufforderung hatte Folge leisten können. Inzwischen hing dichter Rauch in der Luft.

Winter konzentrierte sich darauf, gleichmäßig zu atmen. Ein und aus, durch den Mund, als wehrte sie eine Panikattacke ab. Der pulsierende Schmerz in ihrem Arm ließ ein wenig nach, und ihr Herzschlag normalisierte sich.

Der durchdringende Schrei einer Frau brach durch die dräuende Stille. Rebekah. War Kennedy zu ihr gelangt? Noch immer in der Deckung des Baumes kam Winter mühsam auf die Beine, doch sie sah Rebekah nicht. Dann spürte sie eine Berührung von warmem Metall im Nacken, beinahe zärtlich. Unmittelbar unterhalb des Hinterkopfs.

„Hab dich", flüsterte Scott, doch in diesem Moment fiel ein weiterer Schuss.

Winter taumelte vorwärts, von einem schweren Gewicht nach unten gedrückt. Mehrere entsetzliche Sekunden lang bekam sie keine Luft.

Dann wurde das Gewicht unvermittelt von ihr weggehoben, und sie wälzte sich herum. Noahs breites Lächeln zeichnete Lachfältchen um seine warmen grünen Augen. „Kein schlechtes Timing, oder?", fragte er, stieß Scotts Pistole weg und legte dem Mann für alle Fälle Handschellen an.

„Gutes …" Die Welt verdunkelte sich, und es gelang ihr nur mit Mühe, die Augen offen zu halten. „Time…"

Sie hatte keine Ahnung, wie lange sie bewusstlos gewesen war, als sie die Augen erneut aufschlug. Noah war noch immer da und wirkte erleichtert, dass sie wach war. „Hi, du“, sagte er.

Sie versuchte zu lächeln. „Hi.“

Während sich aus der Ferne Polizeisirenen näherten, half er ihr auf und tat so, als bemerkte er ihre Tränen nicht. Sie revanchierte sich damit, dass sie so tat, als bemerkte sie nicht, wie schlimm seine Hände zitterten.

„Wo ist Aiden?“, fragte sie heiser. „Wo sind Jenna und Sam?“

„Allen geht es gut“, versicherte er ihr, ergriff sie mit einer Grimasse bei ihrem guten Arm und führte sie weg, bevor sie nach unten schauen konnte. „Sam ist mir begegnet. Sie hat Jenna übernommen. Außerdem hat sie Unterstützung angefordert, und die Kräfte kommen jetzt. Offensichtlich hatten sie Probleme damit, die Stelle zu orten, an der Sam sich befand. Keine Karte zeigte diesen Forstweg, und Sam konnte ihnen keine Adresse nennen. Außerdem war sie in Panik. Sehr durcheinander.“

„Das kann ich mir vorstellen.“ Winter war selbst ein bisschen in Panik und durcheinander. „Wo ist Aiden?“, fragte sie erneut.

„Die Sanitäter mussten warten, bis die Polizei den Zugang freigegeben hatte. Gerade verfrachten sie ihn in einen Krankenwagen. Da musst du auch rein, reg dich also nicht auf. Du siehst ihn gleich.“

Zwei der Sanitäter, die Aiden auf eine Krankentrage luden, blickten zu ihr auf. Der eine machte ein finsteres Gesicht. „Da haben wir ja noch ein Opfer.“

„Mir geht es bestens“, fuhr sie ihn an. „Ich muss nur genäht werden. Ich möchte ihn sehen.“

Aiden war totenbleich. Außerdem war er erneut bewusstlos.

Sie hatten ihm bereits eine Sauerstoffmaske aufgesetzt und seine Hose bis zum Oberschenkel aufgeschnitten. Aus einem Einschussloch sickerte träge Blut, bis einer der Sanitäter einen festen Verband darum legte. Ein weiterer entfernte eine blutige Kompresse von seiner Schulter und ersetzte sie durch eine frische.

„Was ist passiert?" Noahs Stimme klang grimmig.

Das alles war ihr Fehler, dachte Winter.

Winter streckte die Hand aus, um Aidens regloses Gesicht zu berühren, doch sie selbst sah so aus, als hätte sie in Blut gebadet. Es trocknete auf ihrem Handrücken, und in der Schicht zeichneten sich Risse ab. Sie ließ die Hand wieder sinken. „Er hat zwei Schüsse abgefangen, die mir galten." Ihre Stimme klang gebrochen.

Ein zweiter Krankenwagen hielt knirschend auf dem Kies der Zufahrt. „Wir müssen jetzt los", sagte einer der Sanitäter. „Treten Sie bitte zurück, damit wir ihn einladen können."

„Ich komme mit."

Der Mann wollte sie zurückweisen, doch angesichts des bösen Glimmens in ihren Augen und der Dienstmarke, die sie ihm unter die Nase hielt, überlegte er es sich anders. „Schön, aber wir befinden uns in einer Triage-Situation: Wo auch immer also das Blut herkommt, mit dem Sie verschmiert sind, es muss warten. Sie können stehen und sprechen. Dieser Mann braucht unsere Aufmerksamkeit dringender."

Winter wandte sich Noah mit einem herausfordernden Blick zu, ob er es wagen würde, Einwände zu erheben, doch er nickte einfach nur. „Ich kümmere mich hier um den Rest."

Den Schmerz in ihrem Arm fühlte sie kaum, doch bei jedem Holpern und Schwanken der Krankentrage zuckte sie um Aidens willen zusammen. Er lag so still und reglos da. Erst als sie hinten im Krankenwagen saß, darauf bedacht, die Sanitäter bei ihrer Arbeit nicht zu stören, spürte sie das Brennen und Ziehen in ihrem eigenen verletzten Arm.

„Welche Blutgruppe haben Sie?", fragte der Sanitäter beinahe beiläufig, ohne aufzublicken.

„Null positiv."

„Gut", brummte er. „Ich weiß, dass Sie schon ein wenig Blut verloren haben, aber vielleicht müssen wir Ihnen noch etwas mehr abzapfen. Auf dem Highway hat es einen schlimmen Unfall gegeben, und in der Blutbank vor Ort gibt es kaum noch Vorräte."

Winter zögerte keinen Augenblick.

„Natürlich", sagte sie leise. „Ich bin schuld daran, dass er überhaupt hier liegt."

33

„Das wird dich lehren, in der Abteilung für Verhaltensanalyse zu bleiben, wo du hingehörst."

Als Reaktion erhielt sie einen vernichtenden Blick. „Ich habe dem Pfleger gesagt, dass ich keinen Besuch möchte."

„Ich habe meine Dienstmarke gezückt und mein nettestes Lächeln aufgesetzt, da hat er mich reingelassen. Von Sicherheitsmaßnahmen haben die hier keine Ahnung."

Winter war mit zwei kleinen Blumentöpfen Gerbera bewaffnet und stellte einen auf Aidens Nachttisch. Er kam ihr nicht wie der Gerbera-Typ vor – und auch sonst nicht wie der Blumentyp –, aber ihr gefielen sie. Sie leuchteten in fröhlichem Rot, und so bekam er sie.

Aiden wirkte gereizt und sah ganz anders aus als üblich. Sein hellbraunes Haar war zerzaust, und wo es sonst elegant zurückgekämmt war, hing ihm jetzt eine Strähne in die Stirn. Seine normalerweise glatten Wangen waren so stoppelig, als hätte er sich einen Tag lang nicht rasiert. In dem Bett mit hochgestellter Lehne lag er mit nacktem Oberkörper auf dem weißen Krankenhauslaken, die Bettdecke um die Hüften eingeschlagen. Sie versuchte, nicht hinzuschauen, aber es gab eine Menge straff gewölbter Muskeln zu sehen, und es fiel ihr erstaunlich schwer, den Blick abzuwenden.

Ein weißer Verband umwand seine Schulter, und er versuchte unbeholfen, mit der gesunden Hand die Bettdecke höher zu ziehen.

„Seien Sie nicht so verschämt", neckte Winter ihn. „Sonst tun Sie sich noch weh." Sie stellte den zweiten Blumentopf auf den Boden und half ihm, mit seinem guten Arm die Bettdecke weiter nach oben zu befördern. Übers Bett gebeugt, achtete sie sorgfältig darauf, nicht gegen sein Bein zu stoßen. An seinem Oberschenkel erkannte sie den Umriss eines weiteren dicken Verbands.

„Wissen Sie, es hat etwas, Sie hilflos auf dem Rücken ausgestreckt zu sehen. Aus dieser Lage können Sie sich nur schwer einmischen und niemanden herumkommandieren."

„Kann ich etwas für Sie tun, Agent Black?", fuhr er sie an. „Hoffentlich bekomme ich bald meine Dosis Morphium, aber ich bin mir ziemlich sicher, dass der Pfleger mir die erst zugesteht, wenn Sie gegangen sind."

„Tut mir leid", antwortete sie ehrlich zerknirscht. „Ich benehme mich gemein. Dafür bin ich nicht hergekommen."

Er lächelte ein wenig. „Beinahe hätten Sie mich getäuscht. Es wirkte so überzeugend."

„Ich bin gekommen, um mich zu entschuldigen." Er verfolgte, wie sie sich auf den Stuhl neben seinem Bett sinken ließ. „Es tut mir leid", wiederholte sie und rutschte verlegen unter seinem prüfenden Blick umher, als er nichts antwortete.

„Dass Sie wieder mal auf eigene Faust losgestürmt sind? Dass Sie die Deckung verlassen haben und direkt in die Schusslinie gerannt sind?"

Sie zuckte zusammen. „Das war ein Fehler."

„Allerdings, verdammt noch mal", platzte es aus ihm heraus. „Was zum Teufel haben Sie sich dabei gedacht?"

Öffne dich ein wenig, sagte sie sich. *Das hat er immerhin verdient.*

„Sie wissen, dass ich anders arbeite als normale Leute. Ich verlasse mich auf meinen Instinkt und mein Gefühl." Sie schluckte kräftig, weil die Wahrheit ihr die Kehle zuschnürte. „Und auf Visionen. Ich habe die Anspannung in der Luft mit etwas verwechselt, was nicht real ist. Das hätte Sie beinahe das Leben gekostet. Und mich ebenfalls."

In seinem Gesicht dämmerte Verstehen. Er öffnete den Mund zu einer Antwort, doch sie hob die Hand.

Er bedeutete ihr mit einem Nicken, fortzufahren.

„Ich sollte nicht bei Einsätzen dabei sein." Es war ihr, als zerschnitte ihr dieses Eingeständnis die Kehle. „Sie hatten recht. Ich gehöre hinter einen Schreibtisch, wo meine Fehler nicht dazu führen können, dass jemand anderes verletzt wird. Ich sollte in der Abteilung für Verhaltensanalyse arbeiten ober überhaupt nicht beim FBI."

„Würden Sie bitte mit der Selbstgeißelung aufhören und einmal für zwei Sekunden den Mund halten?"

Angesichts seines Tonfalls erwachte ihr Trotz. Mit seiner Arroganz konnte Aiden einen auf die Palme bringen, Verwundung hin oder her. Sie lehnte sich auf dem Stuhl zurück, verschränkte sie Arme so vor der Brust, dass der unverletzte Arm den schmerzenden stützte, und nickte ihm zu fortzufahren.

„Bevor Sie in Edelmut versinken, mir sagen, dass ich recht hatte, bevor Sie ihren Job hinschmeißen und Ihre … Suche aufgeben, würde ich mich gern meinerseits bei Ihnen entschuldigen."

Sie stieß ein kurzes, überraschtes Lachen aus. „Ach ja? Wofür denn das?"

„Ich wäre fast an *Ihrem* Tod schuldig geworden", gab er zu und kratzte sich die Bartstoppeln, die sein normalerweise so geschniegeltes Äußeres ungewöhnlich unzivilisiert erscheinen ließen. „Ich war halb bewusstlos und fühlte mich vollkommen unnütz, wie ich da lag und auf Rettung wartete, während Sie sich einen Schusswechsel lieferten und die Situation aus eigener Kraft meisterten. Ich sah, dass Rebekah flüchten wollte, und statt sie jemand anderem zu überlassen, einem Unverletzten, rappelte ich mich hoch und warf mich übers Geländer der Veranda, stürzte auf sie. Ihr Schrei hat Sie, Winter, veranlasst, aufzustehen, um nach ihr zu schauen, und da hat Kennedy seinen Vorteil genutzt. Hätte Dalton ihn nicht mit seinem exakt gezielten Schuss getötet, wären Sie jetzt nicht mehr am Leben."

Sie sah ihn aufmerksam an. Er wirkte aufrichtig, doch seine Lippen zuckten. Nur ganz leicht, doch sie bemerkte es. „Das ist ziemlich weit hergeholt. Nicht sehr glaubhaft."

„Es stimmt aber." Aiden zuckte mit den Schultern und fuhr schmerzlich zusammen. „Ich werde bis zum letzten Atemzug leugnen, dass ich jemals etwas so Idiotisches getan habe, wie mich halb verblutet von einer Veranda zu stürzen, um eine Verdächtige zu fassen." Er zog die eine Augenbraue hoch. „Und wenn Sie es weitererzählen, wird keiner Ihnen glauben. Sie sind eine heißblütige Anfängerin. Mir dagegen gesteht man Würde und Seriosität zu."

Sie öffnete den Mund zu einer Antwort, aber was zum Teufel konnte sie sagen.

„Jedenfalls werden Sie Ihre Stelle nicht kündigen", fuhr Aiden fort. „Sie bleiben, wo Sie sind, bis ich Sie mit legitimen Mitteln dazu überreden kann, in die Abteilung für Verhaltensanalyse zu wechseln. Wenn ich geheilt bin, kehre ich an meinen Schreibtisch zurück. Und wir werden nie wieder über diesen Nachmittag reden."

Ihr Mund stand noch immer offen, und so klappte sie ihn zu, weiterhin unsicher, was sie sagen sollte. Das Schweigen zwischen ihnen dehnte sich aus, und die Stille lud sich auf.

„Na gut", sagte sie endlich, nachdem es ihr so schien, als

hätte sie Jahrzehnte nur in seine Augen geschaut. Sie stand auf. „Dann gehe ich jetzt wohl mal. Sie brauchen Ihr Morphium."

„Nein." Seine Stimme klang eindringlich, und sie setzte sich automatisch wieder hin. „Ich bin in Ohnmacht gefallen wie eine echte Jungfer in Nöten und habe das Ende verpasst. Sie müssen mir erzählen, wie alles zum Abschluss gekommen ist."

Winter wollte nicht darüber nachdenken. Selbst Aidens unerwartetes Verständnis und seine Bereitschaft, über sich selbst zu lachen, dämpften nicht die Wucht der Erfahrung. Als sie die Pistole im Nacken gespürt und den Schuss gehört hatte, war sie einen schrecklichen Moment lang sicher gewesen, Kennedy habe sie angeschossen, und sie könne es nur deshalb nicht fühlen, weil ihr Rückenmark durchtrennt sei.

Doch Noah hatte Kennedy rechtzeitig mit einem Kopfschuss ausgeschaltet … darüber konnte sie ebenfalls nicht nachdenken. Es würde jedoch schon bald in ihren Albträumen zurückkehren. Ihr war gar nicht klar gewesen, wie blutverschmiert sie war, bis einer der Leute in der Notaufnahme, ein Neuling, sich bei ihrem Anblick fast übergeben hätte.

Es war keine Erfahrung, die zu einer Wiederholung einlud.

„Übrigens, fast hätte ich es vergessen. Rebekah gewährt Ihnen eine kleine Rache", erzählte sie Aiden, um die Stimmung aufzulockern. „Falls es Ihnen noch keiner berichtet hat. Durch Ihren Verandasturz hat sie sich das Bein gebrochen. Wenn sie die lange Liste ihrer Anklagepunkte hört, wird sie einen Gips tragen."

„Ironie des Schicksals", antwortete Aiden trocken. „Also. Die Geschichte?"

„Nachdem Wesley Archer Selbstmord begangen hatte,

fand Rebekah sein Tagebuch. Darin schilderte er die ganze Entwicklung. Von seiner Zeit im Krieg über die Gründung der Jüngergruppe bis zur Erkenntnis, dass er die Augen vor den schlimmen Dingen verschlossen hatte, die sich in seiner Nähe zutrugen. Am Ende seines Lebens erkannte er Kennedy als das, was er war. Von Reue ergriffen und in tiefer Trauer um seine verstorbene Frau, beschloss er, sein Leben zu beenden. Rebekah war noch eine Jugendliche, als sie das alles erfuhr. Sie liebte ihren Dad, er war ihr Idol, Fehler hin oder her. Und so beschloss sie, sein Lebenswerk fortzuführen."

„Scott Kennedy war sie nicht gewachsen."

„Nein. Sie wusste, mit wem sie es zu tun hatte, dachte aber, sie könnte ihn benutzen. Sie kontaktierte ihn, um gemeinsam an das Vermächtnis ihres Vaters anzuknüpfen. Er war bereit, sie zu treffen. Ihr Druckmittel waren die Tagebücher. Sie gab sie Elbert Wilkins, dem alten Freund ihres Vaters, zur Aufbewahrung. Damit saß sie bei Kennedy am längeren Hebel. Es gefiel ihm gar nicht, nach ihrer Pfeife zu tanzen, aber er machte mit, weil er vorhatte, sie am Ende selbst auszutricksen."

Aidens Blick verriet lebhaftes Interesse, und hin und wieder nickte er. Winter fragte sich, wie viel von alldem er sich schon selbst zurechtgelegt hatte.

„Rebekah bekam von Kennedy die Formel für das ursprüngliche Progesteraline Six und dazu Geld, um die alte Farm ihrer Familie zu kaufen. Sie verabreichte das Medikament den Rindern, die sie züchtete, in einer verminderten Dosis und veränderte seine chemische Struktur, bis sie sich ziemlich sicher war, herausgefunden zu haben, was die genetischen Missbildungen verursacht hatte. Kennedy besuchte sie mehrmals, um zu sehen, welche Fortschritte sie machte, und um sich vor ihr in ein besseres Licht zu rücken. Seine letzte Frau war gestorben, und er setzte seinen großspurigen

Charme bei Rebekah ein. Sie verlor ihr Misstrauen und fiel darauf herein."

„Er muss dasselbe Alter gehabt haben wie ihr Vater." Aiden verzog angewidert die Lippen. „Jüngere Frauen und ältere Männer, okay, aber das kommt mir ein bisschen krass vor."

Winter zuckte mit den Schultern. „Du bist doch der Verhaltensanalytiker. Freud kann das bestimmt erklären, oder?"

Diesen Moment wählte der Pfleger aus, um den Kopf durch die Tür zu stecken. „Wollen Sie jetzt die nächste Schmerzmitteldosis, Mr. Parrish?", fragte der junge Mann.

Aiden winkte ungeduldig ab. „Später, bitte. Erzählen Sie weiter."

„Rebekah schwört, dass sie nichts von Kayla Bennetts Tod wusste. Angeblich ist das Mädchen eines Tages einfach auf der Farm aufgetaucht, sie suchte Arbeit. Rebekah bat sie herein, gab ihr zu essen und erfuhr, dass Kayla von zu Hause weggelaufen und unterwegs nach Kalifornien war, um Schauspielerin zu werden. Rebekah lud sie ein, eine Weile dazubleiben und ihr auf der Farm zu helfen, um etwas Geld zu sparen. Dann wird die Geschichte verrückt. Rebekah versetzte Kaylas Essen mit Beruhigungsmitteln, spritzte ihr das veränderte Medikament und befruchtete sie künstlich mit Sperma, das sie aus dem Internet hatte." Winter zog achselzuckend die Nase kraus. „Das ist dort offensichtlich zu kriegen, nur zu deiner Information. So sorgte sie dafür, dass das Mädchen schwanger wurde."

„Obwohl es mein Beruf ist, mich in die Psyche gestörter Menschen zu vertiefen, verstehe ich immer noch nicht, wie manche Leute es problemlos schaffen, ihr gewissenloses Verhalten zu rechtfertigen", warf Aiden voller Abscheu ein.

„Sie schwört, dass die Idee von Kennedy stammte, aber du hast recht." Winter verzog das Gesicht. „Es ist nicht verboten, sich jemandes verrückte, abstoßende Ideen anzuhören. Aber es ist etwas ganz anderes, sie stellvertretend für ihn in die Tat umzusetzen. Als Kayla merkte, dass sie schwanger war, legte sie es sich Rebekah zufolge so zurecht, dass ein Junge, mit dem sie vor ihrem Weglaufen geschlafen hatte, ihr das Kind angehängt hatte. Die Schwangerschaft machte es Rebekah noch leichter, für Kayla zu ‚sorgen', doch kurz vor dem Geburtstermin verschwand das Mädchen. Rebekah hat uns das wütend erzählt und sagte, einer von Scott Kennedys Besuchen sei dem unmittelbar vorangegangen. Eine Woche später tauchte er mit Jenna auf, einer gesunden kleinen Neugeborenen, und sagte, er habe Kayla Geld gegeben, um nach Kalifornien weiterzureisen."

Aiden schüttelte langsam den Kopf. „Tatsächlich hat also *er* das Mädchen eingesperrt."

„Im alten Kutschenhaus des ehemaligen Familiensitzes der Abbotts in North Carolina befand sich ein Käfig", stimmte Winter ihm zu. „Das macht Rebekahs Geschichte glaubwürdig. Mit dem Käfig hatte ich recht, aber er stand nicht da, wo ich dachte."

„Rebekah hat keine Fragen gestellt, weil es ihr auf eine perverse Weise bereits so vorkam, als wäre das Baby ihres", berichtete Aiden. Winter brauchte darauf nicht zu reagieren, weil er keine Reaktion erwartete. Sie hatten beide selbst gesehen, mit welcher fast schon obsessiven Hingabe Rebekah für Jenna da gewesen war.

„Genau wie damals ihr Vater hat sie vor Kennedys Verbrechen die Augen verschlossen. Das kam ihr vermutlich gerechtfertigt vor, da es so aussah, als würde die abgewandelte Version von P6 funktionieren. Du hast das kleine Mädchen nur ganz kurz gesehen. Wenn du ein wenig Zeit mit ihm verbringen würdest, würdest du merken, was für ein ungewöhnliches Kind sie ist. Stell dir eine Armee kleiner

Jennas vor, die sich lispelnd Zugang zu jedermanns Herz verschaffen."

Aiden schüttelte mit schief verzogenen Lippen den Kopf. Er sah inzwischen erschöpft aus, doch er lachte. „Ich glaube dir aufs Wort, kann bloß mit Kindern nichts anfangen. Spulen wir also ein paar Jahre vor, und die Skelette sind aufgetaucht. Kennedy beginnt, mit allem Verräterischen aufzuräumen."

Winter nickte. „Rebekah streitet es ab, aber sie muss Kennedy wohl irgendwann verraten haben, dass Archers Tagebücher inzwischen von Elbert Wilkins aufbewahrt wurden."

„Und was ist mit Samantha Benton?"

„Rebekah lernte Samantha in einer Selbsthilfegruppe für Frauen kennen, die eine Fehlgeburt erlitten hatten. Sie suchte dort nach einer weiteren Mutter, diesmal auf einem legaleren Weg. Samantha war verzweifelt und muss ihr wie eine leichte Beute erschienen sein."

Aidens Kopf sank auf das Kissen zurück, und er blinzelte langsam. „Sie war ja wirklich eine leichte Beute." Als er erneut blinzelte, dauert es lange, bis seine Augenlider sich wieder hoben.

Sie stand auf. „Ich gehe jetzt. Sie müssen sich ausruhen."

„Okay. Wenn es noch mehr gibt, muss es warten", sagte er und schloss die Augen. „Ich brauche das Morphium nun wirklich. Wie geht es übrigens Ihrem Arm?"

„Es ist nur eine Fleischwunde. Vielleicht kann ich die Armschlinge ja als Vorwand benutzen, um eine Weile keine Berichte schreiben zu müssen." Winter lächelte und wackelte ein bisschen mit dem Arm. „Im Büro sind sie mir etwas schuldig."

„Ja, ich habe von der Anfängerin gehört, die auf den Schabernack mit der Schreibtischarbeit reingefallen ist."

„Das erinnert mich daran, dass Sie als einer, der zwei Mal

angeschossen wurde, aus der *Braut des Prinzen* zitiert haben", neckte sie ihn ihrerseits. „Sie sind ein verkappter Nerd, SSA Parrish."

Winter trat einen Schritt zurück, doch als sie ihn so auf dem Bett ausgestreckt sah, totenbleich und ganz offensichtlich leidend, überkam sie ein Anfall von schlechtem Gewissen. Einen Moment lang fragte sie sich, ob sonst irgendwer ihn besuchen würde. Sie kannte Aiden schon so lange. Er hatte immer alles über ihr Leben und ihre Familie gewusst, über sich selbst aber nie etwas preisgegeben.

Aiden, der ihr Mitleid spürte, wehrte es ab, indem er die Augen schloss. „Raus hier, Agent Black."

„Passen Sie auf sich auf", sagte sie sanft und hob den zweiten Blumentopf mit Gerbera vom Boden auf. „Geben Sie mir Bescheid, falls Sie etwas brauchen. Wir sehen uns in ein paar Tagen in Richmond."

Bevor sie bei der Tür anlangte, rief Aiden sie noch einmal beim Namen, und sie blieb stehen. Er beobachtete sie mit nicht zu deutender Miene. Erneut stellte sie fest, wie wenig er seinem üblichen Selbst ähnelte.

„Danke für die Blumen", sagte er schließlich mit einer Andeutung von Lächeln. „Würden Sie bitte da draußen Ihren Zauberstab schwingen und die Morphium-Fee zurückholen?"

Sie nickte, schluckte die plötzlich aufsteigenden Tränen herunter und ging.

Winter fühlte sich ebenfalls erschöpft, aber nachdem sie den Pfleger zu Aiden geschickt hatte, blieb ihr noch ein weiterer Gang.

Tom Benton stand mit dem Handy am Ohr vor Samanthas Zimmer im Korridor, als Winter aus dem Lift trat. Er sah besser aus als bei ihrer ersten Wiederbegegnung. Praktisch über Nacht hatte er sicher sieben Kilo abgenommen. Der Schock darüber, dass die eigene Ehefrau vermisst wurde, konnte so etwas bewirken, aber außerdem waren seine Augen nicht mehr blutunterlaufen, und er trug saubere Kleidung. Es sah sogar so aus, als hätte er sich mit seinem gesamten Erscheinungsbild Mühe gegeben. Vielleicht hatte die Begegnung mit dem gepflegten SSA Parrish ihn befangen gemacht. Oder vielleicht hatte er sich auch gesagt, dass seine Frau etwas Besseres verdient hatte.

Sie begrüßte Tom mit einem angedeuteten Winken, und er nickte lächelnd. Dann klopfte sie an die angelehnte Tür und hörte Sams Stimme, die sie leise und traurig zum Hereinkommen aufforderte.

Samantha sah nicht besser aus. Sie hing am Tropf und wirkte in dem weißen Krankenhausbett klein und verloren. Das Zimmer war dunkel, die Jalousie heruntergelassen, um die Vormittagssonne draußen zu halten. Ein Überwachungsgerät piepte leise.

„Hi, Winter." Ihre Stimme war dünn, fast ein Flüstern, und alles an ihr sah grau aus. Niedergedrückt. Das Haar hing ihr schlaff über die Schultern, und ihre Augen waren vom Weinen gerötet.

„Wie geht es dir?" Die Worte fühlten sich unzulänglich an. Dass sie litt, war unübersehbar.

„Es ging mir schon mal besser", antwortete Sam mit einem letzten Rest ihres früheren Humors.

Winter stellte den Gerbera-Topf – fröhlich gelb - auf den Tisch, neben ein paar Blumensträuße und einen Ballon mit dem sogar noch unzulänglicheren Spruch *Gute Besserung*. An einem Topf voller weißer Röschen hing eine Karte mit Noahs kühnen Schriftzügen. Sie las nicht, was er geschrieben hatte, aber es war typisch für ihn, dass er an einen Blumengruß gedacht hatte.

„Ich mache mich gleich auf den Rückweg nach Richmond und wollte vorbeischauen, um mich bei dir zu bedanken. Du hast einen klaren Kopf bewahrt, und wenn du nicht rechtzeitig weggelaufen wärst … hätte alles viel schlimmer enden können. Du warst mutig."

„Du warst immer die Mutige von uns beiden", korrigierte Sam sie. Sie rückte sich auf der unbequemen Matratze zurecht und legte mit einem leisen Schmerzlaut die Hand auf den Bauch. Winter war schon fast bei ihrem Bett angelangt, als Sam abwinkte.

„Alles in Ordnung", sagte sie. „Das geht vorbei. Sie mussten die Gebärmutter entfernen."

Winter verzog mitfühlend das Gesicht. „Das tut mir leid. War es wegen … allem, was passiert ist?"

Sam schüttelte den Kopf und blickte an Winter vorbei zum Sonnenlicht, das an den Rändern der Jalousie vorbei hereinsickerte.

„Es gab einen Grund dafür, dass ich immer wieder Fehlgeburten hatte, und ich kannte ihn. Meine Ärztin kannte ihn. Rebekah dagegen nicht. Ob nun mit ihrem wunderbaren Fruchtbarkeitsmedikament oder ohne, ich konnte kein Kind bekommen. Ich hatte das polyzystische Ovar-Syndrom und eine Muttermundschwäche, was es unmöglich machte, eine Schwangerschaft zu Ende auszutragen."

Ihr Gesicht verzerrte sich vor Schmerz, und in Winters Augen traten Tränen des Mitgefühls. „Das tut mir leid."

Sam winkte mit der Hand vor dem Gesicht ab und kämpfte um Haltung. „Jedenfalls bin ich weggelaufen, als ich sah, wie Scott Kennedy dich bewusstlos geschlagen hat. Keine Ahnung, wie ich Noah gefunden habe. Er muss bereits auf dem Rückweg zu euch gewesen sein. Er hat mir Jenna praktisch in den Arm gedrückt und sein Telefon in die Hand. Er hatte bereits die Polizei von Mount Airy angerufen. Als wir im Auto warteten, spielte ich mit Jenna, damit sie ruhig blieb … und da bekam ich Krämpfe … und wusste, dass es mit der Schwangerschaft vorbei war."

Die Tür ging auf, und Tom kehrte ins Zimmer zurück.

Sofort zog es ihn an Sams Seite. Der Blick, den er Winter zuwarf, war herzlich, aber es stand auch eine Warnung darin.

„Du brauchst hier nicht rumzuhängen“, sagte Sam zu Tom. Ihre Stimme klang teilnahmslos. Gleichgültig. „Fahr doch heim und schlaf dich aus.“

„Ich gehe nicht weg.“ Er ergriff ihre Hand. Sie entzog sie ihm nicht.

Die Situation fühlte sich zu intim an, und Winter wollte weg. „Noah wartet draußen im Wagen. Ich gehe besser zu ihm, bevor er ohne mich losfährt.“

Einen Moment lang wirkten alle verlegen. Drei Erwachsene, deren Leben in der Kindheit eng verflochten gewesen war. Jetzt waren sie einander fremd.

„Ich wünsche euch beiden das Beste.“

„Ich dir auch.“ Sams Worte waren schlicht, aber es lag viel mehr darin. Sie waren eine Entschuldigung.

Beim Verlassen des Zimmers spürte Winter, wie etwas in ihr sich löste. Hinter sich hörte sie, wie Sam Tom bat, die Jalousie aufzuziehen. Sie wolle die Sonne sehen.

34

Noah musterte Winter, die in der rappelvollen Kneipe neben ihm saß. Sie war still, aber man konnte ohnehin nicht viel reden. Die Musik im Louie's dröhnte so laut, dass nur die entschlossenste Konversation möglich war.

Sie waren von ihrer Einheit wie Helden empfangen worden, insoweit das FBI überhaupt jemanden wie einen Helden empfing. Max Osbourne entspannte sich dermaßen, dass er sie beim Betreten seines Büros nahezu anlächelte. Es dauerte etwa zwölf Sekunden, bis er sie an den Schreibtisch schickte, um ihre Berichte zu schreiben. Der Rest der Abteilung für Gewaltverbrechen schaute im Verlauf des Nachmittags bei ihnen vorbei, um zu gratulieren. Selbst Sun Ming, eine zickige Agentin, die sich von der ersten Begegnung an größte Mühe gegeben hatte, die Rolle als Winters boshafteste Kollegin zu übernehmen, gestand ihr, ohne zu lächeln, ein Lob zu.

„Gut, dass du es nicht vermasselt hast, Anfängerin. Versuch dir nächstes Mal keine Kugel einzufangen."

Alle erzählten von ihrem ersten großen Fall. Besonders Winter musste einige Hänseleien einstecken, weil sie so früh in ihrer Laufbahn schon Blei gekostet hatte. Sie nahm den Spott klaglos hin, doch es gab Zeiten, zu denen ihre Augen gefährlich glitzerten, und dann musste Noah rasch das Thema wechseln. Es kamen auch ein paar neugierige Fragen zu SSA Parrish – vor allem, warum er überhaupt mit zum Team gehört hatte – und seinen Verletzungen, doch Noah fiel auf, dass Winter rasch darüber hinwegging und das Thema Aiden mied.

„Möchtest du tanzen, Darling?" Er hob die Stimme, um die miserable Band zu übertönen, die auf der Bühne voller Begeisterung ihr Bestes gab. „Ich bringe dir den Texas Two-Step bei."

Sie grinste ihn an. „Du meinst, man könnte zu so was tanzen? Das hier taugt höchstens für einen Moshpit. Und so weit bin ich noch nicht."

Sie bewegte den Arm ein wenig übervorsichtig. Die Armschlinge war sie bereits los, und wahrscheinlich ziepten die Stiche. Er wollte nicht darüber nachdenken, wie sie die Verletzung erhalten hatte. Wie er sie erstarrt am Baum hatte stehen sehen, mit einer Pistole im Nacken … Er war zu weit weg gewesen, um einzugreifen. Sie war bereits mit Blut verschmiert, und er hatte nicht gewusst, dass es überwiegend von Aiden stammte. Während seiner Dienstzeit beim Militär war er größere Risiken eingegangen, aber als er bei diesem Schuss zielte, hatte er mehr Angst ausgestanden, als er zugeben wollte.

Er zuckte mit den Schultern. „Dann tanzen wir eben nächstes Mal."

Sie leerte den Rest ihres Biers und kramte in ihrer Handtasche nach dem Autoschlüssel. „Du hättest mir erlauben sollen, dich abzuholen", bemerkte Noah. „Wozu zwei Autos nehmen, wenn wir so nah beieinander wohnen? Denkst du gar nicht an die Umwelt?"

Winter verdrehte die Augen. „Du weißt, dass wir künftig

nicht mehr wie siamesische Zwillinge unterwegs sein werden. Jetzt heißt es wieder Business as usual, Kumpel."

„Oh, das weiß ich. Ich freue mich schon darauf, wieder in einem Bett zu schlafen."

Sie knuffte ihn leicht. „Es hat dir auf dem Fußboden gefallen."

Er stand mit ihr zusammen auf. „Ich begleite dich nach draußen."

Sie sah ihn stirnrunzelnd an. „Heb dir die Masche als texanischer Kavalier für eine Frau auf, die keine Beretta unter dem Mantel trägt. Ich fahre heim, um meine Großeltern zu besuchen. Mal schauen, ob ich dir einen Hackbraten mitbringen kann."

„Bring mir zwei mit, dann laufe ich dir nicht wie ein armer hungriger Welpe hinterher."

Sie lächelte, winkte ihm zu und ging zur Tür. Wie sie sich durch das freitagabendliche Gedränge schlängelte, sah sie aus wie ein Schatten. Sie trug das schwarze Haar offen, und es fiel ihr wellig über die Schultern. Mit ihrem schwarzen langärmligen Shirt, den dunklen Jeans und den schwarzen Stiefeln bildete sie einen exotischen Gegensatz zu den anderen Frauen in der Kneipe, die sich für den Freitagabend ordentlich aufgebrezelt hatten.

Die Nähe zu ihr würde ihm fehlen. Sie brauchte ihn. Sie war zu ernst, zu sehr mit sich selbst beschäftigt. Aber um seines eigenen Seelenfriedens willen war ein wenig Abstand wahrscheinlich eine gute Sache. Sie brachte ihn aus dem Gleichgewicht.

Trotzdem war es das wert. Er schnaubte innerlich. Vielleicht.

Lächelnd kippte Noah den Rest seines Biers herunter. Er hob die Flasche ein wenig an und fing mit einem lässigen Zwinkern den Blick einer niedlichen Kellnerin auf. Die kleine Jessie – wie ihr Namensschild verriet – hatte kurze blonde Locken und braune Augen, die nur ein bisschen durchtrieben waren. Als sie ihm ihrerseits langsam und bedeutungsvoll zuzwinkerte, kam Noah zu dem Schluss, dass Jessie ihn überhaupt nicht aus dem Gleichgewicht bringen würde.

Habt ihr ein Bett frei?

Sie schickte ihre Nachricht vom Parkplatz aus an Grandma, da sie wusste, dass Grampa Jack mit der modernen Technik überfordert war. Eine Nachricht an Beth war daher das Einfachste. Obwohl es kurz vor einundzwanzig Uhr war, antwortete Grandma beinahe sofort.

Für dich? Da könnten wir wohl ein wenig Platz schaffen.

Lachend schob sie ihr Handy in die Handtasche und ging über den Parkplatz zu ihrem kleinen Civic. Sie hörte noch immer die Band, die drinnen eine aus dem Takt geratene Version des Stones-Songs ‚Satisfaction' spielte, und fragte sich, ob Noah sich bereits die Telefonnummer der Kellnerin besorgte, die ihm während des ganzen Abends Blicke zugeworfen hatte.

Der Gedanke brachte sie zum Lächeln, doch er tat auch ein wenig weh.

Das war egal, und so schob sie ihn beiseite.

Der Mond stand tief und hell am Himmel. Hunter's Moon, so hieß das doch, dachte sie. *Jägermond.* Oder war es Harvest Moon, *Erntemond?* Wie auch immer, der Mond war schön und badete den Parkplatz in seinem bleichen, kalten Licht. Sie zitterte ein wenig und wünschte, sie hätte den schweren Ledermantel angezogen statt der leichten Herbstjacke. Sie drückte auf die Fernbedienung, um die Tür zu entriegeln, öffnete sie unbeholfen mit der linken Hand, ließ sich hinters Steuer gleiten und drückte automatisch auf die Türverriegelung.

Unter dem Scheibenwischer steckte ein Zettel aus gelbem Linienpapier, der leicht im Abendwind flatterte. Zuerst dachte sie, jemand wäre zwischen den parkenden Autos herumgegangen und hätte jedes mit einem Flyer bedacht. Doch der Zettel war mit der Schrift nach unten eingeklemmt, sodass sie ihn lesen konnte. Nur wenige Worte, handschriftlich und mit großen, männlich wirkenden Lettern. *Hallo, Mädel. Du siehst schön aus heute Abend.*

Der Zettel könnte einfach von irgendjemandem stammen. Doch das Papier schimmerte rötlich, und als Reaktion fuhr ein Schauder durch ihre Hände, die auf dem Lenkrad lagen. Sie spannte sich an und schob automatisch die Hand in den Mantel, um das beruhigende Gewicht ihrer Pistole zu spüren. Der Parkplatz war hell erleuchtet. Von einem Pärchen abgesehen, das ein paar Wagen weiter knutschte, war niemand da. Nirgends lauerte eine schattenhafte Gestalt, um zu beobachten, wie sie die Nachricht empfing.

Sie ließ den Motor an und wartete ab, noch immer mit der Musterung des Parkplatzes beschäftigt. Ihr Instinkt sagte ihr, dass der Mann, der den Zettel hinterlassen hatte, inzwischen weg war, aber dennoch wartete sie ab, bis der Motor langsam warm wurde und ein lauwarmer Strom aus den Lüftungsschlitzen blies.

Auf dem Boden des Wagens lagen ihre Strickhandschuhe. Sie zog einen an, entriegelte die Tür und öffnete sie gerade so weit, dass sie nach draußen greifen und sich den Zettel schnappen konnte. Sofort schloss sie die Tür wieder und verriegelte sie erneut, warf aber keinen weiteren Blick auf den Zettel, sondern steckte ihn ins Handschuhfach und klappte es zu. Der rote Schimmer war nun nicht mehr sichtbar, aber sie spürte seine Nähe trotzdem.

Keine große Sache. Einfach nur ein Serienmörder, der sich zurückmeldete. Und ihr in Erinnerung rief, dass er noch immer am Leben war und all die unbekannten Dinge tat, die Serienmörder im Ruhestand nun mal taten.

Winter rief sich in Erinnerung, dass sie keine Angst hatte. Genau so wollte sie es doch. Der Preacher erinnerte sich offensichtlich an sie. Sie konnte ihn ins Freie locken … und dann würde es weitergehen, was auch immer als Nächstes kam.

Sie legte den Rückwärtsgang ein, schaute in den Rückspiegel, setzte aus der Parkbucht zurück und bog auf die Hauptstraße ein.

Dann fuhr sie nach Hause. Nicht in ihre kleine Wohnung mit den beigefarbenen Wänden und den billigen Möbeln, sondern richtig nach Hause.

Sie hielt nach einem Beschatter Ausschau, doch niemand folgte ihr. Sicherheitshalber fuhr sie fünf Meilen zusätzlich und kehrte mehrmals auf ihrer Spur zurück. Das Gefühl, verfolgt zu werden, ließ nicht nach. Sie hielt sogar am Straßenrand, um ihren Wagen von unten nach einem Peilsender abzusuchen.

Als sie sich sicher war, dass keine Gefahr bestand, bog sie in die vertraute Zufahrt ein. Die Haustür mit den Rautenfenstern war unverriegelt, und durchs vordere Fenster hieß das helle Licht einer Tischleuchte sie willkommen. Sie trat ein und erschnupperte sofort den Duft frisch gebackener Chocolate Chip Cookies. Schon jetzt löste sich die Anspannung in ihrer Brust, und sie verriegelte die Haustür und schlüpfte aus den Schuhen. Dann ging sie durch das stille Haus zur Küche.

In einen babyblauen Stepp-Morgenmantel gehüllt, das schneeweiße Haar von kleinen rosafarbenen Lockenwicklern gehalten, zog Grandma gerade ein Keksblech aus dem Ofen. An den Füßen trug sie zum Morgenmantel passende blaue Pantoffeln und war immer noch so adrett wie ein Püppchen.

„Ehrlich? Kekse? So spät am Abend?“ Winter sprach leise, um Gramma Beth nicht zu erschrecken. Doch Beth drehte sich um, ein freudiges Strahlen im Gesicht.

„Ich habe dein Auto in der Zufahrt gehört. Komm her.“ Sie breitete die Arme aus, und Winter ging zu ihr. Sie atmete den Duft von Worth ein, des Parfüms, das diese geliebte Frau immer umgab. Der Rest der Anspannung in ihrer Brust löste sich.

„Ihr habt mir gefehlt“, seufzte Winter, und ihre Augen füllten sich mit Tränen. Sie blinzelte sie weg, bevor Gramma Beth sie losließ. „Wo ist Grampa? Findet heute Abend nicht ein UFC-Kampf statt?“

Gramma rümpfte die Nase. Sie fand es nicht gut, dass Grampa die Kämpfe der Ultimate Fighting Championship verfolgte, doch er sah sie bereits seit Jahren und würde so bald nicht damit aufhören. „Er ist früh zu Bett gegangen. Er hat sich in den letzten Tagen ein bisschen erschöpft gefühlt.“ Sie winkte ab, als Winter sofort ein besorgtes Gesicht machte. „Einfach nur eine Erkältung. Morgen früh, wenn er dich sieht, wird er sich über die Überraschung freuen. Aber umarme ihn nicht. Viren. Kaffee?“

Sie trat bereits flink zum Küchenschrank und holte zwei weiße Glasbecher mit einem zarten blauen Blumendekor heraus.

„Entkoffeiniert?“

„Natürlich. Sind wir etwa Heiden?“

Wie sie jetzt gegenüber ihrer Großmutter an der Resopalplatte des kleinen rosaroten Küchentischs saß, musste sie an den Traum denken, den sie in der Abbott-Farm gehabt hatte. Der Gesichtsausdruck ihrer Grandma, als sie seelenruhig den Vorhang in Brand gesetzt hatte. Ein leiser Schauder durchlief sie.

„Wie ist das Leben als FBI-Agentin?“, fragte Beth und hielt sie dabei aufmerksam im Blick. „Weißt du, ich habe angefangen, *Criminal Minds* zu schauen. Es ist … sehr blutig. Aber dieser Shemar Moore …" Seufzend fächelte sie sich mit der Hand Luft zu. „Zum Anbeißen." Ihre Grübchen vertieften sich beim Lächeln, und sie zwinkerte Winter zu. „Ich glaube, dein Grandpa ist eifersüchtig."

Winter hätte nicht schockierter sein können, hätte sie erfahren, dass Grandma sich entschlossen hätte, eine Laufbahn als UFC-Kämpferin anzusteuern. „*Criminal Minds*?"

Grandmas blaue Augen wurden weicher. „Es ist doch nur gespielt. Einfach eine Fernsehserie. Ich muss deshalb nicht an … du weißt schon denken."

An die Ermordung der Familie ihrer Tochter.

„Das Leben beim FBI ist interessant", antwortete Winter, die sich inzwischen ein bisschen gefangen hatte.

„Ist es wie im Fernsehen?" Grandmas Augen leuchteten vor Interesse. „Schießereien, sarkastisches Geplänkel und so?"

Winter lachte. „Hoffentlich nicht."

Grandma machte ein enttäuschtes Gesicht.

Was zum Teufel war mit Grandma los? Mit der reizenden, manchmal etwas schroffen Frau, die im Alltag noch immer Schuhe mit Absatz und einen weiten Rock trug und die für die wöchentlichen Treffen ihres Bridge-Clubs lebte?

Wie zur Antwort auf Winters unausgesprochene Frage lächelte Beth. „Ich gebe mir Mühe", erklärte sie einfach. „Ich weiß, dass dein Beruf immer dein Ziel war. Und voller Angst habe ich darauf gewartet, dass du es erreichen würdest. Denn daran, dass es so sein würde, habe ich nie gezweifelt. An dem Tag, an dem du aufgebrochen bist, um deine neue Stelle anzutreten … habe ich dir lächelnd nachgewinkt, und dann haben dein Grandpa und ich geweint wie kleine Kinder."

Winter hatte es gewusst. Obwohl ihre Großeltern sich für sie zu freuen schienen, war ihr innerlich klar gewesen, dass sie außerdem auch Angst um sie hatten.

„Dann habe ich mich Scheiße noch mal zusammengerissen", fuhr Beth mit ihrer feinen Stimme fort. Winter lachte überrascht auf. „Ich sagte mir, dass ich dir vertrauen muss. Du bist die zäheste, intelligenteste, widerstandsfähigste junge Frau, die ich kenne, und wenn überhaupt jemand eine solche Arbeit machen und dabei am Leben bleiben kann, dann du. Du zergliederst die Dinge, tust das, was vorgefallen ist, in die eine Schublade und das, was du tun musst, um damit klarzukommen, in eine andere. Und jetzt …" Sie zog die Augenbrauen zusammen. „Erzähl mir bitte, was mit deinem Arm passiert ist."

Winter berichtete es ihr.

Vom Anfang mit den Skeletten bis zum Ende, als sie dem Tod nur knapp entgangen war.

Grandma erbleichte, als Winter von der abschließenden Konfrontation mit Scott Kennedy erzählte, doch Winter hielt bei ihrem Bericht mit keinem Detail hinter dem Berg. Grandma überraschte sie erneut und zeigte ihren Durchblick mit scharfsinnigen Kommentaren.

„Ich werde dich demnächst als Beraterin hinzuziehen", sagte Winter mehr als ein bisschen beeindruckt. „Du bist ein brillanter Kopf."

Beth lächelte selbstzufrieden. „Das weißt du doch. Was meinst du wohl, von wem du deinen Verstand geerbt hast? Früher habe ich Romane von Agatha Christie verschlungen … damals, vorher. Später kam es mir nicht mehr richtig vor."

Winter nickte. „Vorher. Alles teilt sich in vorher und nachher, nicht wahr? Als ich in Harrisonburg war, habe ich unser altes Haus besucht."

Beth seufzte. „Ach ja? Ich hatte mich gefragt, ob du das tun würdest."

Behutsam, weil die Vergangenheit bei ihnen immer ein Tabu gewesen war, fuhr Winter fort: „Ich habe mich draußen hingesetzt. Noah war dabei. Mir sind … einige Dinge eingefallen."

Beths Augen umwölkten sich vor Schmerz, und Winter wäre beinahe verstummt. Sie würde Beth niemals von der versteckten Kamera und Justins Polaroid oder ihrer Überzeugung erzählen, dass ihr Bruder nach dem Überfall zumindest noch eine kleine Weile weitergelebt hatte. Sie würde Beth nicht an ihrem Wissen teilhaben lassen, dass der Preacher in ihrem Motelzimmer gewesen war – und ihr die dazugehörige Angst ersparen. Und sie würde ihr nicht verraten, dass er sie am heutigen Abend kontaktiert hatte.

Doch angesichts der neuen Nähe wollte sie zu einer bestimmten Sache Gramma Beths Meinung hören.

„Ich denke darüber nach, noch einmal hinzufahren. Und diesmal hineinzugehen."

Beth versuchte nicht, es ihr sofort auszureden, sondern nickte, es war ein sehr langsames Heben und Senken des Kopfs. „Das kann ich mir vorstellen. Denkst du, es könnte helfen?"

Winter stieß die angehaltene Luft aus. „Ja. Vielleicht erinnere ich mich dort noch an mehr."

„Soll ich dich begleiten?"

„Nein." Von dem Angebot überrascht, lachte Winter leise. „Bleib du schön daheim und ermittle im Fernsehen."

„Geh doch bitte auch bei Sam vorbei und schau, wie es ihr geht. Ich gebe dir Blumen mit. Und finde heraus, wo das kleine Mädchen gelandet ist."

Jenna. Ob Kayla Bennetts Eltern sie wohl bei sich aufnehmen würden? Vielleicht würde es ihnen helfen, mit all dem Schrecken abzuschließen, und Jenna brauchte ein starkes und sicheres Fundament. Nach dem Verlust ihrer Tochter bliebe den Bennetts in Gestalt eines lieben, wunderschönen kleinen Mädchens wenigstens etwas von ihr zurück. Das Kind konnte ja nichts für die grässliche Weise, durch die es auf die Welt gekommen war.

Die Großmutter sah sie fest an, und Winter wusste, dass sie den Vergleich zog. Jenna war das Verbindungsglied der Bennetts zu Kayla.

„Ich erkundige mich nach ihr", versprach sie.

35

Es kam ihr ein bisschen feige vor, doch Winter schaute zuerst einmal bei Sam vorbei. Am Sonntagnachmittag war sie mit der Absicht von ihren Großeltern losgefahren, sich direkt zu ihrem alten Elternhaus zu begeben, doch auf der Fahrt nach Harrisonburg hatte sie der Mut verlassen.

Tom Benton öffnete die Tür, und sein Gesicht verzog sich zu einem erschöpften Lächeln. „He. Schon wieder zurück? Soweit ich weiß, ist eure Arbeit hier erledigt."

„Ich musste noch etwas zu Ende führen. Jetzt wollte ich mal nach Sam schauen. Darf ich reinkommen?" Sie streckte ihm einen Tulpenstrauß entgegen. „Meine Grandma hat mich gebeten, ihr die hier zu bringen."

„Komm rein. Ich bin gerade beim Kochen. Sam ist im Wohnzimmer."

Sie folgte ihm in den Raum, wo Sam in einem Nest aus Decken auf der Couch lag. Winter sah sich kurz um und bemerkte, dass jemand sich Mühe gegeben hatte. Das Haus war makellos sauber, selbst das Glas der Bilderrahmen an den Wänden glänzte.

„Ich hoffe, du bist nicht aufgestanden, um zu putzen",

sagte Winter statt einer Begrüßung. Unwillkürlich war sie in die alte Gewohnheit gegenseitiger Spötteleien verfallen.

„Hältst du mich für bescheuert?", schoss Sam zurück. „Das war Tom. Ich hole aus meiner Rekonvaleszenz heraus, was irgend geht."

Beide lachten, und die über Jahre aufgestaute Bitterkeit verlor etwas von ihrer Schärfe.

„Die sind schön", sagte Sam. „Sind sie für den Mann bestimmt, der gerade meinen Haushalt schmeißt?"

„Er würde sich wahrscheinlich freuen, aber sie sind für dich. Von meinen Großeltern. Sie schicken dir beste Genesungswünsche. Hat Tom eben gesagt, dass er kocht?"

Sam beugte sich behutsam vor, um den Fernseher auszuschalten. „Schmorbraten", flüsterte sie, die Augen weit vor Verwunderung. „Mit Möhren und Kartoffelbrei. Zum Nachtisch Apfel-Cobbler. Er sagt, ich sei zu mager."

Winter schüttelte in gespieltem Unglauben den Kopf. „Wer hätte gedacht, dass du als erwachsene Frau Tommy Benton heiraten würdest. Und jetzt bereitet er für dich einen Braten zu. Du siehst gut aus", fügte sie hinzu.

Es stimmte. Sam war nicht mehr so durchscheinend, wie sie vor ein paar Tagen im Krankenhaus gewirkt hatte. Ihre Wangen hatten ein bisschen Farbe bekommen, und ihre Augen waren weniger traurig. „Ich erhole mich. Jedenfalls habe ich jetzt etwas, was mich am Laufen hält. Hast du Zeit, dich einen Moment zu setzen?"

Winter legte die Blumen auf den Tisch und ließ sich auf dem Rand der Couch nieder.

„Ich werde Mutter." Mit einem Lachen über Winters sofort besorgte Miene schüttelte Sam den Kopf. „Nicht leiblich. Ich bin nicht verrückt, ehrlich. Wir wollen versuchen, Jenna zu adoptieren."

Es gelang Winter nicht, ihre Überraschung und sofort

aufflackernde Sorge zu verbergen. „Was ist mit ihren Großeltern?“, fragte sie vorsichtig.

Sam schüttelte mit düsterer Miene den Kopf. „Sie wollen sie nicht. Das, was mit ihrer Tochter passiert ist, hat sie tief getroffen, und wer könnte es ihnen verübeln. Aber wegen der Art, wie es auf die Welt kam, geben sie dem kleinen Mädchen die Schuld und betrachten es als böse. Außerdem haben sie noch Kinder im Schulalter zu Hause. Wir wollen Jenna adoptieren, dem Rest der Familie aber die Möglichkeit lassen, sie später kennenzulernen. Falls sie ihre Meinung ändern. Unterdessen bekommt sie eine Mutter, einen Vater, Onkel und Großeltern …“

Es war schwer vorstellbar, dass jemand eine kleine Dreijährige mit engelhaftem Gesicht und einem niedlichen Lispeln als böse betrachten konnte, aber jeder reagierte auf Trauer anders.

„Wann gibt es einen Bescheid?“

„Bald. Der amtliche Vorgang könnte schon Anfang nächster Woche beginnen. Montag kommt eine Sozialarbeiterin vorbei, und wir fangen mit einer Periode als Pflegeeltern an. Deshalb hat Tom das Haus so auf Hochglanz gebracht.“

„Ich freue mich für euch.“ Das stimmte. Sam schien von demselben inneren Leuchten zu glühen, das Winter schon bei schwangeren Frauen wahrgenommen hatte. Der einzige Unterschied war, dass das Kind, das sie erwartete, bereits geboren war. „Hoffentlich klappt es. Wie sieht Tom die Sache?“

„Der kann es kaum erwarten“, ertönte eine Stimme von der Tür. Tom durchquerte den Raum und ließ sich neben Sam in der Hocke nieder. Sie ergriff seine Hand und hielt sie fest. „Falls es klappt, versuchen wir vielleicht, ein Geschwisterkind für Jenna zu adoptieren. Sam ist die geborene Mutter.“

Winter betrachtete ihn nachdenklich. Er wirkte glücklich. Ganz anders als der Tom Benton, der sich mit ihnen angelegt hatte, als sie gerade frisch nach Harrisonburg gekommen waren.

Sam lächelte ihn an. „Und außerdem hättest du gern noch einen kleinen Jungen."

Er erwiderte ihr Lächeln. „Sam wird für die Kinder zu Hause bleiben", erzählte er Winter. „Der Chief möchte, dass ich nächste Woche zurückkehre. Ehe wir uns versehen, werden wir ein Haus voll Kinder haben, die uns auf Trab halten."

Kurze Zeit später brach Winter auf, versprach aber, Kontakt zu halten. Innerlich war sie sich jedoch nicht sicher, ob sie es tun würde. Es kam ihr so vor, als wäre dieses Kapitel ihres Lebens abgeschlossen. Die Probleme gelöst.

Beinahe fünf Minuten lang saß sie einfach nur im Auto, das Lenkrad fest in der Hand, und kämpfte mit den Tränen. Die schmerzliche Hoffnung, die sie bei Samantha und Tom gesehen hatte, war so zerbrechlich. Auf etwas Ungewisses gegründet, aus einem Trauma geschmiedet und so leicht zerstörbar.

Sie dachte über Jenna nach. Das unschuldige Kind war zu klein, um die Umwälzung in seinem Leben zu begreifen. Die Frau, die es für seine Mutter gehalten hatte, kam ins Gefängnis, und wegen der Tragödie, die am Beginn seines Lebens stand, wurde es von seiner leiblichen Familie verabscheut, obwohl die Jenna nie gesehen hatte.

Eine weitere Unschuldige, der Winters Wehklage galt.

Die dünnen Bande von Familienglück und inniger Liebe, die alles zusammenhielten, schienen auch immer von den dunklen Strähnen des Tragischen durchflochten zu sein. Und manchmal auch von Hass und dem Bösen. Das wusste sie nur zu gut.

Winter ließ den Motor an und fuhr die kurze Strecke zu

dem Haus, das der Schauplatz ihrer eigenen Begegnung mit dem Bösen gewesen war. Sie hatte sich nicht die Mühe gemacht, sich eine Erlaubnis für die Besichtigung zu besorgen. Das Haus stand leer, und online hatte ihr ein Blick ins Landregister gezeigt, dass es nach den letzten gescheiterten Verkaufsbemühungen schließlich wegen ausstehender Steuern an die Stadt gefallen war.

Offensichtlich wollte niemand in einem Haus leben, das der Tatort eines Mordes war.

Sie parkte davor und stieg aus.

Das Haus selbst sah nicht böse aus. Sondern heruntergekommen. Verlassen. Die verblasste grüne Farbe blätterte in langen Streifen ab. Die Fenster waren schmutzig, manche hatten auch einen Sprung oder fehlten ganz. Sie näherte sich dem Haus, darauf gefasst, Kopfschmerzen zu bekommen oder ein Flashback zu erleiden, doch ihre Gedanken blieben klar.

Die Verandatreppe knarrte lauter unter ihren Füßen als in jener Nacht vor all diesen Jahren, doch das Holz wirkte noch immer stabil. Sie ging zur Tür, an der ein Schild mit der Aufschrift *Zutritt Verboten* hing. Der Türknauf ließ sich mühelos drehen, und die Tür schwang nach innen auf.

Drinnen roch es nach Moder und Mäusen, und vielleicht hatte sich hier auch ein Waschbär einquartiert. Aber der Holzfußboden war wie früher. Der Flur erstreckte sich zur Treppe, die nach oben führte, auf der einen Seite lag das Esszimmer und auf der anderen das Wohnzimmer. Sie ignorierte die Stapel von Gerümpel und leeren Kartons, die ein ehemaliger Mieter hinterlassen hatte, stieg die Treppe hinauf und strich dabei mit den Fingern über die verputzte Wand.

Ganz kurz war sie wieder dreizehn. Ein Stück über ihrer den Putz streifenden Hand hingen Fotos. Ihr Bruder, der stolz unter seiner Kindergarten-Abschlussfeierkappe hervorlächelte. Ihre Mom und ihr Dad am Hochzeitstag, wie sie sich gegenseitig mit Kuchen fütterten. Mom mit toupiertem Haar und Dad hinter dem dicken Kunststoffrahmen seiner Nerd-Brille. Winters eigenes Lächeln als Achtklässlerin, die Zähne zwar weiß und gerade, aber zu groß für ihr schmales Gesicht. Zum Glück hatte sich das ausgewachsen. Das letzte Familienfoto, das sie in einem Studio in der Shopping-Mall hatten aufnehmen lassen. Vier Menschen fest verbunden. Unverbrüchlich.

Am oberen Ende der Treppe kam sie wieder im Hier und Jetzt an. Im Schatten ganz hinten im Flur huschte etwas davon. Die Badezimmertür – nur ein einziges Bad für vier Bewohner, darüber hatte sie sich als Jugendliche endlos beschwert – hing schief in den Angeln. Wie in jener Nacht stand die Schlafzimmertür ihrer Eltern einen Spalt weit offen.

Ein Schatten bewegte sich über die Wand. Sie hörte ein Geräusch.

Sie trat vorwärts, legte die Hand an das kalte Holz der Tür und stieß sie langsam auf.

Ein Luftstrom wehte an ihr vorbei und berührte sie sanft. Er kam durch ein Fenster herein, das bei einem Unwetter zerbrochen war. Die Luft roch frisch und kündigte Regen an, sie war nicht vom Kupfergeruch frischen Bluts durchdrungen. Ein abgebrochener Ast ragte durchs Fenster herein, und die Scherben der zerbrochenen Scheibe glitzerten auf dem Boden.

Sie meinte fast, das Bett ihrer Eltern in dem leeren Raum stehen zu sehen. Ein kurzes Aufblitzen starrer blauer Augen. Ein Arm, der wie ein Puppenarm über die Bettkante hing. Eine Hand, die aus dem Gewirr der Bettdecken herausbaumelte, der Zeigefinger wie deutend unmittelbar über dem Boden ausgestreckt.

Ein dünner dunkler Strom lief an dem bewegungslosen Handrücken nach unten, und ein schwarzer Tropfen fiel in eine kleine Pfütze, die sich bereits auf dem Holzboden sammelte.

Blut war auf den Wänden vermalt, die Tinte eines Verrückten. Rote Kreuze bildeten das Hauptmotiv, und an mehreren Stellen stand *Judas 14-15.*

Wegen der Kreuze hatten die Medien dem Mörder den Namen Preacher gegeben. Der Bibelvers aber war allein der Familie Winter vorbehalten.

„Seht, der Herr kommt mit seinen heiligen Zehntausenden, um über alle Gericht zu halten und alle Gottlosen zu bestrafen wegen all ihrer gottlosen Taten, die sie verübt haben, und wegen all der frechen Reden, die die gottlosen Sünder gegen ihn geführt haben."

Winter fragte sich, ob sie jemals erfahren würde, warum der Preacher ihre Familie als gottlos empfunden hatte. Warum er gerade über sie den Stab gebrochen und das Urteil vollstreckt hatte. Sie hoffte, es herauszufinden. Sie hoffte, dass sie dem Mörder eines Tages in die Augen sehen und es verstehen würde.

Sie blinzelte, und der Raum war wieder leer, abgesehen von einer dicken Staubschicht und ein paar Blättern, die der Wind in einer Ecke zusammengeweht hatte. Mit einem erneuten Blinzeln fragte sie sich, ob es möglich war, für immer zu trauern.

Hinter ihr ertönte ein scharrendes Geräusch, und in Erwartung des Schlags, der sie für Monate bewusstlos machen würde, fuhr sie ein wenig schwindlig herum. Doch der Anblick des Flurs war vom Gesicht eines Mannes überlagert, das unmittelbar oberhalb ihrer Augenhöhe in der Luft schwebte.

Es war ein normales Gesicht, nicht das Gesicht eines Ungeheuers, und es brannte sich innerhalb einer Millisekunde in ihr Gedächtnis ein.

Es war ein weiches, rundes Antlitz mit ordentlich geschnittenem Bart. Die Halbglatze schimmerte im Mondlicht, das durch das Flurfenster hereinsickerte. Das Haar, das noch übrig war, bildete einen kurzen weißen Flaum. Die große Nase war wie vor Kälte gerötet und vorn rund. In einem teigigen Gesicht mit rosigen Wangen, das so faltenfrei war wie das eines Kindes, erinnerten die dunklen Augen an Rosinen.

Die Augen waren verkehrt. Sie hätten hellblau sein sollen, wie ein wolkenloser Himmel, oder vielleicht auch sanft grau. Stattdessen waren sie so schwarz, dass die Iris sich kaum von den Pupillen abhob.

Der Mann lächelte. Die leise Stimme mit dem Südstaatenakzent klang eigenartig mitfühlend.

Tut mir leid, Mädchen. Dich brauch ich nicht. Ich will nur ihn.

Ein plötzlicher Ruck an ihrem verletzten Arm ließ sie vor Schmerz Sternchen sehen, und sie blinzelte erneut. Sie war gegen den Türrahmen gesackt. In der Klarheit des plötzlichen Schmerzes sah sie, dass das Gesicht verschwunden war, doch das Echo der Stimme schien im Raum zu verweilen.

Tut mir leid, Mädchen … nur ihn.

Nun wieder auf die Wirklichkeit konzentriert, blickte sie sich im Raum um. Da war kein Bett mehr, kein Blut und kein als ganz normaler, großväterlicher Mann verkleidetes Ungeheuer. Doch im offenen Kamin lag zwischen Resten von Asche ein Stück Papier.

Die Füße schwer und wie taub, durchquerte Winter den Raum. Als sie deutlicher sah, was dort lag, holte sie bebend Atem.

Sie ging in die Hocke, bedeckte die Hand mit dem Stoff ihres Blusenärmels und nahm das Polaroid ihres Bruders an sich, sorgfältig darauf bedacht, das dicke Fotopapier nur an der äußersten Ecke anzufassen. Diesmal hütete sie sich, Fingerabdrücke zu verwischen. Justins Gesicht blickte ihr aus dem Wald entgegen, in dem sie es auch auf dem letzten Foto gesehen hatte.

Sie drehte es um.

Und starrte auf dieselbe kräftige Handschrift wie die auf dem Zettel, den sie an ihrem Wagen gefunden hatte.

Bis bald, Mädchen. XOXO.

Ende

Fortsetzung folgt …

Danke fürs Lesen.

Alle Bände der Winter-Black-Serie sind bei Amazon erhältlich.

DANKSAGUNG

Wie bedankt man sich angemessen bei all den Menschen, die einem geholfen haben, aus einem Traum Wirklichkeit zu machen? Lassen Sie es mich versuchen.

Zusätzlich zu meiner Familie, deren zuverlässige Unterstützung für mich das Fundament ist, auf dessen Grundlage ich meine Gedanken mit genug Zeit und Energie zu Papier bringen kann, möchte ich mich bei den Lektor*innen bedanken, die meine Worte auf Hochglanz poliert haben.

Ein großer Dank gilt meinem Verlag für seine Bereitschaft, das Risiko mit einem Neuling einzugehen, bis ich Selbstbewusstsein entwickelt hatte und eine gestandene Autorin wurde.

Mehr aber als all diesen möchte ich Ihnen, liebe Leserinnen und Leser, danken. Sie haben sich für eine Unbekannte entschieden und diesem Buch Ihr wichtigstes Gut gewidmet, Ihre Zeit. Ich hoffe von ganzem Herzen, dass es sich für Sie gelohnt hat.

Alles Liebe

Mary

ÜBER DEN AUTOR

Mary Stone lebt mit ihren zwei wilden Jungs und einem sehr geduldigen Ehemann in Gesellschaft von zwei Hunden und vier Katzen in den majestätischen Blue Ridge Mountains des östlichen Tennessee.

Als Kind ging sie jeden Abend mit der Frage ins Bett, welche Kreatur wohl im Dunkeln darunter lauern mochte. Erst als sie älter wurde, begriff sie, dass das Wesen, das sie am meisten fürchten musste, der Mensch war.

Heute schreibt sie eindringliche Geschichten mit starken Heldinnen und niederträchtigen Verbrecher*innen. Sie lädt Sie in ihre Welt ein, die mit FBI-Agent*innen und Serienmörder*innen bevölkert ist, niemals aber mit schwachen, hilfsbedürftigen Frauen. Bei ihr können Frauen sich selbst behaupten, sie begegnen den Männern, seien es Helden oder Bösewichter, auf Augenhöhe.

Erfahren Sie mehr über Mary Stone auf ihrer Website.
www.authormarystone.com

facebook.com/authormarystone
goodreads.com/AuthorMaryStone
bookbub.com/profile/3378576590
pinterest.com/MaryStoneAuthor

Printed in Germany
by Amazon Distribution
GmbH, Leipzig

25572672R00208